D1879285

जोराम यालाम नाबाम

जोराम यालाम नाबाम का जन्म अरुणाचल प्रदेश के लोअर सुबानसिरी जिले के जोराम गाँव में 5 मार्च, 1978 को हुआ। उन्होंने वनस्थली विद्यापीठ, राजस्थान से स्कूली शिक्षा पाई और राजीव गांधी केन्द्रीय विश्वविद्यालय, अरुणाचल प्रदेश से हिन्दी में एम.ए. और पी-एच.डी. किया। अरुणाचल प्रदेश के बहुसंख्यक न्यीशी आदिवासी समुदाय से आनेवाली जोराम यालाम आदिवासी अस्मिता, संस्कृति और अस्तित्व के प्रश्नों में गहरी दिलचस्पी रखती हैं। इन विषयों पर वे पत्र-पत्रिकाओं में लगातार लिखती रही हैं। उनकी प्रकाशित कृतियाँ हैं—'साक्षी है पीपल' (कहानी-संग्रह); 'जंगली फूल' (उपन्यास); 'गाय-गेका की औरतें' (संस्मरण); 'न्यीशी समाज : भाषिक अध्ययन' (शोध) और 'तानी कथाएँ : अरुणाचल के तानी आदिवासी समाज की विश्वदृष्टि (लोक कथा विश्लेषण)।

वर्तमान में वे राजीव गांधी विश्वविद्यालय, अरुणाचल प्रदेश के हिन्दी विभाग में सहायक प्रोफेसर के रूप में कार्यरत हैं।

सम्पर्क : joram.yalam@gmail.com

जोराम यालाम नाबाम

जंगली फूल

अरुणाचल प्रदेश के आबोतानी समुदाय पर
केन्द्रित उपन्यास

राधाकृष्ण पेपरबैक्स

राधाकृष्ण पेपरबैक्स में
पहला संस्करण : 2023

राधाकृष्ण पेपरबैक्स : उत्कृष्ट साहित्य के जनसुलभ संस्करण

राधाकृष्ण प्रकाशन प्रा. लि.
जी-17, जगतपुरी
दिल्ली-110 051
द्वारा प्रकाशित

शाखाएँ : अशोक राजपथ, साइंस कॉलेज के सामने, पटना-800 006
पहली मंजिल, दरबारी बिल्डिंग, महात्मा गांधी मार्ग, प्रयागराज-211 001
1, अनमोल सोराबजी संतुक लेन, धोबी तलाव, मरीन लाइंस, मुम्बई-400 002
वेबसाइट : www.radhakrishnaprakashan.com
ई-मेल : info@radhakrishnaprakashan.com

विकास कंप्यूटर एंड प्रिंटर्स
ट्रॉनिका सिटी-201 102
द्वारा मुद्रित

मूल्य : ₹299

JANGALI PHOOL
Novel by Joram Yalam Nabam

ISBN : 978-81-19092-38-3

प्रस्तावना

सुना है कभी नीबो नाम का कोई फूल कहीं पर खिला था जिसे 'दोन्यी तानी' भी कहा गया। उसने तानी समुदाय के लिए बहुत कुछ किया...अपना पूरा जीवन लगा दिया। उसके व्यक्तित्व के अनेक पहलू हैं—मसखरेबाज, हँसोड़, रहस्यमयी, धीर-गम्भीर, चंचल, भोला, चालाक...। वह बहुत ही बदनाम फूल भी रहा। यहाँ तक कि उसे बलात्कारी तक कहा गया। कहते हैं, सम्भोग के लिए वह कुछ भी कर सकता था। अनगिनत पत्नियाँ रखीं। प्रेम किसी से भी नहीं किया। वह गृहस्थी के लिए बना ही नहीं था। आवारा-सा कोई पैदा हुआ था। उसकी शक्ति और बुद्धि के चर्चे भी खूब रहे। उसने उसका इस्तेमाल भी औरतों के शरीरों को हासिल करने के लिए ही किया था। वह सिर्फ और सिर्फ अपना वंश बढ़ाना चाहता था। इस उपन्यास में मैंने उसके व्यक्तित्व के बदनाम रूप को केन्द्र में रखकर उसे समझने का प्रयास किया है।

सोचती हूँ कि क्या सच में वह इतना कायर, नीच, स्वार्थी और डरपोक था? अपने को बचाने के लिए वह इस हद तक जा सकता था? क्या वंश बढ़ा लेने मात्र से ही कोई अमर हो जाता है? कोई तो वजह रही होगी जिसके कारण आज तक लोग उसके नाम को भूल नहीं पाए हैं। कोई तो ऐसी वजह रही होगी जिसके चलते लोगों ने उसे 'पिता' कहा होगा। वरना उससे भी बड़े-बड़े भोगी आज भी हैं और हमेशा रहेंगे। वे कीड़े-मकोड़ों की तरह पैदा होते हैं और मर जाते हैं! भोग को उसने किस रूप में देखा होगा? क्या उसने उसमें प्रेम को ढूँढ़ा होगा? क्या उसने प्रेम को सिर्फ और सिर्फ स्त्री-शरीर के ही रूप में जाना होगा?

मैंने उस फूल को अपनी दृष्टि से देखने की कोशिश की है। मेरी आँखें उसके सौन्दर्य को देखना चाहती थीं। उसकी खुशबू को ढूँढ़ना चाहती थीं।

महसूस करना चाहती थीं। वह रंग जो आँखों में ही ठहरकर रह न जाए...उसमें खुशबू थी। वह मुझमें उतरकर मुझको भी झूमने पर मजबूर कर दे। ऐसा हुआ भी। मैंने यहाँ कल्पनाओं की उड़ान भरने की कोशिश की है। मेरी कल्पनाएँ जहाँ तक पहुँच सकीं—वहाँ वह मुझसे मिले।

हमारी संस्कृति में गाँववाले आज भी गाकर अपने भावों की अभिव्यक्ति करते हैं। यह तब होता है, जब बातों अथवा वाक्यों से कहा न जाए। भावों के अतिरेक ही गीत बनकर फूट पड़ते हैं। मैंने भी इस कहानी में कई स्थानों पर उसी तरह के भावों का अनुभव किया है। वाक्यों से अभिव्यक्ति उस तरह नहीं हो पाती थी, जिस तरह मैं चाहती थी। यही वजह है कि कविता की काबिलियत न रखते हुए भी कविता की है। वे अपने-आप स्वत: फूट पड़ते थे। कविता के मर्मज्ञ मुझे प्रेम सहित क्षमा करें। मैंने कहानी को कुछ इस ढंग से लिखा है—मानो पाठक पढ़ नहीं रहे, बल्कि मैं उनके सामने बैठकर स्वयं उनको कहानी सुना रही हूँ।

'जंगली' होने का अर्थ मेरे लिए इस प्रकार है—प्रकृति से जुड़ना। उनके साथ स्वयं को अभिन्न अंग मानकर चलना। फूलों के साथ जो मुस्करा सके। नदी की बहती लहरों का गान सुन सके। हृदय के अन्तरतम समुद्र से जो सूक्ष्म पुकार आती है—उसे सुन सके। सूरज की स्वर्णिम किरणों-सा बिखर सके। एक हाथ तारों को छूए और दूसरा जमीन को। पथरीले शिखरों पर बिखरी चुटकी-भर मिट्टी में भी उग-उग आना। क्षण-भर खिलकर मर जाना। चाँद न छिटकाए चाँदनी, सूरज काली चादर ओढ़े सो जाए, जंगली फूल फिर भी खिलता और महकता रहता है। उन स्थानों पर भी खिलता है जिसकी कल्पना तक हम नहीं कर सकते। यह एक सतत यात्रा होती है। बिलकुल नदी की तरह। नवीनतम चाल से चलने का साहस। भय का सामना करने का साहस। यही जंगलीपन है।

जंगल पक्षपाती नहीं होता। उसमें जो जीवन है, वह तटस्थ है। वहाँ खिलनेवाले फूलों की अपनी ही मर्जी और मौज होती है। न मोह, न आसक्ति और न त्याग। सभी तरह के बन्धनों से मुक्त स्वतंत्रता का नाम जंगल है। वह स्वतंत्रता, जो परम अनुशासन से उत्पन्न होती है। मौत कदम-से-कदम मिलाकर चलती रहती है। सतर्कता का नाम जंगल है। चुनौती का नाम जंगल है। जो भटके हुए से लगते हैं वही रास्ता ढूँढ़ सकते हैं। जंगल भटका सकता

है लेकिन वही जिन्दा भी करता है। बचने का आनन्द भी उसी में है। तानी जंगली फूल था। तभी तो वह पिता कहलाया। तभी तो उसने प्रेम को जीया। कोई रुकावट, कोई नियम, कोई डर उसे रोक नहीं पाया। वह उग-उग आता था—हर परिस्थिति में। उगकर खिल जाना ही उसकी परम गति थी। उसके खिलने में जीवन था।

कहानी काल्पनिक है, लेकिन कुछ घटनाएँ और कुछ पात्रों के नाम उन कहानियों से हूबहू लिये हैं, जैसे प्रचलित 'तानी कहानियों' में मिलते हैं। यह उपन्यास मेरे खुराफाती मन की उपज है। सहृदय पाठक मुझे स्नेह सहित अवश्य क्षमा कर पाएँगे, यदि उन्होंने कोई कमी मेरे लेखन में देख ली होगी। ऐसा मुझे भरोसा है।

मैंने कुछ कहानियाँ लिखी हैं। याद नहीं पड़ता कि कभी कोई प्रेम-कहानी लिखी हो, हालाँकि हर रचनात्मक चीज गहरे में प्रेम की ही अभिव्यक्ति है। एक लम्बी कहानी लिखना चाहती थी मैं—वह भी प्रेम की। मेरा वह चाहना मेरे खुद के लिए, खुद के प्रति एक वादा-सा बन गया। इसे प्रेम-कहानी कहना चाहिए या नहीं—मैं नहीं जानती। लेकिन अब चैन की साँस ले सकती हूँ। मैंने अपना वादा निभाया है।

जो खुले हैं, खाली हैं आकाश की भाँति; किसी भी तरह के निर्णयात्मक विचारों, पूर्वाग्रहों और अनुमान से परे हैं, जो प्रेम के प्रेमी हैं—वे बाँहें फैलाए इस कहानी का स्वागत करेंगे। आओ मिलते हैं वहाँ—झील के किनारे। देखते हैं अपनी ही आँखों से उन्हें...रंगों की टोली बना-बनाकर तितलियाँ नाचती हैं यहाँ। तारों भरी रातों में। कभी अमावस्या की रातों में। कभी बारिश में। कभी गर्मियों की उमस भरी दोपहर में। इन अक्षरों को मैंने तिनका-तिनका जोड़ा है।

मैं इन्द्रधनुष बुनूँ, तुम आकाश तैयार रखना
रंगों की ओट लिये आऊँ, तुम बाँहें खोले रखना
लो वादा निभाया मैंने, तुम हृदय खोले रखना
बारिश को चुना मैंने, और वसन्त तुम रख लेना
मुड़-मुड़कर देखना मुझको, दिल लोहे का न ले आना
सीने से लगाकर मुझको, तुम धड़कन अपनी सुनाना।

—जोराम यालाम नाबाम

सुपुंग-नर्बा

लोगों के पास करने को कुछ नहीं होता इन दिनों। सर्दी इतनी होती है कि कुछ भी उगाया नहीं जा सकता। पहाड़ों को बर्फ ढक देती है अक्सर। लेट जाती है इन पहाड़ों पर—जैसे कभी नहीं पिघलेगी वह अब। बीच-बीच में बर्फ को चीरकर कई वृक्ष इस तरह दिखते हैं—मानो उस बेदर्द बर्फ को चुनौती देकर अपने होने को साबित कर रहे हों। दिन में आसमान का नीलापन इनमें उतर आता है। जमीन और आसमान एक हो जाते हैं। श्वेत तैरते बादलों में और पहाड़ों पर लेटी बर्फ में कोई फर्क नहीं नजर आता। छोटी नदियाँ जम जाती हैं। पत्थरों के नीचे मछलियाँ भी दुबक जाती हैं। ऐसे में उनको पकड़ना बहुत आसान हो जाता है।

यह मौसम शिकार और यात्रा के लिए उत्तम है। इन दिनों जंगली जानवरों के मीट में अतिरिक्त चर्बी और स्वाद आ जाया करता है। उन्हें सुखाकर महीनों थोड़ा-थोड़ा खाने के लिए रख लेते हैं लोग। जंगली फल, मधु, इत्यादि इसी महीने में मिला करते हैं। इसके अलावा लोग कच्ची लकड़ियों को इकट्ठा करते हैं और उन्हें फाड़कर जमा करते रहते हैं। बरसात के दिनों में जंगल से लकड़ियाँ लेने जाना बड़ा ही जोखिम का काम होता है। बाँस और लकड़ियों से बने घरों में—जगह-जगह से ठंडी हवा को अन्दर आने का रास्ता मिल ही जाता है। हर वह सम्भव उपाय किया जाता है जिनसे शरीर को कुछ गरमाहट मिल सके। नवजात शिशुओं के लिए यह मौसम कभी-कभी जानलेवा भी हो जाता है।

उस दिन गाँव से दूर एक ऊँचे टीले पर घुटनों को दोनों हाथों से मजबूती से पकड़े हुए, उकड़ूँ बैठा था कोई। कन्धे पर धनुष लटक रहा था। दोनों घुटनों पर काले रंग के धागे बँधे थे। मुँह में छोटे बाँस का हुक्का हलका-हलका धुआँ

उसमें से निकल रहा था। कमान से तीर छोड़ते समय उँगलियों को चोट न लग जाए—जानवर की चमड़ी से बने सख्त कवच पहने हुए था। वह इस तरह बैठा था—दोनों सख्त नंगी एड़ियाँ मानो सूरज को मुँह चिढ़ा रही हों। मजबूत कन्धे, जिसकी छाती में शक्ति स्वयं विराजमान होती है...परन्तु आज क्यों कुछ सिकुड़ा हुआ-सा था वह? लिंग को एक पतले से काले कपड़े से ढका हुआ था। लम्बे, घने, काले, घुँघराले और बिखरे केशों के बीच से दमकता हुआ चाँद-सा मुखड़ा। हवा बीच-बीच में कुछ सख्त और तेज हो जाती थी, और सुन्दर केश आँखों को ढक-ढक जाते थे, पर वह उसे हटाने की कोशिश जरा भी नहीं करता। त्वचा कितनी सख्त और अभ्यस्त हो गई थी। यह और कोई नहीं—आबोतानी था...सूर्यपुत्र दोन्यी तानी...एक महान यात्री।

पीड़ा से भरे उसके शरीर से
जैसे कोई अलग हो जाना चाहता है
हलका...बहुत ही हलका हो आसमान में
चील बन हवा में यूँ तैरते रहना चाहता है
मन ठहर जाए विश्राममय हो जाए
नहीं वह मर जाना नहीं चाहता
कोई अदना-सी ही सही—राह मिल जाए
व्याकुल और भ्रान्त है मन
सब कुछ अस्त-व्यस्त-सा है
भूख सम्पूर्ण अस्तित्व में बिखरी हुई है
सूरज ढलता जा रहा है
पीलापन लिये शाम फिर आ जाएगी
तिमिर के घोर अन्धकार में
नींद कोसों दूर होगी आज भी
विचारों का लगातार आना-जाना है
और फिर अन्त में वही थकान...

पर मानो उसको कोई जल्दी ही नहीं हो। विचारमग्न आँखें एकटक नीचे खाई को ताकती जा रही हैं। उसके बगल में स्वर्ण रंग का एक कुत्ता बीच-बीच में कूँ-कूँ करता हुआ बैठा हुआ है। यह आबोतानी का अजीज मित्र कीपुंग है।

वह स्मृतियों में खो गया है। उस बीते हुए वक्त में वापस लौट गया है। एक-एक कर दृश्य उभरने लगे हैं—

बचपन में उसका अपना नाम नीबो था—दोन्यी का नीबो अर्थात सूर्यपुत्र। पिताजी की चार पत्नियाँ थीं। जिसकी जितनी पत्नियाँ—वे उतना ही धनवान और शक्तिशाली माना गया। एक से अधिक विवाह करो और बच्चे जितना हो सके पैदा करो—अपना कबीला छोटा है। जनसंख्या जितनी अधिक हो, उतना अच्छा। जिन कबीलों में लोगों की संख्या अधिक होती, वे शक्तिशाली भी उतने ही होते। जिन परिवारों में अधिक लोग होते, वे परिवार भी शक्तिशाली माने जाते। जरूरत थी यह उस समय। हर कोई स्वयं को जिन्दा रखना चाहता था।

नीबो के पिताजी उसकी माँ के ज्यादा करीब थे। वह सबसे छोटी थी, लेकिन सबसे तेज और समझदार थी। पिताजी के बाद लोगों को उसी पर भरोसा होता था। हर मुश्किल को हल करने और सलाह देने में वह सबसे आगे थी। युद्ध के दिनों में उन्हीं के नेतृत्व में गाँव की औरतों ने अपनी और बाकी लोगों की रक्षा की थी। पहली पत्नी से रोबो हुआ, दूसरी वाली से दोदर तानी, तीसरी वाली से तापिंग तानी और चौथी वाली से नीबो और दोलियांग तानी जन्मे।

नीबो सबसे छोटा और तेज-तर्रार था। उसकी बुद्धि के चर्चे जन्म से ही शुरू हो गए थे। माँ कहती थी, "प्रातः मुर्गे की पहली बाँग के साथ जन्मा था तू। उसी समय पंछी गाने लगे थे! सृष्टि चाहती है कुछ बदलाव हो, इसलिए तुझे भेजा है संसार में।" माँ की आवाज उसके कानों में आज भी बार-बार गूँजती रहती है।

वह जन्म-स्थान—सुपुंग। ऊँचे-ऊँचे पहाड़, बहुत गहरी-गहरी खाइयाँ, बेहद पथरीले, कहीं घने जंगल, कहीं अत्यधिक बर्फ और ठंड की मार सहते अनेक अधनंगे शरीर, कहीं भूस्खलन के चलते खेत तबाह हो गए, तो कहीं बरसातों ने जीने की सारी वजहें छीन लीं, और ऊपर से अजीब-अजीब तरह की बीमारियों ने किसी को भी कहीं का नहीं छोड़ा था। कितने ही लोग अपनों को बिलखता छोड़कर हमेशा के लिए दूर कहीं शून्य में खो गए थे। ऐसे में दुश्मनों का जब-तब हमला, सो अलग मुसीबत। यह रोज का काम था। कभी इस कबीले से तो कभी उस कबीले से। रोज चौकन्ना रहो...रोज मरो...रोज मारो...जिन्दा बचने के हजार तरीके खोजो।

इसी सुपुंग नामक धरती ने नीबो को जन्म से पहले भी देखा था। उसके छोटे-छोटे नन्हे कदमों से इसका हर कोना महकता था। यही वह जगह थी जहाँ उसने रोना, चलना, गाना सीखा था। ममता से पहला परिचय यहीं तो हुआ था उसका। नन्हे कदमों के निशां शायद अब भी मौन में वहीं कहीं पड़े होंगे। धरती के जिस कोने को पहली बार आदमी छूता है, महसूस करता है उसे जीवन-भर कौन भुला पाता है। शेर से लेकर एक चींटी तक से उसने दोस्ती यहीं से तो करनी शुरू की थी। प्रेम को भाषा की कभी कोई जरूरत नहीं पड़ी थी। अधिकांश समय उसने इन्हीं मूक पशुओं के साथ बिताया था। कभी भी इन्होंने कोई चोट नहीं पहुँचाई थी किसी को भी; बशर्ते उन्हें बेवजह तंग न किया जाता हो।

यहीं पर शेर की सवारी करता देख माँ ने मुस्कराकर एक दिन कहा था, "नीबो, तुममें वह सारी शक्ति है जो सूर्य में है। जब कभी तुम्हें महसूस होने लगे कि तुम स्वयं सबकी माँ हो...कोई भी रोए तो तुम्हें नींद न आए...उस समय संसार तुम्हें आबोतानी कहकर पुकारेगा—तानी वंश का पिता। भीतर माँ का स्वभाव, और बाहर पिता का—जैसे सूरज माँ कहलाता है लेकिन उसका नाम पुरुष का है—तानी—अर्थात दोनों तरह की शक्ति जिसके अन्दर हो। तुम्हारे नजरों के सामने जो कोई भी हो—वह भूख से न रोएँ और न ही उससे मरें।"

तानी वंश में कई शक्तिशाली पूर्वज हुए—निकूम तानी, निया तानी, न्यदर तानी इत्यादि—जिन्होंने इस वंश की रक्षा की, और इसे चलाते रहने में अपनी जिम्मेदारी को निभाते रहे। लेकिन कोई भी ऐसा न हुआ, जिसने अपने समुदाय की भूख को हमेशा के लिए मिटा दिया हो। तानी समुदाय दर-दर भटकते रहे, स्थान बदलते रहे, मरते रहे और भूख उतनी ही बढ़ती चली गई...इस जगह से उस जगह चलते रहे...यहाँ कुछ भी नहीं रखा...मृत रिश्तेदारों की इन निशानियों को कब तक देख-देखकर रोते रहते...फिर कारवाँ चलने को तैयार हो जाते।

वे फिर एक नए स्थान पर आ गए थे। यह स्थान सुपुंग से कुछ बेहतर था। इस स्थान का नाम 'नर्बा' रखा गया। 'नर्बा' अर्थात वह स्थान जो लोगों के दिलों को उजला-सा अहसास दे। सब घर बनाने और बसाने में व्यस्त थे। चहल-पहल, शोर-शराबों के बीच...लेकिन उनसे दूर इस नन्हे-से आदमी

की दो बड़ी-बड़ी आँखें कुछ और ही ढूँढ़ रही थीं। आवाजों के बीच भी वह उन आवाजों से दूर रह सकता था। फिर कदम स्वत: ही बढ़ने लगे जंगल की ओर। प्रकृति की हलचल में जो संगीत है—वही उसको खींचता था। घने जंगल, कल-कल बहती छोटी-छोटी नदियाँ, उनमें तैरती-मचलती छोटी प्यारी मछलियाँ, बाँस के लम्बे-लम्बे आकाश छूते पेड़, कई अजनबी जानवर जिनसे दोस्ती करने में कुछ वक्त लगनेवाला था। छोटी चिड़िया फुदकती हुई चहक रही थी, मानो होनेवाले पिता को वह युगों से जानती हो!

उसकी बड़ी बहन दोलियांग (दोरिंग चीजिंग) उसके साथ साये की तरह रहती थी। भाई जानवर की सवारी करता तो बहन वहीं किसी पौधे का निरीक्षण करती हुई मिलती। जंगली जड़ी-बूटियों की जानकारी में उसने इतनी जल्दी महारत हासिल कर ली थी। पौधों के करीब जाकर जाने क्या बुदबुदाती रहती थी मानो पौधा भी उससे कुछ कह रहा हो। पूरे तानी वंश की बेहद प्यारी-सी, छोटी चमत्कारी पुजारिन थी वह। जंगलों में ही जब देखो घूमती रहती। सबका इलाज उसके पास था। अगर कोई इलाज नहीं था तो निरन्तर कुलबुलाते पेट की आग को बुझाने का।

दुश्मन कबीलेवाले भी उसका सम्मान करते थे। कई बार उसके चलते ही तानी कबीले दुश्मनों के हमले से बच जाते थे। क्यों न हो, वह नाराज हो गई तो उनका इलाज कौन करेगा? साँपों के जहर उतारने से लेकर बुखार तक का इलाज वह करती थी। मुखिया की बेटी से अधिक वह अपने गुणों से पहचानी गई। तानी वंश की पहली स्त्री पुजारिन। छवि में आसमान का नीलापन—जिसे देख सकते हैं लेकिन पकड़ नहीं सकते। आवाज में समन्दर की मचलती मौन लहरों का गान। आँखों में शून्य की निमंत्रण भरी पुकार। छुअन में चाँद की जादू भरी चाँदनियाँ। मुस्कान मानो ध्रुव तारा। अपनी माँ का दूसरा रूप। कई बीमारियाँ उसे देखते ही छूमन्तर हो जाती थीं। नीबो की चहेती बहन और गुरु थी वह।

एक रोज पिताजी घाटी के उस पार वाले कबीलों से लोहा लेने तानी गाँव के सारे मजबूत और शक्तिशाली पुरुषों को लेकर चले गए थे। घर के बरामदे में खड़े होकर उन लोगों को विजय-नाद करते हुए दूर तक जाते हुए देखते रहे थे, जब तक कि वे आँखों से ओझल न हो गए थे। पहाड़ों का आँखों के बीच आ जाना बहुत अधिक तब खटकता है, जब कोई अपना अजीज उस यात्रा

पर निकल जाए, जिसके लौट आने की कोई उम्मीद नहीं होती। कुछ देर ही सही...जाते हुए उनके लहराते सायों को भी आँखों में बसते देखना चाहते हैं तब। शब्द नहीं निकल रहे थे किसी के भी होंठों से...सिसकियों से सारा गाँव भर गया था...सब लोग किसी काली, आँधी, गहरी झील में मानो डूब रहे हों... जो गए वह तो गए; जो यहाँ घर और गाँव के नाम पर रह गए थे क्या वे नहीं गए थे! यहाँ बचा ही कौन था! मरघट-सा हो गया था तानी गाँव।

कहीं दूसरा कोई शत्रु पीछे से आकर इन औरतों और बच्चों को बन्धक न बना ले...बुजुर्ग पुरुषों के साथ-साथ औरतों ने भी मजबूती के साथ तीर-धनुष उठा लिये थे। इन स्त्रियों की ताकत और बुद्धि पर उनको भरोसा था, जो दूर युद्ध को गए हैं। गाँव के चारों ओर बारी-बारी से पहरा और गश्त लगाती थीं वे। रोज नंई उम्मीद...रोज उन्हीं उम्मीदों को मरते हुए देखते रहे थे अब तक। जरूरत किसी को भी ताकतवर बना देती है। घर, बच्चे और कुछ बचे हुए खेतों की देखभाल...सब उन्हीं के जिम्मे था। घर पर सारे बच्चे भूख से बिलबिला रहे थे। माँ ने जंगल से जंगली आलू, केले और केले के छिलकों को ला-लाकर उन्हें जिन्दा रखा था। तानी मात्र छह साल का रहा होगा उस वक्त। लेकिन छह हजार सालों की ऋतुओं को मानो उसने देख लिया था।

उन दुष्ट शत्रुओं ने खूब लूटपाट की थी। सारा अनाज लूट लिया था उन्होंने। कुछ भी न बचा था। रात के तीसरे पहर जब दुनिया गहरी नींद में गोते लगा रही हो, ऐसे में कायर लोग उन सोते हुए मासूम लोगों पर हमला करते हैं और अपनी जीत का बेशर्मी से जश्न मनाते हैं। ये वही कायर थे जिन्होंने तानी वंश पर हमला किया था। ऐसे लोग गन्दे कीचड़ में लड़ते-झगड़ते, छीना-झपटी करते सूअरों की आवाज लिये हुए होते हैं। शरीर आदमी का होता है, लेकिन कहने-भर को।

तानी कबीले का एक सख्त नियम था—कभी भी पहले हमला नहीं करना और न ही लूटना है—लेकिन किसी ने उन्हें छेड़ा तो छोड़ना भी नहीं चाहिए। इसीलिए उनसे बदला लेना अति आवश्यक हो गया था। नहीं तो फिर वे लौट आते और तानी कबीले पर हमला कर सकते थे। शक्ति का परिचय देना बहुत आवश्यक हो गया था...दुनिया में शक्ति की ही पूजा होती है। साँप में खतरनाक जहर है, छेड़ा तो खैर नहीं; इसका पता दुश्मनों को होना जरूरी है।

उस दिन की हार के बाद हालाँकि दूसरे कबीलों से लड़ाई तानी लोगों की होती रही, परन्तु उस कबीले ने इन पर हमला करने की फिर कभी हिम्मत नहीं की थी। गाँववालों ने तानी के पिता निया को सिर आँखों पर उठा लिया था। उसी की अगुवाई में इन लोगों ने अपनी खोई हुई प्रतिष्ठा वापस पा ली थी, वरना हारे हुए कमजोर कबीले को कहीं भी जीने का हक मानो प्राप्त ही नहीं था। किसी दूसरे के दास बनने से बच गए थे वे।

नीबो को भी अपने पिता निया तानी पर बहुत गर्व हुआ था। लेकिन कई रिश्तेदार वापस लौटकर नहीं आए थे। मामा जी को उस दिन के बाद कभी नहीं देख पाए जिनकी ममता-भरी गोद में बैठकर जाने कितनी ही कहानियों को उसने सुन लिया था। उनकी हाथों की छुवन अब भी वह अपने बालों पर महसूस कर सकता था। जाते हुए को देखना कितना पीड़ादायक होता है...वह भी उसके लौट आने की उम्मीद करनी चाहिए भी या नहीं...ऐसे में। कुछ लोगों के हाथ, कुछ के सिर और कुछ के तीर-धनुष लौट आए थे ताकि दाह-संस्कार किया जा सके। दुश्मन सरदार का सिर भी आया था। गाँव के बीचोबीच उसे लकड़ियों से 'दापो' बनाकर कई दिनों तक लटकाया गया। कई रोते-चिल्लाते बच्चे और औरतें रस्सियों में मजबूती से बाँधकर लाए गए थे।

न लौटनेवालों के बीवी-बच्चों का करुण क्रन्दन रूह तक को चीर देता था। तानी ने पहले भी ऐसे कई हृदय-विदारक रुदन सुने थे। रात के सन्नाटों में...गहन अन्धकार में जब झींगुर चिल्लाने लगते थे, तब उन औरतों का रुदन एक अजीब-सी तड़प पैदा करता था। कुछ कहती हुई, और गाती हुई-सी रोती थीं। रात को एक-एक शब्द स्पष्ट सुनाई देता था। बीच-बीच में कुछ क्षण ठहर-सी जातीं...मानो अन्धकार में कुछ तलाशती होंगी सहारे के लिए; और फिर दुगुने वेग से रोने लगती थीं। दुश्मनों की औरतें और बच्चे धीरे-धीरे सिसकते थे। अब वे तानी लोगों के दास-दासियाँ थे। आँसू किसी के भी हों... दर्द तो दर्द होता है।

नर्बा में जो कुछ उन लोगों पर बीता था, वह दिल पर इस कदर अंकित हो गया था कि जिसकी यादें शायद युगों पीछा करेंगी। रात-भर खेतों की रखवाली करते-करते पिताजी इन पागल हाथियों की भेंट चढ़ गए थे। पिता का शरीर टुकड़ों में...आँखें कहाँ, सिर कहाँ, पेट कहाँ, हाथ

कौन सा...आह! आखिर कब तक यह सिलसिला चलता रहेगा? तानी के चेहरे पर दर्द की लकीरें उभरने लगीं। दो बूँद समुद्र की खाली आसमान में छलक गई।

पिछली बारिश के दिनों से ही पिताजी बीमार रहने लगे थे। बहन ने कितनी ही कोशिशें कीं, लेकिन वह बेबस महसूस करती जा रही थी। माँ की झिलमिलाती आँखें तब से हमेशा भीगी रहने लगी थीं। "बच्चे बड़े हो जाएँ तो चले जाना," माँ भर्राए गले से कहती। वह दिन आ ही गया। पिताजी ने दुनिया छोड़ दिया। खेत से उनका मृत शरीर टुकड़ों में लौटा था। पति के शरीर को टुकड़ों में देखकर अचानक माँ की हालत बिगड़ने लगी, उसकी साँसें जोर-जोर से चलने लगीं। शरीर तड़पने लगा जैसे बिन जल के मीन। वह मृत पति के बगल में लेट गई। इशारे से तानी को पास बुलाया। सारे लोग चारों ओर खड़े होकर सुनने लगे ध्यान से।

धीरे-धीरे, रुक-रुककर कहने लगी वह, "सुनो, मेरे प्यारे! तुम पर तानी कबीलेवालों की जिम्मेदारी होगी। अब से तुम हुए...आबोतानी...तानी वंश का पिता...नीबो को भूल जाओ...लोग तुम्हें सिर्फ तानी कहकर भी पुकारा करेंगे... तुम्हारा अपना निजी जीवन नहीं होगा—जब तक हमारे लोग दर-दर भटकना छोड़कर किसी उपजाऊ भूमि में नाचते-गाते न ठहर जाएँ हमेशा के लिए... तानी वह है जो सूरज की गैर-मौजूदगी में भी चमकता और जलता रहता है। सूर्य से पैदा हुई अग्नि जिसके भीतर अन्धकार में भी जलती रहती है। अपने बल और...और पौरुष से तुझे...खुद को साबित करना होगा...तेरे पिता कुछ...बोल नहीं पाए...मेरी सुनो...अपने लोगों का खयाल रखना—जैसे खुद का रखोगे। तानी वंश रेत के कणों की तरह फैले...दोरिंग चीजिंग हर हाल में भाई को अपनी प्रतिज्ञा भूलने नहीं देगी। प्रतिज्ञा करो मेरे बच्चे।"

दोनों बच्चों ने सिर हिलाकर माता से प्रतिज्ञा की। अन्त में माँ की दोनों आँखें गोल-गोल घूमने लगीं और धीरे से बन्द हो गईं।

जिस तरह ताई रूंगरी नामक कीड़े मिट्टी को खोद-खोदकर घर बनाते हैं, उसी तरह कब्र खोदी गई। आतुम चारुम नामक कीड़ा मरने से पूर्व अपने शरीर को गोलाकार बनाकर सो जाता है—ठीक वैसे ही जैसे की माता पेदूँग के शरीर को ठंडा पड़ जाने से पहले ही मोड़ा गया। तानी ने तब भी माँ का हाथ नहीं छोड़ा था। उसे ठंडा होते हुए देख रहा था वह।

हर चीज गोल है...जन्म और मरण दोनों गोल-गोल घूमते रहते हैं—इसलिए शरीर को उसके प्रतीक के तौर पर ऐसा किया जाता है। इसके बाद श्वेत वस्त्र से उन्हें ढक दिया गया जो शून्य और निर्दोषिता का प्रतीक है। जो दाग वस्त्र में अर्थात शरीर में लगा था अन्त में उसे भी छोड़कर जाना पड़ता है। दोनों दम्पती को लोगों ने पूरे आदर के साथ पुजारी के मंत्रोच्चारण सहित मिट्टी में डाल दिया। उनके शरीरों पर अब मिट्टी पड़ने लगी...धीरे-धीरे उनके शरीर मिट्टी के तले छिपने लगे...वह नन्हा बालक एकटक देख रहा था! मृत शरीरों को मिट्टी में दफनाने के बाद उसके ऊपर पिरामिड के आकार के बाँस की वेदी बनाई गई। बीच-बीच में पड़ाव के भी प्रतीक बनाए गए।

आबोतानी की नन्ही-सी छाती में कुछ भारीपन-सा होने लगा। सब रोने-चिल्लाने लगे। शोर था, हाहाकार था, सब ओर अफरा-तफरी थी। मृत्यु देखी थी पहले भी कई बार, लेकिन ऐसी न थी। दर्द होता था पहले भी, लेकिन इस तरह न था। रोया भी जाने कितनी ही बार। इस बार के आँसू कुछ और ही थे। कुछ था, जो छाती से होकर गले तक आ गया था, और तूफान की तरह बाहर आने के लिए मचलने लगा था। आँखों से जल की बूँदें छलक गईं। लगता था जैसे उसने दर्द से सामना पहली बार किया हो। गहन वेदना थी। कोई शब्द न था। शरीर के पोर-पोर में पीड़ा समा गई थी। कोई विचार न था...बस एक तड़प थी। वेदना जब उथली न हो—वह बहुत गहरी हो तो उसे कह देना असम्भव होता है। माँ का स्पर्श अब स्मृतियाँ बन जानेवाली थीं। ममताभरी गोद अब नहीं होगी। सूर्यपुत्र आबोतानी के रुदन से संसार सन्न रह गया था।

माता-पिता के गुजर जाने के बाद उन अनाथ बच्चों ने कई-कई दिनों तक भूखा रहना सीख लिया था। छोटे से आबोतानी को लोगों ने सारे बुजुर्गों और सूर्य को साक्षी मानकर तानी वंश का सरदार बना दिया। उसमें वह सारे गुण मौजूद थे जो एक सरदार में होने चाहिए। बस कुछ साल प्रतीक्षा करनी होगी उसके बड़े होने तक। बहन दोलियांग ने अपने सारे पूर्वजों का स्मरण करते हुए मंत्रोच्चारण किया। चारों दिशाओं से आशीर्वाद माँगा गया।

कुछ यादें जहर-सी होती हैं, लेकिन जिन्दा भी वही करती हैं। एक नए आदमी का गर्भ वही तो है। स्मृतियों से शक्ति और सबक ग्रहण करना चाहिए, न कि कमजोरी। उनकी हर परिस्थितियों को अपनी शक्ति बना लेना चाहिए। आदमी को कुछ भी बना सकती हैं स्मृतियाँ! बना सकती हैं तो बरबाद भी

कर सकती हैं। चाहिए बस एक संकल्प—आगे बढ़ना है या पीछे ही लौटना है, अथवा उसी में—अर्थात बीच में—यूँ ही सुस्त हिलते-डुलते अजगर की मानिन्द ठहर जाना है।

आबोतानी बहुत देर तक सोचता रहा। याद करता रहा। पहाड़ों को यूँ ही ताकता रहा। अब बस बहुत हो गया। यूँ ही नहीं बैठा जा सकता। चिन्ता को कर्म में बदलना होगा। वैसे भी सूरज कब का ढल गया है। वह तेजी से उठा और कीपुंग के साथ 'यालंग-पू' की ऊँची चोटी से उतरकर घर की ओर चलने लगा। उसकी चाल में जैसे बिजली स्वयं समा गई हो। चेहरे पर एक आभा थी अब।

नई यात्रा अब प्रारम्भ होने को थी शायद...।

यालंग पू

स्थान बदलते रहना जरूरी होता था पेट के लिए। मजबूरी थी। लोग खानाबदोश का जीवन जीते थे। अच्छी उपजाऊ जमीन के लिए अन्य कबीलों से भी भिड़ना पड़ता था। एक ही स्थान पर झूम खेती किया नहीं जाता, क्योंकि खार खतम हो जाते हैं। उसमें फिर से पेड़-पौधों को उगने तथा बड़े होने में समय लगता है। सूरज के सीधे प्रभाव से मिट्टी सख्त रहती है और उसमें झूम खेती के लिए उपयुक्त खार नहीं होते। बड़े-बड़े पेड़ों को काटकर गिराया जाता है। लम्बे समय तक पेड़ों के तले रहने के कारण मिट्टी नर्म और उपजाऊ रहती है। कटे हुए पेड़ और पौधे जब सूख जाएँ तो उन्हें वहीं खेत में ही जलाया जाता है, ताकि उनकी जली राख से जमीन और अधिक उपजाऊ बन सके। एक बार उस स्थान का उपयोग हो गया तो उसे छोड़कर फिर नया स्थान खोजना अनिवार्य हो जाता है। लेकिन इतनी मेहनत के बावजूद लोग भूखों मरते थे। धान की खेती अर्थात पानी खेती तो होती नहीं थी; सिर्फ मकई, मडुआ, तिल, ककड़ी, कद्दू इत्यादि ही होता था। उनसे कितने दिन और कितनों का पेट भरता!

'नर्बा' को भी छोड़कर अपने नए सरदार के साथ आगे बढ़ने लगा काफिला। ऊँचे पहाड़ों से नीचे ढलानों की ओर उतरते गए—कुछ छोटे-छोटे मैदानी इलाके मिलते गए। बगी और बोलों से होते हुए 'यालंग-पू' नामक स्थान पर आ गए। इस स्थान में कई वर्ष रहा जा सकता था। इस स्थान की मिट्टी लाल थी। इसीलिए दोरिंग चीजिंग ने इसका नाम 'यालंग पू' अर्थात 'लाल-पहाड़' रख दिया।

ज्यादा उपजाऊ नहीं है, परन्तु यहाँ के जंगलों में शिकार काफी मिल जाता है। इस बार भी मकई के खेतों को लम्पट बन्दर चट कर गए, जो बचे थे उसे हाथियों ने सफाचट कर दिया। वे जो हर पहाड़ पर खेत दिख रहे हैं न, वह बस दिख रहे हैं—बिना फसल के खेत। लोगों ने इस बार भी अपने हाथों से गाते-मुस्कराते हुए फसल नहीं काटी थी।

आबोतानी आज यालंग-पू में एक बार फिर से इन लोगों को भूख से मरते हुए देख रहा था। अब जबकि खुद जवान हो गया है, लेकिन...सभी को उसी पर भरोसा है। वह अपने लोगों के लिए कुछ-न-कुछ तो जरूर करेगा। स्वयं भूख से जूझ रहे हों और कोशिश भी बहुत कर चुके हों, लेकिन सब धरे-के-धरे रह जाएँ। स्वयं को ही समझा नहीं पा रहे हो। ऐसे में अपना दर्द किसके साथ बाँट सकता है आदमी। यह पीड़ा असहनीय है।

बड़े भाई रोबो की ईर्ष्या ने कितनी ही बार घर को जलाया। अपनी ही माँ को भी मार डालने की कोशिश की थी उसने—क्योंकि वह तानी पर भी उतना ही स्नेह लुटाती थी जितना उस पर। तानी ने उसकी कोख से जन्म नहीं लिया था, लेकिन फिर भी तानी की माता थी वह। वह रोबो की माँ थी और तानी की बड़ी माँ। रोबो और उसकी पत्नी को लगता था कि उसकी माँ तानी से मिल गई है और उनके खिलाफ षड्यंत्र करती है। बहन दोलियांग के साथ मिलकर उसको कहीं का नहीं छोड़ना चाहती है। विवाह के बाद उसके भीतर का अन्धकार दुगुना हो गया। आग में चिनगारी डालना उसकी पत्नी को अच्छी तरह आता था। दोनों मिल गए—जहर से जहरीले होते गए। कोई सन्तुलन नहीं था—दोनों ही अन्धकारमय। कुछ विवाह खानदान को तोड़ने के लिए ही शायद किए जाते हैं।

तानी और रोबो की शक्ति चारों ओर फैलने लगी थी। किसी की हिम्मत नहीं होती थी इस कबीले पर हमला करने की अब। फर्क सिर्फ दोनों भाइयों में

बुद्धि का था। रोबो कुछ मन्द बुद्धिवाला था, लेकिन शारीरिक तौर पर उससे अधिक शक्तिशाली कोई न था। तानी को अपने बड़े भाई से कोई वैर भावना कभी नहीं थी। बड़े भाई दोदर को भाई तानी से बहुत स्नेह था। कई यात्राओं में वह तानी के साथ गए।

बड़े भाई रोबो की ईर्ष्या ने उसे शुरू से ही परेशान कर रखा था, अब और ज्यादा बढ़ने लगी। लेकिन तानी को यूँ ही हराना और कमजोर करना इतना आसान नहीं था। साथ रहना मजबूरी थी। खतरे हर तरफ से थे। इसी यालंग पू में ही वे धीरे-धीरे साथ-साथ हँसते-खेलते, लड़ते-झगड़ते बड़े होने लगे। तीनों माँओं ने कभी उनमें कोई फर्क नहीं रखा। एक ही पिता की सन्तान थे आखिर। स्नेह बराबर मिलता था, लेकिन अपनी माँ की छुअन में जो बात होती है वह किसी और में कहाँ। शाम को माँ की यादें बहुत तेज हो जाती थीं, लेकिन जीवन-नदी को बहते रहना ही होता है।

यालंग-पू के सबसे ऊँचाई वाले स्थान पर तानी गाँव बसा हुआ था। कुछ-कुछ दूरी पर एक-एक घर। यहाँ से चारों दिशाओं को देखा जा सकता है। यहाँ तक पहुँचने के लिए दो ही प्रवेश मार्ग हैं। इन मार्गों पर बारी-बारी से किसी-न-किसी को पहरे पर रहना होता था। चारों ओर गहरी-गहरी खाइयाँ। दुश्मनों से बचने तथा उनसे लोहा लेने में आसानी हो—इसके लिए इस प्रकार के स्थानों को ही चुना जाना जरूरी होता था। दोनों ही प्रवेश-स्थान के पास छोटी-छोटी नदियाँ बहती हैं। छोटे-छोटे बच्चों को दिन-भर अपने नन्हे कदमों से नीचे घाटी की ओर हाँफते-हाँफते पानी लेने चढ़ना-उतरना पड़ता था। बारिश और ठंड के दिनों में उनकी हालत और बुरी हो जाती थी—वह भी जब प्रात: पौ फटने से पूर्व दौड़-दौड़कर नीचे खाई की ओर बिना ना-नुकर के उन्हें जाना ही होता था।

पूर्व की ओर का जो प्रवेश मार्ग था—सामने एक बहुत ही बड़ा और मजबूत-सा पत्थर, चिर ध्यान में पड़ा रहता था। इसी के ऊपर रात-भर लोग बैठकर पहरेदारी किया करते।

पतला, दुबला, नाटा सा, पिंज नामक एक आदमी, गोरा और बड़ा-सा चेहरा लिये, जो शरीर के हिसाब से सामंजस्य ही नहीं बैठता था। उसकी

पहरेदारी की बारी जब भी आती—लोग रात-भर उसका चिल्लाना सुनते रहते, "देख! देख मेरे इन पैरों के तले, यह पत्थर कैसे पड़ा हुआ है। इसे मैं छोटे-छोटे टुकड़ों में तोड़ सकता हूँ! और वह पिशाचिनी! मैं बच्चा पैदा कर सकता हूँ। उस शैतान स्त्री ने मुझे तीन साल की सजा दिलवाई थी।" यह कहकर वह अपना धनुष उठा लेता और एक तीर खाली आसमान की तरफ तानकर छोड़ देता था। वह तो आसमान को भी दो भागों में चीर देना चाहता था। वह पत्थर उसके रहमो-करम पर था। कहता था,"बस अपना जी नहीं चाहता टुकड़ों में बाँट देने का।" दोनों पाँव को इस तरह पत्थर पर रख देता मानो सचमुच उसे वह तोड़ ही देगा। यह तो उसकी महानता थी कि अब तक उसने उसे तोड़ा नहीं था। "तानी! तेरा भी असली नाम तानी नहीं, दोन्यी का नीबो था! अभी तक सूरज की तरह चमका नहीं तू?" इस वाक्य को हालाँकि वह बुदबुदाकर धीरे से ही कहता था।

किसी को उस पर गुस्सा नहीं आता था। लोग उसका मजा ही लिया करते। अभ्यस्त हो गए थे सब। चुगलखोरी और लोगों को भड़काने तथा झूठ बोलने में उसे महारत हासिल थी। माँ-बाप ने बचपन में नाम कुछ और ही रखा था, लेकिन उसके स्वभाव के कारण उसका नाम जाने किसने 'पिंज' यानी चमगादड़ रख दिया था। लोग अब उसके असली नाम को भी भूल चुके हैं। दिन को जब सारे लोग खेतों के लिए निकल जाते, तब किसी-न-किसी की मुर्गी को मुफ्त में मजे से खा लेता। गालियाँ देने पर कहता, "जंगली मुर्गी थी। अच्छा शिकारी हूँ, किसी की मुर्गी क्यों चुराकर खाता?" कभी किसी के गोदाम में किसी तरह घुसकर सूखे मीट को चट कर जाता। पकड़े जाने पर कहता, "बिल्ली खा गई होगी। कुछ भी टूटा-फूटा नहीं, कहीं पर भी। आदमी इस तरह नहीं घुसते गोदाम के अन्दर!"

उसकी चोरी की इसी आदत के कारण उसका एक और नाम प्रचलित हो गया था—'तासी' यानी मुर्गी चोर जंगली बिल्ली। कभी पिंज, तो कभी तासी कहकर उसे लोग बुलाते। सभी जानते थे वह कैसा है, लेकिन वह इस तरह बातें बनाता था कि लोगों के पास कहने को कुछ बचता ही नहीं था। बार-बार उसके झाँसे में कोई-न-कोई तो आ ही जाता था।

पिंज तो बदलने से रहा—उसके ऐसा होने को ही स्वीकार कर लेने में सबकी बुद्धिमानी थी। गाँव के कुछ डरपोक लोगों के लिए बहुत मदद हो जाती

थी उससे। जब गहन अन्धकार में घर के बाहर पेशाब करने जाना होता था। पिंज की आवाज नीचे घाटी से सुनाई देती रहती। लोगों को तसल्ली हो जाती थी कि भूत-प्रेत जब उसे नहीं खाए तो इसका अर्थ है—वे भी बच गए।

किसी समय उसकी भी एक पत्नी हुआ करती थी। सुन्दर और जवान। मेहनती और मुँहफट। बच्चे नहीं हुए। लोग कहते थे वह बाँझ है। दिन-रात मेहनत करती लेकिन पति के प्रेम की अधिकारी कभी नहीं रही। रहती भी कैसे? दासी थी। युद्ध में जीतकर लाई गई थी। उसके शरीर का काम सिर्फ पति के शारीरिक प्यास को ही बुझाने का होता था।

एक दिन किसी के साथ पकड़ी गई। हुआ कुछ भी नहीं था। बस वे अँधेरे में कुछ बातें ही कर रहे थे। पिंज के खानदानवालों ने उसे धर दबोचा। दूसरे दिन उसे खानदान के सारे पुरुषों ने रस्सी से एक पेड़ के साथ बाँध दिया। बारी-बारी से लात-घूँसे मारे। तीन दिनों तक भूखी-प्यासी रखी गई और फिर चौथे दिन उसकी योनि में सूखी मिर्ची का पाउडर डाल दिया गया। "तानी... तानी...दोन्यी तानी...बचाओ!"

कैसी पीड़ा थी उसकी पुकार में। किसी को दया तक नहीं आई! "ऐसा क्या है उस कमीने में, जिसका नाम हर वक्त लोगों के जुबान पर चढ़ा रहता है? और ये औरतें, यह तो दुख में, सुख में हर समय तानी का नाम ही जपती हैं!" यह सोचता हुआ सामने खड़े रोबो ने घृणा से उस औरत की तरफ थूक दिया था, "थूह! चरित्रहीन औरत। इस वक्त तो किसी मर्द का नाम न लेती।"

विवाहित महिला किसी गैर-मर्द के साथ पकड़ी गई तो बदतर-से-बदतर सजा उसे मिलती थी। या तो उसे ऐसे आदमी के साथ बेच देते थे जो उसको पसन्द नहीं होते, या फिर कई-कई दिनों तक उसे भारी-भरकम लकड़ी के साथ बाँध दिया जाता था और उसकी मर्जी के खिलाफ उसके शरीर के साथ कई तरह से खिलवाड़ किया जाता। मददगार को कई तरह के जुर्माने लगते थे। कभी-कभी मार-पीट और खून-खराबे तक की नौबत आ जाती। मर्द कई-कई पत्नियाँ रख सकते हैं। उनके लिए कोई खास सजा तय नहीं है।

कई दिनों की 'न्येम-न्येपा' यात्रा से तानी अपनी बहन दोलियांग और कुछ लोगों के साथ बहुत सारा नमक लेकर लौटा था। सोचा था, अपने लोग

कितने प्यार और मुस्कान के साथ उनका स्वागत करेंगे। और यहाँ यह सब कुछ घट चुका था। लोग स्वागत को जमा तो हुए—लेकिन सिर झुकाए! "भैया, वह आपका नाम लेकर बहुत रोई और चिल्लाई भी थी। इन लोगों ने उसे बहुत-बहुत मारा!" पिंज के खानदानवालों की ओर उँगली करता हुआ एक बच्चा हाँफ-हाँफकर कहता जा रहा था। तानी को उसकी चीखें चारों ओर सुनाई देने लगीं। बिलकुल वैसे ही रोई-चिल्लाई होगी, जब किसी पर अचानक कोई दुश्मन हमला कर देता है और सारे मर्दों की हत्या करने के बाद औरतों के केशों को पकड़-पकड़कर उन्हें खींच-खींचकर अपने यहाँ ले जाया जाता है।

कितनी ही मुसीबतें थीं, जिन्हें हल करना था। यहाँ ये लोग इस तरह के कामों में व्यस्त थे। किसने किसको सुलाया? क्यों सुलाया? बदले में कितने मिथुन या अन्य सामान मिले? यह पहाड़ मेरा, वह पहाड़ तेरा। यह पेड़ मेरा, वह पेड़ तेरा। नदी का यह भाग मेरा, वह भाग तेरा। यहाँ से कोई लकड़ियाँ नहीं ले सकता, और न ही शिकार कर सकता है। इस तरह के झगड़ों से तानी और दोलियांग तंग आ चुके थे। यही झगड़े अन्य कबीलों से भी लड़ने पड़ते थे सो अलग।

तानी और दोलियांग का सपना था—एक विश्राममय समाज का निर्माण करना। खानाबदोशी जीवन से अलग—एक ऐसा देश हो, जहाँ लोग हमेशा के लिए ठहर जाएँ। लहलहाते खेत हों। नाचते-गाते लोग हों। सारे लोग हर प्रकार के भय से मुक्त हों। और भी बहुत कुछ। लेकिन लोगों को इसके लिए संकल्पनिष्ठ तो होना ही होगा न!

तानी के कोप का भाजन पिंज और उसके खानदानवालों को अच्छी तरह भुगतना पड़ा था कि उन्हें पूरे तीन सालों के लिए कबीले से अलग कर दिया गया। इसकी घोषणा बड़े जोरदार तरीके से की गई। अपने लोगों से दूर किसी जंगल में अकेले रहना—वह भी कम संख्या में।

डर क्या होता था—इसका तो हम सिर्फ अनुमान ही लगा सकते हैं। इन सजा के दिनों में कोई भी उनसे नहीं मिल सकता था, और न ही वे उनसे मिल सकते थे। यह तानी का नया फरमान हुआ। किसी कबीले के यहाँ भी, कहीं भी सहारा नहीं ले सकते थे वे। तानी से दुश्मनी लेने की हिम्मत किस कबीले में थी।

सुना है पिंज की पूर्व पत्नी अन्य कबीलेवालों के यहाँ बहुत खुश है। पति उससे बहुत बूढ़े हैं तो क्या हुआ—शान्ति तो है। और अब उसने एक पुत्र भी पैदा कर लिया है।

मैकार मैरांग

एक दिन सारे लोग गाँव में एक साथ मौजूद थे। दिन ढलने लगा था। पहाड़ की ओट में कुछ ही देर में सूरज छिप जानेवाला था। इस समय जंगल के उन सारे हरे दिखते पत्तों में कुछ पीलापन-सा उतरने लगता है। सुनहरे-सुनहरे, जैसे कोई असीम प्रेम से भरकर अपनी तरफ खींच रहा हो। पतझड़ में जब ये सारे पत्ते हवा में हौले-हौले तैरते हुए नीचे उतरते हैं। एक उम्र जैसे बीत गई। एक यात्रा पूरी हुई। एक दर्द-सा उतरता है। नीचे जमीन पर पड़े उन असंख्य सूखे पत्तों की मर्मर की ध्वनि—एक मीठी वेदना को जन्मती है। तानी ने जाने कितने गीतों की रचना की थी, उन जंगलों में खड़े पेड़ों के शाखाओं पर बैठकर।

उधर पश्चिम दिशा से—दो लोग—दूर से आ रहे थे। उन पर सूरज की चमकीली किरणें पड़ रही थीं। वे चमक रहे थे। और वे नजदीक आते जा रहे थे। छोटे कद-काठी, छोटी-छोटी आँखें, छोटी नाक, गोरा रंग। लम्बे बालों को सिर के ठीक ऊपरी भाग में गोल और करीने से बाँधे। कन्धों पर धनुष लटकाए। घुटनों तक लम्बे चोगानुमा वस्त्र पहने, दो व्यक्ति इस ओर तेज-तेज कदमों से आ रहे थे। बच्चे दौड़-दौड़कर देखने लगे। कुछ लोगों ने हथियार सँभाल लिये। तीर को कमान में चढ़ाए यहाँ-वहाँ सही स्थानों पर खड़े हो गए। औरतें किसी अनहोनी से डरकर एक-दूसरे की ओर शंका से बिना कुछ कहे ताकने लगीं। लेकिन जरा ठहरो तो।

ओह! ऐश्वर्य सम्पन्न लोग हैं। देखो उनका शरीर! कैसे सुन्दर वस्त्र से ढका हुआ है। प्यामी-प्यालंग (लाल-नीले चटख रंगों) से बुने वस्त्र। सुन्दर फूलों की कारीगरी। जरा पास जाकर देखें। वे हसरत भरी नजरों से उनके

कपड़ों को देखने लगीं। छूकर देखना चाहती थीं वे उन्हें। तानी ने सबको **शान्त** रहने के लिए इशारा किया। कमर पर दोनों हाथों को रखे, दोनों मजबूत जंघाओं को एक-दूसरे के कुछ दूरी पर फैलाए हुए, प्रश्नवाचक मुद्रा में खड़ा हो गया वह। औरतें पीछे हट गईं। नंग-धड़ंग बच्चे, धक-धक करते धड़कनों को रोके यहाँ-वहाँ से झाँक-झाँककर देखने लगे। उन्होंने झुककर, शान्त शीतल, मित्रता भरी मुस्कान के साथ ठीक तानी के सामने आकर उसे सम्मान दिया। कैसे नहीं पहचान जाते उसे। सबसे अलग दिखता था वह। तारों भरी रात में अकेला अन्धकार को दूर करता चमकते उस चाँद को। हर भाव को पढ़ लेने की आँखों में अद्‌भुत शक्ति थी जिसकी। बिन कहे बहुत कुछ कह देनेवाली चमत्कारी आँखें। जिसके मस्तक की आभा से कोई भी प्रभावित हुए बिना नहीं रह सकता था।

मदद माँगने आए थे वे यहाँ। तानी कबीलेवालों के सीने में गर्व का भाव हिलोरें लेने लगा। जिनको कोई कमी नहीं, धन-धान्य से परिपूर्ण हैं। वही लोग गरीब तानी से मदद माँगने आए थे। तानी वंश के लोगों के दिलों में पहली बार मालिक का-सा भाव जागा। आँखें सबकी चमक गईं। खुद को पहली बार बहुत ऊँचा महसूस किया उन लोगों ने।

मेहमान का बहुत ध्यान रखा गया। कोई भी कमी नहीं रखी! बस, दूसरे दिन वे तानी लोगों के मर्दों की तरह कपड़े पहने हुए थे। हाय, कितने घने, काले और लम्बे केश थे उनके। काले बादल-सा कन्धों पर पड़े हिलडुल रहे थे। उनके सारे कपड़े औरतों ने आधे-आधे बाँट लिये थे। किसी बच्चे के शरीर पर आधा कपड़ा झूल रहा था, किसी के शरीर पर आधा, किसी औरत के बालों में कुछ लटक रहे थे तो किसी में कुछ। कोई फूले नहीं समा रही थी, तो कोई हँसी के मारे कुछ बोल नहीं पा रही थी। शरमाते, सकुचाते, खी-खी करते भले मानुस—दोनों फिर भी खुश थे। उनकी यात्रा सफल जो रही थी।

तानी मान गया था उनके साथ चलने के लिए—हालाँकि कुछ शर्तें थीं—जिन्हें काम पूरा हो जाने पर उनको पूरा करना था।

कहते हैं एक ऐश्वर्य-सम्पन्न, शक्तिशाली कबीला था—मैकार-मैरांग नामक स्थान पर। वहाँ तक पहुँचने के लिए यालंग पू से लगभग पन्द्रह से बीस दिन

लग जाते थे। लोग टेढ़े-मेढ़े, आड़े-तिरछे और उतार-चढ़ाव भरे पहाड़ी रास्तों से कई-कई दिनों तक पैदल चलकर अपनी यात्रा पूरी करते थे। यह जोखिम भरे होते थे। बीच-बीच में पड़ाव—लोग वहाँ कुछ देर ठहरते, या फिर रात बिताते और आगे चल देते। मांसाहारी जानवरों का खौफ बना रहता था। लुटेरे कबीलों की भी कमी नहीं थी। जान हथेली पर हर समय रखनी पड़ती थी। कुछ भी हो, चलना तो था ही...।

लोग कहते थे, तानी के घुटनों में जादू है। हवा की वेग से चलता था। वायु-पुत्र यूँ ही नहीं कहलाता था वह। पन्द्रह दिनों की यात्रा को पाँच दिनों में पूरा करने की ताकत थी उसमें। दुश्मनों से लोहा लेने और उन्हें बेवकूफ बनाकर रफूचक्कर हो जाने में महारत हासिल थी उसे। किसी की हत्या करने के बजाय उन्हें चालाकी से बेहोश कर देता था और गायब हो जाता था। जानवरों का खौफ उसे कभी नहीं था—क्योंकि वह उनकी भाषा समझता था। हर पड़ाव पर कोई-न-कोई जंगली मित्र मिल ही जाता था। उसको किसी हथियार की आवश्यकता ही नहीं होती थी। फिर भी तीरन्दाजी में कोई सानी नहीं था। पक्का निशानेबाज था। लेकिन उसके साथ चलनेवालों की कयामत आ जाती थी। इसी के चलते अधिकतर वह अकेला ही चलता था। अपने लोगों के लिए कई तरह की चीजें लाता था। कई तरह के बीज वही तो लाया था। उन्हें कैसे बोया जाए, इसकी जानकारियाँ भी साथ-साथ लेकर आता।

पिंज के साथ उन दोनों लोगों को दस दिन पहले ही आगे निकल जाने को कहा। बगी-बोलो नदी के पास उन्हें उसकी प्रतीक्षा के लिए कहा गया। क्योंकि वहाँ से कई रास्ते चौराहों में बँट जाते थे। वहाँ तक तानी कई बार जा चुका था, लेकिन मैकार-मैरांग कभी नहीं गया।

ताप नाम का एक आदमी था—मैकार-मैरांग में। वह बड़ा ही अजीब किस्म का था। भारी-भरकम शरीर, शक्तिशाली लेकिन मन्दबुद्धि। पेट उसका निकला हुआ। मोटी नाक। चेहरा बहुत बड़ा, उस पर बेहद छोटी आँखें—जो होकर भी नहीं होने का आभास देती थीं। लेकिन छोटी आँखें भी उतना ही देख सकती हैं जितना बड़ी आँखें देखती हैं। होंठ बेडौल और मोटे। लोग उसे उल्लू कहकर चिढ़ाते। रात-भर जागता था। गाँव से दूर वीराने में एकदम अकेला रहता था। कई दिनों तक अगर वह गाँव में नहीं आता था, तो लोगों को उसके होने का भी अहसास नहीं होता था। मानो वह था ही नहीं कभी। उसे लोग खूब

छेड़ते थे। इस बात से वह बहुत ही अधिक चिढ़ जाता था। ऐसे में वह ऐसी हरकतें करता था, जिसे देखकर लोगों की हँसी छूट जाती थी। बहुत अधिक गुस्सा आता था उसे। बहुत ही कम बोलता था। उसे बच्चों से सख्त नफरत थी; क्योंकि वे उसे बहुत ही ज्यादा छेड़ देते थे और खी, खी, खी कर हँस भी देते थे।

माता जिमी और पिता जमा हर किसी को कोई-न-कोई रूप दे देते हैं। लोग उसका मजाक फिर भी उड़ा ही देते हैं। "मजाक उड़ाना हो तो उसका उड़ाओ जिसने मुझे ऐसा बनाया," ये कहकर कभी-कभी वह रो देता था। गाँव में बहुत दिनों के बाद दिखता था। उसे कुछ जरूरत होती—नमक, कपड़े इत्यादि—तो ही आ जाता था।

प्यारी-सी एक लड़की थी गाँव में—यासी। बहुत अच्छा नाचती थी। पिछले साल के त्योहार में उसे नाचती देख ताप का दिल तब से डोलने लगा था। जीवन में पहली बार उसने अपने दिल की धड़कनों को बहुत नजदीक से सुना—धुक... धुक...धुक। चेहरे पर गुलाबी रंगत फैल गई। कैसा अहसास था...कैसी खुमारी थी! एक अनजाना नृत्य—मानो उसके गर्भ से जन्मना चाहता हो। किसके साथ बाँटता इस मस्ती को वह। उसकी आँखों में आँसू आ गए, 'माँ', उसने धीरे-से माँ को पुकारा था। कैसी बेबसी थी उसकी पुकार में। जैसे माँ आएगी और खिलौनों की तरह इस प्यारी लड़की को उठाकर उसके हाथ में दे देगी।

जब से होश सँभाला उसने अपने माँ-बाप को देखा नहीं था। जिसे कभी देखा भी नहीं होता...उसकी—जिसका स्पर्श आदमी महसूस कर सकता है—वह सिर्फ माँ ही तो है। उसकी यादें भी साथ होने का अहसास देती हैं।

गाँव में घर-घर रहकर काम किया करता और खा-पीकर सो जाता। धीरे-धीरे लोगों के मजाक का केन्द्र बनता गया। उसे देख-देखकर लोग ठहाके लगाते रहते। भीड़ में उसका मजाक उड़ाया जाता। इससे तो अच्छा था—कहीं इन सबसे दूर, किसी वीराने में नितान्त अकेला ही वास करता।

एक दिन यासी अपनी सहेलियों के साथ जंगल में लकड़ियाँ बीनने जा रही थी। हिलता-डुलता भारी-भरकम शरीर लिये ताप भी इसी ओर ही आ रहा था। यासी को अपनी तरफ आकर्षित करने के कई-कई नाकाम तरीके वह पहले

भी अपना चुका था। और इस बार ऐसा क्या किया जाए कि वह शरमाकर मुस्करा ही दे। उसने उन लड़कियों का रास्ता रोका। यासी की तरफ तिरछी नजर से देखता हुआ, उसने एक न पसन्द आनेवाली हँसी हँस दी। वैसे भी लड़की कब से चिढ़ी हुई थी उससे। लोग मजाक-मजाक में उसे उसके साथ छेड़ देते, तो उसका जी चाहता कि वह खुद को ही मार डाले और अब ये यहाँ रास्ता रोके खड़ा है।

रास्ते के दोनों किनारों पर कई लोग थे—वे अपने-अपने बागानों में काम कर रहे थे। उस दिन आकाश साफ था। इधर-उधर कुछ श्वेत आवारा बादल दौड़ते फिर रहे थे। चहल-पहल थी। लोगों की हँसी-ठिठोली सुनाई दे रही थी। धीरे-धीरे बहती फुसफुसाती हवा; बड़ी मीठी लग रही थी। इतनी गर्मी भी नहीं, और न ही वैसी सर्दी जिसे सहा न जाए। अचानक ताप मैकार नाचने लगा। हो...हो...हाय...हाय...ला...ला...हय्या...हय्या। सबकी आँखें फटी-की-फटी रह गईं।

यासी को अपने होने पर ही घृणा-सी होने लगी। सुबुक-सुबुककर रोने लगी। क्या वह इतनी गई-गुजरी है कि कोई सामान्य लड़का उसे पसन्द नहीं कर सकता? यह आदमी कितना भद्दा लग रहा है। उसका गाता हुआ यह मुँह। त्वचा नहीं—कोई हिलता-डुलता कपड़ा हो। छी छी! शरीर का सारा हिस्सा इस तरह हिल रहा है, मानो आदमी नहीं कोई मोटा-तगड़ा सूअर हो। और तो और वह जोर-जोर से कूद-कूदकर नाचने लगा। लोग कुछ देर के लिए हक्के-बक्के रह गए। हो क्या रहा है? लड़कियाँ डर के मारे चीख-पुकार मचाती हुई इधर-उधर दौड़ने-भागने लगीं। उसके कूदने से धरती मानो हिलने लगी थी।

वह इतना मजेदार लग रहा था कि लोग खुद को रोक नहीं पाए। सारी वादी ठहाकों से गूँज गई। ताप पहले तो समझ नहीं पाया कि इसमें हँसने की क्या बात है? ठहरकर चारों ओर देखने लगा—ओह, ओह! कितने सारे लोग उसे देख-देखकर हँस रहे थे। उसे होश ही नहीं रहा कि रास्ते के दोनों किनारों पर कितने लोग थे। यासी को देखा कि कोई दूसरा और नजर ही नहीं आया था। फिर उसने देखा लड़कियाँ मौका पाकर कब की यहाँ से भाग गई हैं।

नहीं, नहीं, नहीं...बस करो अब तो। बचपन से सबकी हँसी का ही पात्र क्यों? आज भी? वह भी उस लड़की के सामने। अब तो यासी कभी नहीं

मानेगी...कभी नहीं। ताप ने ऐसी जोर की दहाड़ लगाई—घाटी हिल गई, पहाड़ हिल गया। ऐसा तो कभी नहीं दहाड़ा था वह। भीमकाय हाथी को भी एक अदना-सा आदमी अपनी बुद्धि से, अपने इशारों पर नचाता है, लेकिन कभी-न-कभी वह भी खतरनाक हो सकता है। यह भी उसी तरह का ही इनसानी शरीरवाला हाथी था, जिसे लोगों ने न जाने कब से अपने इशारों पर नचाकर रखा था। लकड़ी काट दो—नमक मिलेगा। पानी ला दो, कपड़ा मिलेगा। खेतों में घास छील दो, तो दारू मिलेगा। लेकिन अब, अब वह बेकाबू होने को था। हाथी के पागल होने का समय आ चुका था।

अभी-अभी तो हँसी-ठहाकों की आवाजों से ये वादी प्रसन्न थी। हवा थम गई...नदी जम गई...गाँव सन्न रह गया। उसने छोटे-छोटे बच्चों को भी नहीं छोड़ा। उनके शरीरों को दो-तीन भागों में बाँटकर इधर-उधर बिखेर दिए, जैसे मुर्गी के गले को मरोड़कर मार डाला जाता है। उसने इतने लोगों को मार डाला। कइयों का शरीर अब भी अधमृत छटपटा रहे थे। किसी के सिर धड़ से अलग, किसी का एक पाँव यहाँ, तो दूसरा वहाँ। उसने बिना हथियार के ही अपने हाथी के सूँड़नुमा हाथों से ये सब कुछ कर डाला था। कुछ लोग डर के मारे ही मर गए।

जिस तरह पहाड़ों में बर्फ की नदियाँ जम जाती हैं; आज यहाँ खून की नदियाँ जम गईं। तीर-धनुष किसी काम नहीं आए। अचानक भयानक आतंक मच गया। लोगों के अन्दर डर इस कदर समा जाता है कि सारा शरीर ढीला पड़ जाता है। लगने लगता है—अब तो इससे कभी नहीं लड़ सकते। बीभत्स दृश्य था उस दिन का।

अब गाँव में जितने भी लोग बचे थे, एक सप्ताह में एक मौत। उसने उन्हें एक-एक करके मार डालने का संकल्प लिया। सबने सुना। सब कुछ यहाँ, इसी गाँव में था उन लोगों का। खेत, खलिहान, पूर्वजों की यादें, और न जाने क्या-क्या। कितनी मुश्किलों से इस स्थान की रक्षा वे करते आए थे। सरदार बहुत निराश हो गए। लड़की से भी अब ताप ब्याहने को तैयार नहीं था। बस खून का प्यासा हो चुका था वह।

कुछ भी हो, लोग अपनी इस उपजाऊ जमीन को छोड़कर कहीं भी जाना नहीं चाहते थे। कितने ही दुश्मनों की नजर थी इस पर। और इस तरह चलता रहा तो इससे वे जल्द ही हाथ धो बैठेंगे। पुजारी के अनुसार ताप के अपने ही

गाँववाले उसे मार नहीं सकते थे। मार दिया कि प्रलय आ जाएगा। मुर्गी के अंडों को हाथ में लेकर पुजारी ने मंत्र फूँक-फूँककर भविष्यवाणी की थी। ताप के खून से किसी का हाथ रँग जाए तो धरती क्रोधित हो उठेगी। अनाथ आदमी है, माता सूर्य की कृपा उसके साथ रहती है।

इधर कुआँ और उधर खाई। इसके लिए तानी की मदद लेना आवश्यक हो गया था। उसी के हाथों इसकी मृत्यु लिखी जानी चाहिए। तानी को लोग जादूगर की तरह मानते थे। वह कुछ भी कर सकता है।

कई दिनों की यात्रा के बाद तानी, कीपुंग, पिंज और उन दो लोगों के साथ वहाँ उस गाँव में सुबह-सुबह ही पहुँच गए। रात-भर सोए नहीं, चलते रहे थे वे। अजीब आदमी था तानी। समाज जिन्हें इनकार कर देता, या जिसके होने को लोग बेकार समझते थे—उन्हीं को अपनी यात्रा का साथी बना लेता था। रात-दिन जो उसके प्रति गालियाँ बकते थे; वही उसकी लम्बी यात्राओं के हमसफर होते। उन्हीं पर तानी का असीम स्नेह भी बरस जाता था। वक्त आने पर ऐसे ही लोग तानी के लिए जान देने को तत्पर रहते। ये सब लोगों की समझ से बाहर था। कितने लोगों की इच्छा होती थी—वे भी तानी के साथ जाएँ। लेकिन सब मन मसोसकर रह जाते।

सुन्दर-सुन्दर और मजबूत घर। तानी लोगों के घरों से बहुत ही भिन्न। घर दूर-दूर नहीं थे, पास-पास थे। एक सुन्दर अनुशासन उनमें नजर आता था। दूर तक फैला मैदानी इलाका था। कुछ आगे जाकर पहाड़ शुरू हो जाता था। सभी लोगों के शरीर कपड़ों से ढके हुए थे। कितने सम्पन्न लगते थे वे! लोगों ने बीच गाँव में ही तानी को घेर लिया। सरदार भीड़ से उन्हें बड़ी मुश्किल से निकाल लाए और अपने घर पर उनका जोरदार स्वागत किया।

सरदार की खूबसूरत बेटी आसीन ने शरमाते हुए तानी के खाने-पीने का खयाल रखा। आह, क्या रूप है गरीब तानी का! अधनंगा है वह...लेकिन नजरें जैसे उससे हटना ही नहीं चाहतीं। रूप भी क्या चीज होती है...आँखों ने देखा नहीं कि दिल में उतर ही जाता है। लेकिन उफ! यह कैसा बेदर्द आदमी है। एक नजर देखता तक नहीं। सीने में कुछ मीठा-सा दर्द उठने लगा है। किसी-न-किसी बहाने वह तानी को अपनी तरफ आकर्षित करना चाहने लगी। क्या

माँ-बाप की नजरों से अपनी औलाद की कोई इच्छा छिप सकती है। वह भी माँ की नजरों और दिल से। नहीं, कभी नहीं।

पिंज कहीं गायब हो गया। पता नहीं कहाँ चला गया? किसी ने कहा, "अरे, लेकिन यह तानी का साथी कहाँ चला गया? कहाँ गायब हो गया? अपने साथी का हाथ पकड़कर ही चलना चाहिए भीड़ में। वह भी जब अनजान जगह हो। नादान आदमी, कहीं ताप के पास ही चला न गया हो। खामखाह लेने के देने न पड़ जाएँ!" लोग परेशान होने लगे। "आप लोग परेशान न हों, वह कहीं-न-कहीं सुरक्षित ही होगा। गाँव में ही कहीं होगा वह। कल सुबह तक वह यहाँ आ ही जाएगा," यह कहकर तानी इत्मीनान से मुस्कराने लगा।

एक बुजुर्ग महिला थी उनमें। उसकी आँखें बहुत कुछ कहती थीं। आकाश की गहनता उनमें थी। खामोश; लेकिन मौन। खालीपन नहीं था उनमें। भीड़ में तानी को ताकती थी—जैसे कुछ बताना चाहती हो। यह आँखें उन्हें और उन्हीं से बोलती हैं, जो शब्दों से अधिक गहरे होते हैं...जिनको सुनना है वे सुन लेते हैं। सुन लिया कि कयामत आ गई...मरकर जी उठने की चाह जगने लगी। बस, सुनना आना चाहिए। तानी को उनका शरीर नहीं, बस वे दो आँखें ही दिखीं। एक सन्देश पा गया।

तो क्या सृष्टि ने तानी को यहाँ इसलिए भेजा ताकि वह इन दो बोलती आँखों से मिल सके? शायद...।

ताप उस आदमी का पुत्र था, जिसे इस वर्तमान सरदार ने धोखे से मार डाला था। उसके पूरे खानदान को खतम कर दिया था उसने। सारी जमीन और जायदाद अपने नाम कर ली थी। इस बच्चे को दूर जंगल में फेंक दिया गया था; लेकिन इस पिशाचिनी औरत ने उसे पालकर बड़ा किया। इसी की आँखें तानी की आँखों से इस तरह मिल रही हैं, मानो उसने सदियों तानी का ही इन्तजार किया हो। आज यह बूढ़ी हो गई है। इसी सरदार की बड़ी बहन है यह। इसने कभी विवाह नहीं किया। ताप के पिता से प्रेम करती थी। इसी कारण उसका भाई नाराज हुआ। दोनों परिवारों में दुश्मनी के चलते दो दिल अलग हो गए। फिर लड़के का ताप की माँ से विवाह कर दिया गया, लेकिन यह आजीवन अकेली रह गई।

वह ताप के लिए चिन्ता में घुलती रहती थी। उसको कुछ भी हुआ तो वह अपनी जान दे सकती थी। वह आत्महत्या कर लेती तो कितनी बदनामी

होती। यह खानदान के इज्जत का भी सवाल था। इसलिए उसकी बात माननी पड़ी। लेकिन पाँच साल की उम्र हो जाने के बाद ताप को घर से निकाल दिया गया। दर-दर भटकने के लिए। वह पालनहार माँ छुप-छुपकर भोजन देने के सिवाय कुछ नहीं कर सकी उसके लिए। बात न मानने पर ताप की जान ले ली जाती।

बेबसी हमेशा उन्हीं लोगों से मिलती है, जिन्हें हम अपना मानते हैं। दिल वही तोड़ता है, जिनसे हम प्रेम करते हैं। वही जिनके लिए लगता है कि वह हमें समझते हैं—वही जीवन-भर नहीं समझ पाते। सर्वाधिक दूरी का अहसास भी उन्हीं अपनों से ही मिला करता है।

उन लोगों ने ताप की यह पूरी कहानी तानी को नहीं सुनाई थी। जितना अपने मतलब का था, वही सुना दी गई थी। सब कुछ सुन लेने के बाद तानी ने उन दो बूढ़ी आँखों की तरफ देखा और कहा, "कोई मेरे पीछे न आए। मैं अकेला ही ताप को देखने आज ही जाना चाहता हूँ। मेरे साथ कोई मेरी चाल से चल भी तो नहीं सकता। मेरा काम करने का ढंग अलग है। मुझे किसी की मदद नहीं चाहिए। मैं अपने तीर-धनुष के अलावा किसी और हथियारों का प्रयोग भी कभी नहीं करता। मैं ताप को बहाने से फुसलाकर गाँव में लाता हूँ, और आप सबके सामने उसको उसके पूर्वजों के पास पहुँचाता हूँ। लेकिन आप लोग ताप के उस भीमकाय मृत शरीर को रखकर, कहीं दूर जंगल में छोड़ आने के लिए मजबूत लकड़ियों को तैयार रखना—ताकि उसे लुढ़का-लुढ़काकर ले जा सकें। मेरा आप लोगों से अनुरोध है कि उसके शरीर को कोई भी हाथ न लगाए। मेरे लिए इतना तो कर ही सकते हो।"

लोगों के पास और कोई चारा नहीं था। उन्हें मानना ही पड़ा। उन लोगों को तो उसका मृत शरीर ही देखना था। वैसे उसने कई बार दुश्मनों से उनकी रक्षा की थी। तो क्या हुआ। उसने इतने लोगों की जानें ली हैं। उसको मरना ही होगा। उसके मृत शरीर को दफनाएँगे नहीं—चील-कौवों को चीर-फाड़कर खाने देंगे। उसकी आत्मा अपने पूर्वजों से न मिल पाए—कोई अन्त्येष्टि नहीं की जाएगी उसकी।

बहुत ही घना था वह जंगल। वीरान। आदमियों के भीड़ से बहुत दूर...

लेकिन जीवन से भरपूर। सूरज की किरणें अधिकतर जमीन के भागों को छू नहीं पा रही थीं। आसमान से परी-सी उतरती उन किरणों को छूने की चाह में, शायद कई पेड़-पौधे इतने ऊँचे हो गए थे। बहुत सारे भिन्न-भिन्न आकृति वाले सुन्दर-डरावने पेड़। उनमें कभी न सुनी गई पंछियों की आवाजें थीं। साँप, केंचुए, केकड़े, मच्छर, जोंक। इन सबसे बचना तानी का बाएँ हाथ का खेल था। सामने आकाश छूते पहाड़ से श्वेत निर्दोष बादल-सा घिरता झरना। उसके किनारे-किनारे जहाँ-तहाँ कई रंग के खिलते सुन्दर फूल। ये कौन चित्रकारी करता रहता है!

जंगल है या कोई सजी हुई दुल्हन! आज कोई आँखवाला आया था यहाँ... वर्षों बाद। वहीं पर घास-फूस और लकड़ियों से बना, ताप का मचाननुमा छोटा-सा घर। उसके प्रवेश-द्वार पर मच्छर से बचने के लिए जलाए गए सूखे पौधों से उठता धुआँ; मानो उसके सीने में जलता हुआ कोई दर्द हो। कोई साथी नहीं। बिना बोले कैसे जीता होगा? लगता था, अपने शरीर से ही अलग होकर, वह कहीं अपनों के इन्तजार में जाने कब से तड़प रहा है।

तानी की आँखों से अमृत बरसने लगा। उसने अपनी दोनों आँखें मूँद लीं और अपने हृदय को खोल दिया। उनसे शब्दों के रूप में बरस जानेवाला ऊद गीत गाने लगा। उसके गाने में पुकार थी, किसी उस अपने के लिए...सीने से लगाने की चाह थी उसमें—

कौन ढूँढ़ता है तुझको
मिलने को रूह से तेरे
कौन तरसता है
शब्दों में गीत घोलता है
बिखर गया है तू
बिखरा हूँ मैं भी
देख तो कौन आया है।

जैसे वहाँ खड़े सारे पेड़-पौधों ने सुन लिया। जमीन पर पड़े सूखे पत्ते उड़ने लगे। ऊपर उन शाखाओं पर लहराते पत्तों की पाजेब बजने लगी। पंछियों ने अपने सुन्दर पंखों को फड़फड़ाकर उसके सुर में सुर मिलाया। दूर कहीं हिरन के बच्चे की रोने की आवाज—माँ को पुकारता था वह। हवा ने झोंपड़ी

के भीतर लेटे हुए, ताप के कानों में हौले से कुछ कहा। जैसे भूला हुआ कोई अपना...कहीं गहरे में सो गई वह यादें...फिर से जग गईं।

प्रेम ने उसको छोटा और मासूम-सा बच्चा बना दिया। उसने कहा, "तानी," और फिर दौड़ गया उस ओर। उसने जाने कितनी ही बार तानी के बारे में सुन रखा था। और अब दोनों इस तरह मिले जैसे सदियों से एक-दूसरे को पहचानते हों।

देर तक दोनों के बीच बातचीत हुई। तानी ने उसे बहुत अच्छी तरह अपनी बातें समझाईं और अन्त में कहा, "अच्छा, अब मैं चलता हूँ। कल ठीक उस समय आना, जब सूरज सिर पर हो। कोई गड़बड़ी मत करना।"

दूसरे दिन—सूरज सिर पर आ गया था। ठीक समय पर लम्बे-लम्बे डग भरता हुआ ताप इस ओर आ रहा था। लोग साँस रोके अपने-अपने घरों के छेदों से उन्हें देखने लगे। कैसा भीमकाय हाथी-सा शरीर है उसका। आज वह अन्य दिनों के मुकाबले कुछ अधिक मोटा लग रहा था। उसने अपने ऊपर जानवर की मजबूत खाल पहन रखी थी। पेट तो कुछ ज्यादा ही निकल आया था आज।

अजीब-सी खामोशी थी गाँव में—मानो सब-के-सब गाँव छोड़कर कहीं चले गए हों। गाँव उदास और वीरान हो गया हो। अचानक उधर से कोई लड़खड़ाता, चिल्लाता सामने के घर से बाहर निकला, "शैतान! तूने क्या समझ रखा है खुद को? मेरा भाई तानी अब तेरे हजार टुकड़े करता है," यह कहकर पिंज लड़खड़ाता हुआ सामने के नाले में गिर गया। कुछ देर को ताप और तानी, दोनों सकपकाए। इसे क्या हुआ है? यह तो उनकी इस योजना में शामिल नहीं था। लोगों ने सोचा—'शायद यह भी तानी की ही कोई चाल हो, ताप को फँसाने के लिए।'

दरअसल, पिंज नशे में था। तानी कोई ऐसी चीज खाता या पीता नहीं था, जिसे उसने कभी जाना नहीं होता। लोगों के आग्रह करने पर भी उसने 'ओप्पो' पीया नहीं था। उसने पहली बार किसी को नशे में देखा। बड़ा मजेदार लगा उसको यह। आदमी का अपने शरीर पर ही काबू नहीं होता। हद है।

तानी ने ताप के पेट में कई तीर दनादन दाग दिए। पूरी तैयारी के साथ आया था ताप। उसके पेट में छिपाए गए जंगली फलों से लाल रक्त बह

निकला। ताप गाँव के बीचोबीच धराशायी हो गया। उसके गिरने से जोर की आवाज आई धरती से। नजदीक जाकर तानी ने ताप से धीरे से कहा, "कीपुंग के गले में हथियार है। वह तुम्हारे साथ जाएगा। दोनों बगी-बोलो नदी के किनारे, उन चौराहों पर मेरी प्रतीक्षा करना। अपना खयाल रखना।" यह कहकर उसने ताप के दोनों कानों के नीचे अपनी उँगलियाँ कुछ इस तरह से घुमाईं कि ताप बेहोश हो गया।

लोग पहले तो साँसें रोके तानी की सारी प्रक्रिया देख रहे थे—फिर सारे लोग—हो...हो...हो...की विजय ध्वनि के साथ, अपने-अपने ठिकानों से बाहर निकल आए। प्रसन्नता से चीखने-चिल्लाने लगे वे। कितना दुखदायी है! लोग प्रसन्न हैं किसी अपने की ही मौत पर। मैं कौन हूँ? ताप मेरा क्या लगता था? मेरे हृदय में उसके लिए पीड़ा क्यों उठी? कौन-सी डोर से बँधे हैं हम—तानी अपने-आपसे बातें करने लगा। उसका शरीर काँप-सा गया। "तानी, शर्त के अनुसार तुम कुछ भी माँग सकते हो। अब से मेरे लोग कभी तुम पर आक्रमण नहीं करेंगे। मेरी बेटी आसीन तुम्हारी हुई। आज से तुम दामाद हुए मेरे। हम रिश्तेदार भी हो गए। माजी-तालो, आभूषण सब तुम्हारे। माँगो, और क्या-क्या चाहिए तुम्हें?"

सरदार ने प्रसन्नता से तानी को गले लगाते हुए कहा। तानी आश्चर्यचकित था। दामाद हो गया? हाँ, वह दामाद हो गया!

तानी मना नहीं कर सका। एक स्त्री को अस्वीकारने की हिम्मत नहीं हुई उसकी। आसीन की चाहत से भी वह वाकिफ था। हालाँकि यह उसका उद्देश्य नहीं था, फिर भी हाँ कह दिया। युद्ध कभी उनके बीच न हो—यही शर्त थी। लेकिन अब तो विवाह भी करना होगा। क्या महज इसलिए विवाह करना चाहिए कि वह किसी का दिल तोड़ नहीं सकता! अच्छापन प्रेम निभाने की जरूरी शर्त नहीं होती है। औरत प्रेम की खुशबू सूँघ ही लेगी। फिलहाल अभी तो वह स्वयं तानी के प्रेम में खोई है।

"अपाप...अपाप...अपाप चाहिए हमें," उधर से पिंज जोर से चिल्लाया। लोग हँसने लगे। अपाप? यह क्या होता है? तानी ने पहली बार इस शब्द को सुना था।

लड़खड़ाता हुआ पिंज तानी के नजदीक आया और उसके कान में कहा, "यह ऐसी चीज है जिससे ओप्पो बनाया जाता है। उसको पीकर न, आदमी

झूमने लगता है। बादलों में भी सैर करने लगता है। लोग इसे पीकर दिन-भर की थकान उतारते हैं। मैंने तो इसे पीकर एक सुन्दर औरत के साथ रात बिताई थी। अहा, क्या आनन्द था। एक युग के बाद स्त्री-शरीर का सुख मिला।" यह कहकर वह बेहयाई से अपनी जंघाओं को खुजलाता हुआ हँसने लगा।

"वह सब तो ठीक है, लेकिन क्या यह चीज वाकई में लोगों की थकान उतार देती है? दिन-भर खेतों में काम करते वक्त इसकी जरूरत होगी मेरे अपने लोगों को। मुझे अपाप चाहिए। उसको तैयार करने के सारे तरीके भी चाहिए।" तानी ने जल्दी से कहा था।

तानी समुदाय अब अपाप से मिलने जा रहा था...।

ताप को योजना के अनुसार दूर जंगल में फेंक दिया गया। तानी के इशारे पर कीपुंग ताप के पीछे-पीछे चला गया। तानी का मित्र ही नहीं, उसकी आत्मा था वह। वह अच्छी तरह जानता था उसे क्या करना है। ऐसी कितनी ही घटनाएँ वह और तानी पहले भी देख चुके थे।

आसीन की शादी तानी से हो गई। तानी ने पहली बार उस रात एक स्त्री के शरीर को छुआ था। तानी बहुत कुछ कहना चाहता था। अपने सपनों को साझा करना चाहता था। वह कुछ कहने ही वाला था...लेकिन...उसने श्‍श करते हुए तानी के होंठों पर अपने हाथ रख दिए। उसकी गर्म दहकती साँसें तानी के चेहरे को छूने लगीं। धीरे-धीरे आसीन ने अपने सारे वस्त्र शरीर से उतार दिए। और फिर तानी के दोनों हाथों को खींचकर उसने उन्हें अपने उरोजों से लगाया। आग्रह भरे नेत्रों से उसे देखने लगी। मानो बरसों से इसी पल का उसे इन्तजार था।

पहली बार था। कुछ घबराया हुआ-सा तानी। लेकिन ये कैसा खिंचाव है। आह! खुद को रोक पाना कितना मुश्किल है। कैसा उन्माद है यह। दिल कहता है दूर हटो...जल्दबाजी मत करो...लेकिन यह शरीर...यह शरीर किसी की नहीं सुनता। उस रहस्य को देखना चाहता था वह भी अब। लेकिन ये क्या? तानी जल्दी ही निढाल हो गया! "लगता है पहली बार है। कोई बात नहीं, सीख जाओगे। कम-से-कम तुमको पा तो गई मैं।" यह कहकर वह मुस्कराते हुए सो गई।

तानी को कुछ शर्मिन्दगी-सी हुई। उसने देखा—कितना सुकून था उस स्त्री के चेहरे पर। खिड़की से चाँद की रोशनी उसके सुन्दर मुखड़े पर बिखरे काले-घने केशों पर अठखेलियाँ करने लगी। कुछ भी तो नहीं था उसके पास; लेकिन इस सौन्दर्य के प्रेम का पात्र बन गया वह। वह तो यह भी समझ नहीं पा रहा था कि एक स्त्री के साथ जब प्रेम हो जाता है तो कैसा अनुभव होता है। ऐसा क्यों है कि वह इस वक्त इससे बहुत दूर भाग जाना चाहता है? तानी झेंप गया। वह हैरान भी था। कैसा सौन्दर्य है प्रकृति का स्त्री के रूप में। इसकी कोमलताएँ कितनी आक्रामक हैं और कितनी ममतामयी भी! फिर भी वह भाग जाना चाहता है!

कुछ देर बाद वह दबे पाँव बाहर निकला। वहाँ अँधेरे में कोई बैठी हुई थी। उन्होंने तानी को इशारे से अपनी तरफ बुलाया। उस बूढ़ी औरत की दृष्टि गहरी थी, बहुत गहरी।

"ताप अब ताप तानी हुआ। हालाँकि वह तुमसे बड़ा है उम्र में। तुम अभी बच्चे हो; लेकिन क्योंकि उसकी जिन्दगी तुमने बचाई। वह तुम्हारा पुत्र हुआ। वह तुम्हारा अंगरक्षक बने। तुमने मेरे प्रेम की रक्षा की है। मैं जानती हूँ, वह तुम्हारे साथ ही बहुत आनन्दित रहेगा। बदले में तुम्हें राज की एक चाबी देती हूँ। बिना दीवारों वाला उस दरवाजे की चाबी। हाँ, तुम्हारे मस्तक पर लिखा है उस रहस्य की चाबी। उसका खुल जाना बहुत जरूरी है। तानी मोमेन से दक्षिण-पूर्व दिशा की ओर एक स्थान है। पहाड़ों से उतरते जाओ, उतरते जाओ। रुक मत जाना। असीम, अनन्त मैदानी जमीन फैली हुई होगी। लहलहाते धान के खेत होंगे। उनसे धान के बीज लाना और अपने लोगों की भूख को मिटाना। मेरे यहाँ के लोग भी नहीं जानते धान है क्या चीज!"

"तुम्हारे लोगों का जीवन बदल जाएगा उस यात्रा से। लेकिन तुमको उसकी बहुत बड़ी कीमत चुकानी होगी। तुम मर जाओगे तानी।"

"मर जाऊँगा?" उसकी शंकित आँखें फैल गईं।

"श्शश...यह वैसा मरना नहीं है जो तुम समझ रहे हो। अमृत को अपनी इन खुली आँखों से, होशपूर्वक देखने का वक्त आ गया है। तुम्हारी आँखों में उसकी पुकार है। तुम्हें वहाँ जाना ही होगा। किसी को सदियों से तुम्हारी ही प्रतीक्षा है। अब जाओ अन्दर और सो जाओ उस सुन्दर स्त्री के साथ," यह कहकर वह रहस्यमय ढंग से हँसने लगी।

रात तारों भरी थी। बगल में सुन्दर दुल्हन थी। भीनी-भीनी खुशबू कहीं से आती थी। चाँद फिर भी अकेला था...।

रुंगिया

एक साल हो गया। आसीन को बहुत मान-सम्मान के साथ रखा गया। अभी-अभी ही खिली कली थी वह। रानी थी। अपने साथ कई तरह के बीज और सम्पत्ति लेकर आई थी। अपाप से ओप्पो बनाना लोगों ने बखूबी उससे सीख लिया था। उसने लोगों को कपास से कपड़े बुनना सिखाया। उसकी हर इच्छा पूरी होती। तानी सदा उसकी सेवा को तत्पर रहता। अपनी गैर-मौजूदगी में भी किसी-न-किसी को उसकी सेवा में लगाए रखता। लेकिन किसी ने उसे कभी भी खुलकर हँसते-खिलखिलाते नहीं देखा। उसकी आँखों में एक अधूरेपन का-सा भाव तैरता रहता। जो शोखियाँ मैकार-मैरांग में थीं, वह अब यहाँ नहीं थीं उसमें। तानी ने सोचा—'अपनों से दूर है, इसलिए उदास है।'

तानी हमेशा छोटी-छोटी यात्राओं में लगा रहता। कभी इधर तो कभी उधर। दो जुड़वाँ बच्चे पैदा हुए। उसकी चिन्ता और अधिक बढ़ने लगी। इतनी कम उम्र में उसकी हजारों जिम्मेदारियाँ थीं। दिन-रात लोग मेहनत करते, लेकिन हालत वही-की-वही। जो भी अनाज पैदा होता, जल्द ही खतम हो जाता। लोग भूखों कई-कई दिनों तक जंगलों का खाक छानते रहते। ताप अब इस गाँव का बहुत बड़ा रक्षक था। तानी के लिए जान भी हाजिर थी। लोगों ने उसे बहुत ही प्रेम दिया। वह यहाँ बहुत ही खुश था।

उस बूढ़ी औरत की उन दोनों आँखों ने तानी का पीछा कभी नहीं छोड़ा। उसकी बातें याद आती रहतीं—सपने में भी जब-तब वह दिख जाती और कहती, "तानी, कब जाओगे तुम?" कभी-कभी क्रोधित होकर चिल्ला भी पड़ती थी। कितनी बार वह सोते से चौंककर उठ जाता था।

"पर उसने यह भी तो कहा था कि तुम्हारी मृत्यु हो जाएगी वहाँ। फिर

भी तुम जाना चाहते हो?" दोलियांग की बातों में तानी को रोकने का भाव था। वह नहीं चाहती थी, उसके जिगर का टुकड़ा उस अनजान स्थान की यात्रा पर जाए—जहाँ के लोग देखने में भी बहुत ही भिन्न हैं। सुना है कई तरह के रंगों वाले लोग रहते हैं वहाँ; काले, गोरे, पीलापन लिये लाल-लाल लोग। और भी न जाने क्या-क्या सुन रखा था।

"हाँ, जाना चाहता हूँ मैं। यहाँ कौन सा हम नहीं मर रहे हैं?"

"लेकिन उसी दिशा में क्यों? क्यों नहीं दक्षिण-पश्चिम की ओर की लम्बी यात्रा पर निकलते?"

"मैं जाना चाहता हूँ। क्या यह वजह काफी नहीं दीदी?"

"तुम्हारी जिद के आगे माँ भी हार जाती थी, मैं क्या चीज हूँ। लेकिन अगर तुम कहो तो मैं भी साथ आऊँ? कुछ हो गया तो तुम्हारे कुछ काम आ सकूँ।" दोलियांग ने हुक्के को अपने मुँह से हटाते हुए चिन्तित होकर कहा।

"नहीं, उसकी जरूरत नहीं। भय में जीना नहीं चाहता हूँ मैं। सिर्फ इतना ही जानना चाहता हूँ कि सबकी भूख किस तरह मिटाई जाए। जो भी होगा, वही होगा जिसको जो होना होगा।" तानी ने बहन की आँखों में गहरे झाँकते हुए कहा।

तानी से तर्क में कौन जीत सकता था। बुद्धि का देवता उसके मस्तक पर स्वयं विराजमान था।

"लेकिन इतने महीनों तुम्हारे बिना इन सबका खयाल कैसे रखूँगी मैं?" दोलियांग की आँखों से आँसू बह निकले।

"ताप तानी, रोबो तानी और तापिन तानी है न। और आपकी बुद्धि और आसीन की समझदारी पर मुझे भरोसा है।" हलके से मुस्कराकर तानी ने कहा।

"भैया दोदर को तो छोड़ जाते। वह रहते तो कुछ तसल्ली होती।"

"उनका इस बार मेरे साथ चलना आवश्यक है। वह शक्तिशाली, धैर्यवान, बुद्धिमान और समझदार है। सूर्य का वीर्य उसमें है। तानी वंश संसार में रेत-कणों की तरह फैले। क्या आप यह नहीं चाहतीं?"

"उनका तुम्हारे साथ जाने से इसका क्या ताल्लुक है?"

"मैं भी नहीं जानता...लेकिन उन्हें इस बार मेरे साथ चलना ही चाहिए।"

"अच्छी बात है...अपना खयाल रखना।"

लम्बा-सा अजगर की मानिन्द लेटा हुआ लकड़ियों और घास-फूस का बना था यह घर। सभी भाइयों का अपना-अपना चूल्हा। चाचा-भतीजा—सब

एक ही उस लम्बे से घर में रहते थे। यहाँ दोलियांग के चूल्हे में दोनों भाई-बहन बातें कर रहे थे। अलाव में आग धीरे-धीरे टिमटिमाती हुई जल रही थी। सारे लोग सो चुके थे। बाहर गहन अन्धकार था। कितनी नीरवता छा गई थी। हर चीज मानो सो गई; लेकिन यहाँ, दोनों के भीतर एक तूफान-सा कुछ चलने लगा था।

दो दिन बाद तानी, दोदर और कीपुंग चलने लगे। अपने पीछे रोते-बिलखते बीवी-बच्चों, माँएँ, भाई-बहन और सारे कबीलेवालों को छोड़कर। शुभ के लिए यात्रा थी। लोगों ने हजार दुआएँ दीं उनको। माता सूर्य को साक्षी मानकर दोरिंग चीजिंग ने अपनी चार पुजारिन सखियों के साथ मंत्रोच्चारण किया। सारी दिशाओं और सारे चर-अचर से उनके लिए आशीर्वाद माँगे गए। रोबो ने तीन बार 'तालो' को बजाकर इस शुभ क्षण की घोषणा की। सारे लोगों ने—हो...हो...हो...हो...हो...की ध्वनि से दिशाओं को गुंजायमान कर दिया, और इस तरह अपनी स्वीकृति जाहिर कर दी। "मेरे बच्चे, इस बार शायद मैं तुम्हारा इन्तजार न कर पाऊँ...पूर्वजों के पास जाकर तुम्हारी कुशलता के लिए आशीर्वाद बरसाती रहूँगी।" रोबो की माँ ने जिन्हें सब बड़ी माँ कहकर पुकारते थे—भावविह्वल होकर कहा।

सबकी आँखें नम हो गईं। तानी का तो जैसे हृदय निकला जा रहा हो। उसने उन्हें गले से लगा लिया और कहा, "जाना जरूरी है माँ।"

इस बार लम्बा इन्तजार करना था उन्हें उनका। शायद महीनों, सालों या फिर लौटकर आएँगे भी या नहीं। ताप फूट-फूटकर रोया। सब जानते थे, तानी ने जब ठान ली है, तो उसे कोई नहीं रोक सकता। भले ही मर जाए, लेकिन अपनी जिद पर अड़े रहना उसकी पहचान थी।

आसीन ने अपने बच्चों को सीने से लगा लिया। उसने अपने आँसू कभी किसी को दिखाए नहीं थे। इस बार भी नहीं दिखाए उसने। किसी को भी नहीं। तानी को भी नहीं। न जाने कितनी रातें अब वह फिर से जागनेवाली थी। तारों को गिनते रहना, उसकी जैसे आदत बन गई थी। क्या कभी ऐसा नहीं हो सकता कि बरसात के मौसम में—घर पर—आग जलाए गुनगुनाती हुई वह मकई पकाती रहती, और बगल में तानी बच्चों के साथ खेलता रहता। बीच-बीच में

सब उस पके मकई के दानों पर हँसते-खिलखिलाते टूट पड़ते। आह, तानी! तुम क्या जानो विरह क्या होता है। कितने पास...और कितनी दूर।

उस पहली रात को जब वह तानी के साथ पहली बार एकान्त में मिली थी—तानी कुछ कहना चाहता था उससे, लेकिन वह सिर्फ उसे छूकर महसूस करना चाहती थी। इसमें गलत क्या था? क्या वही दूरी की वजह बनी? आज वह कुछ कहना चाहती है, लेकिन तानी के पास उसे सुनने का वक्त नहीं है। अपनी अगली यात्रा की योजना भी तानी ने सबसे पहले अपनी बहन को ही बताई। आसीन को पति से नहीं, ननद से यह सब पता चलता है। क्या उसने कभी तानी को यात्राओं से रोका था?

ऐसी यात्रा पर निकलना जिसके बारे में हमें कुछ भी पता नहीं होता—वह यात्रा आदमी के प्रत्येक क्षण को सतर्कता से भर देती है। सतर्कता छूटी कि सब खतम। एक ऐसे अन्धकार में छलाँग लगाने के समान होता है जिसमें यह पता नहीं होता कि पैरों को टिकाने की जमीन कब मिलेगी। भय, आश्चर्य, आनन्द, दर्द और अकेले होने के कई भाव गहनता से दिखने लगते हैं। दुविधाओं का सागर भी पार करना होता है। ऐसे में आदमी स्वयं को चाहे तो पा सकता है, या फिर पूरी तरह खोकर जीवन को निरर्थक बना सकता है। खैर, जो भी हो, तानी की यात्रा आवश्यकताओं से उत्पन्न हुई थी।

तानी, दोदर और कीपुंग टेड़े-मेढ़े, चढ़ते-उतरते, सपाट दौड़ते, चौड़े-सँकरे रास्तों पर हवा के वेग से चलने लगे। कीपुंग के गले में एक काला मोटा-सा धागा बँधा रहता था। दोनों भाइयों ने कन्धे पर मजबूत रस्सियों से बने झोले लटका रखे थे। उसके अन्दर नमक, सूखी मिर्ची, आग जलाने के पत्थर, खैनी के सूखे पत्ते और रस्सी थी। मुँह में छोटा-सा हुक्का। उसमें आग सदा मौजूद रहती। दोदर ने तीर-धनुष, दाव और आवश्यकता की सारी सामग्री अपने शरीर पर धारण कर रखी थी। तानी की छाती पर लटकता एक छोटा-सा चाकू। आमतौर पर तानी हथियारों को अपने शरीर पर सजाता नहीं था। वह अकेला ही उनके बिना काफी था, लेकिन चाकू की जरूरत कभी भी हो जाती थी।

जिन्हें जीना आता है, वे कहीं से भी, कहीं भी खाने-पीने और सोने का इन्तजाम कर ही लेते हैं। प्रकृति कभी खाली नहीं होती। किसी को भी खाली

पेट आसानी से मरने नहीं देती। रास्ते में आनेवाले गाँव के किसी भी घर में वे घुस जाते और रात-भर की पनाह पा लेते। पेड़ों के ऊपर, कभी उनके नीचे, खुले आसमान के तले—रात-भर आग जलाकर बैठे रहते। कभी किसी गुफा के अन्दर सो जाते। पहाड़ और जंगल दूर से ही देखने में अच्छे लगते हैं। पैदल चलकर देखो तो पता चले। सँकरे, घुमावदार रास्ते लेटे हुए सर्प की तरह दिखते हैं, जो कहीं-कहीं बिल में घुसते हुए से भी लगते हैं। भूले-भटके कोई एक आदमी कहीं-कहीं टकरा जाता था। न जाने कैसे खुद को बच-बचाकर चलते होंगे अकेले!

तीन दिन लगातार चलने के बाद, तीनों जोग गाँव में पहुँचे। यह दूर के अपने ही चाचा मंगजंग का गाँव था, जिसने बहुत सालों पहले, तानी के पिताजी के जीवित रहते समय ही, अपने ही कबीलों से अलग होकर अपना एक अलग कबीला तैयार कर लिया था। वह अपने उपनाम 'तानी' को छोड़कर मंगजंग जोग बन गया था। इस तरह यह जोग लोगों का गाँव बन गया था। बहुत मनाने की कोशिश हुई थी कि शक्ति साथ रहने में ही है; लेकिन यह माने नहीं थे।

अहंकार से उत्पन्न ईर्ष्या ही आदमी को आदमी से अलग करती है—वह बात अलग है कि आदमी अलग होने के अनेक अन्य कारणों को स्वयं ही गढ़ता है और उसको किसी और के माथे मढ़ देता है—यह कोई नई बात नहीं है।

खैर, आसमान साफ था। आम मार्ग के किनारे कई हल्ला-गुल्ला करते हुए लोगों को उन्होंने देखा। चारों ओर कई लोग घेरावदार पंक्ति में खड़े थे। वहाँ बीच में एक औरत खूँटी से बँधी हुई है। अधनंगी। लम्बे बिखरे बाल। छोटी-छोटी आँखें। मोटे-मोटे पाँव। बड़ा चेहरा। गोरी है लेकिन किसी पुरुष के पसन्द की तो बिलकुल नहीं है। कुल मिलाकर कह सकते हैं—वह बहुत मोटी और बदसूरत है। गाँव की औरतें उसके चेहरे पर रह-रहकर थूक रही हैं। वह धीरे-धीरे कराहती हुई, लहूलुहान, पसीने से लथपथ, बेहद थकी हुई और विवश दिख रही है। सिर कभी छाती पर झूल जाता, कभी कन्धों पर। लगता था बहुत ही पीटी गई है।

"यह क्या कर रहे हो? देखते नहीं मर जाएगी यह?" तानी बीच में घुसकर उन लोगों को दूर हटाने की कोशिश करता हुआ बोला।

"अरे दोन्यी तानी, तुमको नहीं मालूम, यह 'जिअर' है जिअर! गाँव के कितने बच्चों को खा गई यह शैतान औरत!" एक आदमी ने 'थूह' थूकते हुए घृणा और गुस्से से कहा।

"रात को इसका जंगली साथी 'पजिक' आता है, यह मिलकर आदमियों का शिकार करते हैं!" मंगजंग की पत्नी—तानी की अपनी ही चाची ने उसकी तरफ देखकर क्रोधित मुखमुद्रा के साथ जोर से चिल्लाकर कहा।

चाचा मंगजंग हुक्का मुँह में डाले सामने के चबूतरे पर बैठे हुए थे। साक्षात अहंकार आदमी का रूप लिये वहाँ मानो विराजमान था। आसमान उसका मुकुट, जमीन उसी की पाँव तले किसी दासी की तरह सिर झुकाए स्वामी की आज्ञा की प्रतीक्षा में मानो बैठी हुई थी। उसने तानी और दोदर पर एक नजर बारी-बारी से डाली। उसकी नजरों से नफरत जैसे फूट-फूटकर बाहर आना चाहती थी।

"मार डालना है, मार डालना है इसे," की आवाज से गाँव भर गया। कोई उसे भूखों मर जाने देना चाहते थे, तो किसी ने कहा, नहीं, नहीं...यह रात को अदृश्य होकर ही उधम मचाती है। दिन में शैतान इसके शरीर पर रहता है। इसका शरीर ही बचना नहीं चाहिए। इसे आग में ही जला देते हैं, वगैरह-वगैरह। हर आदमी अपने-अपने तरीकों से उसे मार डालने की सलाह दे रहा था।

"अगर आप लोगों ने इसे मार डाला तो इसका भूत यहीं आप ही लोगों के बीच भटकता रहेगा। आदमी से लड़ सकते हो, भूत से कैसे लड़ोगे? वैसे भी इसका अदृश्य शरीर ही तो समस्या है। फिर मारकर भी किस प्रकार उसका समाधान होगा? सुना है, आत्माएँ नहीं मरतीं। खतम करना हो तो उसी को खतम करना होगा। इसको बिना मार डाले ही इसके अन्दर मौजूद शैतानी ताकत को समझा-बुझाकर इसके शरीर से अलग करना होगा।" तानी ने कहा।

एक अजीब-सा दिखनेवाला आदमी बहुत देर से चुपचाप सब कुछ सुन रहा था।

"अजीब भूत है! शरीर को खाता नहीं। उसे तो वह ऐसे ही छोड़ देता है? और आत्मा है कि मरती नहीं। किस चीज को खाया होगा उसने?" बहुत दुविधाग्रस्त हो उसने बुदबुदाकर कहा।

"बेवकूफ! वे शरीर को बीमार कर देते हैं और बदले में हमारे पालतू पशुओं की बलि माँगते हैं," दूसरे ने कहा।

"तो क्या पशुओं की आत्माएँ मर जाती हैं?" उसने आश्चर्य से आँखों को फैलाकर कहा। पहला वाला आदमी क्रोधित हो गया। दोनों हाथापाई पर उतर आए। कुछ शूरवीर युवा वहाँ खड़े थे। वे उन्हें खाई की तरफ खींचकर ले गए।

अपने चारों ओर झूठों का एक पहाड़ तैयार कर लेता है आदमी। जीवन-भर उसे ही सत्य मानकर चलता रहता है। उसी झूठ को बचाने के लिए उन्हें क्रोध के रूप में एक सुरक्षा कवच हमेशा पहनकर चलना पड़ता है। वे बहुत ही आक्रामक होते हैं। जिस सत्य को बचाने के लिए इतनी कवायद करनी पड़ती हो, किसी की भी जान ले ली जाती हो, वह ही अपने-आपमें शैतानी ताकत का रूप है।

"मुझे एक मौका दीजिए! मैं इस शैतान से लड़कर देखता हूँ।" तानी ने विनीत स्वर में कहा।

"वह तो ठीक है, लेकिन हमारे अच्छे-से-अच्छे पुजारी लोग भी हार चुके हैं। कोई भी उपाय नहीं है। गाँव के मुर्गे-मुर्गियाँ भी समय-समय पर एक साथ बहुत सारी मर जाती हैं। यही अलग करती रहती है शरीर से उन सबकी आत्माओं को," सामने खड़ी पतली-सी एक औरत ने कहा।

"मेरे पास इसका नायाब तरीका है। आप लोग चाहें तो...," कहते-कहते तानी बीच में ही रुक गया और उत्तर की प्रतीक्षा में उन सबके चेहरों को पढ़ने लगा।

"ठीक है, निया तानी के पुत्र को एक मौका देते हैं अपनी बुद्धि प्रदर्शित करने का। तुम भी क्या याद रखोगे, इस महान कबीले की मदद करने का गौरव तुम्हें संसार में प्राप्त हुआ है! इसी से अपने पूर्वजों के प्रश्नों का उत्तर देने की हिम्मत तुम्हें मरने के बाद मिलेगी। सुना है, अब तुम सिर्फ और सिर्फ तानी कहकर पुकारे जाते हो; अर्थात तानी वंश का रक्षक। स्वयं ही अपने-आपमें पूरा एक कबीला। अगर तुमने चमत्कार कर दिखाया, तो हम भी प्रतिज्ञा करते हैं, कि तुम्हारे कबीलेवालों पर हम कभी हमला नहीं करेंगे। तुम्हारी बुद्धि के आगे हम भी सिर झुकाएँगे।" अपने मजबूत दाएँ हाथ को आसमान की तरफ लहराकर उसके चाचा मंगजंग ने कहा।

मंगजंग की गर्दन तनी हुई थी। कितना शक्तिशाली लग रहा था वह! सबकी निगाहें सरदार पर पहले गईं, फिर वे तानी की तरफ देखने लगे। उनके

चेहरों पर अपने सरदार के प्रति सम्मान और गर्व का भाव था। तानी ने दोदर की आँखों-से-आँखें मिलाईं और हलका-सा मुस्कराया। बड़े भाई को उसका सन्देश मिल गया था।

"कुछ दिन हमें इस औरत के घर पर अकेले रहने दिया जाए। पहले इसका इलाज करना होगा और फिर उसके बाद ही बाकी काम करना होगा। जड़ी-बूटियाँ आप लोग लाएँ," दोदर ने अपनी बुलन्द लेकिन विनीत आवाज में कहा।

सबने सिर हिलाकर हामी भरी। सरदार ने जब कह दी है तो कह दी।

उस औरत के बन्धनों को खोल दिया गया। उम्र उसकी शायद चालीस के आसपास होगी। उसका नाम रुंगिया है। इस वक्त लगभग मरणासन्न थी वह। तानी और दोदर ने बहुत ही नर्म हाथों के साथ सँभालकर उसे उसके घर तक ले ही आए। और सारे लोगों को वहाँ से चले जाने को कहा गया। हो सके तो कोई महिला उनके साथ बीमार की मरहम-पट्टी में मदद के लिए रह सकती है। न, न, पागल हैं क्या, जो अपनी जान जोखिम में डालेंगे? ओह माता सूर्य! यह लोग तो आदमी नहीं हैं। ये इस भूत के साथ रहेंगे? छ, छ, छ कहते हुए सभी लोग चले गए। उनमें जल्दी-जल्दी—लगभग भागते हुए जानेवालों में आगे-आगे औरतें ही थीं।

माना गया—ऐसी औरत, जिससे परिवार और वंश आगे नहीं बढ़ सकता, जो सारे पुरुषों द्वारा अस्वीकृत हो। समाज में कभी उसे खुलकर हँसते-खिलखिलाते नहीं देखा गया हो। जिसकी गर्दन शर्म से हमेशा झुकी हुई रहती हो। रात को जब सारे लोग सो चुके होंगे, वह खुद भी सो रही होगी, तब 'पजिक' आता है जंगल से। वे अदृश्य होते हैं, लेकिन लोगों के शरीरों में सूई चुभो देते हैं, और पता करते हैं कि कौन आदमी आज खाने योग्य है। वे स्वयं आदमी को नहीं मार सकते, बस सूई चुभो सकते हैं। मारने के लिए तो किसी जिन्दा शरीर की मदद चाहिए होती है। तब इस प्रकार की औरत को वे चुनते हैं। उस औरत के शरीर से आग का एक गोला निकलता है। धीरे-धीरे वह बढ़ता जाता है और फिर गाँव में रात-भर तांडव करते रहते हैं ये लोग मिलकर। सुबह आदमी का मृत शरीर मिलता है। उसकी आत्मा को वे खा

चुके होते हैं। नहीं, नहीं ले जा चुके होते हैं! नहीं, खा चुके होते हैं! ओहो, छोड़ो भी!

इसलिए गाँववाले इससे परेशान थे। डरे-सहमे रहते थे। वह किसी के भी साथ नहीं रहती थी। कौन रखेगा वैसे भी? वह गाँव में रहती है, यही क्या कम है।

आदमी की मजबूरी ही यही है कि भले ही वह आदमियों के द्वारा तिरस्कृत और अस्वीकृत हो, लेकिन आदमी के ही साथ रहना होता है उसे। ऐसे में समाज उसे अपने साथ रखकर उस पर अहसान लाद देता है। इसलिए उसे झुककर चलना तो पड़ेगा ही। दुर्भाग्य को भी वह लाती थी। किन्हीं शुभ अवसरों में वह शरीक नहीं हो सकती थी। शादी-विवाहों में तो बिलकुल भी नहीं। लोगों के पास उससे छुटकारा पाने का कोई भी उपाय नहीं था। आज उसकी पिटाई भी लोग डर-डरकर ही तो कर रहे थे। कई लोगों ने कहा—पजिक ने उनके भी शरीरों के फलाँ-फलाँ जगह पर सूई चुभोई थी। भला हो पुजारी जी का, जिसने समय रहते मंत्रोच्चारण से घर के देवता को जगाकर रख दिया था। फिर भी इसकी शक्ति अमावस्या की रातों में दुगुनी हो ही जाती है...इत्यादि-इत्यादि।

कई लोगों ने तो वैसे ही विश्वास कर लिया था। कैसे न करते? चाचा-चाची, ताऊ-ताई, नाना-नानी, दादा-दादी झूठ थोड़े बोल सकते हैं! सभी किसी-न-किसी तरह सच्चे ही होते हैं। सभी कहते थे—उन्होंने कभी जीवन में झूठ ही नहीं बोला। कई लोगों ने तो साक्षात अपनी आँखों से भूतों को किसी आदमी की आत्मा को छप-छप-छप कर खाते हुए देखा था।

दोनों ने जल्दी-जल्दी आग जलाई। अलाव में आग ने चिनगारियाँ बरसाते हुए जलना प्रारम्भ कर दिया। भैया दोदर भोजन बनाने में बहुत ही कुशल थे। अच्छी स्वादिष्ट चटनी बनाने में तो महारत हासिल थी उन्हें। कीपुंग दौड़-दौड़कर उनकी मदद करने लगा। इस जिअर औरत के पास भोजन-सामग्री की कमी नहीं थी। बहुत कुछ था खाने को। और इन्हें ही कई दिन यूँ ही उन दुष्टों ने भूखा रखा हुआ था। इधर इस कोने में तानी, दर्द से कराहते इस बेबस शरीर के पास बैठकर उन्हें हिम्मत बँधाने का प्रयास करने लगा।

कुछ देर बाद पतला-दुबला-सा, लगभग पन्द्रह-सोलह साल का एक लड़का कई जड़ी-बूटियाँ लेकर आया। बड़ा जानकार लगता था। तानी उसे ध्यान से देखने लगा। यह तो वही लड़का है जिसे तानी ने एक बार न्येम-न्येपा में उसके पिता मंगजंग के साथ देखा था। उसने तानी को भैया कहकर पुकारा था। उसकी आवाज में अपनापन और प्रेम था। तब से इसका चेहरा वह कभी भूला नहीं था।

"भैया, मैं न्यीकुंग। मंगजंग का मझला पुत्र। याद है आपको? दो साल पहले हम न्येम-न्येपा के बाजार में मिले थे? दोलियांग दीदी से ही मैंने छुप-छुपकर जड़ी-बूटियाँ बनाना सीखा है। उन्होंने आपको नहीं बताया कभी? हम जंगल में कई बार मिले!" उसने कुछ संकोच भाव के साथ जड़ी-बूटियों को बगल में रखकर तानी के सामने मुस्कराकर बैठते हुए कहा।

"हाँ, मैं पहचान गया। कैसे भूल सकता हूँ! दोलियांग दीदी कई बातें अपने भीतर ही रहने देती हैं। यह जरूरी भी तो है। लेकिन यह तो बताओ, तुम्हें डर नहीं लगता इस शैतान औरत से?" तानी ने कहा।

"क्या आपको नहीं पता? मैं अपने पिता के खिलाफ भी जा सकता हूँ। भूत तो फिर भी उनसे अच्छे हैं। इतने जहरीले तो नहीं होते।" उसने अपना सिर कुछ झुकाते हुए कहा।

"दीदी ने सब कुछ बताया तो था, लेकिन तुम्हारा नाम नहीं बताया था। फिर भी मैं तुरन्त समझ गया था तुम्हें यहाँ देखकर, कि वह तुम ही थे, जिसने हमें बहुत बड़ा अनर्थ होने से बचाया था। तुम्हारी आँखें मानो कोई छोटी-सी, महीन-सी रेखा चेहरे पर किसी ने खींच दी हो। कितनी छोटी और प्यारी हैं! इसीलिए तुम्हारा नाम न्यीकुंग रख दिया गया होगा। है न?" तानी ने स्नेहपूर्ण नेत्रों से उसकी तरफ देखकर मुस्कराते हुए कहा।

न्यीकुंग ने जवाब नहीं दिया। मुस्कराते हुए शरमाकर दवाई तानी की तरफ बढ़ा दी। दोनों ने मिलकर उसकी मरहम-पट्टी की। भैया दोदर ने न्यीकुंग की लाई जड़ी-बूटियों का सूप बनाकर स्नेहपूर्वक रुंगिया को पिलाया। नींद गहरी आ गई उसे और उसका कराहना शान्त हो गया।

एक बार चाचा मंगजंग ने तानी कबीले की लड़कियों को छोड़कर छोटे-छोटे लड़कों को चालाकी से फुसलाकर जहर से मार डालने का षड्यंत्र रचा था। न्यीकुंग को भी इस काम में लगाया। लेकिन वह नहीं माना।

ऐसा करने से पहले उसने मर जाना बेहतर समझा। उसने बड़ी मुश्किल से बच-बचाकर जंगल में दोलियांग दीदी को सब कुछ बता दिया था और तब दीदी ने जंगल के अच्छे-से-अच्छे असरदार पौधों से जहर निरोधक जड़ी-बूटियाँ बना ली थीं। लोगों को सावधान किया। बेहद सावधानी बरतने के बावजूद मंगजंग के ज्येष्ठ पुत्र चिन्न ने एक मासूम नन्हे बालक को किसी तरह जहर खिला ही दिया था। तब दोलियांग ने उसको बचाया था। उस दिन तानी ने उस 'तागो' नामक पौधे के सामने अपना सिर श्रद्धा से झुका दिया था। उसी से बने रस से जहर को खतम कर सका था। इस पौधे को 'न्योली' भी कहा जाता है।

एक ही बिल में रहते हुए भी कुछ सर्प जहरीले नहीं होते। बल्कि वे आदमी को बचाते हैं। वे किसी और को खाने के बजाय जहरीले सर्पों को ही खा जाते हैं। वैसे ही न्यीकुंग उन्हीं में से एक था। इसलिए तानी ने कहा, "तुम्हारे प्रति पिता का-सा भाव मेरे भीतर इस वक्त उठ रहा है—जैसे भीतर कोई सूर्य उदय हो रहा है...जैसे मैं तुम्हें अपने शुद्धतम भावों के गर्भ से जन्म देना चाहता हूँ। तुम्हें मैं न्यीकुंग तानी कहता हूँ। आज से हमारा वंश उस प्यारे सर्प को जब भी देखेगा, तुम्हें याद करेगा। तुम्हारे ही नाम पर हम उसे 'न्यीकुंग बरिंग' कहकर पुकारेंगे।"

"मैं धन्य हुआ! मैं न्यीकुंग आपको अपना पिता स्वीकार करता हूँ। अब से मैं न्यीकुंग तानी हुआ। तानी ही मेरा भी वंश था, लेकिन मैं अपनी जड़ों से निर्ममतापूर्वक काट दिया गया था। अब फिर से लौट जाना चाहता हूँ। मुझे भी अपने महान पूर्वजों पर गर्व है। उनकी वीरता की गाथाएँ गाना चाहता हूँ। क्यों अपने स्रोत से अलग हट जाऊँ मैं। आबो तानी! मेरे पिता।"

तानी ने उस पर अपना सारा स्नेह लुटा दिया। बीस साल का जवान आदमी पन्द्रह-सोलह साल के लड़के का पिता बन गया।

दूसरे ही दिन रुंगिया उठने लगी। खुद चलकर बाहर तक भी गई। तीनों ने उसकी अच्छी तरह देखभाल की। रात-भर सोया नहीं कोई भी।

"जंगली मुर्गी को पकाकर उसका रस पीने का बड़ा मन कर रहा है।" रुंगिया ने अनुरोध के स्वर में तानी से कहा।

"आप निश्चिन्त रहिए, हम अभी ही जंगल जाते हैं शिकार के लिए। तानी आपके पास रहेगा," यह कहकर न्यीकुंग, दोदर और कीपुंग जंगल को निकल गए।

तानी ने रुंगिया के शरीर पर बार-बार मरहम लगाया। उसका बहुत खयाल रखा। तीनों शिकारी अब भी लौटकर नहीं आए। बहुत रात हो चुकी थी। सारा गाँव सो गया था।

इतने स्नेह और अपनेपन से किसी ने भी उसके इस बदसूरत तन को छुआ नहीं था कभी। किसी पुरुष ने तो कभी भी नहीं। तानी ने उनके शरीर को जल से अच्छी तरह पोंछ-पोंछकर साफ किया और धीरे-धीरे उन घावों पर मरहम लगाने लगा। कुछ अनजाना-सा आनन्द आने लगा रुंगिया को। किसी का स्पर्श, उसकी नंगी त्वचा पर फिसल रहा था। उसका रोम-रोम मानो खिल जाना चाहता हो। कैसा संकोच का भाव उठने लगा। यह आदमी, जो उसके इतना करीब था, उसकी साँसों के स्वरों को भी वह साफ सुन सकती थी। विवश... कितना विवश महसूस करने लगी थी वह। उसका मन उसी के साथ संघर्ष करने लगा—कह दो रुंगिया, कह दो! जो भी मन में है कह दो। क्या ऐसे ही मर जाओगी? कौन है यह जो उसके भीतर से उसे विवश करने लगा था? "तानी, मैं तुम्हारे सामने पूरी तरह नग्न होना चाहती हूँ! यह शरीर एक बोझ है मेरे लिए। क्या मैं सच में एक स्त्री हूँ? यह जानना चाहती हूँ। क्या मैं इनसान हूँ? मैंने कभी किसी की आत्मा को नहीं खाया? शायद लोग सही कहते हैं—मेरा भूत खाता होगा। लेकिन मैं नहीं जानती कुछ भी। कुछ भी नहीं जानती। मेरे शरीर से मेरी आत्मा कैसे निकल जाती है? वह कैसी होती है? मैं नहीं जानती। सब कहते हैं उन्होंने देखा—लेकिन मैंने कभी नहीं देखा। आज सब कुछ जानना चाहती हूँ तानी। अपने इस शरीर को जानना चाहती हूँ। क्या और कोई उपाय है इसे जानने का? क्या तुम सारे फासले को भूलकर एक बार मेरी मदद कर सकते हो?" उसने उसके दोनों हाथों को पकड़कर अपनी तरफ खींचते हुए कहा।

तानी ने अपने हाथों को उससे छुड़ाने की कोशिश की। वह कुछ दूर खिसक गया। "जानती हूँ, बहुत बदसूरत हूँ। प्रेम के काबिल नहीं हूँ। जाओ, जाओ, दूर जाओ तुम भी! तुम सिर्फ दयालु और सुन्दर पुरुष हो। अपनी बुद्धि और दयालुपन साबित करनी थी तुम्हें। वह कर चुके। लोग तुम्हारा यश गाया करेंगे। मैं कल से खूब हँसा करूँगी।" उसकी आवाज में लाचारगी भरा कम्पन था।

"सुन्दर-असुन्दर की बात नहीं है। मैं कौन होता हूँ यह तय करनेवाला—कौन सुन्दर और कौन असुन्दर है! यह तो वह बनानेवाला ही जाने। कोई मुझे अपना सर्वस्व सौंपना चाहती है। यह महान घटना है। मुझे ही अपनी लघुता पर दया आ रही है। मेरी औकात नहीं आप पर दया कर सकूँ। सृष्टि मुझ पर इतनी क्यों कृपापूर्ण है? मैं तो अदना-सा महसूस कर रहा हूँ। क्या कहूँ, क्या न कहूँ...समझ नहीं पा रहा हूँ कुछ भी। आपकी बातों से मेरी बुद्धि सुन्न हो गई है। मैं दुविधा में हूँ।" तानी ने बहुत ही संकोच के साथ नजरें झुकाकर कहा। उसका सारा शरीर काँप रहा था।

तानी के पास उनके प्रश्नों का कोई भी उत्तर नहीं था। उसे इतना ही पता है कि वह स्वयं भी जीवन के रहस्य के बारे में कुछ नहीं जानता। किसने इसके बारे में सोचा था। सामने लेटी इस स्त्री ने कभी सोचा था कि ऐसा कुछ घटेगा? तानी ने कभी इस प्रकार की कल्पना की थी? नहीं, कभी नहीं।

आदमी की नजरें हमेशा वहीं तक जाती हैं, जहाँ तक चीजें दिखती हैं। आँखों को अच्छा लगे—वही सुन्दर है, वही सच है। एक महीन रेखा के अन्दर ही आदमी चलता रहता है, उम्र के, रिश्तों के, इसके, उसके...और न जाने क्या-क्या। उसके पार के दृश्य देखने की इच्छा विरले लोगों में ही होती है। दुनिया इसीलिए प्यासी है! प्रेम के बिना, प्रेम के अहसास के बिना आदमी मृत के बराबर है। वह जिन्दा सिर्फ दिखता है।

सिर झुकाए वह फिर से मरहम लगाने लगा। सन्नाटा छा गया दोनों के बीच। सामने अलाव पर आग लहरा-लहराकर नाचती हुई जल रही थी। बीच-बीच में उसकी चिनगारियाँ यहाँ-वहाँ छिटक जाती थीं। झींगुर के चिल्लाने की आवाजें बाहर से आ रही थीं। दूर कहीं बीच-बीच में कुत्तों के भौंकने की आवाज सुनाई दे रही थी।

दर्द और वेदना ने रुंगिया को किस कदर गहरा बना दिया था। जीवन के प्रति अनुभव इतने कि आकाश में जितने तारे हैं। तानी की समझ में नहीं आया कि वह क्या करे। यह तो पूरी तरह टूट चुकी है। अब तो अपने शरीर को ही खतम करना बाकी है।

तानी नहीं जानता था वह इस वक्त उस स्त्री के प्रेम में है या नहीं। उसने देखा स्वयं को—वह उस औरत के प्रति अनुराग से भर गया है। वह उसे रोता हुआ नहीं देख पा रहा है। कोई शब्द, कोई विचार, कोई

भाषा नहीं है उसके भीतर। क्या गलत, क्या सही—सब शून्य में खो गया। कोई शक्ति उसे उसकी तरफ मानो पूरी ताकत के साथ धकेल रही है। वह उसके बहुत करीब सरक जाना चाहता है। वह खुद को रोक नहीं पाया उस शक्ति के आगे और उसके बहुत करीब सरक ही गया। उसके शरीर से वह ऐसे लिपट गया, मानो यही संसार का सुन्दरतम शरीर हो और फिर उसने प्रेमपूर्वक उसके शरीर के सारे कपड़े हटा दिए। उसके हर अंग को गहन प्रेम के साथ अपने होंठों से तानी ने छुआ। उसके पैरों को अपने दोनों हाथों से इस तरह छुआ—जैसे बच्चा अपनी माँ को छूता है...और फिर अपने होंठों से उनमें चुम्बन अंकित कर दिया। उसके नर्म होंठों की छुअन में अमृत था।

वह स्पर्श सम्पूर्ण था। सम्मान और श्रद्धा भरा स्पर्श। शरीर मात्र नहीं है रुंगिया और तानी...कुछ और भी है; जिसे इसी तरह भी शायद जाना जा सकता है। रुंगिया का रोम-रोम सिहर उठा। ऐसे पुरुष के समक्ष स्वयं को सौंप देना स्त्री के लिए चरम आनन्द है। सूर्य की अनन्त-अनन्त किरणों-सा, आत्मा में कुछ प्रकाशित होने लगा है। वह भी स्त्री है। सुन्दरतम स्त्रियों में से एक। कैसा सौन्दर्य है इस क्षण में! दो शरीरों के धड़कनों को एक साथ एक ही लय में धड़कते हुए पहली बार उसने महसूस किया।

तानी ने उसके शरीर को निर्मलतम भाव से प्रेम किया। क्या स्त्री इस भाव को पहचानने में देर कर सकती है? नहीं...कभी नहीं। इसी शुद्धतम भावों की प्रतीक्षा में वह हजारों जन्म अकेली जी सकती है। दो क्षण की नींद—मानो युगों-युगों की नींद को एक ही बार में पूरा कर लिया था उसने। बादलों की नर्म रुई में किसी ने उसे प्रेम से थपकियाँ देकर सुलाया था पहली बार। सारी थकान, सारी चिन्ताएँ, सारा क्रोध जाने कहाँ उस रात खो गया था। तानी ने उसे पूर्णता का अहसास दिया।

कैसी जिन्दगी थी। हर तरफ कोई-न-कोई अनाथ मिल ही जाते थे। प्रेम रुंगिया ने कभी जाना ही नहीं था। अपने माँ-बाप को भी नहीं देखा था। किसी के यहाँ दासी की तरह कई साल दिन-रात काम किया। अन्त में जिअर (चुड़ैल) कहकर दुत्कार दी गई थी वह।

दूसरे दिन तीनों शिकारी अपना शिकार लेकर आ गए। तानी जानेवाला था, फिर भी रुंगिया बहुत खुश थी। कोई शर्त ही नहीं रखी थी किसी ने भी। प्रेम में विरह यही है शायद। दो बूँद ही उसके लिए काफी था। अब उसकी नजरें झुकी हुई नहीं थीं। प्रेम ने उसको किस कदर निर्भय बना दिया था। सारे गाँववालों को बुलवाया गया, "आज से यह प्रसन्न तो आप सभी प्रसन्न। इसके शरीर से भूत निकल चुका है। देखो, देखो इसकी चमकती आँखों को! अब आपके गाँव से शैतानी साया हट चुका है। देखो, हम सभी को भी। इसने भूत बनकर हमें नहीं खाया, हमारे शरीरों में सूई नहीं चुभोया! हम सब भले-चंगे हैं। अब हमें अपनी यात्रा पर निकलने की आज्ञा दीजिए।" तानी ने चाचा मंगजंग की ओर अन्त में देखकर कहा।

सभी ने बारी-बारी से रुंगिया की आँखों में झाँक-झाँककर देखा। उसको छू-छूकर देखा। उसके चेहरे की लालिमा को देखा। मुस्कराती उठी हुई नजरों को देखा। कुछ घाव अब भी इधर-उधर दिख रहे थे। उसके निशान अब भी मौजूद थे; लेकिन उसके शरीर से निकलती उस आभा को लोगों ने देखा। सबको यकीन हो गया कि तानी सही कह रहा है।

गाँव के प्रधान पुजारी ने भी, "जिअर का साया हट गया है इसके शरीर से" कहकर इस बात की पुष्टि कर दी।

"ऊह, गंग्रियंग तानी, पक्का उय्यू है, उय्यू! बदमाश ने कुछ अवश्य किया होगा। ऐसे कैसे भूत चला गया? किसने देखा?" वह बेहयाई से खी, खी, खी करके हँसने लगा।

यह वही आदमी था जिसने उस दिन भी भूत को लेकर प्रश्न-उत्तर किया था और एक आदमी को हाथापाई के लिए उकसाया था। आज इसे कोई झगड़ा नहीं चाहिए, इसलिए बाकी लोगों से कुछ दूरी पर अकेला खड़ा होकर अपने-आपसे ही बातें कर रहा था।

अन्त में मंगजंग ने कहा, "हम भी अपनी प्रतिज्ञा नहीं भूलेंगे। इसके अलावा भी तुम्हें कुछ चाहिए तो माँगो!"

"चाचा जी, न्यीकुंग को मेरे साथ जाने दीजिए। उसके शरीर में कोई ताकत ही नहीं है। वह आपके काम का नहीं है। मुझे दे दीजिए!" तानी ने बहुत विनम्रता के साथ कहा।

पिता ने पुत्र की तरफ देखा। पुत्र ने सिर हिलाकर तानी की बातों का समर्थन किया।

वैसे भी वह दगाबाज था अपने पिता के प्रति। अपने कबीले के प्रति। उसके जाने से किसी को कोई खास फर्क नहीं पड़ना था। लेकिन...माँ की आँखें नम हुईं। माँ होती ही ऐसी है। उसका सबसे प्यारा पुत्र, दिल के बहुत करीब। उसने माँ को माँ ही जाना—सिर्फ औरत नहीं। ममता के गर्भ से ही जीवन जन्मता है। एक फूल-सा बच्चा जब एक जवान पुरुष में परिवर्तित हो जाता है, तब माँ भी उनको सिर्फ औरत ही नजर आने लगती है। उसका होना मात्र आवश्यकताओं के लिए होता है। ऐसे कई लोग माता को अपने जीते-जी ही इनकार कर देते हैं। लेकिन ममता तो शून्य आकाश में भी अपने प्यारे से मिलने के लिए राह ढूँढ़ ही लेती है। सपनों में, अहसासों में, नींदों में, जागृति में—उसको अपना पुत्र ही नजर आता है। उससे, वह जो रूठ गया है, जो चला गया है। माँ स्वयं से रात-दिन बातें करती है—मानो उसका पुत्र सामने बैठा हो और उसको सुन रहा हो। जीवन के अन्तिम क्षणों में भी उसी की याद लिये मरती है माँ।

न्यीकुंग की माँ ने जाने कितनी ही बार उसको अपनी ही आँखों के सामने बेदर्दी से पिता से पिटते हुए देखा था। वह अपने पुत्र की हर हरकत से वाकिफ थी। अब वह न्यीकुंग जोग नहीं बल्कि न्यीकुंग तानी था। वह सब जान गई थी...उसका उन सबसे दूर चले जाना ही ठीक था। अपने प्यारे को बहुत ही तड़पता देख, कौन माँ न चाहेगी कि वह इन सबसे दूर...बहुत दूर चला ही जाए, "जाओ, मुझे भी तेरी जरूरत नहीं! तुझे तो जन्म ही नहीं लेना चाहिए था," माँ ने कहा।

प्रेम में औरत समन्दर होती है...। एक प्रेमिका और एक माँ ने—अपने-अपने प्रेम को रोका नहीं। रोके भी कैसे? उन्हें जाने दिया ताकि वह उनको कभी न भूल सके। उन्हें अपने हृदय में सदा-सदा के लिए बसा सके। जो चले जाते हैं, उनके भीतर प्रतीक्षा फिर मिलन की हो-न हो—जो ठहर गए उसी पल में—वह जन्मों प्रतीक्षा में ही रहने लगता है। ठहर जाना विवशता भी तो है। अब अपने हाथ में कुछ नहीं होता।

जन्मों की आस लिये, दूरियों में प्रेम को पलना था
दो किनारों की कहानियाँ, बहती लहरों को गाना था
स्मृतियों में वह, आसपास नहीं कोई अब होना था

पूरा जिसे होना था, आधा होकर ही पूरा होना था
रूह के रास्ते आना-जाना था, प्रिय को मेरा होना था...

दोदर

दो महीने से अधिक हो गए अब चलते हुए। न दूर तक धान के लहलहाते खेत दिखे और न ही उनके निशान। वे अनजानी दिशा की ओर बढ़ते चले जा रहे थे। कहीं मार्ग खतम हो जाता था, ऐसे में जंगलों से होकर नया मार्ग तलाशते और जंगलों को चीरते हुए चलते जाते थे। गहरी नदियों को मछलियों की तरह तैरकर पार कर लेते। चिड़िया, हिरण, मधु, जंगली सब्जियाँ और फल, सबने उनकी जान बचाई थी। जिन घासों को हाथी और मिथुन खाते, उन्हें वे भी तोड़कर खा लेते। सब कहीं-न-कहीं से जुड़े ही होते हैं। गहरी-गहरी खाइयाँ, ऊँचे-ऊँचे पहाड़, ऊबड़-खाबड़ ढलानों में फिसलते हुए चलते थे वे—स्वयं प्रकृति मानो उन्हें देखकर सन्न रह गई हो। धरती पुत्रों की ऐसी जिद, ऐसा साहस...।

सर्दियाँ जब आ जाएँगी, पहाड़ों में बर्फ अपनी चादर बिछानी आरम्भ कर देगी। ऐसे में लगता है जैसे ये बादल, अब धरती पर कुछ देर आराम करना चाहते हों। कितने आवारा फिरते रहे खाली आसमानों में? पहाड़ों से लिपटकर अब महीनों सुख-निद्रा में लीन होने का इरादा लिये उतरते हैं। उनकी इच्छा के बगैर कोई उन्हें वक्त से पहले उठा नहीं सकता। आदमी कितना ही जिद्दी क्यों न हो; प्रकृति से जीत नहीं सकता।

शरीर पर नाम मात्र का वस्त्र लपेटे, नंगे पाँव बर्फ पर इन दिनों कोई भी ज्यादा चल नहीं सकता। कहीं तो ठहरना ही होगा फिर से। इसलिए जितना हो सके जल्दी-जल्दी चलते रहना चाहिए। रात-दिन चल रहे थे वे। वैसे तानी अकेला होता तो कब की मंजिल आ चुकी होती। साथ चलनेवालों के साथ ही चलना पड़ता है। यात्राओं में ही साथ चलनेवालों की असलियत का पता चलता है। एक-दूसरे पर आँख बन्द करके भरोसा करना होता है। और फिर

ये लोग तो वे लोग थे जो अपनी जान भी एक-दूसरे के लिए दे सकते थे। किसी ने भी किसी का साथ नहीं छोड़ा था। खतरनाक रास्तों पर वे एक-दूसरे के और अधिक करीब हो जाते थे। भैया दोदर का स्नेह तानी को दुगुनी शक्ति प्रदान करता था।

चारों अब एक छोटे पहाड़ के सबसे ऊँचे टीले पर खड़े थे। सूरज ढलने लगा था। उसकी किरणें आँखों में पड़ रही थीं; लेकिन इस समय उनमें कड़कपन नहीं था। कितनी कोमल हो चली थी। मानो उन्हीं का स्वागत कर रही हो। उन पीली-नारंगी किरणों में मासूमियत की खिलखिलाहट थी। तानी ने सुन लिया माता सूर्य की उस मौन पुकार को। क्यों नहीं, उसी के तो वीर्य से हम निकले हैं। चिड़ियों की सुन्दर आवाजों से जंगल किसी उत्सव में मग्न था। सुन्दर जंगली आजाद फूलों से सजता जा रहा है यह जंगल। ओह, रंगों का मौसम आ गया अब!

"वह देखो! वह रहा एक गाँव। इस गाती हुई वादी को सुनो। इसकी मिट्टी की महक को अपनी रूह में महसूस करो। यहाँ स्वर्ण किरणें अपना अमृत बरसाती हैं। फसलें कैसे नाचती होंगी यहाँ। भैया दोदर, मुझे लगता है आपकी मंजिल आ गई। यहाँ भी हमारी पीढ़ियाँ बसेंगी। प्रकृति के नृत्य में शामिल होंगे।" तानी ने जमीन से मिट्टी को अपनी मुट्ठी में पूरी श्रद्धा से उठाकर पहले तो सूँघा और फिर कहा। उसकी आँखों में उस समय एक अजीब-सी चमक थी—जैसे अन्धकार में चमकता है कोई सितारा अकेला आसमान में। उसके अंग-प्रत्यंग से आनन्द की लहरें मानो उठ रही थीं। उसके पाँव जैसे जमीन पर नहीं टिक रहे थे।

"मैं समझा नहीं तानी!" वह परेशान-सा हो गया।

"आपको याद नहीं? नर्बा में माँ ने अन्तिम विदाई के वक्त क्या कहा था?"

"क्या कहा था? मुझे नहीं जानना। मुझे याद नहीं करना। मैं क्यों अकेला रह जाऊँ? अपनी जड़ों से क्यों कटकर अलग हो जाऊँ?"

"आपको सब याद है। फिर भी मैं याद दिलाता हूँ। उन्होंने कहा था—हमारा वंश रेत-कणों की तरह संसार में फैले...अनगिनत। सारी दिशाएँ हमारी हों। हर तरफ फैल जाना। सारी धरती तुम्हारी है, और तुम इस पूरे संसार की जड़ों से कट जाना नहीं, जड़ों को मजबूत करना है! इसके लिए तुम्हें सामना करना होगा—विरह का, आँसू का।"

"हाँ, लेकिन अपनों से दूर, उनसे अलग...तुम सब के बिना मैं कुछ भी नहीं हूँ तानी!"

"भैया, सूर्य माता भी चाहती है कि आप यहीं रह जाओ और अपना वंश यहीं बढ़ाओ। देखो, यहाँ की वादियों में शान्ति की एक लहर है। रक्त शरीर से अलग होकर जमीन पर नहीं बहता होगा। रगों में दौड़कर अपना गीत गाता होगा यहाँ। वहाँ भूख, युद्ध, षड्यंत्र आदि में ही जीवन नष्ट हो जाएगा। जीने के लिए हम पैदा हुए हैं। लेकिन जीवन को जानने से पहले ही हमें इसे त्यागना पड़ता है। हमारा वंश इस प्रकार पूरी तरह नष्ट हो जाएगा। लोगों के पास समझने की ताकत नहीं है। वे भूखे हैं! जब तक यह समस्या हल नहीं होती, तब तक मैं बहती नदी की लहरों का गान कैसे सुन सकूँगा? नृत्य को मचल-मचल जाते इन पैरों की प्रतीक्षा कब खतम होगी? कहो तो सभी अपने हैं, और कहो तो सभी अपने नहीं भी हैं। कौन अपना? कौन पराया? मन ने जिसे जो मान लिया; उसे ही हमने भी सच मान लिया। शत्रु सदा अपनों के ही रूप में रहता है। एक-एक लकड़ी के टुकड़ों के लिए हमारी माँएँ, बहुएँ और बहनें, किस प्रकार निर्ममता से एक-दूसरे से लड़ती-झगड़ती रहती हैं! आपने देखा नहीं? किस तरह भाई-भाई अलग हो गए। लोभ और ईर्ष्या के चलते। देखा नहीं आपने? किस तरह वे एक-दूसरे के जान की दुश्मन हो गए? कब तक हम अपने शरीरों को शस्त्रों से सजाए रखेंगे? भय में ही जीवन क्यों बीत जाए? इस तन को इस भार से अब तो मुक्त करना ही होगा भैया। शस्त्रविहीन समाज का स्वप्न है मेरा। मेरे लिए यही प्रतिज्ञा पुरुषार्थ है। अब...अब और नहीं। जीवन को अपने विस्तृत रूप में फैल जाने दो। आपको ये करना ही होगा। हम फिर मिलेंगे। जब चाहे मिलेंगे। देखो, क्या आपने यहाँ एक बात महसूस नहीं की, कि हृदय यहाँ पूरी तरह से खुल जाना चाहता है?"

तानी की आँखें अपने बड़े भाई की आँखों से मिलकर आग्रह कर रही थीं। उनमें एक याचना थी। वेदना थी उन आँखों में, लेकिन जीवन से भरपूर। सृजन की चाह थी। जिजीविषा थी।

"मेरे सामने हवा के समन्दर में लहरों से लहराते हरे-हरे सुन्दर पेड़-पौधे हैं। अपनी बाँह फैलाए सुन्दर वादियाँ। ऐसा सौन्दर्य। आह! मैं फिर भी दुविधा में हूँ मेरे भाई। एक गहन-सी पीड़ा मुझको कुछ भी देखने से रोकती है। भीतर अँधेरा व्याप्त हो गया है मेरे प्यारे भाई दोन्यी। क्या मैं इसलिए तुम्हारे साथ

चला था? तुमने बताया क्यों नहीं था? क्या मैं इतना कमजोर हूँ कि तुम्हें मुझको एक छोटे-से बच्चे के समान अपने साथ चलने का सुख देकर धोखे से यहाँ तक लाना पड़ा? एक बार कह देता, मैं खुशी-खुशी सभी से विदाई लेकर चल देता," फफक-फफककर वह रोने लगा।

"तब आपका चलना शायद मुमकिन नहीं होता भैया," तानी के चेहरे पर दर्द की रेखाएँ उभरने लगीं। उसके आगे वह कुछ कह नहीं पाया।

न्यीकुंग उस तरफ मुँह किए शायद रो रहा था। कीपुंग दोदर के पाँव को कूँ कूँ करते हुए चाटने लगा। मानो वह भी सब कुछ समझ गया हो। कोई भी किसी को भी गले से लगाकर नहीं रोया। क्या बिछड़ने के पहले ही बिछड़ने को तैयार है यह शरीर।

खाई में पड़े रहना तानी को मंजूर नहीं था। उसे पहाड़ की चोटी पर घर बनाना था। धरती का सौन्दर्य वहीं से देखना था। किनारों की बाँह थामे जो रह गए—वे डूब गए। समन्दर की बाँहों में जो समा गए—वे बच गए। जीवन से जिसने इस कदर प्रेम किया—वे डूबकर पार हो गए। भय है क्या चीज!

तानी खामोशी से धीरे-धीरे नीचे ढलानों की तरफ उतरने लगा। अहसास जब उथले-उथले हों, तो ही उनको आसानी से अभिव्यक्त किया जा सकता है। विरह से भयभीत होकर जिसने भी प्रेम किया—प्रेम ने उसे अपने से वंचित कर दिया। फिर से मिलने की आस लिये ये हृदय अपनों से दूर जाने के लिए तैयार होता है। यकीन इस बात का कि जिनसे हम बिछड़ जाते हैं, उनके दिल के बहुत गहरे में हम रहते हैं। यही यकीन जीवन की ऊर्जा का काम करता है। जीवन खिलता रहे, या यूँ कहें—हम सदा से खिल रहे जीवन को जी-भर देख सकें—इसके लिए चलना, मिलना और बिछड़ना होगा। इन बातों को वे अच्छी तरह से जानते थे।

मुश्किल से चार-पाँच घरों का यह गाँव। कुछ उदास और वृद्ध-सा है। हर एक घर दूसरे घर से बहुत दूर है। लगता है वे एक-दूसरे को पसन्द नहीं करते। साथ रहना जैसे मजबूरी हो। इसी गाँव के दो आदमी बिना कुछ कहे इन लोगों के सामने से यूँ गुजर गए मानो उन्हें जीवन से या फिर आदमी से कोई मतलब ही न हो। चेहरे भी कैसे उदास हैं। वे किसी से भी मिलना नहीं चाहते शायद।

इसके विपरीत, प्रकृति कैसे अपनी धुन में नाच रही है। इसके गीत किसी को क्यों सुनाई नहीं दे रहे।

जहाँ भूख नहीं है, वहाँ लोगों के चेहरे बुझे हुए-से क्यों हैं? वे इतने कठोर क्यों हो जाते हैं? खुद से भी अजनबी रहता है यहाँ हर कोई। उसकी आवश्यकता है जो यहाँ मुरझाए दिलों में गीत भर दे।

आम मार्ग से कुछ दूरी पर एक छोटा-सा घर था। लकड़ियों, बाँसों और पत्थरों से बना बेहद सुन्दर और मजबूत। बरामदे में एक पतला-दुबला-सा लड़का कुछ बुदबुदाता हुआ बैठा है। वह अपने में खोया हुआ था। चारों ने एक-दूसरे की तरफ देखा। फिर उसकी तरफ चल दिए। "मेरी नजरें जहाँ तक जाती हैं, उसके बाद वह धुँधलापन हमेशा छा जाता है। आँखें बस वहाँ तक ही पहुँचती हैं जहाँ से कल्पनाएँ शुरू होती हैं। अच्छी, बुरी सब। कल्पना सिर्फ कल्पना होती है। पिता बच्चों के लिए जीवन होता है। और माँ...माँ उनकी साँसें होती हैं। उँह! लेकिन तुम्हें पता है, कभी-कभी कल्पनाओं की भी आँखें होती हैं? वह कल्पना नहीं होती। अच्छा छोड़ो। हाँ, वहीं से ढलानों में उतरते जाओ, उतरते जाओ...फिर दूर तक फैली मैदानी जमीन दिख जाएगी। फसलों के मौसम में धान का समुद्र जब हवा के संग लहरों-सा नाचता है। पीले-पीले सरसों के मौसम में शोखियाँ लोगों की बढ़ जाती हैं। प्रेमी पागल हो जाते हैं। वहीं पर उस पीली सरसों के खाली पड़े खेत में मेरे पिताजी का टूटा हुआ दाव और सूखे हुए कुछ खून के धब्बे अब भी पड़े होंगे। नफरत करता हूँ उन लोगों से। लेकिन...लेकिन वह सुन्दरी। आह! वह तो किसी आसमान से कभी उतरी होगी। तभी तो सबसे अलग...सबसे जुदा है। लेकिन उँह...बहुत जिद्दी है।" उसने उँगलियों से उस तरफ इशारे करते हुए उन लोगों की तरफ बिना देखे ही कहा।

खालीपन था उसकी आँखों में। त्वचा रूखी-सूखी। महीनों नहीं नहाया होगा। गन्ध भी आ रही थी उसके शरीर से। यहाँ पानी तो क्या, किसी भी चीज की कमी नहीं दिख रही थी। फिर भी वह इतना गन्दा और बदबूदार था। शायद आलसी होगा। महा आलसी।

"क्यों? उन्होंने तुम्हारे पिताजी की हत्या कर दी?" दोदर ने सहानुभूतिपूर्वक उसके कन्धों पर हाथ रखकर पूछा।

"अरे हट, पागल हो क्या? वह वहाँ के खेतों में काम करता था और दारू पी-पीकर बीमार हो गया था। एक दिन यूँ ही लुढ़क गया बस। उसके नाक से

बहुत खून बह गया था। माँ किसी और के साथ भाग गई। उस वक्त जवान थी वह। मैं और मेरी बहन यहाँ दादी के पास वापस आ गए। सब कुछ वहीं पर तो खो गया था।" उसने दोदर के हाथ को झटककर हटाते हुए कहा।

"कमाल है! ऐसे बोल रहा था जैसे इसका बाप युद्ध में योद्धा की तरह मारा गया हो। और इसलिए अब यह उन हत्यारे दुश्मनों से नफरत करता है। मूर्ख कहीं का! डरा ही दिया था। अच्छी-भली जमीन है खुद की। क्या वे यहाँ ही कुछ उगा नहीं सकते थे?" न्यीकुंग ने मुँह और आँखों को कुछ अजीब-सा बनाते हुए कहा।

"लगता है पागल गाँव है यह," दोदर ने हँसते हुए कहा तो न्यीकुंग भी खी, खी, खी कर हँसने लगा।

"किस सुन्दरी की बात कर रहे हो?" न्यीकुंग ने अपनी एक आँख दबाते हुए शरारत से भरकर कहा।

"श्श्श...वहाँ कोई है जंगल में!" तानी ने उन लोगों को चुप रहने का इशारा किया और गौर से हिलते पत्तों और पौधों को देखने लगा।

"भैया, आप यहीं ठहरो। मैं बस अभी आता हूँ।" यह कहकर वह दौड़कर जाने लगा उस तरफ। कीपुंग और न्यीकुंग भी तेजी से उसके पीछे हो लिये।

परम जिज्ञासु तानी। वह रुक नहीं सकता था कभी भी। कहीं भी। कभी-कभी वह खुद ही हैरान हो जाता था कि आखिर वह हमेशा ही यात्रा में क्यों रहता है? अपनी जिज्ञासा के चलते वह यात्रा करता था अथवा कुछ और के लिए। मन को वह दौड़ाता था या मन उसको। या फिर यात्रा उसकी आदत बन गई थी। कौन जाने।

बरामदे में धागों का ताना-बाना लिये, आधे बुने कपड़े, बुनाई की लकड़ियों में करीने से रखे हुए थे। किसी की चतुर कारीगरी का पता इन रंग-बिरंगे फूलों, पत्तों से लग रहा था। जब बुनकर तैयार हो जाएगा, तब कितना सुन्दर लगेगा। कपड़ों की बुनाई अच्छी-खासी होती होगी यहाँ।

दोदर घर के भीतर जाने लगा। "यह तुम्हारे बाप का घर नहीं है समझे! मेरी दादी सो रही है, जगा न देना।" उस लड़के ने कहा। उसने कोई उत्तर नहीं दिया। धीरे-धीरे दबे पाँव चलने लगा। बाँस का बना घर है—चाहे कैसे भी चलो—चेर्रेक...चेर्रेक...चेर्रेक की आवाज तो करेगा ही। दिन के उजाले में भी अन्दर अन्धकार था। बाँस के छिम से अनगिनत छिद्र बाहर की रोशनी को

अन्दर ला रहे थे। बीच में चूल्हा था। राख में दबी हुई थी आग। एक कोने में कोई इस तरह सो रहा था—जैसे सर्दियों में कुत्ता अपने शरीर को मोड़कर सोता है। वह उसके नजदीक...बहुत नजदीक आ गया। वह देखना चाहता था उसके चेहरे को, "ताकिक, ताकिक भूख लगी है," यह कहते हुए वह अन्धी बूढ़ी औरत तेजी से दोदर के पाँव से साँप की तरह लिपट गई। इतना अचानक सब कुछ हुआ कि दोदर को लगा जैसे किसी मगरमच्छ ने उसके पाँव को अपने मुँह में डाल लिया है, और अब चबाना ही बाकी है। "तानी...तानी...तानी... बचाओ!" वह घबराकर चिल्लाया। और उसे तुरन्त होश आया कि उसके भाई से कोई जवाब नहीं आया है। "ओह, मेरा भाई चला गया! उसने भैया, कहकर पुकारा नहीं मुझे। धोखेबाज कहीं का! हमेशा यही करता है। ओह, मेरे प्यारे! अपने पूर्वजों की कसम है मुझको। मैं वह कर दिखाऊँगा जो तुमने चाहा। लेकिन एक बार गले से तो लगता। डरपोक कहीं का! मेरा प्रेम भी इतना कमजोर नहीं, जो तुझे रोक लेता।"

उसका सारा शरीर ढीला हो गया, जैसे अब उसमें कोई ताकत ही नहीं बची! वह लड़खड़ाकर वहीं पर बैठ गया और जोर-जोर से रोने लगा।

आँसू भी आँखों से अलग होकर ही आँसू कहलाती है। विरही होना जिन्दा होना है। यह असहनीय है...क्या जो चले गए, वे नहीं रोए होंगे? कैसे आगे बढ़ सके होंगे उनके कदम! एक अदम्य साहस चाहिए। फिर मिले-न मिले। जीवन अनिश्चित...सदा अनिश्चित...फिर भी वे ऐसे मिले कि जुड़ गए हमेशा के लिए।

ताकिक बाहर से दौड़कर अन्दर आ गया। लेकिन तानी...तानी नहीं आया। वह जा चुका था। अब दोदर को अपने दम पर एक और तानी कबीला तैयार करना था। उसकी ताकत, उसकी बुद्धि और धैर्य पर भरोसा न होता तो तानी उसको कभी भी यूँ छोड़कर चला न जाता। अपने प्यारे भाई तानी का स्वप्न अब पूरा करना होगा उसे। उसके सामने अब पहाड़-सी चुनौती खड़ी थी।

किसी दूसरे को अपने ही जैसे प्रेम करने के लिए स्वयं के ही भीतर, हृदय के अन्तस्तल पर अपनों की और उनके प्रेम की गहरी यादों का होना जरूरी होता है। अपने जीवन में उनकी कमी का अहसास का होना सुन्दर है। उसी कमी के अहसास के चलते, उन्हीं की यादों में, उसी प्रेम को वह औरों में देखने लगता है। और चाहे तो फिर से वह उसी प्रेम में उनके साथ जी सकता

है। प्रेम की यादें ही आदमी को प्रेमी बनाती हैं। माँ की यादें ही एक औरत के भीतर के मातृत्व को जन्म देती हैं। भाई की यादें भी अब किसी और को भाई स्वीकार करने की ताकत देगी। हर रिश्ता एक रास्ता है...।

जाने कैसे पागल लोग थे वे—आँधी की तरह प्रेम करते थे...तूफान की तरह बिछड़ भी जाते थे। जैसे भी थे मगर दिल में उतर जाते थे। जब भी वे हुए, जीवन ने हमेशा ही अपनी तीव्रता में जीवन्तता को फिर से पा लिया। प्रेम की ऐसी उन अदृश्य आँखों की यादों में ही दुनिया जिन्दा है। वेदना हो तो प्रेम की ही हो...ऐसे ही दीवाने लोग थे वे।

हर्ब सिन्यी
(हर्ब झील)

कुछ तो है, जो आम नहीं है। लगता है जैसे हवा का कोई गोला हो। दिखता नहीं लेकिन उसकी उपस्थिति का आभास है। कभी पेड़ों की शाखाएँ हिलने लगतीं, कभी जमीन पर पड़े प्यासे सूखे पत्तों की आवाजें आने लगतीं। कभी जैसे कान में 'ता...नी...' कहकर किसी ने धीरे-से पुकारा हो। हम्म...इसका मतलब है वह जो कोई भी है, बड़ा शरारती है। "आबुतानी, आबुतानी वह देखो! वहाँ कुछ था काला-काला-सा।"

न्यीकुंग की छोटी-सी आँखों में कई तरह के भाव आ रहे थे। तानी ने उस तरफ ध्यान से देखा जहाँ उसने इशारा किया था। लेकिन अब वहाँ कुछ नहीं था। अचानक काग्ग...काग्ग...काग्ग करता हुआ, कीपुंग हवा की वेग से उसी ओर दौड़ने लगा जहाँ तानी की नजरें टिकी हुई थीं। दोनों कीपुंग के पीछे-पीछे भागने लगे।

भागते गए, भागते गए। होश भी नहीं रहा कब रात हो गई। एक विशालकाय बरगद के पास पहुँचकर उस विचित्र प्राणी का भागना भी थम गया। तानी ने एक ही झलक लम्बे-काले घने आक्रमणकारी बादलों-से लहराते बालों को ही देखा था। वह हवा के वेग से इसी वृक्ष के घने पत्तों में गायब हो गया था।

इतना देख लेना ही काफी है। अब वह उसके काबू में आज नहीं तो कल आ ही जाएगा। डरकर भागा है, तो खतरनाक तो हो नहीं सकता। वैसे भी खतरों से खेलने का आनन्द ही कुछ और होता है तानी के लिए। उससे जो दूर भागे... उसी के पीछे भागता है वह।

अन्धकार बढ़ गया था। इन लोगों को भी अब यहीं रात बितानी होगी। न्यीकुंग ने जल्दी से आग जलाई। लेकिन अब क्या करे? खाने का इन्तजाम ही नहीं हुआ। भूखे पेट तानी से कभी सोया नहीं जाता। कुछ भी करो, कुछ तो खाना ही होगा। आग धू-धू करके जलने लगी। उसकी रोशनी आसपास फैल गई। सामने एक 'ताक्कुक' पेड़ खड़ा था। उसकी जड़ें बाहर जमीन पर यहाँ-वहाँ फैली हुई थीं। उनमें अंगूर के गुच्छों की तरह उसकी मीठी और लाल-लाल गुठलियाँ बिखरी पड़ी थीं। आह, यही तो तानी का मनपसन्द भोजन है। चिड़ियों और हिरणों से कितनी ही बार उसने इसे छीनकर खाया था। उसके करीब जाकर तानी ने श्रद्धा से सिर झुकाया और फिर तीनों भुक्खड़ टूट ही पड़े।

"ओये, सारा मत खा जाना! मेरे लिए भी रखो मूर्खों!" ऊपर से किसी ने बहुत चिन्तित स्वर में चिल्लाते हुए कहा।

"भूतों को भी भूख लगती है? कमाल है। हद है।" न्यीकुंग बहुत ही डर गया। और तानी के करीब घुटनों के बल सरककर खुद को सुरक्षित करना चाहा। कीपुंग चप...चप...चप कर खाए जा रहा था। उसको किसी की फिक्र ही नहीं थी अपनी भूख के आगे।

"मूर्ख किसको कहा? यह तुम्हारी सम्पत्ति है क्या?" तानी ने बनावटी क्रोध से कहा।

"उसने तो मेरा ही पेट पाला है। मैं ही ऋणी हूँ उसका। फिर क्यों कहूँ वह मेरा है?" उसने आश्चर्य मिश्रित अन्दाज से जवाब दिया।

"चल ठीक है। नीचे उतर! वरना हम सब खा जाएँगे।" तानी ने कहा। लेकिन वह नहीं माना। उतरने के लिए तैयार ही नहीं था। शायद बहुत डरा हुआ हो।

"सिमांग आएगी कल यहाँ। उसे भी यह बहुत पसन्द है। तुमने सारा खतम कर दिया तो उसे क्या खिलाऊँगा मैं?"

"वह कौन है? यहाँ सिर्फ इसी को खाने आती है? तेरी प्रेमिका है क्या? वह भी तेरे ही जैसी है क्या? अजीब जोड़ी होती होगी भूतों की! कहाँ रहती है?" न्यीकुंग ने एक ही साँस में पूछ लिया।

"लगता है तू और तेरा मालिक दोनों ही बड़े चंचल और काले मनवाले हैं।" उसने मुँह बिचकाकर कुढ़ते हुए कहा।

"सुन, मैं इसका पिता हूँ, मालिक नहीं, समझे!" तानी ने बचे-खुचे सारे फलों को इकट्ठा करके अपने 'नारा' में डालते हुए कहा।

"हा-हा-हा-हा जन्म से पहले ही पिता बन गए थे क्या?" यह कहते हुए तेजी से वह नीचे उतर आया।

तीनों ने उसे देखने की कोशिश ही की थी कि उसने अचानक तानी के हाथ से नारा* छीन लिया और वृक्ष के ऊपर के उसी गुफा के अन्दर तीव्रगति से प्रविष्ट हो गया। वे हक्के-बक्के रह गए। इतनी तीव्रता! स्वयं हवा है या कुछ और? क्या था वह?

"अच्छा बच्चू! मेरे हाथ से तूने मेरा ही सामान छीना है। अब मजा चखाऊँगा मैं तुझे। मेरा नाम तानी है तानी!" तानी की आँखों में शरारत भरा अहंकार उतर आया।

"तानी, तानी, तानी हा-हा-हा-हा...खी-खी-खी-खी।" वहाँ गुफा के भीतर वह बेशर्मी से हँस रहा था। इधर कीपुंग तानी के प्रति सहानुभूतिपूर्वक कूँ-कूँ-कूँ कर रहा था। न्यीकुंग सिर झुकाए एक हाथ से मुँह को दबाए अपनी हँसी रोकने की भरसक कोशिश कर रहा था।

"देखना अब, मैं क्या कर सकता हूँ। न्यीकुंग जाओ, आग को और तेज करो!" तानी ने दोनों की ओर देखकर कुछ गुस्से से कहा।

तानी ने आसपास खड़े बड़े-बड़े पेड़ों के छालों को छीलना प्रारम्भ कर दिया। मजबूत रस्सी और डंडों के साथ उन छालों से गुफा को बाहर से बाँधकर ढक दिया।

"तानी दे रहा हूँ! दे रहा हूँ! खोलो मैं मर जाऊँगा!" उसने परेशान होकर कहा।

"अब तो तभी खुलेगा, जब तेरी प्रेमिका आएगी। उसको रोती हुई देख हमें सुकून मिलेगा।" तानी ने ठहाके लगाते हुए कहा।

"वह मेरी सखी है। प्रेमिका नहीं। समझे! शरीर के सिवाय कभी कुछ तुम्हारी आँखों ने देखा भी? शब्दों के परे, कल्पनाओं के आगे कभी कुछ सुना?

---

* रस्सियों को बुनकर बनाया गया पारम्परिक थैला

खूबसूरती की देवी। प्रेम की आँखें! कल्पनाओं के परे है वह। इस दुनिया की नहीं है। पतझड़ में फूलों की खुशबू खोज लेती है।" अन्दर से रोते हुए उस प्राणी ने जवाब दिया।

उसकी आवाज में भावुकता, क्रोध और कम्पन था। कितना अपनापन था उसके प्रति उसकी आवाज में। वह आहत था। क्यों नहीं होता। स्नेहपूर्ण रिश्तों का...उनमें पलनेवाले चमकते सितारों का कोई नाम होता है?

तानी ने कोई जवाब नहीं दिया। कुछ हारा हुआ-सा महसूस करने लगा था वह। ग्लानि भरी फीकी हँसी लिये उसका शरीर कुछ ढीला-सा हो गया। मन हारा कि तन भी हार ही जाता है। उसने बेमन से उन रस्सियों को खोल दिया। लेकिन फिर भी वह प्राणी बाहर नहीं आया। तानी ने भी कुछ कहा नहीं।

ऊपर उसी पेड़ पर ही उस बड़ी-सी शाखा पर अपने दोनों हाथों का तकिया बनाकर तानी लेट गया। अब उसे नींद नहीं आ रही है। क्यों? कुछ नहीं! बस कोई खयाल-सा आ रहा है। पत्तों के महीन रास्तों से होकर उसकी आँखें आकाश में टिमटिमाते उस एक तारे पर टिक गई हैं। क्या हम कभी तारों को छू नहीं सकते! उसे देख पाते हैं। यही क्या कम है। हाँ, लेकिन कभी-कभी जी चाहता है, पंख लगाकर उड़ जाएँ और उसे एक बार छू आएँ। कितनी खूबसूरती से टिमटिमाते हैं ये। है न!

ओह, खूबसूरत और जिद्दी है? पतझड़ में भी खुशबू खोज लेती है? रंगों के मौसम में क्या ढूँढ़ लेती होगी? खुशबू-ही-खुशबू को ढूँढ़ सकती है। लेकिन किसी पुरुष की सखी? यह कैसे सम्भव है? मैं सबका खयाल रखता हूँ, सबसे प्यार करता हूँ, लेकिन कोई स्त्री मेरी सखी क्यों नहीं? मैं भी तो जिद्दी हूँ। उफ, यह क्या-क्या सोचने लगा है वह।

लगता है अब तो कोई साया तानी के भी दिल पर लहराने लगा है। ऐसा साया जिसे उसने कभी देखा नहीं था। जाना नहीं था। बिन बात शरमाकर उसने हँस जो दिया है। हाँ ठीक है...कोई बात नहीं...खयालों में तुम आजाद हो...कुछ भी कर सकते हो। लेकिन तानी, क्या तुम जानते हो? जिज्ञासा और रोमांच अपनी जगह है। उसके आगे रास्ता अनजाना और अनिश्चित है? यहाँ धान के बीज लेने आए हो तुम। याद रखना। हाँ ठीक है...। कैसे भूल सकता है वह! अब सो जा।

तानी ने आँखें खोलीं। कुछ उजाला फैलने लगा था। यह क्या है? वह घबराकर चौंक गया। उसके चेहरे पर किसी का चेहरा झुका हुआ है। कोई अपनी ठुड्डी पर हाथ रखे, आँख बिना झपकाए लगातार उसे घूरे जा रहा है। लाल-लाल, बड़ी-बड़ी आँखें। काला चेहरा, आक्रमणकारी काले-घने बादलों-से लहराते, खुले, सीधे, रूखे बाल। नीचे लिंग को भी ढकती हुई, झूलती लम्बी दाढ़ी। बीच में से झाँकता पतला-सा होंठ। अजीब-सा सिर। शरीर में कोई घुमाव नहीं। लगता है सब कुछ इसके पेट से निकल रहा है—हाथ, पैर, गला, सिर... सब कुछ। पतले-पतले छोटे-छोटे हाथ-पैर। बड़ा और चपटा-सा पेट। लम्बाई लगभग पाँच-छह साल के उम्र के बच्चे की-सी। अगर इसके बाल और दाढ़ी हटा दी जाए तो यह बिलकुल मेढक-सा दिखेगा। वह बिलकुल नंगा रहता है। एकदम सहज और स्वाभाविक है।

"हर्बदुल!" तानी ने आश्चर्यचकित भाव के साथ उसको देखते हुए फुसफुसाकर कहा।

"हर्बदुल? मेरा नाम पाँगिन है। समझे!"

"घने जंगलों में, पेड़ों पर बिलकुल तुम्हारी तरह दिखनेवाला एक मेढक तुम्हारी ही तरह, पेड़ों के छालों और गुफाओं के भीतर रहता है। उसका नाम हर्बदुल है। सृष्टि की सुन्दरतम रचनाओं में से एक है वह। तुम कितना...कितना अनोखा। कितना सुन्दर!"

"सुन्दर?"

"हाँ।"

"सबके लिए मैं अनोखा नहीं, अजीब हूँ।"

"मैंने तो ऐसा सौन्दर्य, ऐसी सौम्यता कभी देखी नहीं...कहीं भी।"

"हर्बदुल...उँह! नाम में क्या रखा है! आँखें बस रूप में अटकी।"

"नाम में मेरा स्नेह भाव है।"

"भाव के पार?"

"पता नहीं।"

"पता नहीं। क्यों?"

"पता नहीं, बस।"

"भाव तो भाव है। क्षण में आता, क्षण में चला जाता है। क्षण-भर का खेल। फिर सब शून्य। इसलिए उसके पीछे हम नहीं जाते।"

"समझा नहीं।"

"शब्दों पर तुम अटके।"

"..."

"तानी का क्या अर्थ है?"

"वह जो मन के अनुसार चले...और...और हाँ...ज्ञात-अज्ञात पूर्वजों को भी तानी कहते हैं।"

"भाव मन से ही तो पैदा हुए...और तुम अब तक उसी में चल रहे हो? पानी के बुलबुले हैं ये। क्षण-भर रहे...फिर सब खतम। ज्ञात-अज्ञात पूर्वज... हुम्म...यह दिलचस्प है!"

"भाव के बिना आदमी क्या है?"

"कुछ भी नहीं।"

"कभी गए इस 'कुछ भी नहीं' में?"

"मृत्यु में?"

"हाँ।"

"कोई जल्दी नहीं।"

"हा-हा-हा-हा...तुम जल्दी में ही रहते हो! गए भी तो पता नहीं चला होगा।"

"नहीं, मैंने कभी मरकर देखा नहीं। लेकिन मुझे मृत्यु से डर लगता है। फिर भी चलता हूँ उसी की तरफ। मैं भय से रुक नहीं जाता...चलता रहता हूँ। इसलिए तो आबोतानी हूँ। पिता...तानी वंश का पिता।"

"ओहो, मूर्ख! महामूर्ख! समझे नहीं मेरी बात। लेकिन थोड़ा-सा तुम आदमियों से कुछ अलग हो।"

"नहीं, बस जिद्दी हूँ।"

"हा-हा-हा-हा...वह भी जिद्दी है!"

यह कहकर वह हवा के वेग से नीचे कूद गया। और फिर नजरों से गायब हो गया। 'वह भी जिद्दी है'...मतलब!...कैसा वेग है! इतनी जल्दी कैसे जा सकता है कोई! तानी से भी तेज। हर बात में उससे आगे। कुछ सिकुड़ा हुआ-सा महसूस नहीं हो रहा उसको उसके सामने? वायु पुत्र। धरती पुत्र। सूर्य पुत्र। बुद्धि का मालिक। अब क्या हुआ तानी? लेकिन...लेकिन ऐसा कैसे हो सकता है?

उजाला फैलता जा रहा है। सब कुछ दिखने लगा है। कीपुंग और न्यीकुंग सो रहे हैं। वे रात-भर आग जलाए बैठे रहे थे। मच्छरों ने सोने ही नहीं दिया। जल्दबाजी में उस घास को भी नहीं ढूँढ़ पाए जिसे जलाकर बेफिक्र होकर चैन से सो जाते। तानी ने उनको जगाया नहीं। कीपुंग ने सिर उठाकर तानी की तरफ देखा, फिर वापस सो गया। वह दबे पाँव नीचे उतरा। धीरे-धीरे उस ओर चलने लगा जहाँ से हर्बदुल गया है।

कुछ दूरी तक चलने के बाद उसने देखा—आसमान जमीन पर लेटा हुआ है या समन्दर का एक टुकड़ा लहरों से परेशान होकर कुछ क्षण यहाँ विश्राम करने आ गया है। अहा! कितनी सुन्दर झील है यह! कितनी शान्त! ये मछलियाँ कभी भी शोर क्यों नहीं करतीं? चंचल लेकिन शान्त। कभी भी नहीं ठहरतीं ये। कुछ मेढक बाहर से थोड़ी-थोड़ी देर बाद झील के गहरे पानी में गोता लगाने कूद रहे हैं। कूदने की ये आवाजें कितनी कर्णप्रिय हैं। एक-दूसरे को जगाती ये चिड़ियाँ। किनारे पर छोटी वह चिड़िया। क्या खोजती होगी। इस मौन झील के सान्निध्य में जो भी आता होगा, वह भी शान्त हो जाता होगा।

फूलों का मौसम आ गया है। जंगल कैसे सज गया है! लाल, नारंगी, पीले, गुलाबी—सब रंग मानो फैल गए हैं। तरलो...तरलो...तरलो की आवाज करती ये चिड़ियाँ...माँ की याद दिलाती हैं। भूली हुई-सी कुछ यादें...कुछ अहसास सीने में जगने-सा लगा है। गुलाबी रंग आसीन को कितना पसन्द था। उसकी तरह सुन्दर हैं ये फूल। दोनों नन्हे बच्चों-सा मासूम ये नजारा। झील के किनारे-किनारे छोटी-छोटी झाड़ियों में बँटे अनगिनत फूल। मधुमक्खियों का कोई छत्ता है जैसे...या फिर हजारों-हजारों रंग-बिरंगी तितलियों का एक साथ कहीं ठहरना हो।

क्या हमारे पूर्वजों का स्थान भी ऐसा ही होता होगा? या फिर वे ही इन्हीं में कहीं खिलते होंगे? पीले फूलों में भँवरों के गीत अब गूँजने लगेंगे। प्रिय आसीन याद करती होगी तानी को। पानी में प्रतिबिम्बित ये आसमान...किसका रूप झलकता है इसमें? स्वप्न-सा यह संसार है। पर...पर कितना सुन्दर स्वप्न! लेकिन इसी स्वप्न में भूख क्यों है? गरीबी किसलिए? इसकी चुभन इतनी तेज क्यों है? क्षण-भर का जीवन...लेकिन शाश्वत। जीवन सदा-सदा है; अगर नहीं है कुछ, तो वह है 'मेरा' का क्षण-भर बाद नहीं होना।

तानी विचारों में खोया हुआ था कि सहसा किसी के चिल्लाने की आवाज सुनाई दी। "ई-ई-ई-ई...!" अरे ये किसकी आवाज है? किसी लड़की की है। उस आवाज की तरफ दौड़ने लगा। उसने देखा। वह देखो, दोनों तरफ दो शेर! उसके बीच में घुटनों के बल कोई आदमी है? वह दौड़ने को तैयार, सतर्क है। उसकी आँखें उन शेरों पर लगी हुई हैं। लेकिन उसने चेहरा क्यों ढक रखा है? दोनों शेर भूखे लग रहे हैं। वायु पुत्र भी आव देखा न ताव दोनों शेरों के बीचोबीच आ गया। पहले तो वह आदमी चौंका, लेकिन कहा कुछ भी नहीं। तानी और उसकी पीठ एक साथ मिल गई हैं। दोनों एक-दूसरे के चेहरे के विपरीत दिशा में हैं। दो शेर, दो आदमी। गर्रर-गर्रर करता हुआ उस तरफ वाला शेर गुर्राया ही था कि हवा के वेग से वह आदमी उस शेर की पीठ पर बैठ गया और चिल्लाया, "मैं चुनाव नहीं कर पा रही थी कि आज किस पर सवारी करूँ! तुमने सब खेल बिगाड़ दिया। यह मेरे मित्र हैं मूर्ख! लेकिन तेरी हिम्मत की दाद देनी पड़ेगी। मान गई। तुम कमाल के हो। दूसरों के लिए अपनी जान जोखिम में डालने की हिम्मत है तुझमें!" अपने चेहरे पर बँधे नकाब को उसने हटाते हुए कहा।

यह तो लड़की है। वाह, क्या खूबसूरती है! उसकी आँखें खुली-की-खुली रह गईं। पलकें झपकना भूल गईं। तानी वहीं-का-वहीं खड़ा रह गया।

पल-भर बाद अब सामने कोई नहीं था! सब जा चुके। क्या कोई 'यापाम' आया था जो सपनों की तरह सब पलक झपकते ही बीत गया? ये कैसी जगह है? यहाँ सब तानी से आगे हैं। उसे तो लगा था वह सबसे तेज है। ओह, क्या आश्चर्य है! शक्ति, सौन्दर्य, बुद्धि का संगम! अद्‌भुत स्त्री। यह जमीन धन्य है। तानी की आँखें धन्य हैं, जो इन्हें देख पा रही हैं। "तानी वह जा चुकी है। उड़ा दिया न होश तेरा भी? चलो खा-पीकर हम भी तैयार होते हैं। अपने यहाँ भोजन की कमी नहीं है," हर्ब ने उसके कान में खी-खी-खी कर हँसते हुए कहा। तानी झेंप गया।

लेकिन उसने कहा क्या था? तानी ने तो समझा ही नहीं। उसकी भाषा कितनी अलग है। एक भी शब्द समझ के बाहर। पहली बार इस भाषा को सुना था उसने। लेकिन वह समझ गया था उसने क्या कहा होगा। उसके हाव-भाव से सब पता चल गया था। उसके साहस से प्रभावित थी वह। उसकी आँखें मिली थीं तानी की आँखों से। कुछ गुदगुदी-सी होने लगी है तानी को। क्या हुआ?

धान के बीजों को भूल गया? नहीं, नहीं ऐसी कोई बात नहीं। तानी की आँखें मंजिल पर ही टिकी हुई रहती हैं। तो फिर उसका चेहरा बार-बार क्यों नजरों के आगे आ रहा है? खूबसूरती तो सबको ऐसा ही प्रभावित करती है। इसका यह अर्थ थोड़े है कि वह प्रेमी हो गया!

"हर्ब भाई, मुझ पर एक कृपा कर दो! मुझे यहाँ की भाषा सिखा दो!" तानी ने गिड़गिड़ाते हुए कहा।

"तान्तुम।"

"तान्तुम?"

"मतलब 'हाँ'।"

"ओह, हा-हा-हा-हा...तान्तुम-तान्तुम-तान्तुम!"

"गोबरा!"

"मतलब?"

"चुप कर!"

"हर्ब भाई, मुझे कुछ समय आपके साथ यहीं रहना होगा। जब अपने देश वापस जाऊँगा तो पूरी इज्जत के साथ जाऊँगा। यहाँ के लोग प्रेम से मुझे विदा करेंगे। मैं धान के बीज लेने आया हूँ। चुराकर या भीख माँगकर नहीं ले जाना चाहता कुछ भी। उसको बोने, पालने और काटने के तरीके भी सीखने हैं।"

"साक्तिटा तुम कादू?"

"मतलब?"

"मतलब माँग लेते तो क्या हो जाता?"

"मैं बिना मेहनत माँगकर नहीं खाता।"

"कादे ताम साम नी।"

"क्या?"

"मुझे तो उसके अलावा कुछ और भी तुम्हारा इरादा लग रहा है, वरना भाषा सीखने की अचानक जरूरत पड़ गई?"

"नहीं को क्या कहते हैं?"

"हा-हा-हा-हा...अरे छोड़ो, जाने दो!"

हर्ब ने तानी की आँखों में बहुत कुछ देख लिया था। समय लगेगा, लेकिन तानी बहुत ही तेज है। वह सीख लेगा सब कुछ। जिस दिन वह इन लोगों से विदा लेगा, उस दिन मित्रता की भी एक नई कहानी स्थापित होगी। इसे पहले

इन लोगों का दिल जीतना होगा। कई तरह के आदान-प्रदान होंगे लोगों के बीच। संसार में मित्रता की खुशबू फैलेगी।

तानी ने इस झील का नाम हर्ब सिन्यी रख दिया है—वह सिन्यी अर्थात झील, जहाँ हर्ब रहता है। हर्ब को उसकी उन बेकार की बातों से कोई लेना-देना नहीं था। हर्ब रखो, दुल रखो या कुछ और रखो। क्या फर्क पड़ता है। वह किसी का भी मालिक नहीं है। शासन करता नहीं किसी पर, लेकिन मालिक है वह अपने-आपका। वह कभी भी तानी की उन कृपाओं के प्रति अहसान से भरकर आनन्दित होता ही नहीं। उसने कभी उसकी कृपा माँगी ही नहीं थी। तानी को कभी-कभी उस पर खीज-सी होने लगती। क्यों? कभी तो वह उसको धन्यवाद कहता। क्यों कहे? झील को तानी ने पैदा थोड़ी न किया है। नाम दे देने से क्या ये किसी की हो जाती है? शरीर भी अपना नहीं है। उसको तो इस बात का भी कोई गर्व नहीं है कि वह तानी की मदद कर रहा है! उसको याद ही नहीं कि वह मददगार है। वह तो बस मजे ले रहा है। अचानक कोई आ गया और साथ में मजे कर रहे हैं, बस। तानी को उस पर खीजने की बजाय अपने पर खीजना चाहिए। लेकिन मुश्किल है। अपनी तरफ देखना मुश्किल है।

हर्ब कभी तानी के कन्धों पर बैठ जाता, कभी उसकी मजबूत भुजाओं में झूलने लगता, कभी सो रहे तानी के कानों में जोर से चिल्ला देता। कभी उसका भोजन छीनकर पेड़ों पर लटका देता। कभी तानी पर फूलों की बरसात कर देता। नाक में दम करके ही वह दम लेता। कभी बन्दरों की तरह शाखाओं पर लटककर न्यीकुंग और कीपुंग की ऐसी की तैसी कर देता। खी-खी-खी-खी करके बेहयाई से हँस देता। कई बार न्यीकुंग को सचमुच रोना ही आ जाता। भूख बहुत लगी हो, भोजन मुँह में जाने ही वाला होता है कि ये लम्पट उसे छीनकर हवा में उड़ा देता है। "आन्ने...आन्ने...आन्ने..." कहकर इतना बड़ा लड़का जंगल में ऊआ-ऊआ करके रोए तो कैसा लगता होगा। ऐसे वक्त में भूतों, डाकुओं और महावीरों को भी माँ ही याद आ जाती है। हर्ब है कि मना करो तो बहुत देर तक गायब रहता। न्यीकुंग उसके रूप पर कुछ मजाक कर देता तो वह उसके सिर पर कोई-न-कोई साँप लाकर झुला देता। उसकी हद से भी अधिक छोटी आँखों को अपनी आँखों के इशारों के हाव-भाव से नकल उतार-उतारकर मजाक उड़ा

देता, “न्यीकुंग...न्यीकुंग...न्यीकुंग...हा-हा-हा-हा! इसी तरह की आँखों को ही न्यीकुंग क्यों कहा गया है आखिर? नाम भी तो एक मजाक ही है न बच्चू!”

इस आदमी के साथ रहा नहीं जाता। लेकिन इसके बिना रहा भी नहीं जा सकता अब! इसकी सख्त जरूरत है। एक ही सप्ताह में इसने कितने शब्दों को सिखा दिया तानी को। और एक यह मूर्ख तानी, ‘मुझे तुमसे प्रेम है’ इसी वाक्य पर कुछ शरमा-शरमा जाता और समय बेकार गँवा देता है। ‘कल्पनाओं से जन्मा आदमी,’ यह कहकर हर्ब बेदर्दी से उसके कानों को ऐंठ देता।

फूलों से लदे इस जंगल में इन बन्दर सरीखे लोगों के साथ यहाँ के जंगल के असली बन्दर भी आकर मिल गए। दिन-भर वे मिलकर ऊधम मचाते। छोटे-छोटे सुन्दर हिरणों के बच्चे तानी के आसपास मँडराते रहते। इनकी आँखें तानी के दोनों बच्चों की तरह लगती थीं। कीपुंग को कभी-कभी पहचानना ही मुश्किल हो जाता जब वह इन हिरणों के बच्चों के साथ खेल रहा होता। हर्ब ने तानी को गोंगा बजाना सिखाया। लकड़ियों और बाँस से बना छोटा वाद्ययंत्र। मुँह में उसे लगाकर नाचती उँगलियों से उसे बजाया जाता है। उसके सुर के बीच-बीच में तानी का वह गीत भी गूँज-गूँज जाता।

एक दिन उस झील के किनारे खड़े पेड़ की शाखा पर तानी आराम से पीठ के बल लेट गया। पत्तों के हर गुच्छे में एक सूखता हुआ पत्ता दिखता था। उन पर कीड़े भी नहीं बैठते दिखते। चिड़ियों का एक बड़ा-सा समूह उसमें हमेशा शोर मचाते रहता था। उसमें सफेद-सफेद फूल लदे थे। वे फूल किसी आदमी की नजर में सुन्दर नहीं थे, लेकिन उसी में इन चिड़ियों की जान थी। हजारों तितलियाँ भी आ-आकर उसके फूलों के रस का मजा लेतीं। हिरणों के बच्चों का मनपसन्द भोजन था इस पेड़ के सारे फूल। किसी भी एक फूल को गिरकर सड़ने का मौका ही नहीं मिलता था। गिरकर जमीन पर गया नहीं कि वहाँ भी कोई उसका इन्तजार कर रहा होता है। खुशबू उसकी मनभावन। तानी गाने लगा—

ऐ हिंत ऐ बिन्यी! कैसी ये रंगीनियाँ
रेत पर लिखी मिट गईं वे निशानियाँ
किसने लिखी पानी में ये कहानियाँ
मिटकर मिटे नहीं साँसों की रवानियाँ

पुकारती-सी रहती हैं मुझको यह वादियाँ

आवारा बादलों में झील-सी वे दो अँखियाँ
धूप ने छुपाए पर्दों में अपने क्यों ये चाँदनियाँ
मुझमें गाती रहती हैं पीड़ामय मीठी-सी सखियाँ...

अरे! कौन था वहाँ? कोई तो था। तानी ने ध्यान से उस हिलती-डुलती झाड़ी को देखा। वहाँ कोई है। वह तेजी से उतरा और उस तरफ दौड़कर चला गया। और अब, आँख-मिचौली झाड़ी के चारों ओर चलने लगी है। कभी इस तरफ तानी, कभी उस तरफ वह। अचानक वह जिस तरफ भाग रही थी तानी मुड़कर उसकी विपरीत दिशा की तरफ दौड़ने लगा, और, और...और यह रही! दोनों के चेहरे आमने-सामने अब। लेकिन वह अब भी ढकी हुई है। चार नंगी आँखें...आसमान के चार कोने या फिर झील के चार टुकड़े।

"तुम्हारी हँसी की तरह तुम भी कब हो जाओगी मुक्त? छुपाए चेहरा लिये हवा-सी क्यों फिरती रहती हो?" तानी ने कहा। "हें?" उसकी आँखों में प्रश्न उतर आया। तानी ने उसी की टूटी-फूटी भाषा में अपने दोनों हाथों को हिला-हिलाकर बताने की कोशिश की। वह समझ गई,

"हा-हा-हा-हा...क्या तुम मुक्त हो? मुक्ति ने मुक्ति को अपने गर्भ में धारण कर लिया है। जन्म दूँगी इसे किसी मनचाहे वक्त की गोद में एक दिन। वैसे आवाज अच्छी है तुम्हारी!" उसने एक हाथ अपनी छाती पर रखा और आँखों की पुतलियों को अदा से घुमाते हुए कहा।

उसकी आँखें शरारतों और शोखियों से भरी हुई थीं। तानी को समझ नहीं आया उसने कहा क्या था। शायद एक प्रकार की माया में बँध गया वह। क्या बुद्धि का साक्षात रूप तानी उन आँखों को पढ़ पाया था? पुरुष अक्सर स्त्रियों की शोखियों और शरारतों को पढ़ने में गलती कर ही जाते हैं। मन में कुछ गुदगुदी-सी होने लगती है। वे अक्सर जल्दी में रहते हैं और चूक जाते हैं। वैसे मन तो मन है...कुछ भी सोचते रह सकते।

हर्ब को तानी ने तंग करके रख दिया। वह कुछ तो बताए उसके बारे में। वह इतनी रहस्यमयी-सी क्यों है? हर्ब कहता चला जाता है, "किसी घने वीरान वन में जैसे चिर कुँवारी, अल्हड़, अलसाई-सी, अधखुले नैनों में अन्तहीन खुमारी

लिये कोई गुनगुनाती रहती है। ये खुमारी किसी दिन सदा-सदा के लिए प्रकट हो जाए उसमें। अभी तो सखी मेरी डोलती-फिरती...मृगमरीचिका-सी इसी की तलाश में है। पागल और जंगली। पर कितनी निर्मल, कोमल, नर्म, मुलायम, शुद्धतम। शान्त तालाब में खिलते किसी कमल की-सी मुस्कान लिये। सूरज की किरणों को भी अभी उस तक पहुँचने में सदियाँ लगेंगी! वह तो अपनी ही प्रतीक्षा लिये हुए है। भोली। नटखट। आदर्शों से परे छविविहीन खिला खुशबू भरा फूल। छवियों के परे हर मौसम में वह ही ठुकराई गई। और हर तरफ उसके लिए काँटे बिछ गए। आहत कदमों से लाल गुलाबों-सा रक्त रास्तों में बहाती चलती है। वह रुकेगी नहीं। चलकर ही रुकना है उसको, एक दिन खुद तक पहुँचना ही होगा न। तब वह ठहरी-ठहरी-सी होगी, और कदम उड़े-उड़े-से। हलकी, बहुत हलकी होगी एक दिन वह। हर रिश्ते भँवरों में फँसे हैं। मकड़ी के जालोंवाली उलझन लिये। वह बनती गई कछुआ अपने मन के कुएँ में। यह जंगल उस जैसा ही पागल और जंगली है। यहाँ उस बावली का आना जैसे माँ के गर्भ में फिर से आ जाना होता है। यह नित नवीन और नवीनतर। मौत पग-पग यहाँ। लेकिन शान्ति और मौन का कलरव यहाँ। नीरवता का गान यहाँ। यहाँ लौट-लौट कर आती है वह। जब भी वह आती है, सारा जंगल उसके स्वागत में नाचता है। यहाँ उसका हर रंग खिल जाता है। सब स्वीकृत है उसका यहाँ। चेहरा ढके तो क्या वह ढक जाती? वह तो ऐसे ही। ढकना पड़ता है न। कोई देख ले तो मुसीबत। लेकिन खोलेगी सब एक दिन। जब यहाँ वह नहीं आती तो बहुत समय नहीं आती। मैं प्रतीक्षा हूँ उसकी...उसकी एक झलक के लिए।"

तानी शब्दहीन, जिज्ञासायुक्त, दिशाविहीन सपनीले मौन में...।

एक अनोखी फसल

हर्ब ने तानी को धान की फसलों के बारे में कुछ भी बताने से इनकार कर दिया। क्यों बताए? वह किसान थोड़े है। वैसे भी जंगली कन्द-मूल से ही वह

जिन्दा है। उससे जो कुछ हो सकता, वह उसने कर दिया। अब बाक काम वह स्वयं करे। धान के बीज भी खुद ही हासिल करे। जिस बात को कहने में मजा न आए उसे वह कहता ही नहीं। क्यों? अब हर क्यों का जवाब देना जरूरी है क्या? ऐसे ही। सुस्ती-सी आती है बस।

तानी को यहाँ रहते अब काफी वक्त हो गया है। उसने भाषा भी काम चलाने लायक सीख ली है। एक दिन उसने निर्णय लिया कि वह जाएगा उस तरफ जहाँ से वह रहस्यमयी लड़की आती थी। वहाँ फैले धान के खेतों को देखना ही होगा अब। अपने लोगों के पास भी तो लौटना होगा। सभी चिन्तित होंगे। असुरक्षित महसूस करते होंगे। हर्ब के लाख मना करने के बावजूद वह वहाँ जाना चाहता है। हर्ब चाहता है तानी कुछ वक्त और इन्तजार करे। जब वीर योद्धा महीनों के लिए शिकार को जंगल की तरफ निकल जाएँ, तब तानी को वहाँ जाना चाहिए। नहीं तो अजनबी के लिए खतरा हो सकता है।

आदमी को आदमी से ही डरना चाहिए। लेकिन एक बार उसने जिद पकड़ ली तो पकड़ ली। जान की परवाह करने से कोई कब तक बच सका है। मजबूर होकर सब तानी के साथ चलने लगे।

"अहा, वह रहे लहलहाते खेत! पीलापन फसलों पर उतर आया है। अब कटाई का वक्त आ गया है। देखो कैसे अलमस्त हैं लोग इन फसलों की कटाई करते हुए," हर्ब ने कहा। तानी ने अपने जीवन में पहली बार इन फसलों को देखा था। दूर तक फैली धान की फसल। वे पककर झुक गए थे। अपने ही भार को सँभाल नहीं पा रहे थे। बदमाश और चोर पक्षियों का इधर-उधर उड़ना हो रहा था। कुछ बच्चे दौड़-दौड़कर उन पक्षियों को भगाने की कोशिश कर रहे थे, लेकिन वे लालची और दुष्ट बार-बार वापस उड़-उड़कर आ जाते थे। कई लोग उन खेतों में फसलों की कटाई कर रहे थे। सूरज की किरणें इन स्वर्णिम फसलों से मिलकर प्रेम-क्रीड़ाएँ कर रही थीं।

वह तेजी से दौड़ गया और अपने हाथों से उन्हें छू-छूकर देखने लगा, "आह, ये धारदार भी हैं! मेरी त्वचा को काट भी लिया इसने। ओहो, नाराज न हो! हम पहली बार मिले हैं न! यकीन करो, मैं सूर्यपुत्र तानी। तुम्हारा प्रेमी। तेरी ही तलाश में मैं दर-दर भटका। तेरी ही तलाश में मैं यहाँ आया हूँ। मेरे लोगों को भी तुम्हारी प्रतीक्षा है। मुझमें भी तुम मेरी प्राण बनकर, मेरी नसों में दौड़कर तो देखो। एक बार मिल जाओगी तानी से, तो तुम भी उसे छोड़ना नहीं

चाहोगी। समझी! तानी मोमन में भी झूमकर देखो। चलोगी न मेरे साथ? ओह, कैसे बनाते होंगे भोजन इसका? अप्रतिम सौन्दर्य तुम्हारा...हा-हा-हा...!"

हर्ब के पीछे-पीछे चलते हुए सब खेतों से निकल आए। चारों लोग अब शहर में घूमने लगे। कीपुंग के अलावा ये लोग बहुत ही अजीब थे यहाँ के लोगों के लिए। तानी और न्यीकुंग ने सिर्फ अपने लिंग को काले कपड़े से ढक रखा था। हर्ब पूरी तरह नंगा था। लोग घूर-घूरकर उन्हें देखने लगे। आसीन ने तानी को कितनी बार कहा था कि वह पूरे शरीर को ढकनेवाले वस्त्र पहन ही ले। लेकिन जिद्दी तानी ने बचपन की अपनी इस आदत को छोड़ने से इनकार कर दिया। औरतें तानी के बलिष्ठ और सुन्दर काया पर मर-मर जातीं, लेकिन प्रकट में उपेक्षा का बहाना करतीं। मर्द ईर्ष्या भरे नेत्रों से उसको ताड़ते। जो भी हो, अजीब लगते थे ये लोग यहाँ।

यहाँ के लोगों के शरीर तरह-तरह के रंगों के वस्त्रों से सुसज्जित थे। सम्पन्न लोगों का स्थान था। कहीं कोई गरीब नहीं दिखा। किसी के भी शरीर से हड्डियाँ नहीं झाँक रही थीं। हट्टे-कट्टे थे लोग। पालतू पशुओं की हर जगह हलचल थी।

यहीं, इसी शहर में जन्मा था हर्ब। उसका असली नाम पाँगिन था, जिसे उसने बाद में सदा के लिए त्याग दिया था। जिस प्रकार बिना नाम के ही पशु-पक्षी, पेड़-पौधे, कीड़े-मकोड़े इत्यादि सब अपने-आपमें मस्त और जीवित थे—उसने भी वैसे ही जीना प्रारम्भ कर दिया था। गहरी साँस भीतर लेते हैं और फिर उसे जोर से बाहर फेंक देने के बाद जिस विश्राम का अहसास होता है—वैसा ही हुआ था उसे भी, जब उसने अपने नाम के इस पाँगिन शब्द को भी छोड़ दिया था।

अपने परिवार में चार भाइयों में सबसे बदसूरत। माँ उसको जन्म देते समय मर गई। पिता ने दूसरा विवाह कर लिया। सौतेली माँ और ऊपर से हर्ब की अपनी बदसूरती। जो भी उसको देखते अथवा जानते थे—सबने उसका मजाक बनाया। लोग उसे देख-देखकर हँसते थे। हँसना ही होता तो भी ठीक था—लोग उसे परेशान करते थे। घर में, बाहर में, हर जगह वह हर दिन अपमानित होता रहता।

एक दिन उसी की तरह दिखनेवाला एक आदमी मिला। उसके साथ वह जंगल चला आया। दोनों कई साल एक साथ रहे। आनन्द का एक राज्य दोनों ने मिलकर इन पेड़-पौधों और पशुओं के साथ स्थापित कर लिया। यहाँ सब अनोखा। भाषा भी भिन्न। लेकिन कोई किसी का मजाक नहीं उड़ाता और न ही बदसूरती अथवा खूबसूरती नाम के किसी शब्द अथवा चीज को वे जानते हैं। वह आदमी रहस्यमय प्रेम का समुद्र था। उसी ने हर्ब को अनन्त आनन्द का राज्य दिखाया। उसको स्वयं का मालिक बनाया। सबके बिना, और सबके साथ रहना सिखाया था।

रात को चारों लोग सिमांग के भवन के पिछवाड़े वाली झाड़ी के तले सो गए। हर्ब को जब भी अपनी सखी सिमांग की याद आती है तो वह यहाँ दबे पाँव आया करता है। रात को इन्हीं झाड़ियों के भीतर घुसकर आराम से सो जाता है। यह स्थान सुरक्षित है। यहाँ आम तौर पर कोई नहीं आता। इस तरफ खाई है जहाँ से कोई भी चढ़ नहीं सकता और न ही उतर सकता है। लेकिन हर्ब के लिए ये कोई बड़ी बात नहीं है। उसके साथ अब तानी भी वैसा ही है। लेकिन कीपुंग और न्यीकुंग को काफी मेहनत से यहाँ तक उनको लाना पड़ा।

इलाके का सबसे ऊँचा स्थान है यह। यहाँ से पूरे शहर को देखा जा सकता है। सिमांग के ससुरालवाले यहाँ के सबसे धनी और ताकतवर खानदान है। इसी के चलते यहाँ के लोगों ने इनको ही अपना सरदार स्वीकार किया हुआ है। सिमांग का पति अभी वर्तमान सरदार है। पुरखों से यह खानदान यहाँ राज करता आया है। ये लोग स्वयं को चन्द्र के सन्तान मानते हैं।

यहाँ भी विवाह में औरतों को खरीदे जाने का रिवाज है। यह रिवाज खराब नहीं माना गया। धनी परिवारों की दुल्हनों और दूल्हों को उनके माता-पिता भी अपनी हैसियत के अनुसार कीमती बीड्स के आभूषण इत्यादि देते हैं, और गरीब परिवारों की लड़कियों को उनके शरीर का ही कीमत लिया जाता है, क्योंकि माता-पिता के पास उसे देने को कोई आभूषण नहीं होता।

तानी ने जब आसीन से विवाह किया था, तब उसे कुछ देना नहीं पड़ा था, क्योंकि आसीन के पिताजी तानी से बहुत प्रभावित हुए थे और वे जानते थे कि तानी गरीब है। कई ऐसे पुरुष जीवन-भर कुँआरे रह गए क्योंकि उनके पास लड़की खरीदने के लिए मिथुन, सूअर इत्यादि नहीं होते थे। गरीब लड़कियाँ महज एक मिथुन अथवा दो मिथुन में ही बिक जाया करती थीं।

धनी पुरुषों की कई-कई पत्नियाँ होतीं। ये उनके ऐश्वर्य और वीरता की पहचान हुआ करती। यही परम्परा है। बिक चुकी लड़कियाँ किसी की सम्पत्ति हो जाती हैं। जिन घरों में जितनी लड़कियाँ पैदा होतीं, उतने ही उनके माता-पिता धनी हो जाते। क्योंकि लड़कियाँ सम्पत्ति लातीं और ले जाती थीं, इसलिए उनके नखरे भी स्वीकार्य थे। जो बेची या खरीदी नहीं जाती थीं, उनकी कीमत ही नहीं होती थी। उनको कई तरह के ताने सुनने पड़ते थे।

सिमांग से मिलना

हवा हौले-हौले बह रही है। आसमान साफ नहीं है आज। लगता है बूँदाबाँदी होगी। इस बरामदे से यह पहाड़ बहुत अच्छा लगता है। मजबूत पत्थरों से बने इस विशाल भवन का वह बड़ा-सा आँगन यहाँ से अच्छी तरह दिखता है जहाँ बच्चे खेलते रहते हैं। यहीं पर खड़े होकर उसे देखना और फिर कहीं खयालों में खो जाना बेहद अच्छा लगता है। भवन और पहाड़ के बीच एक नदी बहती रहती है। कभी-कभी नदी की आवाज तेज हो जाती है तो कभी शान्त। उसके साथ उसका भी मन उठता-गिरता रहता है। नदी और भवन के बीच दूर तक फैले धान के खेत। फसलों के मौसम में जब हरा-हरा धान समुद्र-सा लहराने लगता है तब खुशी के गीत भी जन्मने लगते हैं। फसलों में पीलापन जब बढ़ने लगता है तब मीठी-सी वेदना वाली पीड़ा मौसम के साथ घुलने लगती है। किसान कितने खुश हो जाते हैं उस वक्त। फसलों का मरना उनका जीना होता है। जीवन के उतरार्द्ध में उसकी उम्र में भी जब पीलापन उतरने लगेगा; तब क्या आनन्द भी उतरता जाएगा? यही प्रश्न ही एक वेदना-सी उत्पन्न क्यों करता है। जो भी है...धान की ये फसल सिमांग को बहुत-बहुत अच्छी लगती है। आज भी खेतों में लोग पकी फसलों की कटाई में जुटे हुए थे।

उसके काले, चमकीले, रेशमी, खुले घुंघराले लम्बे बालों से हवा अठखेलियाँ करती है। दमकता चेहरा खुले लहराते बालों के बीच छुप-छुप

जाता है। तानी से मुलाकात का वह क्षण बार-बार उसके खयालों में आता है। कैसे बच्चों की तरह खेले थे उस झाड़ी के चारों ओर। कैसा अद्‍भुत साहस था उसका। बिना सोचे कूद गया शेरों के बीच अजनबी को बचाने। मुस्कान फैल गई उसके अप्रतिम सौन्दर्य से भरपूर गालों पर।

विवाह के वक्त वह बहुत ही रोई थी। माँ से लिपट गई, माँ ने उसे अपने से अलग कर दिया। पिता से लिपट गई, पिता ने अपने से अलग कर दिया। घर के बड़े से लकड़ी के खम्भे से लिपट गई। सबने मिलकर उसे उससे भी अलग कर दिया। मार्ग में पेड़ों से, पौधों से, छोटे-छोटे घासों से भी सहारा माँगा...उनसे भी अलग कर दी गई। बराती उसे पकड़कर खींच-खींचकर ले गए थे। और वह आदमी...न जान, न पहचान—कूद गया शेरों के बीच उसको बचाने। उसने तो उसका चेहरा तक भी नहीं देखा था। अद्‍भुत...कौन था वह?

बादलों-सी तैरने लगी हैं स्मृतियाँ—पति आता है। साथ सोता है। हँसी-मजाक बहुत ही कम होता है। गले लगाया, चुम्बन दिया, सम्भोग किया और फिर चले गए। यही तो होना होता है। इससे ज्यादा की उम्मीद क्यों करे? दो बातें करने की चाहत लिये वह उसके पीछे-पीछे घूमती तो पति कहते—"तुम्हारी जैसी औरत देखी नहीं मैंने! हर वक्त पति चाहिए तुमको! दिखती भी अच्छी नहीं हो, फिर भी प्रेम किया तुमसे मैंने। कितनी सुन्दर-सुन्दर लड़कियाँ थीं, और हैं, जो मुझे चाहती हैं। मेरी बाकी की दोनों पत्नियों को देखो! दोनों सब लोगों से मिलती-जुलती हैं। सबके साथ खुश रहती हैं। तुम्हारी तरह अकेली रहकर कभी रोती नहीं रहतीं।"

हाँ ठीक है...लेकिन हर वक्त? अरे छोड़ो भी—कितने अच्छे लगते हैं वह। कितना खूबसूरत दिखता है उसका पति। वह उनकी पत्नी है...यह क्या कम है। हर बार प्रेम ने ही उसको समझाया, "सब ठीक हो जाएगा...सब्र रखो...तुम उनसे प्रेम करती हो...वह हर हाल में अच्छे हैं।"

गर्भवती हुई थी पहली बार वह। शायद चौदह-पन्द्रह साल की रही होगी। नादान थी। कितनी बार बेहोश हुई। पति ने कहा, "तुम कोई अनोखा काम नहीं कर रही हो! दुनिया की सारी औरतें बच्चे जन्मती हैं। तुम कुछ ज्यादा ही दिखावा करती हो!" पहली सन्तान बेटी हुई...स्वागत का वह आनन्दित चेहरा उनका नहीं था जो एक पिता का होता है। तब उसने अपनी बेटी को अपनी ही तरह अकेली पाया...और फिर सीने से लगा लिया उसने उसको।

औरत से जन्मी एक और औरत! भावी अस्वीकृत अस्तित्व लिये वह भी फिरेगी। यही दर्द एक औरत को दूसरी औरत से गहरे से जोड़ता है। दूसरी सन्तान हुई—एक पुत्र। पति ने उसके स्वागत में उत्सव का आयोजन किया था। वंश रक्षक, शक्ति का रखवाला और सम्पत्ति की रक्षा वही तो करेगा। पुत्रों ने ही तो आज तक दुनिया को बचाए रखा है।

वह तीसरी पत्नी है। और उन तीनों के अलावा भी कितनी औरतें उसके पति के जीवन में आईं...लेकिन सिमांग का प्रेम कभी नहीं बदला। उसकी चाहत वैसी-की-वैसी ही रही। बल्कि बढ़ती ही चली गई। पति की बुद्धि, पौरुष पर गर्व से सीना फूल-फूल जाता था उसका।

कुछ महीनों से, जब से उसकी दोस्ती हर्ब से हुई है—कोई प्रश्न-सा उठने लगा है सीने में—क्या वह पत्नी है, इसलिए उसका अपने पति के प्रति प्रेम नहीं बदलता? यदि वह पुरुष होता तो क्या वह भी बदल जाती? क्या उसके अन्दर भी कोई अन्धकार है जो पथविहीन, चरित्रहीन है? क्या इस अन्धकार ने कभी किसी को रोशनी की ओर जानेवाली वह राह दिखाई होगी, जिस पर चलकर वह स्वयं रोशनी बन सके होंगे? कौन है वह? क्या है वह आखिर? अब तक यह आदमी जो उसका पति है—उसने उसे क्यों नहीं छोड़ दिया? छोड़ देने की सिर्फ धमकी ही क्यों देता रहता है? किस बात का डर है? अगर कोई औरत छोड़ गई किसी मर्द को—तो इज्जत का सवाल है। डर है भी, या फिर इसलिए कि उसने उसको खरीदा था? चली गई तो सम्पत्ति का नुकसान। सब्जी में नमक कम हो जाए तो और नई सौतन लाने की धमकी। ज्यादा हो जाए तो छोड़ देने की धमकी। और अब यह सोच...यह जानने की चाहत क्यों बढ़ती ही चली जा रही है? बाकी औरतों की तरह वह भी क्यों नहीं रह सकती?

यह अन्धकार-सा कुछ क्यों बढ़ता चला जा रहा है? वह खुद से कहती है—नहीं जानना...कुछ भी नहीं जानना मुझे...लेकिन दूसरे ही पल फिर वही प्रश्न, वही जिज्ञासा जगने लगती है। क्या यह विनाश की ओर ले जानेवाला है सिमांग को?

मासिक धर्म भी नहीं हुआ था जब उसका विवाह हुआ था। अब वह पच्चीस साल की हो गई है, और उसका पति पैंतीस का। बड़ी पत्नियों से आठ बच्चे हैं, और उसके खुद के दो। कुल मिलाकर दस बच्चे हुए। सिमांग की बारह साल की बेटी और दस साल का बेटा है। पति उसके पास बहुत ही कम

आते हैं। बड़ी पत्नी के साथ ही वह अधिक समय बिताते हैं। दोनों हमउम्र हैं। मझली वाली अपने ही धुन में रहती है। शायद उसकी अपनी माँ भी मझली ही रही होगी और वह जानती है उसको कैसे रहना है।

माँ कहती थी, "बिटिया, औरत के लिए उसका परिवार ही उसका सुख है। पन्द्रह मिथुन दिए हैं उन्होंने हमें तुम्हारे बदले। औरत और मिथुन दोनों एक ही आत्मा के दो रूप हैं। दोनों बहनें हैं। दोनों की जिम्मेदारी है; परिवार और समाज की सेवा करना। अपने पति के लिए स्वयं अपनी मर्जी से औरतें खरीदकर ला देना। ऐसी औरतों ने ही पुरुषों की इज्जत सदा पाई है। ऐसी औरतों ने ही परिवार, खानदान और पुरुषों पर सदा राज किया है। उनके मस्तक पर सदा गर्व की चमक रहती है। फिर वह साधारण स्त्री नहीं कहलाती। मैंने भी यही तो किया, तब जाकर ही मेरा यह रुतबा है। देखती नहीं, तेरे पिता मेरे सामने कैसे झुकते हैं! अपनी बाकी पत्नियों की कैसी पिटाई करता है वह! लेकिन मेरी इज्जत करता है।"

सिमांग की पक्की सहेली थी उसकी माँ। लेकिन उनकी ये बातें उसको कुछ अजीब-सी लगतीं। उसे सुनकर उसके भीतर अनमना-सा भाव ही आता था। ऐसी होने की चाह जगती नहीं थी जो माँ कहती थी। ममत्व माँ का, छाया-सी रहती थी उसके साथ। वह भी चली गई दो साल पहले, पूर्वजों के पास हमेशा के लिए।

अगर वह खुद पति को छोड़ देती है, तो उसको वे सारे मिथुन और सारा सामान वापस करना होगा जो उन लोगों ने उसके माँ-बाप को दिए थे। अब तो दोनों रहे नहीं। वह यह सब अकेली नहीं कर सकेगी। भाई-भैया अथवा रिश्तेदार इस प्रकार की मदद कर ही नहीं सकते। जब तक वह पत्नी है, तब तक ही पति का सब कुछ उसका है। इस पर मित्र हर्ब गाने लगता—

सखी मेरी
कोई चाहत घर नहीं पहुँचाती कभी
लेकिन एक घर उस पार है—
तुम्हारे इन्तजार में
चलकर देखो
भय से बाहर निकलो
अपने घर को खोजो

खतरा मोल लेकर देखो
देखो तुम्हें कौन बचाता है
खतरों से खेलकर देखो
अकेली होकर तो देखो
मर ही रही हो
उस तरह भी मरकर देख लिया जाए?

अपने को तलाशने के लिए भी तो कुछ करना होगा। चलकर तो देखना होगा न! लेकिन कहाँ चले? कैसे चले? किसको पाने चले? अपने को पाना क्या होता है? यह खालीपन क्या कभी खत्म होगा? उसके बाद फिर क्या होगा? क्या जीवन को सचमुच तबाह किया जा सकता है? क्या मान लेने से ही किसी का जीवन तबाह हो जाता है? मरने से पहले कुछ जान लेने की चाह जगना क्या गुनाह है? ओह, जीवन है या मकड़ी का जाला कोई!

बढ़ाए कोई हाथ बादलों से,
कि गिर न जाऊँ मैं कहीं
उग आए पंख कोई कन्धों पर,
तैर जाऊँ बादलों के पार...

रात्रि के तीसरे प्रहर। संसार गहरी नींद में डूबा था। पंछियों ने भी अपने पंख नहीं फड़फड़ाए थे अभी। माँ के पंखों के भीतर छोटे-छोटे नन्हे बच्चे किस विश्राममय निंदिया में सो रहे होंगे। स्वप्न भी अब उन्हें आ-आकर तंग नहीं कर रहे होंगे। न भाव, न विचार—सिर्फ नींद और उसमें मौजूद शून्य की लीला थी। मानो कोई जीवित ही न हो। लेकिन कोई तो था, जिसकी साँसों की ध्वनि सुनाई पड़ रही थी हर तरफ। तानी को देखना है कि इस विशाल भवन के भीतर क्या-क्या है। अपने देश में ऐसा भवन पहले कभी नहीं देखा था उसने। दिन में उन लोगों को प्रवेश नहीं करने दिया जाएगा। जिज्ञासा एक बार जग गई तो जग गई। वह उस ऊँची दीवार पर मकड़ी की तरह चढ़ने लगा।

तानी ने देखा—मशालें अब धीमे-धीमे जल रही थीं। एक वृद्ध खाँसते हुए उन मशालों को जलते रहने के लिए कुछ कर रहा था। थोड़ी देर बाद वह भी

गायब हो गया। अचानक देखा उसने—कोई इस तरफ चलकर आ रही है। मस्त हाथी की चालोंवाली। वह तुरन्त छिप गया। वह जिस स्थान पर बैठा हुआ था, ठीक उसी के सामने एक तालाब था। कितनी खूबसूरती से इसे सुन्दर कलाकृति के साथ निर्मित किया गया था। अग्नि की रोशनी में बहुत कुछ स्पष्ट नहीं था, लेकिन कुल मिलाकर उसकी भव्यता को देख ही सकता था वह। कितना विशाल भवन था ये। इसके अन्दर सब कुछ मौजूद था। खूबसूरत, नर्म, मुलायम हिलते पर्दे, मानो हवा ने स्वयं रंगों का रूप धारण कर लिया हो। उन्हीं से लुकाछिपी खेलती हुई वह आ रही थी। भवन के इस भाग में शायद पुरुषों का आना मना है। हर चीज स्त्रियोचित थी।

वह नजदीक आती जाती है। तानी की साँसें तेज होती जाती हैं। जब वह बहुत पास आ गई, तानी ने मानो अपनी धड़कनों को भी धड़कने से रोक लिया था। एक बड़े से खम्भे के पीछे अँधेरे वाले स्थान पर वह छिपा हुआ था। सब कुछ पत्थरों से बना था। उसने देखा—वह तालाब के पास आई और उसने अपने सारे कपड़े उतार दिए। आह, यह तो आसमान से उतरी है! लम्बे, खुले, घुँघराले, काले, लहराते बाल। लटें भँवरों की तरह उसके गोरे-गोरे गालों पर अपना चुम्बन अंकित कर रहे थे। बड़ी-बड़ी आँखें। गुलाब की पंखुड़ी से सुन्दर होंठ। सुडौल शरीर। हर एक अंग विधाता ने बहुत मेहनत से बनाया होगा। तानी की आँखें खुली-की-खुली रह गईं। वह पानी में मचलती हुई मछली क़ी तरह तैरने लगी। कुछ देर बाद जहाँ से तैरना प्रारम्भ किया था, उसी स्थान पर वह वापस तैरती हुई आई और किनारे के सहारे अपने दोनों हाथों को रखकर गुनगुनाने लगी—

बादलों में चलें,
नींदों में जागे हम
जागे तो जागे कैसे,
सोए नहीं हम...

यह तो...यह तो वही है! वही आँखें। वही हाथ। उसके गीत में कैसा दर्द है—रह-रहकर बहती हुई बाहर आ रही है। कितनी सुरीली आवाज है। वही आवाज, जिसे हर्ब सिन्यी में तानी ने सुना था। पूरी तरह नग्न स्त्री। वह भी सुन्दरतम स्त्री! तानी ने उस वक्त अपने भीतर कोई ऐसी ऊर्जा महसूस नहीं की

जिसके चलते वह उसे अपने बाँहों में ले ले और पागलों की तरह उसके शरीर से प्रेम करे। वह तो उसके अप्रतिम सौन्दर्य को देखकर अवाक रह गया है। मानो उसने होश ही गँवा दिया हो। उसको अपने होने का भी होश नहीं रहा। शरीर पर क्या चल रहा है अथवा मन क्या चाहता है। सब भूल गया। वह तो बस उसे देख रहा है। उसकी आँखें उसे और नजदीक से देखना चाहती हैं।

वह बाहर आया, जैसे किसी माया के चलते कोई बेहोशी में चल देता है। उसके बहुत पास जाकर, एकटक उसे निहारने लगा। पहले तो वह बहुत डर गई, लेकिन तुरन्त सँभल गई। उसने जल्दी से अपने को कपड़ों से ढक लिया, "तानी, तुम कैसे यहाँ आए? तुम्हें नहीं पता, यहाँ आना मतलब मौत है? भाग जाओ अभी, इसी वक्त यहाँ से!"

तानी ने कोई जवाब नहीं दिया। वह तो बस आश्चर्यचकित था कि यह स्त्री है या जादू। क्रोधित होने के बजाय उसको ही सावधान कर रही है। उसको ही बचाना चाहती है, "किसी ने देख लिया तो मेरी भी मुसीबत हो जाएगी। चले जाओ यहाँ से अभी के अभी!" वह कह रही थी...लेकिन तानी सोच रहा था—शक्ति, साहस, कला, सौन्दर्य, शोखियाँ—किसी एक में एक साथ कैसे हो सकती हैं?

सिमांग ने देखा। उस तरफ कोई भागकर जा रहा था। अब क्या होगा? उन लोगों ने दोनों को देख लिया। कुछ देर बाद वे इस तरफ तेजी से आ रहे थे।

"ओह, मूर्ख पुरुष! आँखों को जो अच्छा लगे, वहीं पर होश गँवा बैठे। अब तेरी खैर नहीं। मैं चली।"

वह भागती हुई जाने लगी कि सामने शस्त्रों से सुसज्जित चार-पाँच आदमी उसका रास्ता रोके खड़े हो गए। तापिक ने चिल्लाकर कहा—

"जो कोई भी है सामने आ जाओ! भागने की कोशिश मत करना, वरना इस औरत को अभी इसी वक्त और यहीं पर हम दीवार में जिन्दा गाड़ देंगे! मेरी खरीदी हुई औरत, तेरी इतनी हिम्मत?"

तानी के कदम रुक गए। वह दीवार के सबसे ऊँचे स्थान पर पहुँच चुका था। उस पार उतरने ही वाला था वह।

"कोई भी नहीं था यहाँ। मैं अकेली थी। सच कहती हूँ! मेरा यकीन करें," सिमांग ने गिड़गिड़ाते हुए कहा।

उसके पति ने बेदर्दी से उसके बालों को पकड़ रखा था। वह तड़प रही

थी। तानी ने सब कुछ देखा। उसके सीने में अथाह वेदना उत्पन्न हुई। वह कूदकर वापस आ गया।

"मरना चाहते हो?"

"मैं सूर्यपुत्र तानी। भागना मेरी फितरत नहीं।"

"अभी तो तुम भाग रहे थे! हमने ही रोका तुम्हें।"

"उस वक्त जरूरी था जाना। और अब जरूरी था वापस आना भी।"

"हुम्म...छुपकर किसी की औरत से मिलना तेरी फितरत है?"

"इरादा ऐसा कभी नहीं रखता मैं।"

"फिर यहाँ क्या कर रहा था?"

"सुना है तेरे महल में दिन-दहाड़े गरीबों को घुसने की इजाजत नहीं है?"

"चोरी का इरादा था?"

"चोरी करना तानी ने कभी जाना ही नहीं। गरीब, जिद्दी, जंगली और जिज्ञासु हूँ। बस देखना चाहता था।"

"शस्त्रविहीन आदमी स्वयं को सूर्यपुत्र कहता है? योद्धा कैसे कहलाओगे?"

"शस्त्रों को धारण तुमने किस भय के कारण किया हुआ है? तुम योद्धा कैसे कहलाते हो?"

"बेशर्म हो!"

"मैंने कमजोरों और निहत्थों पर हाथ कभी नहीं उठाया। इस वक्त तुम्हारे हाथों एक औरत दर्द से तड़प रही है। शर्म किसको आनी चाहिए?"

"पकड़ लो इस बदतमीज आदमी को और कैदखाने में बन्द कर दो इसे! हम भी देखते हैं और सारे चन्द्रवंशी देखेंगे। अब हम देखेंगे तुम किस प्रकार स्वयं को बचाकर सूर्यपुत्र होने को साबित करते हो।"

कुछ लोग तानी को पकड़ लेते हैं और एक मजबूत रस्सी से उसके दोनों हाथों को पीछे करके बाँधने की कोशिश करते हैं। तानी ने हवा के वेग से घूमकर अपनी उँगलियों से एक आदमी के कान के पीछे रहस्यमय ढंग से छुआ और उसे बेहोश कर दिया। फिर दो आदमियों को अपनी दोनों मजबूत भुजाओं में जकड़ लेता है कि उनका साँस लेना तक मुश्किल हो जाता है। तब तापिक ने अपनी ही पत्नी सिमांग के गले में तेज धारवाला दाव रख दिया और कहा—"तुमने नग्न नहाती हुई परस्त्री को देखने की जुर्रत की है। और इस

बदचलन औरत ने भी उसी को बचाने की कोशिश की। अब इसकी सलामती चाहते हो तो स्वयं को समर्पित कर दो! जब तक तुम कैद में हो, तब तक यह महफूज रहेगी। भागने की कोशिश की तो इसका सिर धड़ से अलग कर दिया जाएगा! अब सूर्यपुत्र होना इतना आसान थोड़े ही है। परीक्षा देनी पड़ती है।"

तानी ने सिमांग की तरफ देखा। सिमांग हैरान थी। यकीन नहीं आ रहा था जो कुछ भी हो रहा था इस वक्त। शर्म, ग्लानि, क्रोध, बेबसी—सभी भाव उसके चेहरे पर झलक रहे थे। उसे देख तानी का दिल बर्फ की तरह पिघलने लगा। वह उसी व्यक्ति के हाथों में दर्द से चीत्कारती हुई रो रही थी जिससे उसने बहुत ही प्रेम किया।

उसका रोना किसी के दिल में कोई दर्द पैदा नहीं कर रहा था। वह इशारे से कह रही थी, "तानी जाओ, मेरे लिए खुद को खतरे में मत डालो!" वह पति की कलाई पर दाँत गड़ाने लगी और अपने को छुड़ाने की कोशिश करने लगी। तापिक ने उसके गाल पर एक जोर का तमाचा जड़ दिया यह कहते हुए, "औरत, तेरी यह जुर्रत!" उसे देखकर तानी का शरीर ढीला हो गया और उसने कहा, "बस करो, मैं वही करूँगा जो तुम चाहोगे!"

उन लोगों ने तानी को बन्धक बना लिया था। अँधेरा-सा एक कमरा था। रोशनी अब फैलने लगी थी बाहर। सामने के दो पत्थरों के बीच एक छेद था। वहाँ से सूरज की रोशनी प्रवेश करने लगी। तानी जहाँ भी रहेगा, माता सूर्य उसे ढूँढ़ ही लेगी। उसके चेहरे पर श्रद्धा भरी मुस्कान फैल गई। किसी भी यात्रा में तानी कभी कैद नहीं हुआ था। मैकार-मैरांग में उस वृद्धा ने कहा था, "अबकी यात्रा में तुम्हें मरना होगा तानी।" ओह, तो क्या अब कभी अपनों से नहीं मिल पाएँगे?

पहली बार तानी को आसीन की बहुत याद आती है। कितना चाहती थी वह उसे। उसकी आँखों में हमेशा उसके लिए चाहत रहती थी। लेकिन तानी के पास उसके लिए समय ही नहीं होता था। आँसू गालों से होकर गले की तरफ बढ़ने लगे। दोनों बच्चे अपने पिता के बिना बड़े होंगे। सबकी बहुत याद आने लगी। एक बात बहुत ही अनोखी लगी तानी को—अबकी बार अपनी पत्नी की बहुत-बहुत याद क्यों आ रही है। इस तरह तो कभी हुआ ही नहीं था। सीने में

कुछ भारीपन-सा महसूस किया उसने। कहीं उनके साथ कुछ अनर्थ तो न हुआ हो! "घर जाना होगा मुझे। मैं नहीं जा पाया तो भाई न्यीकुंग को भेजकर खबर करनी होगी। कुछ भी हो, सिमांग की मदद चाहिए। वही मेरी मदद कर सकती है।" तानी ने बहुत बेचैनी महसूस की।

कुछ देर बाद एक औरत भोजन लेकर आई तानी के पास। उसने एक मशाल जलाई और उसे दीवार पर टाँग दिया। फिर वह उसी मशाल के पास कुछ दूरी पर बैठ गई। उसने अपनी आँखें तानी से नहीं मिलाईं, लेकिन कहने लगी, "वह अच्छी है, बहुत अच्छी...लेकिन मुझे कभी अच्छी नहीं लगती। उसकी खूबसूरती के चर्चे हैं न। पहले जोर से हँसती नहीं थी और न ही वह शरारती थी। लेकिन कुछ महीनों से जब से वह जंगल छुप-छुपकर जाने लगी है, तब से बहुत बदल गई है। कहती है अगर मैं चुप रहूँ और किसी को भी उसके जंगल जाने की बात न बताऊँ तो वह मुझे कुछ आभूषण जरूर दे देगी। हाँ, दे भी सकती है। कहीं पर छुपाकर रखी होगी न। बड़ी पत्नी...बड़ी पत्नी कभी अच्छी लगती है, तो कभी अच्छी नहीं लगती। पति पर कब्जा उसी का है। तुम्हें पता है सिमांग ने सारे आभूषण बड़ी पत्नी को सौंप दिए! कहती है उसे यह सब नहीं चाहिए। अपने शरीर को कभी सजाती ही नहीं। कुछ मुझे भी तो दे देने चाहिए थे न उसको! मैं मझली पत्नी हूँ तो क्या हुआ, उससे तो बड़ी हूँ। वह बदचलन नहीं थी। तुम कैसे मिले उससे? यकीन नहीं होता। औरत जात एक पुरुष के सिवाय किसी और के साथ कभी नहीं हो सकती। कितनी औरतों को उसी वजह से अपनी जान गँवानी पड़ी है।"

उसने यह सब कहा और फिर इस तरह जाने लगी मानो उसने तानी से किसी जवाब के लिए बातें नहीं की थी। मतलब तानी से उसने कोई बात नहीं की थी। वह तो अपने-आपसे बातें की और जाने लगी। नजरें उठाई ही नहीं थीं उसने। "सुनो, तुम जैसी भली औरत से मिलना मेरा सौभाग्य है। तुमने मेरे शरीर को भोजन दिया। एक और मदद कर दो। अगर बच गया तो कुछ भी करके तुम्हारे लिए महँगे आभूषण जरूर ला दूँगा!"

तानी ने यह जब कहा तो वह जाते-जाते रुक गई। उसके कान में तानी ने कुछ कहा और वह समझ गई।

इधर सिमांग अपने कमरे में है। तानी जैसा अद्‌भुत पुरुष सिमांग ने कभी नहीं देखा था। वह अवाक होकर सोचती रह जाती है—कभी शेर से बचाने की कोशिश करता है, कभी अपने को पकड़वाता है ताकि मैं बच सकूँ। ऐसी तीक्ष्ण बुद्धि। बिना हथियार के ही इतना साहस। यहाँ क्या करने आया था? मुझे देखने? या फिर मेरा पीछा कर रहा था? नहीं, नहीं उसकी आँखों में मेरे शरीर की कामना नहीं थी। वह तो बस इस तरह देख रहा था मुझे, जैसे कोई निश्छल और मासूम-सा बच्चा किसी चीज को पहली बार देखता है। जैसे...जैसे कोई किसी फूल को बिना किसी भाव के सिर्फ और सिर्फ आनन्दित होकर उसके सौन्दर्य को ही देखता है। हाँ उसने कहा तो था कि वह जिज्ञासु और जिद्‌दी है। बस भवन देखने आ गया था। मेरे विवाहित होने को जानकर भी उसके चेहरे पर कोई आश्चर्य का भाव नहीं था। मतलब...मतलब उसका दिल बहुत ही साफ है। वह किसी औरत का पीछा नहीं कर रहा था। ओह, माता सूर्य! कहीं दीवार के उस तरफ मित्र हर्ब और तानी के बाकी के दोनों साथी भी हो सकते हैं। मुझे उन्हें खबर करनी होगी।

वह जाए तो जाए कैसे? सारे द्वार-दरवाजे बन्द हैं बाहर से। बेचैन...बहुत ही बेचैन है वह। बच्चे भी आसपास नहीं। वे अपने मामा के यहाँ गए हैं। इधर से उधर टहलने लगी। दिमाग पर जोर लगाने लगी। उसने जब भी मित्र पाँगिन को बहुत याद किया, कुछ-न-कुछ करके वह भी दिख ही जाता था। क्यों न हो, दिल से दिल का रिश्ता जो था। वह चलते-चलते अचानक वहीं नीचे फर्श पर बैठ गई और अपनी आँखें बन्द कर लीं। ध्यान में सिर्फ और सिर्फ पाँगिन था। वह मौन में पुकारने लगी उसे। कोई दरवाजे पर दस्तक दे रहा था। उसने आँखें खोलीं। नजरें खिड़की पर गईं। वहाँ कोई नहीं था। शायद पुकार में ही कमी रह गई होगी। थोड़ी देर बाद मझली सौतन अन्दर आई।

"तुमने पाँगिन को देखा तो नहीं है न? मेरे लिए एक काम कर दो। दीवार के उस पार किसी तरह जाओ और उन्हें खबर कर दो सब कुछ। याद है न, मेरे पास बहुत आभूषण पड़े हैं। मैं सब दे दूँगी तुमको।" उसने काँपती हुई आवाज में कहा।

"पहले दिखाओ आभूषण। भरोसा किसी का नहीं करती मैं, समझी! तानी ने ही भेजा मुझे यहाँ। उसने कहा है कि न्यीकुंग को उसके घर 'तानी मोमेन' में भेज दे और उसके परिवारवालों तक खबर पहुँचा दे कि वह सकुशल है। कुछ

दिनों में अमृत लेकर लौटेगा। सबकी भूख मिटाएगा हमेशा के लिए। पता नहीं किस अमृत की बात करता है। जाने दो, मुझे क्या है।"

"पहले जाओ और मित्र पाँगिन को मेरी खिड़की में आने को कहो। फिर मैं सब दिखा दूँगी तुम्हें।"

"मूर्ख समझा है क्या? अच्छा ऐसा करो, ये जो गले में पहनी हो न, इसे ही दे दो। बाकी बाद में दिखा देना।" उसने बिना किसी झिझक के ही कह दिया।

सिमांग ने भी बिना देर किए गले में लटक रही लाल रंग के बीड्स की सुन्दर माला उतारकर सौत के गले में डाल दी। चलो किसी काम तो आई। भले ही क्यों न जान चली जाए, लेकिन वह तानी की मदद करेगी। उसने जो खबर भेजी है उसे वह पूरा करेगी।

बहुत देर हो गई इन्तजार करते-करते। कोई भी नहीं आया। सिमांग का मन घबराने लगा। कुछ अनर्थ न हो गया हो। या फिर यह भी तो हो सकता है...तापिक ने उस बेचारी को पकड़ लिया हो। अब क्या होगा? नहीं, वह ऐसे हार नहीं मानेगी। मर जाएगी, लेकिन उसके जीवन-रक्षक की मदद करके ही छोड़ेगी। इतने में किसी ने खिड़की से झाँककर देखा। यह तो हर्ब (पाँगिन) था। वह हौले से सीटी बजा रहा था।

"ओह, तुम आ गए! मैं बहुत घबरा गई थी।"

"पहले रोना बन्द करो मेरी जान! तेरी धड़कन तक सुनाई दी थी मुझे।"

"फिर आए क्यों नहीं थे?"

"मजे ले रहा था कि किसी सुन्दरी का दिल मुझको पुकारता है।"

"मजाक छोड़ो! किसी भी तरह तानी के कमरे तक जाओ। पिछली बार जहाँ तुमको कैद करने की कोशिश की गई थी न, वहीं पर वह कैद है। वह क्या चाहता है उसे पता करो। सुबह जब सूरज की स्वर्णिम किरणें उसके गालों को छुएँगी तब जाना। कहना वह मुझे क्षमा करे।"

"अभी क्यों नहीं जा सकता मैं?"

"सुना है, सूर्य की सन्तानें हर महत्त्वपूर्ण बातों को सुबह ही करते हैं। साँझ की बातों को भी सुबह नए तरीके से करते हैं। हर दिन को नया मानते हैं। सूर्य को साक्षी मानकर चलते हैं।" उसकी आँखें पहले से भी ज्यादा भीग गईं।

"तुम चाहो तो मैं अभी इसी वक्त तुम्हें और तानी को कैद से आजाद कर सकता हूँ।"

"जानती हूँ। लेकिन तुम्हें पता नहीं, वह क्या कर सकता है। मेरे रिश्तेदारों को खतम कर देगा वह।"

"हम्म...कुछ उपाय तो निकालना ही होगा। कैद पर कैद वह नहीं कर सकता तुम्हें। सुनो, तुम्हारे लिए लाया हूँ यह फूल। इसकी महक साँसों में बसा लो। तुम खुशबू हो...भूलना नहीं। तुम्हें याद है न? पतझड़ के मौसम में भी आसमान को अपने सपनों के रंगों से सजाती थी तुम। हाँ, बोलो!" उसने गुलाबी रंग का वह आड़ू का फूल सिमांग को दिया जो उसका प्रिय था।

"रोना भी अच्छा है। यह प्रसव-पीड़ा है मेरी जान। यहीं से तुम जन्म दोगी खुद को।"

हर्ब हवा के वेग से वहाँ से चला गया।

सुबह जब हर्ब सामने खड़ा था। तानी अभी भी सो रहा था। उसने दीवार के उस छोटे-से पत्थर को धीरे-से हटाया जो दो बड़े पत्थरों के बीच रहकर रोशनी को भीतर आने से रोक रहा था। श्वेत किरणों के उन धागों ने तानी के चेहरे को स्पर्श किया। झील-सी दो आँखें नींद से जागीं। पहली दृष्टि आँखों के सामने पड़े फूलों पर पड़ी, "ओह,ये आड़ू के फूल! नया साल आ गया। मुझे खबर ही नहीं हुई। मुझे क्यों नहीं दिखाई दिया था? अच्छा, यहाँ आकर मुझसे मिलना था इन्हें।"

तानी उन फूलों की महक को साँसों में, प्राणों में बसाने लगा। आँखों से मोती झरने लगे। "यही...हाँ यही मौसम तो है। मेरे लोग अब नाचते-गाते होंगे। इस बार मेरे बिना ही। मेरे बच्चों के नन्हे कदम धरती पर थिरकते होंगे। आसीन की आँखों से ढुलककर पानी की कुछ बूँदों ने उन कदमों के निशानों पर मेरा नाम अंकित किया होगा। कितना समय बीत गया अबकी बार, "सुनो भाई हर्ब! न्यीकुंग को भेजकर मेरे लोगों की शंकाओं को दूर कर दे। उनसे कहना कि अमृत को पाने के लिए बहुत कुछ करना पड़ता है। कुछ वक्त और लगेगा मुझे लौटने में। फिर हमेशा के लिए सबकी भूख खतम हो जाएगी। मैं सिमांग की जान जोखिम में डालकर नहीं जाना चाहता यहाँ से। मैं चाहूँ तो यहाँ से पलक झपकते निकल सकता हूँ। लेकिन यह मैं नहीं करूँगा। उन्हें मुझसे क्षमा माँगनी ही होगी। सारी गलतफहमियाँ दूर करके पूरी इज्जत से विदा लेना चाहता हूँ।

एक नया रिश्ता कायम होगा लोगों के बीच। मैं नहीं जानता यह कैसे होगा, लेकिन मैं यह जरूर करूँगा।"

सूर्यग्रहण

कहते हैं, चमगादड़ों का स्वभाव होता है—वे जब पक्षियों के साथ होते हैं, तो कहते हैं, "देखो, देखो हमारे भी पंख हैं! हम भी उड़ सकते हैं। इसीलिए हम भी चिड़िया हैं।" और जब जानवरों के साथ हों, तो कहते हैं, "अरे पंख हैं तो क्या हुआ? उड़ सकते हैं तो क्या हुआ? यह उड़ना भी कोई उड़ना हुआ? हम दिखते तो जानवरों-से ही हैं न! दरअसल हम जानवर ही हैं।" सारे लोग उनकी बातों को सुनकर सहमत हो जाते हैं। उनका तर्क कमाल का होता है कि मान जाने के सिवाय लोगों को कुछ सूझता ही नहीं है। इस तरह वे दोनों तरफ से फायदे में रहते हैं।

तानी का बड़ा भाई तापिंग किसी के कान भरने और भड़काने में अपना कोई सानी नहीं रखता था। उसने कितनी ही बार कितने ही लोगों के बीच झगड़ा करवाया था, कोई हिसाब ही नहीं! लोग जानते थे सब कुछ, लेकिन हर बार उसकी बातों में आ ही जाते थे। वह बात ही ऐसी करता था कि लोग न चाहकर भी उसके चंगुल में फँस ही जाते थे। तानी की जी हुजूरी करने में वह सदा सबसे आगे ही रहता था। कहता था, "तानी, माना तुम छोटे हो मुझसे लेकिन इससे क्या होता है? बुद्धि, बल और समझ में तुम आगे हो। हर आदमी को उसी की इज्जत करनी चाहिए। तुम सबका खयाल रखते हो। मेरा भी फर्ज बनता है तुम्हारी सेवा करूँ।" तानी सिर्फ मुस्करा देता था।

उस दिन सुबह का वक्त था। सूरज खिल रहा था...लोगों ने कुछ अजीब-सा दृश्य देखा। यह सूर्यग्रहण था। वे डर के मारे तानी के घर पर जमा हो गए।

"आसमानी छिपकली ने पहले भी सूरज को निगल लिया था। माता जिमी

और पिता जमा ने फिर से नया सूरज हमारे लिए बनाया था।" बीच में बैठे किसी अनुभवी बुजुर्ग ने कहा। लोग उनसे तरह-तरह के प्रश्न पूछने लगे।

"सूरज माता शायद किसी की बलि चाहती हैं! वह रक्त पीती हैं। अब उसे फिर से प्यास लग गई है। रक्त नहीं पिलाया तो शायद मर जाएगी। मेरे दादा जी कहते थे, पहले भी बलि दी गई थी। तब जाकर वह फिर से निकल आई थी।" तापिन ने रोबो की ओर गहरी दृष्टि डालते हुए कहा। सबने एक-दूसरे की तरफ देखा।

"मिथुन की बलि या फिर आदमी की?" किसी ने पूछा।

"यह तो पुजारी जी ही बता सकते हैं," तापिन ने पुजारी की तरफ देखकर कहा।

"अरे तो जल्दी पता करो न," बीच में किसी औरत ने चिल्लाकर कहा।

"ओहो, तानी और दोलियांग जब गाँव में नहीं होते तभी इस प्रकार की समस्याओं का सामना करना पड़ता है।" कोने में बैठी रोबो की माँ ने घबराते हुए कहा।

दोलियांग दो दिन पहले ही जंगल को निकल गई थी। इस बार कई औषधियाँ लेकर लौटेगी वह। आसीन दोनों बच्चों के साथ यहीं घर पर थी— वृद्धा सासुओं के साथ। तानी को गए अब आठ-नौ महीने हो गए हैं। सर्दी बीत गई है। वसन्त अब नाचने लगा है। बीच-बीच में बरसात भी हो जाती है। सारा जंगल फूलों से लद गया है। उनकी खुशबू प्राणों में उतरने लगी है। नया साल आ गया है।

तानी के बगैर हर साँस भारी है आसीन की। विवाह आदमी करता ही क्यों है? जब तैयार ही नहीं था तो तानी ने विवाह के लिए हाँ क्यों कहा था? अकेली ही घर चलाओ। अकेली ही बच्चे पालो। तापिन की गन्दी दृष्टि का सामना करते-करते थक गई है वह। चाहता होगा कि उसका अपना ही भाई तानी कभी लौटकर ही न आए। स्त्री का अपना कौन होता है? कोई चीज है, जो उसका अपनी हो? जिसको भी मौका मिला उनकी गन्दी नजरों, विचारों और व्यवस्था का शिकार हो गई वह। गाँव के मर्द कहते हैं, "विधवा औरतों पर

दया करते हुए सम्भोग करना चाहिए। ये औरतें बड़ी ही नौटंकीबाज होती हैं। मना करती फिरती हैं!"

इस प्रकार की परेशानियों से बचने के लिए औरतों को किसी दूसरे पुरुष की दूसरी, तीसरी या फिर चौथी बीवी बन जाना होता है। कम-से-कम पत्नी तो कहलाओ किसी की—और सुरक्षित रहो।

लेकिन आसीन...वह तो विधवा नहीं है। पति से बहुत समय दूर रहती है, इसलिए उस पर भी दया करनी चाहिए। उसकी मदद करनी चाहिए इत्यादि-इत्यादि...। लेकिन आसीन पर दया करना इतना आसान नहीं है। लम्बी चाल चलनी होगी।

तापिन ने रोबो को भड़काया, "तुम तानी से बड़े हो। शारीरिक शक्ति में उससे भी अधिक शक्तिशाली हो। तानी की चालाकी ने तुम्हें किसी के भी नजरों में उठने नहीं दिया। हर जमीन उसकी, हर नदी उसका। देखो, हम कहाँ और वह कहाँ। हर सुन्दर स्त्री उसी की पत्नी बनना चाहती है। हर दुश्मन कबीले वाले उसी से डरते हैं। वे अपनी पुत्रियाँ भी उसी को सौंपना चाहते हैं। तुम्हारी सिर्फ एक ही पत्नी है। मुझे देखो, मेरी तो पत्नी ही नहीं। कोई लड़की मुझे चाहती ही नहीं। बिना विवाह के ही मर जाऊँगा मैं। यह सब तानी के ही कारण है! हमें इस बार कुछ तो करना होगा। तानी का कोई वंश पैदा ही न हो। कोई न बचे। उसकी ताकत और बुद्धि को कमजोर करना होगा।"

ताकत और स्त्री की चाह पुरुष को अन्धा कर देती है। पुजारी को दोनों ने फुसला लिया। वह गरीब और डरपोक था—मान गया। मना करने की स्थिति में उसकी जान भी जा सकती थी। काम हो जाने पर उसको दो मिथुन देने की बात कहकर दोनों ने उसे मना लिया था। दोनों ने कई योजनाएँ पहले से ही बना ली थीं—यह सफल नहीं हुई तो वह दूसरी वाली अपनाएँगे। दूसरी भी नहीं चली तो तीसरा उपाय अपनाएँगे।

अंडे को हाथ में लिये पुजारी ने मंत्रोच्चारण किया। अन्त में उसे उबालकर उसके छिलके उतारे और उसके दो भाग कर दिए। अंडे के अन्दर बहुत कुछ लिखा था। पुजारी ध्यान से पढ़ने लगा, "कबीले के मुखिया के दो बच्चों की बलि देनी ही होगी। माता सूर्य किसी और के बच्चे को इस बार नहीं स्वीकारेगी। संसार में महाप्रलय होगा। अब आसीन के हाथ में है सबकी जान। सूर्य की सन्तानों को ही बलि-प्रथा निभानी होगी।"

यह कहकर पुजारी बिना किसी से आँखें मिलाए धीरे से खिसक गया। सबकी साँसें थम गईं।

ये कैसी माँग है माता की? ऐसा तो कभी नहीं हुआ। लोग खुसुर-फुसुर करने लगे। सारा गाँव सन्न रह गया। "मैं नहीं मानती! कभी नहीं मानूँगी...भले मेरी जान चली जाए! तानी के बिना इतना बड़ा फैसला मैं कभी नहीं लूँगी। मुझे मार डालो, मेरे बच्चों को नहीं।" आसीन दहाड़ें मारकर रोने लगी। बच्चे माँ को देख घबराकर रोने लगे। "पुजारी ने कह दिया है तो जरूर वैसा ही होगा। पूर्वजों की आत्माओं की मदद के बिना इस प्रकार के रहस्यों को खोलना मुमकिन नहीं होता। वैसे भी बच्चों की आत्मा और कहाँ जाएगी? अपने ही पूर्वजों के पास ही तो जाएगी।" तापिन ने आसीन की तरफ घृणा से देखते हुए कहा, "मैं ऐसा होने नहीं दूँगा। सूरज से भी लड़ जाऊँगा मैं! माता आप डरो मत। जब तक मैं हूँ ऐसा कुछ नहीं होगा।" ताप ने अपनी भारी-भरकम आवाज में ललकारते हुए कहा।

तापिन और रोबो ताप को कैसे भूल सकते हैं। इसका भी पुख्ता इन्तजाम करके ही रखा था। रोबो के इशारे पर उसकी पत्नी ने अपनी चाल चल दी। उसको भी तो महान सरदार रोबो की रोबीली पत्नी कहलाना था। उसको अच्छी तरह पता था उसको करना क्या है।

लोग बहस कर रहे थे। कभी हाँ, कभी न में सब अटक रहे थे। कुछ लोग पुजारी को फिर से पूजा करने को कह रहे थे, लेकिन पुजारी थे कि दिख नहीं रहे थे। सारा संसार अन्धकारमय हो गया। लोग आग जलाकर हल्ला-गुल्ला कर रहे थे। सूअर, कुत्ते, मुर्गी सब चिल्ला रहे थे। जंगल के पशु भी साँस थामे सूरज का इन्तजार कर रहे थे। अचानक तानी के घर में आग लग गई। आग घर के पिछवाड़े से लगनी शुरू हुई थी। लोग घबराकर बाहर निकलने लगे। "अनर्थ, अनर्थ, अनर्थ! सूरज माता क्रोधित हो गई हैं। बलि में देरी हो रही है इसीलिए।" किसी ने चिल्लाकर कहा।

धक्कम-धक्का में रोबो ने तानी के दोनों बच्चों को अपने कब्जे में कर लिया। पहले से ही तैयार थे वे। तापिन ने आसीन को मजबूती से पकड़ लिया। सामने के जंगल में उसे घसीटकर ले गया वह। उसके मुँह को अपनी हथेली से ढक दिया उसने। किसी का भी ध्यान इस पर नहीं गया। उसने अपने ही भाई की पत्नी के शरीर को इस तरह छुआ मानो बरसों से इसी दिन का इन्तजार

था। शरीर का कोई कोना नहीं बचा जहाँ उसने न छुआ हो। उसने रिश्ते का खून कर दिया।

लोग भागने-दौड़ने में व्यस्त थे। ताप लोगों को बचाने में लगा था। दोनों बूढ़ी माँएँ अन्दर फँस गई थीं। दोनों को बचा नहीं पाया। दूसरी अधजली बाहर निकाली गई। 'तानी' कहते हुए उसकी भी जान निकल गई। रोबो ने बारी-बारी से उन दोनों बच्चों के सिरों को उनके धड़ से अलग कर दिया। उनके रक्त को अपने हाथों में लेकर सूरज की तरफ मुँह करके उनको अर्पित किया।

थोड़ी देर बाद ही माता सूरज मुस्कराती हुई निकल आईं। लोगों ने देखा—रोबो बच्चों के रक्त टपकते सिरों को लेकर नाच रहा है। वह खुश था कि उसी के बलि देने के कारण ही सूरज मरने से बच गई है। "देख, देख संसार के सर्वश्रेष्ठ बुद्धिमान व्यक्ति के बच्चों को खाकर ही माता सूर्य तृप्त हुई है। हमने उनकी मंशा जान ली और संसार को बचा लिया।"

ताप की क्रोधित गर्जन से हवा थम गई। बादल रुक गए। जंगल की साँसें थम गईं। लोग डर के मारे अपने-अपने शरीरों में ही सिकुड़ गए। रोबो भागने लगा। उसके पीछे-पीछे ताप आँधी-सा दौड़ने लगा। रोबो के जीवन में मानो भयानक बाढ़ पीछे आ रही थी। जान बचाकर वह भागा। कई दिन पहले उन लोगों ने एक बड़ा-सा गहरा गड्ढा तैयार करके रखा हुआ था—उसी तरफ रोबो भागा ताकि वह ताप को षड्यंत्र के अनुसार फँसा सके। ताप के दोनों पैर रस्सियों में फँस गए और वह सिर के बल उलटे गहरे गड्ढे में गिर गया।

रोबो को पूरा यकीन था—ताप अब कभी नहीं बचेगा। लेकिन ताप को मार गिराने के लिए अभी कोई दुष्ट पैदा नहीं हुआ था। वह धीरे-धीरे वहाँ से बाहर निकलने का प्रयास करने लगा। वेदना का कोई पारावार नहीं था—वह उस दुष्ट का खात्मा नहीं कर सका, जिसने उसके प्राण से प्यारे तानी के पुत्रों को बेदर्दी से खतम कर दिया था।

ताप ने हमेशा आसीन का खयाल अपनी सगी बहन की तरह रखा था। क्यों न करता—आसीन की ही तो बुआ थी, जिसने उस अनाथ का प्रेम से परिचय करवाया था। उसी के ही स्नेहसिक्त गोद में बचपन का स्वर्णिम समय बीता था। उसी के ही प्रेम के कारण उसने आसीन के परिवारवालों का कभी बुरा नहीं किया। उसी माँ के ही तो कारण वह जिन्दा था। ताप का हृदय आज उसी माँ को याद कर तड़पने लगा। कभी अचानक मुलाकात हो गई उनसे—

वह पूछेगी, कि उसके रहते उन नन्हे बच्चों की जान क्यों चली गई? क्या जवाब देगा वह उन्हें? बहुत ही रोया वह उस दिन।

इधर तापिन ने जल्दबाजी में अपनी दोनों आँखें गँवा दीं। वह इतना उतावला था कि आसीन को दोनों हाथों से सँभाल नहीं सका। आसीन के दोनों हाथ सहारे के लिए इधर-उधर कुछ टटोलने लगे थे। उसके हाथ एक नुकीली लकड़ी का टुकड़ा आया। उसने दे दनादन तापिन की दोनों आँखों पर वार किया। आँखें खतम हो गईं उसकी। अब हमेशा के लिए सूर्यग्रहण था उसके लिए।

लहूलुहान तापिन लुढ़कता हुआ नीचे खाई की ओर चला गया। जिन्दा आदमी पर आक्रमण किया था उसने। तापिन को यह भूलना नहीं चाहिए था। शरीर कोमल है तो क्या हुआ? बुद्धि कभी थकती है? इच्छाशक्ति चाहिए बस।

सभी तो अपने हैं...लेकिन ये अपना होना होता क्या है? दर्द यह देता ही कौन है? स्वार्थ की लड़ाई में वजूद की दुहाई देते हैं लोग...फूलों के मरने में ही—भँवरों की मौजें हैं...फिर भी देखो न, इसी समाज के लिए कौन है वह जो हर क्षण एक सुन्दर स्वप्न लिये रहता है। उन्हीं के लिए, ऐसे समाज के लिए...क्यों कुछ लोग आग में जलते रहते हैं? किसको किसकी फिक्र है? फिर भी इसी समाज में कोई तो होता है—प्रेम के लिए, करुणा के लिए, प्रेमी बनकर गाते फिरते रहते हैं...और एक सतत क्रम बनता ही जाता है ऐसे लोगों का...।

दूसरे दिन दोलियांग वापस आ गई। कई तरह की औषधियाँ लाई थी वह। इस बार जख्म इतने गहरे थे कि उसकी कोई दवा काम न आई। घर अपनी जगह पर ही था, पर राख बनकर। गाँव खामोश था। कई आँखें अपने-अपने घरों के छिद्रों से झाँक रही थीं। हिम्मत किसी की नहीं हुई कि सामने आकर उसका सामना करे।

"आसीन कहाँ हो? क्या हुआ कुछ तो बताओ!" आसीन के चेहरे पर कोई भाव नहीं था। वह शून्य में ताक रही थी। यहीं पड़ोस के घर में। उसको याद भी नहीं कौन लाया था उसे यहाँ। भूख, प्यास सब एक होकर खो गए। आश्चर्य! उसको रोना ही नहीं आ रहा है। दोलियांग की पुकार सुनाई दे रही है, लेकिन जुबान से कोई आवाज ही नहीं निकल रही। किसी को भी पता नहीं है

कि आसीन के शरीर को उस शैतान ने नोच लिया था। वह खामोश थी। उसमें जान अभी लौटकर आई नहीं थी।

सिर झुकाए पुजारी दोलियांग के नजदीक आया। सब कह डाला उसने। कैसे जी पाता वह इतना सारा बोझ लेकर, "तानी से कहना, मैं क्षमा के लायक नहीं था। मेरा जीने का अधिकार भी नहीं रहा। क्या करूँगा मैं अब? मेरी पत्नी ने शर्म से आत्महत्या कर ली है!" यह कहने के बाद वह वहीं पर गिर गया। उसके मुँह से झाग निकलने लगे। उसने जहर खा लिया था।

दोलियांग की क्रोधित आवाज उस दिन दसों दिशाओं में गूँज गई—"धोखा, धोखा! माता कभी बलि नहीं माँगती। माँग ही नहीं सकती। माँगती तो हम उन्हें माता नहीं कहते। किसने? बलि? किसको? कैसे और क्यों? वह ही देती हमें सब कुछ...हम कैसे दे सकते हैं, क्या दे सकते उसको?"

सूरज की किरणें हमारी आँखें हैं। दिन में हम देखते हैं...लेकिन कितने जीव हैं जिन्हें रोशनी में नहीं दिखता? रोशनी जिनके लिए अन्धकार है...अन्धकार ही उनकी आँखें हैं। अन्धकार ही उनकी माता है...यह प्रकृति अपने में सम्पूर्ण है... किसकी हिम्मत है, जो इसके नियम को अपने अनुसार कर सके?

सामने पुजारी का मृत शरीर पड़ा हुआ था। कुछ लोग बिना कुछ कहे—चुपचाप उसे सँभालने का प्रयास कर रहे थे। बाकी सभी लोग सिर झुकाए खड़े थे। जवाब किसी को भी नहीं सूझा। वह ज्ञान की देवी थी। तानी के सिवाय कौन था जो उसके प्रश्नों का उत्तर दे सके। तापिन अपने घर में अकेला भूखा-प्यासा दर्द से तड़प रहा था। उसका इलाज अब कोई नहीं करेगा। उसकी सजा यही है कि वह तड़प-तड़पकर मरे। पल-पल मृत्यु को अपने करीब आती देखे, उसको भी पता चले कि भय क्या होता है। बेबसी क्या होती है। शरीर से साँसों का छूटना क्या होता है। दुनिया भी देख ले अपने कर्मों का फल आदमी कैसे भुगतता है।

रोबो अपने परिवार को लेकर कहीं चला गया था। कायर हमेशा ताकत की ही बातें करता है—वक्त को अपने अनुकूल न पाकर रफूचक्कर हो जाता है।

दूसरे दिन ताप लँगड़ाता हुआ आ गया। लोगों की जान में जान आ गई। तीसरे दिन से सारे लोग मिलकर अब तानी के घर का निर्माण करने लगे। कोई रस्सी, कोई लकड़ी, कोई पत्ते इत्यादि लेकर आ रहे थे। सभी ने मिलकर भोजन

का प्रबन्ध किया। अपनी मूर्खता पर वे सारे शर्मिन्दा थे। तानी को क्या जवाब देंगे। इतने लोगों के होते हुए भी उसके परिवार की रक्षा वे नहीं कर पाए? क्यों नहीं कर पाए? दोलियांग से कोई भी नजर नहीं मिला पा रहा था। किसी की बीमारी में रात-रात जागकर वह इलाज करती रही है...आज अपने ही दर्द का इलाज नहीं कर पा रही है। आसीन की आँखों में चमक अब कैसे फिर से ला सकती है! कौन सी औषधि है दुनिया में जो उसको यकीन दिला सके कि जीवन सुन्दर है? "समय चाहिए...सब ठीक हो जाएगा," एक बुजुर्ग ने कहा। लेकिन आसीन ने जैसे कुछ सुना ही नहीं।

जोग बस्ती से रुंगिया भी आ गई। उसने आसीन का बहुत खयाल रखा। जैसे एक माँ अपने बच्चे का खयाल रखती है। उसके स्पर्श में ममता थी। आँखों में अथाह प्रेम। उसने सारा काम सँभाल लिया। घर को खूब अच्छी तरह सजा दिया उसने। एक छोटा-सा घर तैयार हो गया। तीन सिसकती हुई औरतें और ताप वहाँ बसने लगे। रुंगिया ने जोग बस्ती को हमेशा के लिए छोड़ दिया।

धीरे-धीरे आसीन को होश आने लगा। चलते-फिरते, हिलते-डुलते शरीर में कुछ जान-सी आने लगी। दो महीने हो गए। एक सुबह उसने घबराकर पूछा, "मेरे बच्चे कहाँ हैं? उन्हें मेरे पास लाओ कोई! भूख लगी होगी।" माँ ने अपने बच्चों की सिर कटी लाश को देखा और फिर बेहोश हो गई थी। फिर तो कुछ याद ही नहीं रहा इतने दिनों।

खाली-खाली आसमानों में जब चाँद-तारे चमकने लगते, तब आसीन की माँ कहती थी, "वह देखो चाँद! वह माँ है। जो तारे हैं न, वह तुम सब बच्चे।" बड़ी रोशनी के चारों ओर अनगिनत छोटी-छोटी रोशनियाँ बिखरी रहती थीं। किरणें हँसी-ठिठोली करते हुए बच्चे होते थे। अब क्या चाँद अकेला होगा? पड़ोस में कोई बच्चा रोया नहीं कि वह बदहवास भागने लगती थी। किसी बच्चे की आवाज सुनी नहीं कि कान चौकन्ने हो जाते। उसको अपने ही बच्चे हर जगह दिखते। हर जगह उन्हीं की आवाज सुनाई देती। कई दिनों वह जंगल-जंगल घूमती रही। बच्चों को पुकारती रही। दोलियांग और रुंगिया उसके पीछे-पीछे भोजन लिये चलती रहीं। उसको जाने से कैसे रोकती! उसके भरम उसी के द्वारा टूट जाने देने में ही भलाई थी। धीरे-धीरे वह ठीक होने लगी।

आड़ू के खिलते फूल भी अब फलों में बदल चुके थे। जंगल के सारे फूल अब धीरे-धीरे गिरने लगे थे। नया वर्ष फिर पुराने की ओर अग्रसर होने लगा

था। तानी अब भी नहीं आया। वह लौट आएगा...जरूर लौट आएगा। लेकिन कब? क्या प्रतीक्षा ही जिन्दगी है?

दोलियांग

आसमान आज बादलों से घिरा था। लोगों ने कब से जंगलों की कटाई करके खेतों की तैयारी शुरू कर दी थी। गाँव में हलचल शुरू हो गया था। लोग व्यस्त होने लगे थे धीरे-धीरे। ताप को लकड़ियों का इन्तजाम करना था। खेती के लिए उपयुक्त जमीन वाले क्षेत्र भी तलाशने थे। वह चला गया जंगल की ओर।

आज घर के बरामदे में तीनों औरतें बैठी हैं। दोलियांग अपनी दवाई बनाने में लगी है। रुंगिया कुछ सी रही है और आसीन यूँ ही एकटक सामने के पेड़ को ताक रही है।

"दीदी, मैं वापस अपने माँ-बाप के पास लौट जाना चाहती हूँ!" आसीन ने खामोशी तोड़ते हुए कहा। दोलियांग ने कोई जवाब नहीं दिया। वह जानती थी एक-न-एक दिन यही होनेवाला है।

"लेकिन तुम्हारा घर तो यह है! वहाँ तुम कैसे रह सकोगी?" रुंगिया ने आश्चर्यचकित होकर कहा।

"घर मिल जाएगा...जैसे आपको भी मिल गया!" उसने उसकी तरफ बिना देखे ही बोला।

"हर कोई तानी नहीं होता," रुंगिया पहले तो झेंप गई, लेकिन फिर उसने परेशान-सी होकर कहा।

"सोचती हूँ, उसे अब आजाद कर दूँ," आसीन ने दीवार पर अपना सिर टिका दिया।

"ऐसा मत कहो मेरी बहन। तानी को एक बार आ तो जाने दो। विवाह इतनी आसानी से कैसे टूटेगा? अब यह किस प्रकार की आजादी हुई?" रुंगिया की रुलाई ही छूट गई।

"वह तुम्हारा बहुत सम्मान करता है आसीन। तुम्हारा बहुत खयाल रखता है," दोलियांग ने बहुत देर बाद अपनी खामोशी को तोड़ती हुई तड़पकर कहा।

"मुझसे भी कभी वह शरारतें करे। मुझे छेड़े। तंग करे। मैं न दिखूँ तो वह बेचैन हो। कभी तड़पकर मुझे पुकारे। कभी मुझसे भी झगड़ा करे! रूठ जाए और फिर मेरे मनाने का इन्तजार करे। मैं रूठूँ और वह मुझे मनाए। ऐसा कभी हुआ नहीं। पत्नी होना सम्मान की बात है, लेकिन उससे आत्मा की भूख नहीं मिटती। हृदय पर बोझ-सा महसूस होता है।"

"ठीक कहती हो...लेकिन तुमने तो उससे प्रेम किया न? फिर क्यों नाराज हो?" दोलियांग ने उसकी तरफ स्नेह से देखते हुए कहा।

"पता नहीं...लेकिन कुछ थक-सी गई हूँ। ऐसा लगता है मानो मैं बहुत कुछ भूलती जा रही हूँ," आसीन ने फीकी-सी हँसी हँसते हुए कहा। उसके चेहरे पर खालीपन और थकान का-सा भाव उतर आया।

"जल्दबाजी मत करो। कुछ समय और ठहरकर देखो। कहीं ऐसा न हो कि तुम पीछे पछताओ," दोलियांग ने औषधियों को एक तरफ रखते हुए कहा।

"लगता है, अबकी बार वह किसी आसमानी सुन्दरी को लेकर आएगा, और कहेगा कि यही मेरा प्यार है। मैं...मैं क्या कर सकूँगी दीदी?" उसकी आवाज काँप गई। शरीर में जैसे कोई जान ही नहीं बची। जैसे सिर कहीं हवा में उड़ गया।

"मैं हूँ न आसीन! मैं हमेशा तुम्हारा साथ दूँगी!" यह कहती हुई दोलियांग तड़पकर रो दी।

"जानती हूँ दीदी। लेकिन आप मेरे खालीपन को भर नहीं सकतीं।"

"ठीक कहती हो...यात्रा तुम्हारी और फैसला भी तुम्हारा। मैं नहीं जानती मुझे क्या कहना चाहिए, लेकिन इतना जरूर कहूँगी कि पुरुष एक-न-एक दिन लौट आता है...पूरी तरह आता है! स्त्री के पास प्रतीक्षा की शक्ति है।"

दोलियांग आसीन के नजदीक सरक आई और उसके कन्धे पर अपना हाथ रख दिया।

"मैंने अपने बच्चों को खो दिया है। चली जाऊँ तो शायद तानी को इन सबके लिए दोष देना बन्द कर सकूँ। वह कभी आया ही नहीं था मेरे पास। लौटकर कहाँ से आते? यह आना भी कोई आना था? हाँ, इसमें उसका कोई दोष नहीं, लेकिन अब मैं उसका इन्तजार नहीं करना चाहती। स्त्री के पास

क्या-क्या और किस-किस प्रकार की शक्तियाँ हैं—मुझे नहीं जानना। थक गई हूँ मैं इन सब बातों से। मुझे नहीं जानना है कि प्रेम क्या है। मुझे यह भी नहीं जानना कि तानी के नाम पर रुंगिया दीदी क्यों रहने लगी हैं हमारे घर में आकर? बस इतना ही जानती हूँ कि उस शैतान तापिन ने मेरा बलात्कार किया है। अब इस तन पर तानी की दया, सहानुभूति मुझे और जीने नहीं देगी। वह सम्मान हर क्षण मुझको मारेगा। मैं यहाँ रह गई तो मर जाऊँगी।" आसीन ने दृढ़ता से कहा और फफक-फफककर रोने लगी। दोलियांग का सारा शरीर सुन्न पड़ गया। वह समझ नहीं पाई क्या कहे।

लोग रुंगिया और तानी के बारे में पहले से ही बहुत कुछ खुसुर-फुसुर करने लगे थे। कई तरह के अनुमान थे। जो बरबादी हुई उस पर कम, लेकिन इन दोनों के रहस्यमयी रिश्ते पर बातें बहुत हो रही थीं। तूफान हर तरफ से घेरे हुए था इन्हें—अन्दर, बाहर—हर तरफ से।

स्त्री के पास कोई अतिरिक्त शक्ति नहीं होती। प्रकृति ने उसे कोमल और जननी बनाया है। उसने स्त्री होना स्वयं नहीं चुना है। स्त्री होकर गुनाह कर दिया—आसीन ने और रुंगिया ने। हर औरत दोलियांग की तरह स्त्री नहीं बन सकती। प्रेम ही वह अहसास है जिसके कारण दर्दों को सहने की ताकत मिलती है, लेकिन जब दिल से यकीन इस हद तक उतर जाए कि जिसे वह प्रेम करती है उसके दिल में उसके लिए प्रेम नहीं सिर्फ सम्मान का भाव है—तो दर्द और ज्यादा बढ़ जाता है। प्रेम है, यही जानना औरत के लिए काफी होता है; क्योंकि प्रेम है तो सम्मान अपने-आप पैदा हो ही जाता है। पत्नी के लिए यह दोनों चाहिए।

रुंगिया खुद को दोषी ठहराने लगी। जिसने उसकी रक्षा की थी, जिसने उसको प्रेम और सम्मान दिया था—उसी की पत्नी का दिल उसने दुखा दिया! एक रात क्या उस पुरुष के साथ सो लिया कि अब वह यहाँ उसी आदमी पर बोझ बनने आ गई है। इसमें तानी का क्या दोष था कि वह यहाँ उसके नाम पर हमेशा के लिए रहने आ गई है। सहारे के लिए, सुरक्षा के लिए...किसी उस व्यक्ति से चिपक जाना...क्या इसलिए सही है कि वह एक औरत है? नहीं, नहीं यह प्रेम नहीं हो सकता। यह तो...यह तो मौकापरस्ती है। यह जबरदस्ती है। अब क्या करें!

चुप्पी छा गई। अचानक दोलियांग सन्नाटे को चीरती हुई भावविभोर

होकर गाने लगी। आँखों को बन्द किए...तूफानों के समन्दर में मछलियों-सी तैरती हुई वह चल रही है। वह गाती जा रही है।

तानी संस्कृति में यह जो अपने हृदय के उद्‌गारों को गाने का चलन है—इसने कविता को युगों से जीवन में सहजता से बनाए रखा हुआ है—अलिखित, परन्तु प्राणवान, नित नवीन। हर आदमी इसी लय और ताल में अपने मनचाहे शब्दों का सहारा लेकर गा सकता है। आसीन और रुंगिया तन्मय होकर सुन रही हैं। छह आँखें...आँसू एक। शरीर तीन...दर्द वही एक...कौन बहता होगा इन आँखों से। किसकी यादों से गुजरकर यात्रा करते होंगे ये आँसू। कितने हृदयों की कहानियाँ लिये यह बहती रहती होगी—इस आँख से उस आँख... उस आँख से इस आँख तक की सतत यात्रा।

सारी सृष्टि सिमटकर इन तीनों में मानो ठहर गई। दोलियांग के गीत में दोलियांग मौजूद नहीं थी। वह स्वयं ही गीत बन गई थी। वह औरत से बढ़कर एक ऐसी स्त्री थी, जो सभी में ठहरी थी। वह आँसू था जो प्रत्येक की आँखों में बसता है। मधुर आवाज माँ की ममता लिये हाथों का स्पर्श था, और उसकी पुकार डूबते हुए दिलों के लिए तिनके का सहारा। प्रत्येक टूटे हुए लोगों से यह दिल लगा लेती थी।

"हम्म...प्रेम आदमी को बनाता है तो बरबाद भी कर देता है। यह बड़ा ही खतरनाक है, और कितना रहस्यमयी भी," रुंगिया ने कुछ सोचते हुए कहा।

"फिर भी इसके बिना जीवन सूना," दोलियांग ने कहा।

"फिर तुम प्रेम से क्यों भागती हो?" रुंगिया ने नजरों को तिरछी करके पूछा।

"मैं प्रेम से नहीं भागती। विवाह न करना मेरा अपना चुनाव है। मैंने कभी किसी से यह नहीं पूछा कि विवाह क्यों करते हो? क्या जरूरत है? विवाह करके कौन सा तीर मार लेते हो? मुझे उनके विवाह से कोई परेशानी नहीं है, लेकिन लोगों को मेरे विवाह न करने पर बहुत परेशानी होती है। है न मजेदार?"

थोड़ी देर तक वह हँसती रहती है और फिर कहने लगती है, "मैं पूरी तरह जंगली हूँ। मुझको चाह सकता है कोई, लेकिन प्रेम नहीं कर सकता। वैसे भी मैं यहाँ सिर्फ और सिर्फ किसी पुरुष से प्रेम करने नहीं आई हूँ। मेरा प्रशंसक बन सकता है वह, लेकिन मेरा प्रेमी बनना आसान नहीं।" थोड़ी देर तक वह चुप रही और फिर कहने लगी, "सारा आकाश और पेड़ों की हर डालियाँ मेरी

हैं। मेरी साँसें चलती हैं मस्त चाल से, जब औरों को मेरी वजह से मुस्कराते देखती हूँ। मैं स्वयं में ही अपूर्ण होकर पूर्ण हूँ। मेरी पूर्णता किसी पुरुष पर निर्भर नहीं है।"

सौन्दर्य की साक्षात देवी दोलियांग की आँखों में एक चमक और चेहरे पर एक कवितामयी आभा थी उसकी। दोनों को उसकी बातें कुछ अजीब-सी लगती हैं, लेकिन कितनी अनोखी और अप्रतिम। कुछ तो है उसकी बातों में—रूह में उत्साह और उड़ने की तड़प पैदा करती है। जब भी वह कुछ इस तरह से बातें करती है। भीतर एक प्यास जगने लगती है।

तीनों बातों में मशगूल थीं कि उधर से अचानक बादलों को चीरता हुआ कीपुंग कूँ-कूँ-कूँ करता हुआ दौड़कर आ रहा था। घर को देखकर पहले तो वह सकपकाया फिर नाक से कुछ सूँघने लगा। और फिर जोर-जोर से कूँ-कूँ करने लगा। तीनों जैसे नींद से जागीं। उन्हें यकीन ही नहीं हुआ। उन्होंने उसे बहुत प्यार किया। बहुत कुछ पूछा। वे दौड़-दौड़कर तानी को देखने लगीं। लेकिन वह कहीं नजर नहीं आ रहा था। दिल बैठ गया।

गाँव में हलचल मच गई। लोग कई तरह की बातें करने लगे—तानी आ गया, आ गया। अरे नहीं, नहीं, कीपुंग अकेला आया है। अकेला? अकेला क्यों आया? तानी नहीं रहे? ऐसा मत कहो, वह आएगा एक दिन। शायद अपनी कुशल-क्षेम बताने के लिए कीपुंग को भेजा होगा उसने। इस बार जरूर कुछ बड़ी और नायाब चीजें लेकर आएगा वह। अच्छी चीजें आसानी से थोड़ी मिलती हैं। लेकिन उसके प्रश्नों का उत्तर हम कैसे देंगे?

न्यीकुंग

कीपुंग और न्यीकुंग ने जब चलना शुरू किया था तब धान के कुछ बीज अपने साथ लेकर चले थे। अबकी बार दूसरा रास्ता अपनाया दोनों ने। कई अनुभवियों से पता किया था उस रास्ते के बारे में। यहाँ से जल्दी पहुँचा जा सकता था।

कई लोग इस रास्ते से आ-जा चुके थे। एक आदमी ने बार-बार कहा उनसे कि उन्हें यहीं से जाना चाहिए। हितैषी लगते थे। वे मान गए। हर्ब को उनके साथ बहुत दूर तक आना था। यहाँ के हर इलाके से वाकिफ था वह। जंगल, पहाड़, खाई, नदी, नाले सब उसी के तो साथी थे।

तीनों चलते जा रहे थे। साँझ ढलने लगी। फिर धीरे-धीरे रात हो गई। आसमान में चाँद निकला था। पर उसमें से चाँदनी छिटक नहीं रही थी। अस्पष्ट था सब कुछ। तीनों ने मशाल फिर भी नहीं जलाई और चलते रहे। हुम...हुम...हुम की आवाज आ रही थी कहीं से। तीनों ठिठक गए। ध्यान से सुनने की कोशिश की। बीच-बीच में कोई खुसुर-फुसुर भी कर रहा था। जंगली रास्तों में इस तरह की घटना आम है, लेकिन यह रोज वाले से कुछ अलग थी। न्यीकुंग ने अपना हथियार सँभाला। "श्श्श...उधर देखो कोई है," हर्ब ने धीरे से कहा।

रास्ते किनारे कुछ दूरी पर सिर झुकाए कोई आदमी उकड़ूँ बैठा हुआ था। वह हिलडुल रहा था। चाँद की हलकी रोशनी में उसके सामने के उस छोटे-से गड्ढे में पानी चमक रहा था। धीरे-धीरे तीनों उसके नजदीक आते गए। आँखों को फाड़-फाड़कर देखने की कोशिश करने लगे। अचानक वह आदमी सिर के बल उस कीचड़ भरे पानी में गिर गया। किसी गोलाकार वस्तु के समान वह लुढ़ककर गिरा था। वह पीया हुआ था। लेकिन यहाँ सुनसान जंगल में अकेला कैसे आ गया? न्यीकुंग जल्दी से दौड़कर उसके पास गया और उसे उठाने की कोशिश करने लगा...कि अचानक उसके सिर पर किसी ने इतने जोर से वार कर दिया...वह वहीं धड़ाम से गिर गया, "भागो भाई हर्ब...कीपुंग भागो... आह!" वह उठ नहीं पाया।

उसके सिर से रक्त बहने लगा। हर्ब और कीपुंग भाग गए। भागते नहीं तो क्या करते। थोड़ी देर बाद न्यीकुंग के सिर पर किसी ने फिर से वार किया। कोई कह रहा था, "अपने लोगों को खबर करके हम पर हमला करवाता है? ले मर, ले मर मूर्ख! उस पागल पाँगिन को मारना न मारना बराबर है। जंगली मेढक-सा लगता है, और सिमांग जैसी खूबसरत औरत से दोस्ती करता है। इतना बेशर्म तो मेरा मेढक भाई ही हो सकता है!" यह पाँगिन (हर्ब) का छोटा भाई ही था, जो दूसरी माँ से जन्मा था। अब वह सिमांग के पति तापिक के यहाँ काम करता था।

वे पाँच लोग बेहयाई से हँस रहे थे। न्यीकुंग का शरीर ढीला हो गया। आँखें बुझती जा रही थीं, "तानी...तानी...माँ...!" और फिर वह धीरे-धीरे बुदबुदाते हुए शान्त हो गया।

हर्ब ने कीपुंग को कई तरह से समझाया और उसके गन्तव्य स्थान की ओर भेज दिया। न जाने कितने ही दिनों बाद वह यहाँ अपने घर तक पहुँचा था। किस तरह बच-बचाकर चला था वह।

आसीन ने कीपुंग के गले में लाल रंग का एक धागा बाँध दिया। यह रंग वही रंग था—पहली बार इसी रंग के कपड़े पहनकर वह तानी से मिली थी। तब तानी ने कहा कुछ भी नहीं था, लेकिन उसकी आँखें इस रंग पर क्षण-भर के लिए ठिठक गई थीं। आसीन ने उस धागे में लिपटे उस सुर्ख रंग को चूमा और उसके गले में बाँध दिया। तानी का दिल कभी किसी समय उसके लिए धड़का होगा तो वह समझ जाएगा।

दो दिन रहने के बाद कीपुंग फिर चला गया...उस अनजान दिशा की ओर...तानी के पास।

आसीन

आसीन के जिद से हारकर ताप ही उसे पहुँचाने आया। वह मैकार-मैरांग पहुँचने में एक दिन की दूरी पर ही ठहर गया। उसे दोलियांग के वापस आने तक वहीं पर उसकी प्रतीक्षा करनी थी। आसीन ने भी उसके जिन्दा होने की खबर किसी को भी, कभी भी न बताने की प्रतिज्ञा उससे की, और उसको भावभीनी विदाई देने के बाद वह दोलियांग के साथ आगे चलने लगी।

लम्बे समय के बाद बेटी अपने माता-पिता के घर आई थी। गाँव में पल-भर में खबर फैल गई। लोग दौड़-दौड़कर आए और उसे देखने लगे। उसकी सखियाँ लिपट-लिपटकर रोने-बिलखने लगीं। वृद्धाएँ छू-छूकर उस पर अपना स्नेह लुटाने लगीं। माँ आँसू पोंछती-पोंछती उसका मनपसन्द भोजन तैयार करने

लगी। दुलारी थी वह। अपनी माँ की जान थी, और पिता का गर्व। गाँव-भर की हँसती-खिलखिलाती शरारती चिड़िया थी कभी। माँ ने रह-रहकर उसे देखा—कुछ तो गड़बड़ है। उसके चेहरे की खुशी कुछ फीकी-सी है।

ताप की माता सरीखी वह वृद्धा भी—अब दुनिया से विदा ले चुकी थी। वह होती तो ऐसा कुछ कहती कि बेटी की सारी परेशानी हवा हो जाती।

अपना सारा आभूषण छोड़-छाड़कर आ गई थी वह। ताप और दोलियांग के कहने पर भी उसने उन्हें वापस ले जाने से इनकार कर दिया। घर पहुँचते ही, उसकी चाची ने उसके कान में फुसफुसाकर कहा था, "आसीन, क्या यह सच है? ताप जिन्दा है? वह भी तेरे पति का ही अंगरक्षक?"

"आपका दिमाग खराब है? चुगलीबाजी अभी भी जारी है। कमाल है! जिन्दा आदमी हर दिन बदलता जाता है। उसकी सोच वक्त के साथ नई होती जाती है। एक आप हैं, कभी नहीं बदलोगी। इसी मन को लेकर मरोगी चाची? दया आती है मुझे आप पर!" आसीन ने क्रोधित होकर कहा।

"तु भी तो कुछ ठीक नहीं लग रही हो मेरी जान। मायके जब लड़कियाँ आती हैं न, तो मीट, ओप्पो, वस्त्र इत्यादि लाती हैं। है न मेरी प्यारी भतीजी? तू भी कौन सी बदली हो। कंजूस कहीं की! बिलकुल वैसी-की-वैसी—हुह!" उसने बुरा-सा मुँह बनाया।

आसीन ने कोई जवाब नहीं दिया। सामने खड़ी उसकी माँ ने जल्दी से उसे अपनी तरफ खींच लिया था।

बहुत पहले मैकार-मैरांग के पड़ोसी गाँव से कोई तानी लोगों के गाँव से होकर गुजरा तो था—शायद वही खबरी हो। लेकिन वह तो वहाँ ठहरा ही नहीं था। कुछ देर के लिए भी नहीं। ताप को कब देख लिया होगा उसने। अगर पिताजी को पता चल गया तो गजब हो जाएगा। ऊपर से उनकी बेटी भी सब कुछ खोकर वापस आ गई है। कभी भी वापस नहीं जाने के लिए। अब क्या होगा? क्या वह वापस चली जाए? नहीं, नहीं...इससे तो अच्छा है किसी और गाँव में चली जाए। तो क्या कभी इस बात की भी खबर पिताजी को नहीं लगेगी? आसीन बहुत घबरा गई। वह दोलियांग को एक कमरे में ले गई। उसने उसको सब कुछ बता दिया।

"पिताजी बहुत कुछ कर सकते हैं दीदी। बात आगे बढ़ने से पहले, आप कल पौ फटने से पूर्व ही निकल जाइए यहाँ से। कुछ भी हो सकता है। ताप भैया, वहीं पर आपकी प्रतीक्षा करता होगा।"

उसे सुनकर दोलियांग सकपकाई, और फिर जल्दी से सँभल गई। ऐसा होता ही रहता है। नहीं होना ही आश्चर्य की बात है! पल-भर पहले हम रिश्तेदार होते हैं, और पल-भर बाद शत्रु। शायद रिश्तेदारी का मतलब ही यही है...खैर।

"वह एक पिता है आसीन। बेटी के साथ इतना बुरा हुआ हो और वह चुप रहे। यह सम्भव नहीं। हर तरह से उनके साथ धोखा हुआ है। वह जो करना चाहे करे। बाकी माता सूर्य की मर्जी। तुम अपना खयाल रखना। हो सके तो तानी को और सबसे ज्यादा मुझे, क्षमा कर देना। तानी ने तो मेरे भरोसे तुम्हें छोड़ा था। अब उसके प्रश्नों का भी सामना करने का साहस जुटाना है मुझे।"

"दीदी, तानी ने तो वही किया, जो उसे जरूर करना चाहिए था। वह तो तानी का स्वभाव है...वह धोखेबाज नहीं है।" आसीन ने यह कहकर एक गहरी साँस ली। उसकी आँखों से बूँदें फिर से बरस गईं।

"हाँ, लेकिन समाज के लिए यह धोखा है। हमेशा ऐसे लोगों को धोखेबाज ही समझा गया है। क्या कर सकते हैं। जो दिखता है—वह सच भी तो है। आँखें सच हैं। कान सच हैं। यह दिखते जो हैं।"

दोलियांग की आवाज भीगी हुई थी। कुछ शिकायतें भी थीं उनमें—ऐसी शिकायत, जो शून्य में की जाती हैं। ऐसी शिकायत, जिसे वही सुनते हैं जो करते हैं। खुद ही बोलना और खुद ही सुनना। थोड़ी देर तक दोनों के बीच खामोशी छा गई। फिर दोलियांग ने आसीन की तरफ अपनी बाँहें फैला दीं। दोनों बहनें ऐसे गले मिलीं, मानो वह आखिरी मिलन था।

तानी की बहन से आसीन गले मिल रही थी। चेहरे भी दोनों भाई-बहन के कुछ-कुछ मिलते-जुलते थे। तीखे नैन-नक्श। वही गरिमामय प्यारी मुस्कान। वही आँखें। कौन भुला सकता है इन्हें। हर तरफ तानी-ही-तानी दिखता था उसे। स्वप्न में, जागरण में, नींदों में, मुस्कानों में, रुदन में, वेदना में—हर जगह। और फिर यह तो उसी की बहन है। आसीन ने दीदी के गालों को अपने दोनों हाथों से छुआ और बिना कुछ कहे कुछ देर तक उन्हें ताकती रही। फिर तेजी से निकल गई वहाँ से।

तानी के लौट आने से पहले ही आसीन का वहाँ से निकल जाना ठीक ही था। तानी सामने होता तो उसका जाना मुमकिन नहीं हो पाता। लेकिन वह ठहर जाना भी कोई ठहर जाना नहीं होता। उसके लिए तानी नाम ही इतना

अपना-सा था। उसी को लेकर वह लौटी है। जब चाहे उससे लिपट जाओ। जब चाहे उसे गुनगुनाओ। स्वयं तानी भी तो उसे ऐसा करने से रोक नहीं सकता था। वह आजाद थी एकान्त में, उस एक नाम के साथ। अगर यह मोह है, तो यह जोड़ आसानी से नहीं छूटते। बल्कि जीवन-भर नहीं छूटते। लोग चाहे कुछ भी कह लें—तानी नाम से अलग होने का कोई इरादा नहीं है उसका। किसी का नाम किसी की साँसें भी बन जाती हैं। शरीर ही लौटा है। होश को लौटने में समय लगेगा अभी। तानी से प्रेम करने के लिए आसीन को अब तानी की भी जरूरत नहीं है। लेकिन जानते हो? इस स्थिति तक पहुँचने में उम्र बीत जाती है। एक दिन एक साल की तरह, और एक साल, सालों की तरह...।

सुना है, 'प्रेम अधिकतर एकतरफा ही होता है।' इस बार यह आसीन के हिस्से में आया है। चलो यही सही। सब कुछ खतम हो गया—प्रेम ही रह गया।

"हुआ क्या है बिटिया? हम लम्बे समय के बाद इकट्ठे सो रही हैं।" माँ ने आसीन के बालों पर अपनी उँगलियाँ फिराते हुए कहा।

उनकी आवाज में सन्देह मिश्रित दर्द था। माँ की आँखों में ही हृदय बसा रहता है। हर बात पढ़ लेती है वह।

"माँ, पूरे बीस दिनों की यात्रा करके आई हूँ। तानी तो इसे सिर्फ पाँच दिनों में पूरा कर सकता है। लेकिन मैं तो आसीन हूँ। कल देखना, मेरे पाँव कैसे छिल गए हैं। बहुत थकी हुई हूँ अभी।"

"हाँ तो तूने नमक के गुनगुने पानी में पाँव को कुछ देर रखा ही नहीं। कैसे आराम मिलता? मैंने तो पानी तैयार कर दिया था। तू ही नहीं मानी। पहले तो मेरा तुम्हारे लिए पानी तैयार कर देना तुम्हें बहुत अच्छा लगता था। है न? अब तो मेरी क्या जरूरत है। इतनी जल्दी सोने की भी क्या पड़ी थी? बात करने का मन करता है मेरा। ऊपर से रात को पहुँची हो।" माँ ने शिकायत के लहजे में कहा।

"अब बस, आ ही गई हूँ। उसके लिए उम्र पड़ी है माँ।" उसकी आवाज बुझी हुई-सी थी।

"बस आ ही गई हूँ मतलब?" माँ ने चिन्तित स्वर में पूछा।

"मतलब, पता नहीं कब तक आप लोगों के साथ मुझे यहाँ रहना पड़े। दोलियांग दीदी कल निकल जाएँगी। अब सोने दें मुझे।"

उसकी आवाज टूटने-सी लगी थी। लगता है—हर जगह से छलनी हो गई है वह। वह बहुत कुछ छुपाती हुई-सी लगी माँ को। क्या स्त्रीत्व थक गया है उसका।

"मेरी बच्ची! लगता है बरसों से सोई नहीं हो। सो जा, सो जा मेरी बच्ची!" माँ ने बेटी को सीने से लगा लिया।

"सोए तो सोए कैसे माँ? जागे ही नहीं हम। जागे भी तो जागे कैसे माँ? सोए ही नहीं हम!" उसने दोनों आँखों को बन्द किए उनींदी-सी अवस्था में कहा। माँ बहुत बेचैन-सी हो गई। कहा कुछ भी नहीं, लेकिन बहुत देर तक सो नहीं पाई वह।

माँ ने उस रात एक सपना देखा—आसीन एक पहाड़ की चोटी पर खड़ी है। उड़ने की कोशिश करती है। उड़ नहीं पाती। कहाँ जाना चाहती है वह? अचानक काले-काले बादल, घनघोर अन्धकार लिये आते हैं। उसकी बच्ची, आसीन को अपनी काली छाया में वे घेर लेते हैं। देखते-ही-देखते काले बादल, काले समन्दर में बदल जाते हैं। आसीन को घुटन होने लगती है। वह चीखना चाहती है—लेकिन कैसे? उसकी बच्ची उसे दिख नहीं रही। लेकिन उसके तड़पने का अहसास होता है माँ को।

थोड़ी देर बाद पानी फिर बादल में बदल जाता है। अस्पष्ट-सी आकृति आसीन की उभरने लगती है, "माँ! माँ!" वह चिल्ला रही है। माँ कुछ नहीं कर पाती। बादल जोर से गरजा, बिजली कड़की। कोई काली-सी विशालकाय छाया अट्टहास कर रही थी। आसीन को काला बादल उड़ा ले गया। "रुको, रुको! छोड़ो मेरी बच्ची को—दुष्ट, शैतान!" माँ चिल्लाते हुए उठ गईं। उनकी आवाज सुनकर घर के सारे लोग चौंककर उठ गए।

अभी भी अँधेरा था। दास-दासियों ने आग जलाई। अन्धकार को चीरती हुई अग्नि, नृत्य करती हुई जलने लगी। दोलियांग जा चुकी थी। किसी को भी बोले बगैर ही? "मैंने ही उनको जल्दी जाने को कहा था। अकेली है, जल्दी जाना जरूरी था। मुझसे मिली थी वह। आप सब सो रहे थे, तो हमने किसी को परेशान करना ठीक नहीं समझा," आसीन ने सफाई दी। लेकिन पिता दुविधा में पड़ गए। वह मन-ही-मन सोचने लगे, "अजीब है! कोई ऐसी-वैसी मेहमान नहीं थी वह। बेटी की ससुराल से आई थी। कितनी चीजें देनी थीं उसको। खाली हाथ चली गई। ऐसा तो नहीं होता। तानी वंश के लोग क्या सोचेंगे? मार्ग में

पड़नेवाले कबीलों के मन में क्या बात बैठ जाएगी हमारे प्रति। इज्जत भी कोई चीज होती है। कुछ गड़बड़ जरूर है। यह पगली तो बताएगी नहीं।"

एक दासी ने उनका हुक्का तैयार किया और उन्हें थमाया। वह जल्दी-जल्दी धुएँ को खींचने और छोड़ने लगे। उनका दिमाग बहुत चलने लगा अब। यूँ ही चेहरे पर झुर्रियाँ नहीं पड़ गई हैं। अनुभव है। कितनी समस्याओं को चुटकियों में हल किया है उन्होंने। कबीले की शक्ति का बने रहना आवश्यक है। दुश्मन को खबर हो गई कि किसी ने उसकी बेटी के साथ कुछ अनर्थ किया और वह कुछ नहीं कर पाए। हर कबीलेवाले उन्हें कमजोर समझेंगे। नहीं, यह कभी नहीं होगा।

वह तेजी से निकल गया घर से। बेटी सहम गई। माँ की धड़कनें तेज हो गईं। घर के लोग शंकित नजरों से एक-दूसरे को आग की रोशनी में देखने लगे।

सूरज धीरे-धीरे चढ़ने लगा। दिशाएँ स्पष्ट होती जा रही थीं। कुछ यात्री बीच-बीच में टकरा जाते थे। रात-भर बरसात होती रही। कीचड़ जहाँ-तहाँ परेशानी खड़ा कर रही थी। जोंकों का मौसम है यह। घात लगाकर शिकार के सामने से गुजर जाने का इन्तजार करते रहते हैं वे। गरम-गरम खून से अपनी प्यास बुझाकर, मोटे-तगड़े होकर, कई-कई दिनों तक आराम करना होता है उन्हें। लोग लकड़ी के टुकड़ों से, चाकुओं से उन्हें अपने शरीर से अलग करते हुए चलते रहते हैं। न यह आदमी से डरते हैं और न ही आदमी इनसे। ये एक-दूसरे से दो-चार होते रहते हैं।

दोलियांग तेज-तेज कदमों से लगभग दौड़ती हुई जा रही थी। रस्सी और जंगली पत्तों से बना ओबियो को अपने कन्धों पर पहने हुए थी, जिसे उसने स्वयं बरसात से बचने के लिए बनाया था। सिर से लेकर नीचे कमर तक, पीछे के भाग को यह ढका हुआ था। सिर का हिस्सा कुछ आगे को निकलकर टोपी की तरह, पूरे चेहरे को ढक लेता था।...देखने में फुफकारता हुआ साँप-सा ओबियो। कमर में उसने जरूरी चीजों को रखने के लिए रस्सी से बना चूचाक* लटकाया हुआ था—जिसमें आग जलाने की सामग्री, हुक्के का सामान इत्यादि थे।

---

* कमर में लटकाया जानेवाला थैला

जंगलों में जिन्दा रहने की हर कला जानती थी वह। ऐसा क्या था जिससे वह वाकिफ नहीं थी। ताप नहीं होता, तो भी अकेली ही घर पहुँच जाती। कभी फिसलकर वापस आ जाती। कभी फिसलकर आगे को बढ़ जाती। कभी कलाबाजियाँ करती हुई गड्ढे और छोटी-छोटी नदियों को पार कर जाती, कभी किसी रस्सी से लटककर खूँखार पशुओं से बच जाती। पूरी बन्दरिया थी वह।

कुछ अस्पष्ट-सी आवाजें करीब आती जा रही थीं। कभी चुप हो जाती। कभी बुदबुद-बुदबुद करने लगती। शायद जंगली पशु हो। उसके कान तेज हो गए। नहीं, नहीं...ये किसी आदमी की ही आवाजें हैं। वह अब चढ़ाई पर थी। एक तीर ठीक उसके कान के सामने से गुजर गया। उसका दिल धक से रह गया। वही हुआ जिसकी आशंका थी। उसने अपनी तीव्रता बढ़ा दी। मार्ग को छोड़कर जंगल-जंगल चलने लगी। कुछ छोटे-छोटे कंकड़ हाथ में ले लिये थे।

अब उतार पर थी वह। एक छोटी-सी नालेनुमा नदी बह रही थी। उसके किनारे-किनारे चलने लगी। पत्थरों पर काइयाँ जमी हुई थीं। वह बार-बार फिसल जाती। लेकिन नंगे पाँव इसके आदी थे। जन्म से लेकर अब तक इसी तरह ही तो चलते रहे हैं। सँभल जाना बखूबी आता था उसे। क्या तानी भी इसी तरह के खतरों से खेल नहीं रहा होगा? उसकी यादें हिम्मत बढ़ाती हैं अक्सर। हर पशु-पक्षी को पल में अपना मित्र बना लेता है उसका भाई। हर पेड़-पौधों से उसने भी तो दोस्ती बाँधी है। जिन्दगी दी है इन लोगों ने। आज भी वही मदद करेगी।

ऊँचे-ऊँचे पेड़ों के तले—कुछ अँधेरा-सा था। उसकी आँखें गिद्ध की आँखें थीं। बेहद सतर्क। वह चलती जा रही थी। सामने के झाड़ी में कुछ हिलता हुआ-सा लगा। ध्यान से देखा उसने। अरे, यह तो कोई इनसान था! उसका सिर का कुछ हिस्सा दिख रहा था। चेहरा और पूरा बदन काली मिट्टी से सने हुए। दो आँखें घात लगाए बैठी हैं वहाँ। वह पास आ जाती तो पकड़ ही लेता। वह चाहे तो दोलियांग पर अपने जहरीले तीर आराम से छोड़ सकता था—लेकिन क्यों नहीं छोड़ रहा?

दोलियांग ने अपने पाँव में रेंगता हुआ-सा कुछ महसूस किया! बिना सिर झुकाए ही उसने अपने बाएँ पैर को उठाया और एक मोटा, लम्बा-सा साँप उस झाड़ी की तरफ फेंक दिया। वह आदमी इतना घबरा गया कि खड़ा हो गया। उसने अपना हथियार नीचे फेंक दिया। और फिर बिना मौका दिए ही दोलियांग

ने दो कंकड़ इस तरह से उसकी तरफ फेंके, कि वे सीधे जाकर उस आदमी की दोनों आँखों में धँस गए। वह चिल्लाया, "शैतान औरत! मैंने तुझे मारा नहीं, शुक्रगुजार होने के बजाय मेरी आँखों को ही फोड़ डाला?"

वह इधर-उधर बेचैनी से कुछ टटोलने लगा। दोलियांग ने कोई जवाब नहीं दिया। उसने उसके करीब जाकर उसके तीर-धनुष उठा लिये और उसकी तरफ तान दिए। वह तीर छोड़ने ही वाली थी कि पीछे से किसी ने उसके गले पर धारदार चमकता हुआ दाव रख दिया। जरा सी भी हिली कि गर्दन धड़ से अलग।

"बता, आसीन के साथ क्या हुआ?" उस आदमी ने कड़ककर कहा।

"कुछ भी तो नहीं हुआ। उसने कहा वह कुछ दिन मायके में रहना चाहती है। फिर आ जाएगी।"

"सच बता! बात ये नहीं है। वरना गर्दन उड़ा दूँगा समझी?"

"आप रिश्तेदार हो! भूलिए मत।"

"मैं भूलता नहीं कुछ भी! ताप भी जिन्दा है। जान गया हूँ। उसने इतने सारे लोगों की हत्या की थी। उसको जिन्दा रहने का कोई हक नहीं। तुम और तुम्हारा भाई धोखेबाज हैं। आसीन के सारे आभूषण वापस देने होंगे तुम्हें! मैं तुम जैसे लोगों पर भरोसा करने की भूल फिर कभी नहीं कर सकता।"

दोलियांग बताने लगी सब कुछ। तानी का अब तक नहीं लौटना भी बता दिया। सब कुछ सुन लेने के बाद आसीन के पिता वहीं जमीन पर बैठ गए। दो प्यारे बच्चों के नाना थे वे; और तानी के मूर्ख भाइयों ने उन प्यारे नन्हे बच्चों को बेरहमी से मार डाला? उनको कुछ खबर ही नहीं हुई! करते भी क्या? इतनी लम्बी यात्रा है। बेटी को देखने जाना कोई मामूली बात नहीं थी। वह सोचने लगे, "ताप ने उन बच्चों को जान-बूझकर नहीं बचाया होगा। उसने इतना शक्तिशाली होते हुए भी कैसे इतना अनर्थ होने दिया? तानी ने जरूर किसी से विवाह कर लिया होगा और वहीं बस गया होगा। अब ताप को मेरे हाथों मरना ही होगा!"

थोड़ी देर बाद उन्होंने दोलियांग के पीछे आकर खड़े हो चुके आदमी की तरफ देखकर कुछ इशारा किया। दोलियांग तैयार नहीं थी इस बार। उस आदमी ने दोलियांग के बालों को मजबूती से पकड़ लिया। दोलियांग ने अपने पूरे शरीर को गोल-गोल लहराया, और बाएँ हाथ से उस आदमी के हाथों पर

जोर से वार किया। उसके दोनों हाथ सुन्न पड़ गए। आदमी की बुद्धि निष्क्रिय हो गई। इसके बाद वह उसके पिछले कन्धे पर तेजी से सवार हो गई। उसने उस आदमी के बालों को मजबूती से पकड़ रखा था। वह आदमी हिल ही नहीं पाया। वह नाचती हुई मौत-सी लग रही थी, "आप आसीन के पिता हैं। मैं आपकी इज्जत करती हूँ। 'दापो' का सम्मान करती हूँ। इसलिए अपनी तरफ से आप पर कोई वार नहीं करती। अकेली औरत पर वार करने के लिए इतने सारे मर्द? वह भी छिप-छिपाकर? पीठ पीछे? अपने भय को पहले जीतो—तब जाकर योद्धा कहलाना। लेकिन याद रखिएगा—हर औरत सिर्फ रोना ही नहीं जानती। पीठ ही दिखाना नहीं जानती! वह अपने आँसू को अपना हथियार नहीं बनाती। नाक नहीं रगड़ती। कुछ औरतें दोलियांग भी होती हैं। धोखेबाज कौन है? सोचिएगा। कुछ लोग कभी भी गलत-सही का फर्क नहीं समझ पाते। मैं आपको समझा नहीं पाई। इसका अफसोस है।"

आसीन के पिता की तरफ देखकर दोलियांग ने उस आदमी की गर्दन मरोड़ते हुए कहा। उसने उसको मार नहीं डाला था। वह आदमी ढीला हो गया और बेहोश हो गया।

हवा की तेजी से वह नदी के उस पार कूद गई और गायब हो गई। वृद्ध योद्धा सोच में पड़ गए—"आसान नहीं है कुछ भी। बहुत सतर्कता के साथ गहरी योजना की जरूरत है। जिस आदमी ने गाँव के इतने सारे लोगों को महज इसलिए मार डाला था कि वे उस मूर्ख की मूर्खता पर अपनी हँसी नहीं रोक पा रहे थे? अपने कर्मों की सजा तो हर हाल में भुगतना ही होगा ताप को। उन्हें पता नहीं है, किससे पाला पड़ा है। मुझको मूर्ख बनाता है।"

ताप

दोलियांग और ताप जब घर वापस आए तो रुंगिया भी जा चुकी थी। पता नहीं, यह कौन सी रीति लोगों ने चलाई थी। हर कोई बिन कहे छोड़कर चले जाते थे।

कहकर जाते, तो क्या जबरदस्ती रोक लेते? एक सुन्दर सी टोकरी रख गई थी वह। दोलियांग उसे बहुत देर तक देखती रही। एक-एक रस्सी में, बनानेवाली का दिल मौजूद था। सँवारे रास्तों से होकर हर एक रस्सी एक-दूसरे से जुड़ रही थी। उन तानों-बानों से एक टोकरी तैयार की गई थी। खाली टोकरी भर जाने की प्रतीक्षा में। पूरा एक संसार-सा।

घर के हर कोने में आसीन और रुंगिया की नामौजूदगी मौजूद थी। तानी भी तो मौजूद नहीं था—लेकिन फिर से उसके मौजूद हो जाने की आशा मौजूद थी। दुश्मन कबीलों में भी आग की तरह हर बात फैल गई। नमक-मिर्च लगाकर लोग अपनी-अपनी तरह से बातें करते थे—आसीन चली गई, क्योंकि रुंगिया ने उसका घर छीन लिया था। नहीं, नहीं, दरअसल दोलियांग नहीं चाहती थी उसका भाई दो-दो औरतें रखे। एक को रह जाने को कहा तो दोनों ही चली गईं। दोनों को ही तानी और उसके परिवारवालों से नफरत हो गई थी। बदमाश तानी—थुह्, थुह्! अरे सुना है, तानी को आसीन के पिता ने मार डाला, इसलिए दोलियांग ने उसे घर से निकाल दिया। तानी तो रुंगिया को दासी बनाना चाहता था, इसलिए उसे अपने घर भेजा था। यह भी सुना है कि तानी ने किसी और से विवाह कर लिया है। कौन सी बड़ी बात है? मर्द कई-कई विवाह कर सकते हैं। यह औरत ही कुछ ज्यादा सिर चढ़ी हुई थी, जो मुँह उठाए ऐसे ही चली गई। तानी कभी वापस नहीं आएगा। तीन साल कम नहीं होते। वहीं जम गया होगा।

इधर तानी कबीले के लोग हतप्रभ होकर सारी बातें सुनते थे। बस एक बार तानी लौटकर आ जाए। सारी बातें साफ हो जाएँ।

दोलियांग ने अपने लोगों को सावधान रहने को कहा। किसी भी अन्य कबीलेवालों की बातों में वे न आएँ। लेकिन उसकी चिन्ताएँ बढ़ती जाती थीं। वह जानती थी, अब जिन्दगी पहले से भी ज्यादा खतरे में है। छोटे-छोटे बच्चे और औरतों का खास खयाल रखा जाना जरूरी था। लेकिन एक अच्छी बात यह थी—तानी कबीले की अधिकतर औरतें मर्दों के साथ युद्ध तक में भी जा सकती थीं। वे शक्ति और फुर्ती में कभी-कभी मर्दों से भी आगे निकल जाती थीं। तीरन्दाजी में अपना कोई सानी नहीं रखती थीं। जंगलों में जब खेती करने के लिए जाती थीं, या लकड़ियाँ बीनने जातीं; जंगली जानवरों से वे अपने ही दम पर अपने शरीर की रक्षा किया करती थीं। उन पर हमला करना इतना आसान नहीं हुआ करता था।

दोलियांग और ताप ने सभी के साथ मिलकर दिन-रात कड़ी मेहनत से एक योजना तैयार की। किसी भी वक्त शत्रु हमला कर सकते थे। दोनों प्रवेश-द्वारों पर पहरेदारी बढ़ा दी गई। सारे पुरुषों को दो भागों में बाँट दिया गया—एक द्वार पर ताप के साथ दो-तीन लोग और दूसरे द्वार पर बाकी के सारे लोग। गाँव के चारों ओर के जंगलों में इस तरह गड्ढे खोदे गए कि घात लगाकर वहाँ आराम से सुरक्षित बैठा जा सकता था। पूरे परिवार को भी अन्दर रखा जा सकता था। ऊपरी हिस्से को पेड़ों के पत्तेदार तनों और घास-फूस से ढक दिया गया। लम्बे-लम्बे वृक्षों के ऊपर बन्दरों की तरह गजब की फुर्ती रखनेवाले लोग बैठ जाते थे। फिलहाल इस विधि को हर कबीलेवाले जानते थे। जरूरत पड़ने पर हर कोई इस विधि को अपनाता था। इसलिए आक्रमणकारी भी इन सब बातों को ध्यान में रखकर ही आते थे। रात्रि के वक्त यदि हमला हो जाए तो बहुत ही खतरा हो सकता था।

बीस दिन हो गए। अभी तक कोई अनर्थ नहीं हुआ। कोई भी शत्रु नहीं आया। लोग धीरे-धीरे भीतर से निश्चिन्त होने लगे। लगता है, आसीन ने अपने पिताजी को किसी तरह मना लिया होगा। लेकिन अगर ऐसा नहीं हुआ तो? इसलिए सतर्कता जरूरी है। कोई भी लापरवाही जानलेवा हो सकती थी। रात-रात-भर लोग बारी-बारी से जागते रहते थे।

तानी वंश लगभग दो सौ लोगों का एक माना हुआ शक्तिशाली कबीला था। यह संख्या के हिसाब से बहुत कम था, अन्य कबीलों के मुकाबले। लेकिन तानी बेहद बलवान था। शरीर से भी और बुद्धि से भी। लोग डरते थे इस कबीले से।

जिन कबीलों की संख्या जितनी अधिक होती—वह उतने ही शक्तिशाली होते थे। यह भी एक वजह थी कि एक मर्द कई-कई शादियाँ करते थे, ताकि बच्चे अधिक पैदा हो सकें। लेकिन मरते भी उतने ही थे। लोगों को बचाए रखना कितना मुश्किल था। ऊपर से किसी भी समय शत्रुओं का आक्रमण, सो अलग।

दोलियांग किसी को भी खोना नहीं चाहती थी। तानी जिन्दा है, और एक दिन वापस लौट आएगा। यकीन है यह उसका। तब तक के लिए सबका जिन्दा रहना कितना जरूरी था। फिर सब लोग मिलकर अपने सपनों का देश बनाएँगे। इन पहाड़ों पर फसलें लहलहाएँगी। नृत्य से भर जाएगा यह सारा जंगल। शत्रुओं का भी दिल जीतेंगे वे। मरना-मारना छोड़कर लोग उसी में लग

जाएँगे। भूख ने आदमी को कैसा जानवर बना रखा था। कितने लोग बिछड़ते गए। छोड़ते गए। छूटते गए। अपना जन्म-स्थान तक छूट गया।

लेकिन प्रकृति अपने हिसाब से चलती है। इतने दिन ठीक से सोए नहीं थे वे। शरीर थकने लगे। बच्चे कुछ दिनों तक तो उन गुफाओं में रहे, लेकिन वे तो बच्चे थे। एक ही स्थान पर ठहरकर नहीं रह सकते। वह भी ऐसी तंग जगहों पर! सख्तियों के बावजूद वे छुप-छुपकर बाहर खेलने लगे। मौका मिलते ही हँसने-खिलखिलाने लगे। उन्होंने बड़ों की नाक में दम ही कर दिया था। माँएँ भी कुलबुलाने लगीं। आखिरकार वे सभी बाहर आ ही गए। अपने-अपने घरों में चले ही गए। जिन्दगी फिर अपने ढर्रे पर चलने लगी। दोलियांग ने मर्दों को तीन-चार वर्गों में बाँट दिया था। वे बारी-बारी से निगरानी करने लगे।

रात्रि अपनी चरम पर थी। बरसात जोरों पर था। प्यारी नींद में लोग खोए थे। पहरेदारी में लगे लोगों ने भी घर जाकर सो जाना बेहतर समझा। ताप फिर भी जागा हुआ था। वह आज दिन-भर सोया था। पश्चिम की ओर वाले द्वार के मचान पर वह था। यहीं से अधिकतर खतरे की आशंका होती थी। उसके कान बहुत ही तेज थे। जरा-सी भी आवाज हुई नहीं कि वह उसी दिशा में अपना तीर छोड़ देता था।

तीरों के नोकों पर जहर लगा होता था। किसी को लग जाए तो एक ही क्षण में तड़पकर वहीं ढेर हो जाता था। इन जहरों को महीनों और सालों-साल बनाकर लोग रखते थे। कुछ मेढक भी बेहद जहरीले होते थे। उनकी छालों को उतारकर वे अच्छी तरह सुरक्षित रखते थे। सामने के बरगद पर कई पंछी अपना बसेरा बनाए हुए थे। उसकी हर एक डाल पर पंछियों का एक परिवार या फिर बन्दरों का परिवार रहता था।

बरसात अब भी जोरों पर थी। कुछ ठंड लगने लगी। ताप ने आग जलाई और कुछ गरमाहट मिलने लगी। अचानक कुछ पंछियों का इधर-उधर उड़ना और बीच-बीच में शोर होने लगा। बन्दर भी ऐसी आवाजें करने लगे—मानो कोई उन्हें परेशान कर रहा हो। ताप बेहद सतर्क हो गया। उसने आग को बुझा दिया ताकि कोई उसे आसानी से निशाना न बना सके। ध्यान से हर चीज को देखने लगा। अँधेरा बहुत था। उसकी आँखें कुछ कमजोर हो जाती थीं अँधेरे

में। उसने आवाज पर ध्यान केन्द्रित करके तीर छोड़ने की कला सीखी थी। लेकिन यह इतना आसान नहीं था। अधिक संख्या में शत्रु हमला करें तो वह बेहद खतरनाक बात थी।

इतने में लोगों के रोने-चिल्लाने की आवाजें आने लगीं—आह, आईया, बचाओ! उस ओर वाले द्वार से दुश्मनों ने प्रवेश कर लिया था। इस ओर से भी कोशिशें हुईं, लेकिन ताप के कारण वे यहाँ से नहीं आ पाए थे। उन्होंने बहुत प्रयास किया ताप पर हमला करने का लेकिन हिम्मत नहीं हुई थी।

ताप गिरता-पड़ता दौड़ने लगा। कीचड़ बहुत परेशानी खड़ा कर रही थी। कई घर धू-धू करके जल रहे थे। बरसात अब रिमझिम-रिमझिम होने लगी थी। सूखे बाँस व लकड़ियों से बने घरों से अग्नि आसमान छू रही थी। दूर-दूर तक सब कुछ दिख रहा था। कुछ गर्भवती औरतें बेहोश हो गई थीं और ऐसी हालात में ही आग में जल गईं। दुश्मन लोगों के घरों में घुस-घुसकर कच्चाक-कच्चाक करके लोगों के सिरों को दाव से काट-काटकर उनके धड़ों से अलग कर रहे थे। नन्हे-नन्हे बच्चों के शरीर दो-दो टुकड़ों में बँटकर इधर-उधर बिखर रहे थे। कुछ बड़े लोगों के शरीर बिना सिर के ही दौड़ रहे थे और थोड़ी देर बाद ठोकर खाकर नीचे गिर रहे थे। जीने की चाह इस कदर थी कि मृत शरीर भी देर तक दौड़ते रहते थे।

शस्त्रविहीन समाज का स्वप्न किसी ने देखा था। शान्ति से शान्ति कायम करना चाहा था उसने। लेकिन यहाँ यह सम्भव ही नहीं है।

भगदड़ मच गई थी। घरों में रखे सारे हथियार जल गए थे। लोग पागलों की तरह हथियार तलाश रहे थे। कुछ दाव जैसे-तैसे करके निकाले गए। डर क्या चीज है? किसी को कोई होश नहीं रहा। हर कोई किसी-न-किसी को मारकर मरना चाहता था। मौत भी क्या होती है—इसकी कोई खबर ही नहीं हुई उस वक्त। बस जो सामने आया—उसे मार गिराया। सोचने का वक्त नहीं था। लोग सिर्फ युद्ध के मैदान में थे। दुश्मन कायर हमलावर थे—इसलिए उस वक्त वे बाजी मार रहे थे।

दोलियांग सब कुछ देख रही थी। दुश्मन उसको और ताप को हर हाल में मारना चाहते थे। लेकिन दोनों को मार गिराना असम्भव था।

ताप दहाड़ता हुआ आया। उसने दुश्मनों के होश उड़ा दिए। वे इधर-उधर भागने-दौड़ने लगे। कई तीर दनादन उसके शरीर में घुसते जा रहे थे। वह रुका

नहीं फिर भी। उसने बहुत सारे दुश्मनों को मार गिराया। कई लोगों को बचाया। दोलियांग उसके पीछे साये की तरह लगी रही। तीरन्दाजी में उसका कोई सानी नहीं था। उसने ताप को दुश्मनों से बचाए रखा अपने हमलों से। कभी उसके आगे आ जाती, कभी उसके पीछे। कभी दाव से वार करती तो कभी तीर से। पाँच-छह लोग भी उनकी मदद को आ गए। वे शक्तिशाली थे। ये लोग अब शक्तिशाली होने लगे थे। दुश्मनों के छक्के छूटने लगे। वे भागने लगे। ताप ने उन्हें पकड़-पकड़कर उनके शरीरों के कई टुकड़े कर डाले। ज्यादातर को मार डाला ताप ने। कुछ एक लोग ही भागकर जा पाए।

आसीन के पिताजी सामने की झाड़ी में छिपे हुए थे। दोलियांग ने सामने पड़ा भाला उठाया और उस तरफ फेंक दिया। उनके कन्धे पर लग गया था। लहूलुहान वृद्ध भागने लगा। ताप के लम्बे-लम्बे कदम कब उस तक पहुँच गए पता ही नहीं चला। उनका भी काम-तमाम हो गया। ताप ने उनकी जाँघों के दो भाग कर दिए। चिल्लाने का भी मौका नहीं मिला उसे। तभी एक ओर के जंगल से आसीन के चिल्लाने की आवाज आई, "ताप भैया! बचाओ, बचाओ! जल्दी आओ!" आसीन? यह कहाँ से आ गई?

ताप तेजी से आवाज की ओर दौड़कर चला गया। वहाँ कुछ अँधेरा-सा था। आसीन की आवाज फिर से आई, "भैया इधर! जल्दी आओ! इन्होंने मुझे बाँध रखा है!" ताप नजदीक आता जा रहा था। अँधेरे में टटोलने लगा। पीछे से तेजी से कोई उड़ता हुआ-सा आया। वह ऊपर वृक्ष से कूदा था। यह कोई लड़की थी। ताप के पिछले कन्धे से चिपक गई और लगातार अपने दाँतों से उसके शरीर पर हमला करने लगी। आह! यह तो वही थी जो मैकार-मैरांग गाँव में जहरीली लड़की के नाम से जानी जाती थी। उसने बचपन से जहरीले साँपों के जहर को पी-पीकर अपने पूरे शरीर को जहरीला कर लिया था। किसी की भी हूबहू आवाज निकाल सकती थी वह। कई दुश्मनों को बिना युद्ध के ही उसने खतम करके अपने सरदार को खुश किया था। आज उसका सारा जहर ताप के शरीर में फैल गया है। ताप ने अपने दाएँ हाथ से पलटकर उसका गला पकड़ लिया और खींचकर नीचे गिरा दिया। फिर जोर से दहाड़ते हुए उसकी दोनों टाँगों को अपने दोनों हाथों से पकड़कर उसे दो भागों में चीर डाला।

थोड़ी देर बाद दोलियांग और बाकी लोग वहाँ आ गए। सुबह होने लगी थी। धीरे-धीरे सब कुछ दिखने लगा था स्पष्ट। सब कुछ शान्त हो गया था।

उसने दोलियांग को देखकर कहा, "मैं बहुत खुश हूँ—आप बच गईं बहन! मेरा कर्म मेरा पीछा करता हुआ यहाँ तक आ ही गया। यह तो होना ही था एक-न-एक दिन। तानी से कहना, जो हो सका मैंने किया। फिर भी सबको बचा नहीं पाया। क्षमा कर देना।"

उसके मुँह से झाग निकलने लगा। शरीर नीला पड़ता जा रहा था। दोलियांग बेतहाशा इधर-उधर दौड़-दौड़कर औषधि की तलाश करने लगी। गिरती-पड़ती, चिल्लाती-रोती और अन्त में बेबस। बहुत देर हो चुकी थी। वक्त ही नहीं बचा था। उसकी सारी औषधि अग्नि की भेंट चढ़ चुकी थी। ताप मर रहा था! उसे पल-पल तड़पकर मरता देख रही थी दोलियांग।

पेड़-पौधे सब शान्त थे। हवा भी नहीं चल रही थी। नदी की आवाज भी आज कुछ सुनाई नहीं दे रही थी। हर तरफ लाशें-ही-लाशें बिछी थीं। अब किसी की भी रोने-चिल्लाने की कोई आवाज नहीं आ रही थी। जो जिन्दा थे—वे रोना भूल गए थे...। चुपचाप बैठकर एकटक उन बिखरी लाशों को देख रहे थे। वे जिन्दा थे भी या नहीं—यह कौन कह सकता है?

तानी जब तक वापस नहीं आता, दोलियांग यह जगह छोड़ना नहीं चाहती थी। कैसे छोड़े? तानी आकर कहाँ-कहाँ तलाशेगा उन्हें? सब कुछ खतम हो गया। सारा वंश खतम हो गया।

सिमांग

हर्ब ने सिमांग से कुछ नहीं छिपाया। न्यीकुंग मारा गया है। वह वेदना और ग्लानि से भर गई। अब हर्ब की भी जान खतरे में थी, लेकिन उसे पकड़ना मुश्किल ही नहीं, नामुमकिन था। हर्ब ने तानी को कुछ भी नहीं बताया उस घटना के बारे में। कैसे बताता, क्या बताता! वह खुद नहीं जानता था कि क्या और क्यों हो रहा है यह सब कुछ। कुछ समझ नहीं आता था। तानी को बताकर वह और ज्यादा उसे कमजोर न कर दे! कहा भी नहीं जाता, रहा भी नहीं जाता।

बेदर्द वह नहीं था। इतना साहसी भी तो वह नहीं था। बेफिक्री की जिन्दगी थी उसकी। मौज में सदा रहता था। लेकिन संवेदना इतनी गहरी कि उसको नाप पाने की ताकत किसमें थी।

उसने न्यीकुंग के मृत शरीर को पूरे सम्मान के साथ उसी जंगल में दफना दिया। आज भी वह बार-बार उस जगह जाता है, और देखता है जहाँ उसका प्रिय मित्र न्यीकुंग ने आखिरी साँसें ली थीं। अब वहाँ धान के पौधे उग आए हैं जो उसने मरते वक्त वहाँ बिखेर दिए थे। अब तो उनमें दाने भी झूल गए हैं।

यह कैसी अमृत की खोज है, जहाँ इतनी जिन्दगियाँ खतम हो रही हैं? कैसी जिद थी तानी की—खुद को ही भूल गया वह? उसी की अपनी मर्जी थी कि उसने सूर्य बनने की चाहत दिल में जगाई थी। इसी राह पर चलने की जिद और आग में जलने की उसकी दीवानगी की हद थी यह। वह जानता था, दिल के राह पर आदमी हरदम ही अकेला होता है। लेकिन उसकी यात्रा के साथी उसकी जिद की आग में खाक हो रहे थे। अभी तक इससे वह फिर भी अनजान था।

सिमांग और तानी कैद में अब भी हैं। इसी कैदखाने में तानी के गले से न जाने कितने ही गीतों की नदियाँ स्वर बनकर बह निकली थीं। मानो निराशा अपने हाथों में आशा की चाँदनियाँ लिये आसमान से धरती की यात्रा पर निकली थी। श्वेत, शुभ्र, धवल दमक लिये दो झीलों में बादल मानो झिलमिला रहे थे। हर कदम पर एक फूल मुरझा जाता था। हर कदम पर रक्त के पदचिह्न बनते जाते थे। फिर भी साँसों का महकना चलता ही रहा। वह पल-पल नया होता जाता था—

साँसें मेरी वही महक लिये चलती हैं
जाने कैसी यह आस लिये चलती हैं,
गुम-सा है वह जो रंग मेरा था कभी
ओह, फिर भी यही प्राण हुए चलती हैं...

बच्चों ने अपने पिता से रो-रोकर जिद करनी शुरू कर दी है कि वह उनकी माँ को रिहा कर दे। अगर रिहा नहीं किया तो उन्हें भी माँ के साथ ही कैद में रख ले! इतने दिनों में तापिक अपनी कैदी पत्नी से कभी मिलने नहीं आया। ऐसी औरत के लिए यह सजा भी कम है। लेकिन कुछ लोग जानते हैं—नजरें मिलाने

की हिम्मत जिनमें नहीं होती वे सत्य के, सम्मान के, और न जाने क्या-क्या मुखौटे लगाए नजरों से बचने का प्रयास करते फिरते हैं। बड़े आक्रामक ढंग से अपने मुखौटों की रक्षा वे करते रहते हैं। यूँ ही आसानी से वह छोड़नेवाला नहीं था। कुछ भी हो, ऐसा कुछ किया जाना चाहिए—जिससे लगे कि हर हाल में सिमांग और तानी ही गलत हों।

तानी के बावत कहा गया कि वह चोरी के इरादे से उसके घर में घुसा था। सो पकड़ा गया। तापिक नहीं चाहता था कि लोग यह कहें—तीन-तीन जवान पत्नियों को वह शारीरिक सन्तुष्टि नहीं दे पाता है, इसीलिए छोटी वाली किसी और की तरफ आकर्षित हो गई। मर्दानगी खिल्ली उड़ाने के लिए नहीं हुआ करती। इसलिए उसने लोगों में इस बात को फैला दिया कि उसकी सबसे छोटी वाली पत्नी का दिमागी सन्तुलन बिगड़ गया है। वह जंगलों की खाक छानती-फिरती है। उसको कैद में रखना मजबूरी है, ताकि वह सुरक्षित रह सके।

बच्चों को भी बहुत कुछ कहानियाँ सुनाईं उसने। पर बच्चे तो आखिर बच्चे होते हैं। वे अपनी माँ के खिलाफ जाने से रहे। हालाँकि उनकी बातों में आ गए से लगते हैं, क्योंकि अभी वे बेबस जो हैं। लेकिन भीतर माँ के प्रति प्रेम पहले से भी अधिक गहरा होने लगता है। माँ की गलतियों पर करुणा उमड़ने लगती है। माँ रोती होगी—इसी कल्पना से अगर वे भी न रोए होंगे—तो वह सन्तान ही नहीं है। माता से प्रेम करने के लिए उसका चरित्रवान होना ही अगर शर्त है—तो वह सन्तान ही नहीं है।

प्रेम की अपनी ही आँखें हैं। सूखे फूलों में भी खुशबू पा लेती हैं। बहती नदी को कौन रोक पाया है? वे तर्क नहीं कर पा रहे थे। बस यही एक बात थी—लेकिन इसका यह मतलब नहीं था कि उनका दिल माता के लिए रोता नहीं था। आखिर वे ऐसी माँ के सन्तान थे, जो उनकी हर एक धड़कन को पहचानती थी। उनकी साँसों से ही माँ जान जाती थी कि उनके बच्चों को क्या चाहिए। क्या बच्चे ऐसी माता से दूर कर दिए जाने पर उसी माँ के प्रति नकारात्मक भाव से भर सकते हैं? सुबह की पहली किरण के साथ, शाम के आखिरी रोशनी के साथ बच्चों की जुबान पर माँ ही होती। एक ही घर में थे मगर मिलने की इजाजत नहीं थी। बहुत मेहनत करनी पड़ी। बड़ी माँ ने बहुत मनाने के बाद उनकी मदद की। उन्होंने अपनी जिम्मेदारी पर सिमांग को कैद से रिहा करवाया।

तानी के लिए कुछ शर्तें रखी गईं। अपने अपराध के बदले वह दस मिथुन उन्हें दे दे। ऐसा नहीं होने पर उन दोनों को ही फिर से कैद किया जाएगा। भाग जाने की स्थिति में सिमांग के सारे रिश्तेदारों को इसका खमियाजा भुगतना पड़ेगा। यह लोग तानी कबीले पर भी आक्रमण कर सकते थे। कुछ भी कर सकते थे। ऐश्वर्य-सम्पन्न लोग थे आखिर। तानी यहाँ अनजान देश में था। वह दस क्या, एक मिथुन भी कहाँ से लाकर दे सकेगा। हाँ, नहीं दे पाएगा; तभी तो उसे अपना दास बनाया जा सकता है। हो सकता है ऐसे हालात में तानी सचमुच ही किसी का मिथुन चुरा ले। असली चोर बन जाए। ऐसे में उसे और आसानी से काबू में लाया जा सकता है।

चोरी की सजा जिन्दगी-भर भुगतनी पड़ती है। पूरी जिन्दगी को ही गिरवी रख देना पड़ता है। भुगतान करते-करते ही उम्र गुजर जाती है। किसी दिन उसकी अगली पीढ़ी भी कब दास बन जाए पता भी नहीं चलेगा। बुद्धिमान यूँ ही नहीं कहलाए जाते। बहुत कुछ करना पड़ता है उसके लिए। बहुत तरह के खेलों में निपुण होना पड़ता है।

सिमांग के रिश्तेदारों को भी बुलवाया गया। उन्हें उनकी अपनी बहन की चरित्रहीनता की कहानी भी कह दी गई। वे चाहें तो उसे वापस ले जा सकते हैं, लेकिन जितने में वह खरीदी गई थी उससे दुगुना दाम वापस देना होगा उन्हें। ऐसी चरित्रहीन औरत को जब मर्द फिर भी पत्नी के रूप में स्वीकार करते हैं तो यह पुरुष की कमजोरी है अथवा उनकी महानता की बात होती है।

सिमांग के बड़े भैया ने सिमांग के कमरे में आकर उससे बिना आँखें मिलाए ही कहा, "अब तुम हमारी नहीं हो। किसी और की सम्पत्ति हो। हम कुछ नहीं कर सकते। हमारे खुद के बाल-बच्चे हैं। उनके लिए सोचें या तुम्हारे लिए? औरतों को अपनी हद में रहना चाहिए। सीमाएँ लाँघने का अंजाम तुम स्वयं भुगतो। अपने पति का अहसान मानो।"

और उलटे पैर वे सभी वापस चले भी गए।

यकीन करना कुछ मुश्किल तो है—कि एक ही गर्भ से जन्मी सन्तानों के बीच आपस में प्रेम से अधिक अजनबीपन भी रह सकता है। जड़ों में कौन सी कमी रह गई थी? यह अब कौन बता सकता था। बात जब लेन-देन की आती है तो रिश्तों में दूरी बना लेना ही ठीक रहता है। वक्त पड़ने पर लोग तो अपनी

माँ तक को इनकार देते हैं! फिर यह तो बहन थी। जन्मों की दूरियाँ जन्मने लगती है...रिश्ता सिर्फ एक बेजान शब्द बनकर रह जाता है।

सिमांग का मन बहुत बेचैन है। यह बेचैनी वैसी नहीं है—जो दूसरे दिन शान्त हो जाए! यह हर पहचान को मिटा देने की चाह है। हर उस पहचान को—जो चरित्र नामक शब्द से निर्मित हुई है। कहीं गुम हो जाने की चाह है। इसमें मृत्यु है। इस चाह का जग जाना ही मृत्यु है—क्योंकि इसके बाद वह सबके द्वारा नकारी जाएगी। वह नितान्त अकेली पड़ जाएगी। लेकिन क्या अब तक वह अकेली नहीं थी? क्या वह भँवर में फँसी हुई नहीं थी? इसके बाद क्या? ओह, पता नहीं। बस एक प्यास है। एक तड़प है—चाहत के पार भी कोई चीज हो, जो कभी न खतम होता हो। कभी न अलग होता हो। किसकी तलाश है? वह नहीं जानती...लेकिन जैसे बदन में असंख्य कीड़े-मकोड़ों ने ऊधम मचाना शुरू कर दिया है।

अब सहा नहीं जाता। इस तरह जीया नहीं जाता। वह नहीं जानती थी कि जिन लोगों में इस तरह की प्यास जग जाती है वह प्रारम्भ में एक तरह से अभिशप्त हो जाती हैं। लेकिन यही एक दिन मुक्ति का कारण बन जाता है। कोई शक्ति उसे लगातार मानो धकेल रही थी। और कोई चारा भी तो नहीं था। वह बाकी औरतों की तरह नहीं थी। होने की कोशिश भी करती थी, लेकिन हो नहीं पाई। वह भी क्या कर सकती थी। इस कैद से तो अच्छा है, अपने ही द्वारा तैयार की गई कोई कैद हो। कम-से-कम इतना तो होता—अपनी ही गलतियों की सजा भुगतना होता।

उसने अचानक सामने पड़े दाव को उठाया और अपने ही कमरे के उन पत्थरों के दीवार पर लगातार वार करना शुरू कर दिया। जब तक होश आया, उस धारदार दाव की बुरी हालत हो चुकी थी। केश बिखरे हुए थे। अपने शरीर से लिपटे उन सुन्दर कपड़ों को भी उसने बेदर्दी से टुकड़ों में फाड़ दिया। काश कि इस शरीर को यूँ ही अपने ही हाथों से मसल-मसलकर राख बना दे। पति... पति होता क्या है? अब वह कैद में नहीं है। वही कमरा; पल-भर पहले इसी कमरे में वह कैदी थी। अपराधी थी। अब सुना है, यहीं पर वह आजाद भी हो गई है? दरवाजे को खोलने और बन्द करने की आजादी उसको मिल गई

है। यह घर किसका है आखिर? वह कौन है? अगर उस आदमी को उसकी परवाह ही नहीं है—तो क्या कर रही है वह यहाँ?

धमनियों में लहू नहीं
अग्नि दौड़ेगी,
देखना
एक दिन बादल कहेगा
और न रुलाओ मुझको,
वह करेगी अट्टहास
दिशाएँ सिहर उठेंगी,
और
काल नाचेगा...

और तानी; वह जिद्दी जरूर था मगर मूर्ख नहीं। बिन अपराध के कैदी बना था। उसे तापिक के पूरे खानदानवालों के सामने अपराधी की तरह लाया गया था। बिखरे, मैले-कुचैले केश। उसके बीच से झाँकती झील-सी वे आँखें। शरीर बेहद मैला। उसके चेहरे पर फिर भी कोई कठोरता नहीं थी। एक मुस्कान—बुद्धि की चमक लिये, करुणा की महक लिये, शरीर में हाथी की शक्ति लिये—वह पूरा एक चाँद था। किसी को बचाने का आनन्द उसकी आँखों में नादान शरारती बच्चे की तरह खिल रहा था। उसके कदमों में मस्ती थी। आँखों में शरारत थी। लेकिन इतने महीनों नहाया नहीं था न। बहुत ही बू आ रही थी उसके शरीर से। जहाँ-जहाँ से वह गुजर रहा था, लोग नाक दबाए छी-छी कहते हुए सामने से हट जाते थे। वह जान-बूझकर लोगों के बहुत करीब से गुजर रहा था।

"क्या पहले तुम नहाना चाहोगे तानी?" तापिक ने बुरा-सा मुँह बनाते हुए कहा।

"हाँ, लेकिन पहले आपसे गले मिलना चाहता हूँ।"

"वह क्यों?"

"अपनी आजादी का जश्न मनाना है। आपने मुझ पर कृपा की है इसलिए।"

"यह नहीं हो सकता। बदबू आ रही है तेरे शरीर से।"

"आप ही के घर की बदबू है यह। मैं इसे बाहर से लेकर नहीं आया था। यह भी तो चिपक ही गई है मुझसे।"

"बड़े बदतमीज हो। खुद को बड़ा निर्भय समझते हो।" क्रोध से तमतमाते हुए उसने कहा।

"नहीं जी, मैं तो बड़ा डरपोक हूँ। यात्रा हो या शिकार—जंगलों में ज्यादातर मैं जमीन पर नहीं, पेड़ों के ऊपर ही सोता हूँ। क्या करें। कह नहीं सकते न, कब क्या हो जाए। जानवर मुझे खा जाए। मैं सोते-सोते ही अपना शरीर खो दूँ और अपने पूर्वजों के पास पहुँचकर यकीन ही न कर पाऊँ कि मैं आदमी नहीं आत्मा बन गया हूँ। मेरे परिवार का क्या होगा।"

कुछ लोगों ने भी सिर हिला-हिलाकर उसका समर्थन किया। इधर कुछ लोग भरसक प्रयास कर रहे थे अपनी हँसी रोकने की। यह आदमी अजीब है। सिर्फ उसका लिंग ही काले कपड़े से ढका हुआ है। लम्बे, बिखरे, घुँघराले बालों में यह पागल-सा दिखता है। लेकिन वाह, क्या गठीला शरीर है। क्या खूबसूरती है।

लोग एकटक तानी को देख रहे थे। कुछ औरतें मन-ही-मन सोच रही थीं—इस पर कौन औरत न मर जाए, हाय! क्या हिम्मत और क्या बुद्धि पाई है इसने। ऊपर से बड़ा ही मजाकिया है। ऐसे वक्त में भी। दाद देनी पड़ेगी इसके साहस को।

"मैं गले नहीं लगूँगा।" तापिक ने मुँह फेरते हुए कहा।

"ठीक है, मैं कैद में ही वापस जाता हूँ। सिमांग को भी फिर से कैद कर लीजिए।" यह कहकर तानी वापस कैदखाने की तरफ जाने की नौटंकी करने लगा। कुछ लोग उसे पकड़ने लगे।

"हुँह, नौटंकीबाज कहीं का। क्या समझा है मुझे।" तापिक ने कुटिलता से मुस्कराते हुए कहा।

"पिताजी, पिताजी मान जाइए न। इनकी बात मान जाइए। आपको हमारी कसम है।" बच्चों ने पिता के पाँव पकड़ते हुए कहा। तापिक ढीला पड़ गया।

तानी की नजरें किसी को तलाशने लगीं। वह परेशान-सा हो गया। सिमांग कहीं नजर नहीं आ रही थी आज। शायद उसको यहाँ आने की मनाही हो। तानी के भीतर कुछ पीड़ा-सी हुई। कहीं दूसरी प्रकार से वह फिर से कैद में न हो। आजाद कर दी गई—इस प्रकार के भ्रम में वह डाल न दी गई हो। आदमी की

चालाकियों का कोई अन्त थोड़े है। एक मर्द ही दूसरे मर्द के मन को अच्छी तरह समझ सकता है।

कुछ लोगों ने तानी के दोनों बँधे हुए हाथों को खोल दिया। मजबूर होकर तापिक को तानी के गले लगना ही पड़ा। तानी का शरीर किसी सड़े हुए चूहे-सा था उस वक्त। उसकी बू सहन नहीं हो रही थी। तापिक को उल्टी-सी आ रही थी। तानी ने उसे कसकर गले लगाया और उसके कान में धीरे से कहा, "दस नहीं, दो मिथुन दूँगा। वह भी ऐसे नहीं, आपको सिमांग से और मुझसे सबके सामने माफी माँगनी होगी। वरना मैं कह दूँगा कि सिमांग और मेरे बीच कुछ गड़बड़ है! वह मेरे साथ भाग जाना चाहती थी। आप जानते हो, जिन मर्दों को छोड़कर औरतें भाग जाती हैं न, उसकी इज्जत कैसे मिट्टी में मिल जाती है। और अन्त में मुझे धान के अच्छे-अच्छे बीज देकर सम्मान के साथ विदा करना होगा। साथ में उसके बोने के तरीके भी बताने होंगे।"

"मतलब मुझसे सच बुलवाने और धान के बीज के लिए तुम मुझे वे दो मिथुन दोगे।" तापिक ने आश्चर्यचकित होकर कहा।

बात उलटी हो गई। लग रहा था जैसे तानी अपनी मर्जी से उसे मिथुन देना चाहता है। तापिक का मन कुछ अजीब तरह से कुढ़ने लगा। जी तो चाह रहा था उस वक्त कि वह उसी वक्त तानी की हत्या कर दे। पहले ही कैदखाने में कर देता तो अच्छा था। जाने कौन सी बुद्धि काम कर गई कि इसे यूँ ही जिन्दा रखा—ताकि एक दिन वह ही उसे सता सके।

"सही समझे। बुद्धि कमाल की रखते हो। लेकिन याद रखना—मैं तानी हूँ। आबोतानी...तुम्हारा भी बाप।"

"कहाँ से लाओगे मिथुन? मेरा बाप बनने के लिए दस जन्म लेना पड़ेगा। इतनी आसानी से तुम्हें यूँ छोड़ दूँगा? किसके बिल में हाथ डाला तुमने। यह अभी तुमने नहीं जाना।"

"उस साँप के बिल में अपना हाथ डाल दिया है, जिसका जहर अब मेरे हाथों में है। यह अभी तुम नहीं समझोगे। जब तक समझोगे उस वक्त तुम्हारा ही जहर तुम्हें मार रहा होगा। मैं मारता नहीं हूँ किसी को! तुम्हारी आवाज तुम्हीं में लौटकर आएगी। यह अपने-आप ही होगा। तुमने वह बीज बो दिया है।"

"देखते हैं!" यह कहकर तापिक ने घृणा और नफरत के साथ तानी को झटके देकर अपने शरीर से अलग किया।

तानी मुस्कराता रहा। तापिक के अन्दर और अधिक जहर घोलने लगा। लोग देख रहे थे। कुछ समझ नहीं पा रहे थे कि दोनों में क्या फुस-फुस चल रही है।

दूसरे दिन एक भोज का आयोजन किया गया। तापिक अपनी पत्नी सिमांग का दिल जीतना चाहता था अब। वह चाहता था कि उसकी खूबसूरत पत्नी लोगों के सामने प्रसन्न दिखे। उस जैसे पति को पाकर वह धन्य है। तानी भी यह देखे! लोगों को भी उसकी महानता पर यकीन हो ही जाए। वह दयालु और प्यारे पिता थे। लोग उनका सम्मान करते थे।

शहर के सारे सम्पन्न लोगों को आमंत्रित किया गया। तानी भी सुन्दर वस्त्रों से सुसज्जित वहाँ मौजूद किया गया। वह तो खुद ही वहाँ जाना चाहता था। देखना चाहता था। वह कैसी होगी। उसकी आँखों में क्या वही शरारतें होंगी जिसे देखा था उसने पहली बार जंगल में? जिसकी महक ने दिल में कुछ अच्छा-सा अहसास दिया था? आँसुओं के बादल में तैरती कोई परी-सी—जाने प्रतीक्षा किसकी करती है!

महँगे-महँगे आभूषणों से सुसज्जित स्त्री-पुरुषों का ताँता-सा लग गया। यही तो मौका होता है अपना ऐश्वर्य प्रदर्शन करने का! लोगों की सोच पर अपना असर डालने का। ऐसे अवसरों पर सारे लोग सामान्यतया श्वेत वस्त्र ही धारण करते हैं। एक अच्छा-सा अहसास इस रंग के कारण अपने-आप तैयार हो जाता है।

तापिक ने अपने हलके-पीले रंग के महँगे आभूषणों को अपने गले में डाला हुआ था। हाथों में कंगन, कानों में कर्णफूल। लम्बे बालों को सिर के ऊपरी भाग में गोल घुमाकर बाँधकर रखा हुआ था। घुटनों तक लम्बा चोगानुमा, श्वेत वस्त्र तन पर चमक रहा था। कमर में कमरबन्द। उसके घुटनों में तामाक बँधा हुआ था—तामाक वृक्ष के छालों से तैयार रस्सियों से बुने सुन्दर कलाकृति लिये हुए। वह बहुत ही आकर्षक लग रहा था। धनी हो, बलशाली हो, और आकर्षक हो—ऐसे पुरुषों के लिए कई औरतें कुछ भी कर गुजरती हैं।

अच्छे-से-अच्छी शराबों का इन्तजाम किया गया। तीन-चार मिथुनों को मार गिराया गया। उसका मीट लोगों को अच्छी लगे-न लगे—उसको काट

गिराने की शान ही कुछ और होती है। सम्पन्न लोगों के शानो-शौकत में यह चार चाँद लगा देते हैं। बचे हुए मीट को गरीबों में बाँटकर अपना सीना ऊँचा किया जाता है! इसी से कितने लोगों के सिर उसके आगे खुद-ब-खुद झुक जाते हैं। इसी में कई काम अपने-आप बन जाते हैं। यह जरूरी है।

औरतें भी अपनी सारी जिम्मेदारियाँ अच्छी तरह निभाती हैं ऐसे वक्त में। उनके निर्णय करने, काम करने, अच्छे-अच्छे पकवानों की जानकारियाँ और लोगों का अच्छी तरह खयाल रखने के ढंग से ही अच्छी औरत होने की पहचान होती है। वे भी अपना आलस्य त्यागकर खूब काम करती हैं और मर्दों का दिल जीतती हैं। आज मझली पत्नी काम में लगी हुई थी। वह सबकी देखभाल कर रही थी।

थोड़ी देर बाद बड़ी पत्नी सिमांग को लेकर आई। दोनों औरतों के कन्धे तने हुए थे—लेकिन उनमें फर्क है—एक में दुनिया को अपने कदमों में झुकाने का और उन पर अपना प्रभाव डालने का भाव है। दूसरी में शून्यता का। उसे किसी बात की परवाह नहीं है। बड़ी पत्नी का सारा शरीर आभूषणों से सजा हुआ है। उसकी खूबसूरती लोगों के भीतर हमेशा प्रभाव डालती आई है। आज भी वह ऐश्वर्य की देवी-सी लग रही है। मर्दों में चाहत और औरतों में ईर्ष्या उत्पन्न करवाती है। लोगों के सिर उसके सामने सम्मान से झुक जाते हैं।

ऐरी नामक कीड़ों के धागों से बुने शान्त, सौम्य श्वेत वस्त्र में लिपटी सिमांग। उसने कोई आभूषण नहीं पहन रखा है। केश कन्धों से नीचे कमर तक खुले, काले बादलों से लहरा रहे हैं। आँखें सीधे शून्य में देख रही हैं। मुस्कान मानो उसको जानती ही नहीं हो। फिर भी उसमें लेशमात्र भी निराशा नहीं दिख रही है। कोई गुरूर-सा लिये हुए-सी है वह। आह, कैसा सौन्दर्य। आसमान से अभी-अभी उतरी है, या ताजा खिला कोई रजनीगन्धा। उसकी आभा, असंख्य तारों के बीच अन्धकार को चीरता कोई चाँद हो। तापिक ने उसे देखा। देखता ही रह गया। सिमांग की नजरें उससे टकराईं। कुछ सहम-सा गया वह। वह स्वयं समझ नहीं पाया अपने उस भाव को। जैसे भीतर कोई भूकम्प आया हो। शरीर कुछ काँप-सा गया। वह तानी के बगल में जाकर बैठ गया। अब लोगों की नजरों में दोनों मित्र बन चुके हैं तो साथ बैठना भी जरूरी था।

"हम तो अभी भी कैदी हैं आपके! फिर इस तामझाम का क्या मतलब?" तानी ने धीरे से तापिक के कान में कहा।

"आगे-आगे देखते जाओ! तुम मुझे मिथुन हमारी मित्रता की खुशी में उपहारस्वरूप देने जा रहे हो। समझ गए?" तापिक ने चुनौती भरे भाव के साथ कहा।

"मैं समझा नहीं!" तानी ने अपनी आँखों को फैलाते हुए कहा।

"इसे बुद्धि का खेल कहते हैं!" तापिक यह कहकर हँस पड़ा। उसके चेहरे पर विजयी का भाव था। तानी मुस्करा दिया।

"अब इस मुस्कान का क्या अर्थ हुआ?" तापिक ने कुछ परेशान से स्वर में कहा।

तानी ने कुछ नहीं कहा। वह चुपचाप दूसरी तरफ देखने लगा। वह यहाँ इस प्रकार की लड़ाइयों में उलझने नहीं आया था। वैसे भी जिन्दगी में इतनी मुसीबतें क्या कम थीं कि अपनी ऊर्जा इस मूर्खता पर खर्च करके अपना समय बरबाद करते। इस छोटी-सी उम्र में हजारों तरह का संघर्ष वह पहले ही झेल चुका है। अब और नहीं। बस, मुसीबत टल जाए उसका उपाय ढूँढ़ना है। लेकिन तापिक का मन तो पहले से भी अधिक कुढ़ने लगा। बिना बोले भी यह आदमी किसी को कितना क्रोधित और बेबस कर सकता है। यह सोच-सोचकर वह बेचैन होने लगा। तानी शान्त था—लेकिन आँखों में यकीन था अपने प्रति।

तानी की आँखें एकटक उसी पर लगी हुई थीं। अचानक सिमांग ने अपना चेहरा हलके से घुमाया और तानी की आँखों से अपनी आँखें मिलाईं। भीड़ को चीरती हुई तानी की आँखों से उसकी आँखें मिली थीं। हलके-से वह मुस्कराई। उसमें अपने प्रति क्षमा-याचना थी। मानो कह रही हो—"तानी क्षमा कर देना! मेरी वजह से तुम्हें बहुत कष्ट झेलना पड़ा।" तानी का हृदय धड़क गया। क्या हुआ तानी? पता नहीं...। रगों में कोई आँधी-सी उतरती जा रही है। आँखें बार-बार उसी को ढूँढ़ती हैं। उसके गालों को छूकर लहराती हुई जुल्फें तानी को अपनी ओर खींचती हैं। ओह, कोई बेबसी रूह में अब न उतरना! उसे तो जल्द-से-जल्द यहाँ से अपने देश को निकल जाना है। इन्तजार में कितनी आँखें उस राह पर लगी हुई होंगी—जहाँ से एक दिन तानी विजयी होकर लौटेगा।

तापिक खड़े होकर सबके सामने कह रहा था, "भाइयो, बहनो, मित्रो, और मेरे सारे रिश्तेदारो! चूँकि एक गलतफहमी के कारण हमारे खानदान में कुछ घट गया था। सूर्यपुत्र तानी हमारे घर छुप-छुपाकर चोर की तरह घुस आया था। सिमांग ने उसको भगाने में मदद की। हमने सोचा वह चोर है। चूँकि सिमांग बहुत दयालु स्त्री है। इस नाते उसने उसकी मदद करनी चाही थी। लेकिन यह बात मुझको नागवार गुजरी। इसलिए हमने दोनों को ही सजा दी। बाद में जाकर पता चला कि यह गरीब आदमी हमारी हवेली ही देखना चाहता था। हम अपने पूरे खानदान की ओर से दोनों से क्षमा माँगते हैं। तानी ने हमें पूरी तरह क्षमा कर दिया है। इसी बात को साबित करने के लिए वह हमसे अटूट रिश्ता जोड़ना चाहता है—मित्रता का। इसी को और अधिक यादगार बनाने के लिए यह हमें दो मिथुन उपहार में देना चाहता है। ऐसा उपहार, जिसे संसार सदा याद रखे। अनजान देश में, यह अब दो मिथुन खोजकर लाएगा। कैसे लाएगा? सूर्यपुत्र यूँ ही नहीं कहलाता यह। उसी असम्भव को सम्भव कर दिखाएगा। इस प्रकार उसका वह उपहार बहुत ही अनोखा और कीमती हो जाएगा। एक महीने के बाद हम इसी दिन, इसी स्थान पर फिर मिलेंगे। अब आप लोग मौज करें और हमें आशीर्वाद दें।"

तापिक और भी बहुत कुछ कह रहा था। सारे लोग उसे सुन रहे थे। उसकी आवाज ने धीरे-धीरे करके सिमांग के कानों से टकराना छोड़ दिया। वह अपने में खो गई। कुछ पल के लिए सबसे दूर और निज मन के कलरव से भी दूर। और अचानक किसी ने उसका ध्यान भंग कर दिया। कोई उसके कन्धे को छूकर उसे झकझोर रहा था। वह तापिक की प्रेमिका थी। उसे भी बुलाया गया था? वह भी इस घर में? उसकी इतनी हिम्मत कि उसने सिमांग को छूकर झकझोर दिया? कमाल है। है न? और दोनों बड़ी पत्नियों को कोई फर्क ही नहीं पड़ता।

खैर, अब यह यहाँ है तो है। क्या कर सकते हैं! उसको लेकर भी तापिक और सिमांग के बीच किसी समय कहा-सुनी हुई थी। तब बड़ी पत्नी ने कहा था, "मर्द क्या करते हैं और क्या नहीं करते, उसके पीछे जाओगी तो खुद कहीं की नहीं रहोगी। पत्नी हो उनकी। अपना सम्मान करना सीखो। ऐसी कई औरतों के साथ वह सोए; उससे क्या फर्क पड़ता है? तुम्हारा तो घर बच रहा है न? समाज इज्जत पत्नी का ही तो करता है!"

इज्जत? कौन किसका करता है? क्यों करता है इज्जत? क्या करें इस इज्जत का? यह इज्जत है या फिर पत्नी के लिए तहखाने में बना एक अन्धकारपूर्ण कैदखाना? सिमांग ने कोई जवाब नहीं दिया था, लेकिन उस दिन के बाद से उसने भी उस तरह के झगड़ों से खुद को दूर कर लिया था। पहली बार अहसास हुआ था—वह सबकी है, उसका अपना कोई नहीं। पहली बार रिक्तता इतनी गहरी उतरी थी जिसे वह स्वयं समझ नहीं पाई थी।

"क्या हुआ?" सिमांग ने धीरे-से तापिक की प्रेमिका से कहा।

"थोड़ी शराब पी लो!" उसने कहा।

"क्या हम एक ही मग में पीएँ?" सिमांग ने हलके से मुस्कराकर, चेहरे पर कोई शिकन लाये बिना ही कहा।

"श्श्श...धीरे बोलो!"

"श्श्श...धीरे ही बोल रही हूँ! बोलो पीओगी मेरे साथ?" सिमांग ने फुसफुसाते हुए कहा।

"वाकई? सबके सामने?"

"चिन्ता मत करो। लोग देखेंगे और दबी जुबान से रोज की तरह बातें करेंगे और सब कुछ भूल जाएँगे।"

कुछ क्षण अपना सिर हिलाती हुई वह सिमांग की तरफ एकटक ताकती रही और फिर शरारत भरे स्वर में कहा, "हाय, कसम से, तेरा तानी तो कमाल का है! कौन न मर जाए उस पर!"

"सुन, तानी और मैं, तेरे और तेरे प्रेमी जैसे नहीं हैं? इसे समझने के लिए हजार जन्म लेने पड़ेंगे तुमको। खैर वह छोड़ो। अगर तुम्हें कोई एतराज न हो तो हम पीएँ एक साथ? एक ही मग में? प्यारी-प्यारी बहनों की तरह?"

"बड़ी शरारती हो गई हो तुम। या फिर मुझे चुनौती दे रही हो?" उसने हलके से आँख दबाते हुए कहा।

"शरारती नहीं, समझदार हो गई हूँ। चुनौती नहीं, विश्वबन्धुता कहते हैं इसको। एक ही मर्द के शरीर को ही मिल-बाँटकर क्यों चलें? हर चीज में मित्रता होनी है कि नहीं?" सिमांग ने भी अपनी बाईं आँख को दबाते हुए कहा। वह औरत पहले कुछ क्षण सकपकाई, फिर मानो कुछ सोचना ही नहीं चाहती। उसने पहले तो खुद पीया और इसके बाद मग सिमांग के हाथ में थमा दिया। वह भी गटागट पी गई।

"और लाऊँ?" उसने कहा। सिमांग ने कोई जवाब नहीं दिया। उसकी तरफ गौर से देखती रही। पहले तो कुछ सिहर-सी गई वह औरत, फिर वह वहाँ से खिसक गई। सिमांग उठ आई। खड़ी हो गई सबके बीच। कोई डर, कोई झिझक—कुछ भी नहीं था उसके चेहरे पर। गाने लगी—

शब्द सिमांग भी छोड़ दूँ
प्रेयसी न कहो मुझको प्रिय
देखो तितलियाँ उड़ने लगीं
रंग तेरा भी क्यों उड़ने लगा
पंख गुदाऊँ कन्धों पर हाथों
पैरों, इसमें और उसमें भी
आवारगी बादलों की अच्छी
मेरी बातों में सौ-सौ मिर्ची?

दस मिथुन

हर्ब और तानी अगली यात्रा के पथ पर अग्रसर थे। हर यात्रा अनजानी रही। कुछ भी नजर नहीं आता था, लेकिन फिर भी जीवन अपने-आपमें एक रोशनी थी उनके लिए। उलझनों में ही कोई राह छिपी रही। दूर-दूर तक रास्ते मुश्किल भरे थे। एक गाँठ खोला नहीं कि दूसरा तैयार मिलता था। जंगलों, नदियों, पहाड़ों और न जाने किस-किस तरह के पगडंडियों से होकर गुजरते रहे वे। कहीं कीचड़ भरे, कहीं कंकड़-पत्थरों से बिछे मार्ग। किसी-किसी अनजान गाँव से यूँ ही गुजर जाना भी खतरे से खाली नहीं होता था। कोई भी उन्हें अपने लिए खतरा मानकर हमला कर सकता था। प्राण हथेली पर लिये चलते थे।

वे प्रेमी थे जीवन के। खतरों और असुरक्षा में ही साँसें लेकर जिन्दा रहते थे। जरूरी था यह, लेकिन ये उनकी मजबूरी नहीं थी। उनके पास चुनाव के रास्ते थे, लेकिन उन्हें ऐसे रास्तों में जाना मंजूर नहीं था शायद—जो आसान थे।

सामने पहाड़ की ऊँचाई से एक नदी कूदकर नीचे आ रही थी। उसका शोर करना एक संगीत का-सा लहर पैदा करती थी। प्यास बुझाने दोनों उसके किनारे पर खड़े थे। हर्ब ने देखा—कुछ कोखाम के पत्ते नदी की धारा के साथ तैरते हुए नीचे आ रहे थे, "तानी, ऊपर कोई गाँव है! औरतें दारू बना

रही होंगी या फिर इन पत्तों को तोड़कर धो रही होंगी।" हर्ब ने अपनी आँखों को फैलाते हुए कहा।

दोनों तेजी से उस ओर जाने लगे, जहाँ से वे जंगली पत्ते तैरकर आ रहे थे। हर्ब उसके पीछे-पीछे कूदता-फाँदता चलने लगा।

कुछ ही समय बाद—यह रहा गाँव। पहुँच गए। वही नदी यहाँ भी बह रही थी। इसका शोर करना यहाँ भी जारी था। लेकिन लोग इतने अभ्यस्त हो चुके थे कि शायद अब उन्होंने इस नदी की आवाज को सुनना छोड़ दिया था। सम्पन्न गाँव था। इसी नदी के किनारे कुछ औरतें दारू बना रही थीं। उन लोगों ने उन दोनों अजनबियों को अजीब तरह से देखा। एक-दूसरे के कानों में कुछ कहती हुई उनकी तरफ देख-देखकर हँस रही थीं। उनमें से एक लड़की तानी के नजदीक आई और अपने कन्धे पर झूल रहे उस श्वेत रंग के चादरनुमा कपड़े को तानी की तरफ बढ़ा दिया, "शरमाता क्या है? ले ले! किसी लड़की का दिल तोड़ते तुम्हें शर्म नहीं आती?" दूसरी लड़की ने छेड़ते हुए कहा। तानी बुरी तरह झेंप गया। यह कैसी बेहयाई है! "ओहो, तेरी तरफ आकर्षित नहीं हूँ पागल। इस गाँव का रिवाज है यह। मेहमानों का स्वागत इस तरह किया जाता है समझे! हमेशा गलतफहमी में ही रहता है पुरुष। धत्त!" उस लड़की ने कपड़े को तानी के गले में डालते हुए कहा, और खूब हँसने लगी।

हर्ब ने तानी की तरफ इस तरह देखा, मानो तानी से ज्यादा बेशर्म और औरतों को लेकर गलतफहमी में रहनेवाला इनसान उसने अपनी अब तक की जिन्दगी में कभी देखा ही नहीं हो। तानी पहले से भी ज्यादा झेंप गया। आगे बढ़ते गए दोनों। गाँव में हर प्रकार के पालतू पशु दिख रहे थे—सूअर, कुत्ते, गाय, मुर्गी, बकरी इत्यादि। वे बहुत ही स्वस्थ और मोटे-ताजे लग रहे थे।

आज यह गाँव बहुत व्यस्त दिख रहा था। लोगों का आना-जाना, खिलखिलाना, भागना-दौड़ना—सब चल रहा था। शायद कोई महत्त्वपूर्ण त्योहार या फिर शादी-विवाह का अवसर हो, "भाई, यहाँ क्या चल रहा है?" तानी ने सामने से जल्दी-जल्दी जा रहे एक आदमी से पूछा।

"ताज ताकार की शादी है। बहुत धनी आदमी है। दस मिथुन कटकर गिरेंगे इस बार। बड़ा दिलदार आदमी है। सारे गाँववालों को काफी मीट मिलेगा। लेकिन अपने इस साथी का खास खयाल रखें। यह अजीब-सा दिखता है।

बिलकुल मेढक की तरह! देखना कहीं कुत्ते पीछे न पड़ जाएँ!" हर्ब की तरफ आँखों से इशारा करके कहते हुए वह आदमी हँसता, इठलाता हुआ चला गया।

तानी और हर्ब ने एक-दूसरे को देखा। हर्ब ने बुरा-सा मुँह बनाया। लेकिन फिर दोनों के चेहरे पर आशा की किरण दौड़ गई। दोनों एक-दूसरे के मनोभावों को बिना कहे ही समझ गए थे। अक्सर ऐसे ही अवसरों पर निरीह पशुओं को आदमी की मौज-मस्ती और अहं की भेंट चढ़ना पड़ता है। खैर, कुछ भी हो, यहीं से मिलेगा मिथुन।

लकड़ी और पत्थर से बना, बड़ा-सा घर था। दोनों ने उसे कुछ दूरी पर खड़े होकर देखा। दुल्हन लेने जाने के लिए दूल्हे के साथ कुछ लोग तैयार थे। शायद रवाना उन्हें कल पौ फटते ही होना था। आज सारी तैयारियाँ चल रही थीं। बाकी के लोगों को यहीं रहकर दुल्हनवालों के स्वागत की तैयारी करनी थी। घर के बाहर खूँटियों में दस मिथुन बँधे हुए थे। यह सारे-के-सारे एक साथ कटकर गिरेंगे। मेहमानों की अच्छी खातिरदारी आवश्यक है। उसके साथ पीने के लिए बढ़िया-से-बढ़िया दारू तैयार थी।

तानी ने एक योजना बनाई। दोनों मुर्तुअ—बुद्धअ नामक पहाड़ पर गए। यहीं उस नदी का स्रोत स्थान था। दोनों ने कुछ जंगली केलों के पत्तों और उसके मोटे तने को काटकर गिराया। फिर बिलकुल आदमी की तरह उसे बनाकर नदी के किनारे उस स्थान पर बिठाया, जहाँ सामने नीचे बहुत गहरी खाई थी। कोई गिर जाए तो उसके शरीर का एक भी अंग नहीं मिल सकता था। अन्त में मूर्ति के शरीर को उस लड़की के दिए कपड़े से ढक दिया। अब वह पीछे से बिलकुल किसी औरत की तरह दिखती थी—ध्यानमग्न।

दोनों ताज ताकार के घर गए। पहले तो लोग समझ नहीं पाए कि यह दोनों हैं कौन? दोनों का व्यवहार ही इस प्रकार का था कि लोगों ने सोचा—शायद दुल्हनवालों की ओर से आए हैं, इसलिए वे उन्हें ताज ताकार के पास ले गए। शुभचिन्तक लग रहे थे दोनों। शायद ताज ताकार को किसी अशुभ घटना से बचाने के लिए आए हैं।

हर्ब किसी पहुँचे हुए पुजारी की तरह लग रहा था। उसने अपने सिर पर पुजारी की तरह टोपी पहनी हुई थी, जो जंगली रस्सियों और चिड़ियों

के पंखों से बनी होती है। वह कहता कुछ नहीं था—मन्द-मन्द मुस्कान लिये, आँखों में अथाह गहराई लिये हुए था। चेहरा बड़ा शान्त था। उसके हावभाव देखकर किसी की हिम्मत ही नहीं हुई कि उसके रूप का मजाक उड़ाकर हँस सके; जबकि आज वह सचमुच ही अजीब लग रहा था। उसने मन-ही-मन सोचा, "पहले ही पुजारी बन जाता तो अपने ही शहर में कितने आराम से इज्जत के साथ रहा जा सकता था," उसने अपने ही लिए बुरा-सा मुँह बनाया।

घर के अन्दर कई सूखे मीट टोकरियों और थैलियों में रखे हुए थे। ताज ताकार ने अपने शरीर को खूब सजाया हुआ था। गले में नीले, पीले रंग की माला। कमर में कमरबन्द। हाथों में बड़े-बड़े कंगन। कानों में मोटे-मोटे, गोल-गोल कर्णफूल; जिनमें जड़े थे नीले और लाल रंग के सुन्दर बीड्स। लम्बे बालों को सिर के ऊपरी हिस्से में करीने से बाँधा हुआ था। उसने श्वेत वस्त्र पहना हुआ था। पतले-पतले पाँव के दोनों घुटनों पर काले धागे बँधे हुए थे। पतला-दुबला, लम्बा, गोरा-सा जवान लड़का था वह। लेकिन उसे किसी भी तरह सुन्दर और आकर्षक नहीं कहा जा सकता था। चेहरा कुछ पिचका हुआ, ऊपर के दो दाँत बाहर को निकले हुए। होंठ बन्द ही नहीं होते थे। आँखें सामान्य से भी अधिक छोटी थीं। उसकी आँखों को देख तानी और हर्ब को भाई न्यीकुंग का खयाल आ गया।

ताज ताकार ने अपनी बुद्धि और लगन से इतना सारा धन कमाया था। इतने मिथुन इस इलाके में किसी के भी पास नहीं थे, जितने उसके पास। अनाथ था वह। कोई खास करीबी रिश्तेदार नहीं था उसका।

सब लोग आग के चारों ओर बैठ गए। वे कभी तानी को देखते, तो कभी हर्ब को देख रहे थे। सब प्रतीक्षा में थे कि इन दो महत्त्वपूर्ण व्यक्तियों के श्री मुँह से कब कोई बोल फूट निकलेंगे। ताज ताकार ने इशारे से सामने खड़ी औरत से मेहमानों के सामने दारू और मीट रख देने को कहा। तुरन्त सब हाजिर हो गया।

"सुनो ताकार, यह कोई मजाक नहीं है। दस मिथुन मरनेवाले हैं एक साथ," तानी ने बहुत ही गम्भीरता से कहा।

"यह तो सभी लोग करते हैं, अपनी-अपनी हैसियत के अनुसार। यह कोई नई बात थोड़े है।"

"हाँ, लेकिन अब पुजारी जी ने अपनी शक्ति से तुम्हारे भविष्य को देखा है। मरनेवाले जानवरों की आत्माएँ इस बार तुम्हें छोड़ेंगी नहीं। दुल्हन के आते ही तुम दोनों पति-पत्नी की मौत निश्चित है। इसलिए हमें दुल्हनवालों ने भेजा है तुम्हारी सहायता के लिए," तानी ने बहुत ही चिन्तित स्वर में कहा।

सारे लोग सहम गए। हर्ब ने अपना सिर हलके से हिलाकर तानी का समर्थन किया। उसे देखकर लोगों के तो होश ही उड़ गए। ताकार के तो होंठ ही सिल गए। क्या उसके जीवन में किसी के भी साथ बँधना नहीं लिखा है? सूर्य-चन्द्र इतने नाराज क्यों हैं उससे?

"ठीक है, लेकिन अब क्या करना होगा? मुझे तो उस तरह के नियमों की खास जानकारी नहीं है। आप ही सुझाइए कुछ उपाय," ताज ताकार ने चिन्तित स्वर में आग्रह किया।

"मैं ठीक कर दूँगा। मैं सब कुछ कर सकता हूँ! लेकिन आत्मा...हाँ, जरा वह टेढ़ी खीर है। लेकिन देखो, मेरी उनसे बातें होती ही रहती हैं," सामने बैठे एक आदमी ने अपने मुँह को टेढ़ा-मेढ़ा करते हुए कहा। वह नशे में था।

किसी ने भी उसकी बातों को महत्त्व नहीं दिया—तानी और हर्ब के सिवाय। दोनों ने आश्चर्यचकित होकर एक-दूसरे को देखा। यह आदमी तो सारी योजना ही बिगाड़ देगा। नशे में आदमी उसको कह देता है जिसे होश में कभी कहना ही नहीं चाहता। नहीं, नहीं, यह नहीं हो सकता चाहे कुछ भी हो।

"भूतों से तेरी दोस्ती है?" हर्ब ने उसकी तरफ अजीब-सा मुँह बनाते हुए कहा।

"मेरी पत्नी भूतनी थी। बन्दर थी, पक्का बन्दर! खुजला-खुजलाकर चली गई उन्हीं के लोक में" और फिर वह हुआँ-हुआँ करके रोने लगा।

किसी ने उसे श्शश...करके चुप कराने की कोशिश की, लेकिन वह फिर भी चुप नहीं हुआ। हाँ, लेकिन उसके रोने की आवाज धीमी हो गई—क्योंकि उसको भी आगे की बातें सुननी थीं।

"अब हमें क्या करना होगा?" ताकार की ओर से गाँव के पुजारी ने कहा।

"अरे, यह जो आदमी है न, ताज ताकार! यह मेरा अपना आदमी है। रिश्तेदार। हाँ, अपना आदमी है। इसके पास बहुत सारे मिथुन हैं, लेकिन इसने मुझे कभी कोई मिथुन नहीं दिया प्यार से हुँह!" उस शराबी ने जोर से

चिल्लाकर फिर कहा। कुछ लोग उसे चुप कराने की कोशिश कर रहे थे, लेकिन वह मान नहीं रहा था।

"मिथुन नहीं दिया। दारू, मीट और भोजन तो दिया न! इस वक्त किसकी दारू पीकर नशे में हो?" एक आदमी ने गुस्से से कहा।

"देख लूँगा तुझे कभी हुँह!" उस शराबी ने उसकी तरफ अपना हाथ लहराकर कहा।

"अरे, चुप हो जाओ," पुजारी की बेटी ने जोर से अपनी तीखी आवाज में चिल्लाकर कहा—जो बहुत देर से वहीं पीछे खड़ी थी। सब चुप हो गए। उसकी आवाज सीधे कानों को चीरती हुई सिर को भी टुकड़ों में बाँट देने की काबिलियत रखती थी।

"औरतों का चिल्लाना कभी-कभी बेहद काम आता है," एक आदमी ने मन-ही-मन सोचा।

"हमें क्या करना होगा?" पुजारी जी ने फिर से अपना प्रश्न दोहराया।

"हम जो-जो आपको बताएँगे वही करना है बस," हर्ब ने शान्तचित्त होकर अपने दोनों हाथों को धीरे-धीरे हिलाते हुए कहा।

"जल्दी बताओ, जल्दी बताओ," सामने बैठे एक आदमी ने कहा।

"यह मेरा अपना आदमी है। क्या नहीं है इसके पास। एक मिथुन दे दो उस आत्मा को," फिर से उस शराबी ने बीच में कहा। तानी और हर्ब का ध्यान बार-बार टूट रहा था उसके कारण।

"अरे भाई, कोई इसे बाहर ले जाए! बहुत महत्त्वपूर्ण बातें कर रहे हैं हम लोग," तानी ने कुछ चिढ़ते हुए कहा।

बगल में बैठे हर्ब ने तानी के पिछवाड़े में अपना नाखून गड़ाया। कुछ भी गड़बड़ी हो सकती थी। संयम जरूरी था।

"आप इस पर ध्यान न दें। अपनी बात जारी रखें। यह आदमी ऐसा ही है। बाहर ले जाओ तो फिर से यह वापस आ जाएगा। हंगामा शुरू कर देगा," ताज ताकार ने आग्रहपूर्वक कहा।

"ऐसा है—मेरी माँ मूर्तअ-बुद्धअ पहाड़ पर कई सालों से मौन साध रही है। जिमी आन्ने और जमा आबू (महाशून्य) के गर्भ से अनन्त ज्ञान निरन्तर बह रहा है। उसे वह देखती रहती है। बहुत पहुँची हुई है। सब कुछ जानती है। अप्रत्यक्ष आत्माओं से सीधे-सीधे सम्पर्क करती है। उन्हीं की मदद लेनी होगी

हमें। आप किसी ऐसे व्यक्ति को भेजकर उनसे इसका हल पूछ लें, जो थोड़ा मूर्ख किस्म का हो," तानी ने उस शराबी की तरफ इशारा करते हुए बहुत ही गम्भीरता से कहा।

कुछ लोगों ने सन्देह के भाव से अपना-अपना मुँह बिचकाया। कुछ लोगों की आँखें आश्चर्य से बाहर मानो आने को तैयार थीं। कुछ लोगों ने दाँतों तले उँगली दबा ली। कुछ देर तक वहाँ चुप्पी छा गई। इन दो लोगों के पास ही कोई हल नहीं है। किसी और की मदद लेनी पड़ेगी? वह भी इस शराबी, लालची और मूर्ख आदमी द्वारा? ताज ताकार ने अपने गाँव के पुजारी की तरफ देखा। पुजारी जी भी कुछ असमंजस में लग रहे थे। यह कुछ अजीब-सी बात थी। ऐसी कौन सी नई आत्मा पैदा हो गई जो उसके संज्ञान में नहीं है? पुरखों से वह उन आत्माओं का नाम लेकर मंत्रोच्चारण करते रहे हैं जिनके बारे में युगों से प्रत्येक पुजारी कहते रहे हैं। और मूर्ख आदमी ही क्यों जाए? उसी की क्यों जरूरत है? लेकिन क्या पता वे सही कह रहे हों। बात न मानने पर हो सकता है कुछ अनर्थ हो जाए। एक बार मानकर देखने में क्या हर्ज है। वैसे भी एक पुजारी दूसरे पुजारी के प्रति लोगों में सन्देह उत्पन्न करवाकर अपने लिए भी कोई मुसीबत नहीं मोल लेना चाहते। इस राह में सँभलकर चलना पड़ता है।

"ठीक है हम इसी को भेजते हैं—अभी इसी वक्त," ताज ताकार ने उस शराबी की तरफ देखकर कहा।

शराबी पहले तो थोड़ा सकपकाया, लेकिन फिर खुशी से उछल पड़ा।

"हाँ, ठीक है, ठीक है, मैं ही जाता हूँ। लेकिन उसके बदले एक मिथुन देना होगा मुझे। जिन्दगी-भर का सपना है। अपना भी कम-से-कम एक मिथुन तो हो," उसने अपने सिर को दाएँ-बाएँ हिलाते हुए ताव से कहा।

"ठीक है। लेकिन अच्छी तरह काम निपटाना होगा," ताज ताकार ने कहा।

शराबी ने अपने पूरे शरीर को हाँ में हिलाया। अब उसकी आँखों में जिम्मेदारी उतर आई। एक मिथुन का मालिक बनने जा रहा था वह आखिर।

"माँ को पुकारकर उनके ध्यान को भंग नहीं करना है। तुम्हें उन्हें एक पतले डंडे से हलके-हलके हिलाकर उन्हें जगाना है। फिर वह धीरे-धीरे अपनी आँखें खोलेंगी। तब अपनी बातें बताना," हर्ब ने कहा। शराबी ने गम्भीरता से सिर हिलाया।

तानी ने उसे अच्छी तरह फिर से समझाया और ठीक स्थान का पता बताया। लोग चिन्तित थे कि वह कोई-न-कोई गड़बड़ जरूर करेगा। किसी को भी उसके साथ जाने की इजाजत नहीं थी। तानी और हर्ब मन-ही-मन प्रसन्न हो रहे थे कि सही समय और सही स्थान पर वह मूर्ख मिल गया है।

कभी-कभी मनचाही कामनाएँ चुटकी में पूर्ण हो जाती हैं।

गिरता, पड़ता, लहराता, गाता वह शराबी मूर्तअ-बुद्धअ पहाड़ की ओर बढ़ने लगा। उसके नंगे पैरों में, हाथों में, उँगलियों में, कानों में—जहाँ-तहाँ बड़े, छोटे, लम्बे—कई तरह के अनेकों जोंक चिपकते जाते थे। जी भरकर खून चूसा और मोटे-तगड़े होकर उसके बदन से अपने-आप गिरते जाते थे। नशे में था—खास परेशानी नहीं हुई उसे। जाते वक्त उसने पूरा एक बाँस के बोतल में दारू गटगट करके पी गया था। उसको भेजना जरूरी था। लोग खुश थे मन-ही-मन कि वे सारे लोग मूर्ख नहीं हैं। लोगों ने उसे खूब पिला दी। जैसे-जैसे वह पहाड़ पर चढ़ता जाता था—पसीने के साथ नशा कुछ कम होता जाता था।

कुछ समय चलने के बाद उसने देखा—कोई बैठा है वहाँ। उसने अपने हाथ में एक लम्बा-सा डंडा उठाया और उसकी तरफ धीरे-धीरे बढ़ता गया। नजदीक पहुँचकर उसने एक बार हौले से पुकारा—माँ, माँ! पर कोई जवाब नहीं मिला। उसे याद आया कि उसे पुकारना नहीं, हिलाना था डंडे से। उसने एक बार उसे पीछे से धीरे से हिलाया—वह नहीं जागी। दूसरी बार भी हिलाया। तीसरी बार, चौथी बार भी हिलाया। और फिर पाँचवीं बार तो उसे कुछ गुस्सा-सा आने लगा। भला यह भी कोई बात है? उसने जोर से हिलाया। और माताजी खाई में गिर गई।

वह पानी में डूबती-उतराती हुई बहकर जा रही थी। कुछ देर बाद दिखना ही बन्द हो गया। यह क्या किया? अब क्या होगा? मिथुन भी गया हाथ से। सपना फिर से टूट गया। सारा नशा उतर गया। डर के मारे थर-थर काँपने लगा। माथे से पसीना बहने लगा। किसी की माँ को उसने मार डाला था! वह हत्यारा हो गया। ऐसे कैसे हो गया? यकीन नहीं आता। उस मूर्ख औरत को ऐसे खतरनाक स्थान पर ही बैठने की क्या जरूरत थी? यह पीना कितना हानिकारक है।

पहली बार वह इतने होश में था कि मानो सदियों के बाद जागा हो। उस दिन उसने जंगल में जोर-जोर से रोकर जंगल का जो हाल किया—वह शायद जंगल देवता कभी नहीं भूलेगा। सारा जंगल ही घबरा गया था। आसपास के जानवर इधर-उधर गिरते-पड़ते भागने लगे थे। पेड़ों से पंछी घबराकर उड़ गए थे। वह दहाड़े मार-मारकर रो रहा था।

रोते-रोते जब थक गया, तब वह भारी कदमों से गाँव लौट आया। लोग साँस रोके उसका इन्तजार कर रहे थे। उसको आते देख हलचल मच गई। लोग दौड़-दौड़ उससे बहुत कुछ पूछ रहे थे। यह पहली बार था—जब उसने किसी को भी कुछ भी जवाब नहीं दिया था। सीधा घर के अन्दर प्रवेश हो गया। लोग बहुत हैरान थे।

वह तानी की बगल में बैठ गया। उसके कन्धे पर सिर रखकर ऐसा चिल्लाकर रोया कि सब घबरा गए। रो-रोकर उसने सब कुछ बता दिया। मन-ही-मन तानी और हर्ब की खुशी का ठिकाना न रहा। ठीक योजना के मुताबिक सब कुछ चल रहा था। माता सूर्य भी कभी-कभी ऐसी मेहरबान हो जाती हैं किसी पर कि यकीन ही नहीं होता। लेकिन अपनी प्रसन्नता को छिपाए रखना बेहद जरूरी था।

"ताज ताकार, यह तुम्हारा रिश्तेदार है। गाँववाला है। इसने मेरी माँ की हत्या कर दी? अब मुझे दस के दस मिथुन चाहिए बदले में। नहीं मानोगे तो ऐसी की तैसी कर दूँगा," तानी बहुत क्रोध में था।

"मैं पुजारी हर्ब पाँगिन, प्रतिज्ञा करता हूँ कि तानी की बात नहीं मानने पर मैं अपनी शक्ति से इस सारे गाँव का नाश कर दूँगा," हर्ब ने अपने ही कन्धे पर थपकियाँ देते हुए कहा।

एक आदमी बहुत हैरान हुआ। उसने पहली बार किसी पाँगिन उपनाम को सुना था। यहाँ तो लोगों का नाम होता है, पाँगिन। खैर अपने को क्या है। उसने कन्धे उचकाकर सोचना छोड़ दिया।

"शान्त हो जाइए! सारी शर्तें मान लूँगा, लेकिन कुछ समय दीजिए। कल हमें दुल्हन लेने जाना है। इन सारे मिथुन को काटकर उन्हें खिलाना है। इसके बाद मैं आपकी सारी माँगें पूरी करूँगा," ताज ताकार ने तानी के पाँव पड़ते हुए कहा।

"नहीं, अभी इसी वक्त चाहिए मुझे! लेकिन आप पर दया करता हूँ। दो मिथुन छोड़ देता हूँ ताकि मेहमानों को खिला सके। आठ ले जाऊँगा मैं अभी,

इसी वक्त। वरना मेरा पुजारी तैयार है आप सभी का नाश करने को," तानी ने दृढ़ता से कहा। हर्ब भी काफी गुस्से में था।

कुछ भी कहो, सभी को पुजारी से डर तो लगता ही है। पता नहीं क्या कुछ ऐसा कर दे कि जिन्दगी बरबाद हो जाए। कोई चारा नहीं रहा। आठ मिथुन देने ही पड़े। इधर कुआँ था, उधर खाई थी। जान बचे लाखों पाए। बुद्धिमान लोग अपनी जान की परवाह करते हैं। धन तो आनी-जानी है। जिन्दगी रही तो इससे भी अधिक धन कमाया जा सकता है। लड़कीवालों से कुछ दिनों की मोहलत माँगकर विवाह के बाद भी भोज का आयोजन किया जा सकता है। वैसे भी इन सन्देशवाहकों को उन्हीं ने भेजा है। इन्हें नाराज करना सही नहीं होगा। हो सकता है, बात न मानने पर वे अपनी लड़की हमें देने से ही इनकार कर दें। महत्त्वपूर्ण लोग लगते हैं यह दोनों। अवश्य सम्मानीय लोग होंगे। वैसे भी मिथुन तो लड़कीवालों के यहाँ ही तो जा रहे हैं। बस एक ही दुख है कि अब ये सारे मिथुन गिनती में नहीं आएँगे। लड़केवालों ने दिए हैं—ऐसा नहीं माना जाएगा। भारी मन से ताज ताकार ने तानी को आठ मिथुन दे दिए। वे उन्हें जाते हुए देख रहे थे।

अन्त में तानी और हर्ब उन मिथुनों को लेकर चलने लगे। हर्ब ने कहा, "क्या तुम्हें लगता है, इससे सब कुछ हल हो जाएगा? तापिक बड़ा ही धूर्त आदमी है, यह जान लो।" तानी ने कुछ देर तक मौन रहने के बाद कहा, "वह मासूम कम-से-कम खतरे से तो दूर रहेगी। मेरा क्या है! उस धूर्त और अहंकारी आदमी के मान-अपमान से मेरा क्या लेना-देना? मुझे तो धान के बीज लेकर जितनी जल्दी हो सके वहाँ से निकल जाना है।"

इसके बाद दूर जंगल में जाकर दोनों ने छह मिथुनों को आजाद कर दिया।

दो मिथुनों को लेकर लम्बी यात्रा से थके-हारे, दोनों हर्ब सिन्यी में पहुँचे। झील इस वक्त भी कितनी शान्त थी। उसके चारों ओर वही नीरवता का गान था। संसार के कोलाहल से दूर। लेकिन तानी का मन शान्त नहीं है। वह इसके शान्तिमय जल को एक आह भरकर देख सकता है—लेकिन उसकी तरह होना नामुमकिन-सा था। क्या यह मन थककर इस झील की तरह ठहर पाएगा कभी? कुछ करने में भी, न कुछ करने का-सा विश्राम

मिल पाएगा? सीने में एक भारीपन-सा है। किसी को धोखा देकर, लुटेरे बनकर लौटा था वह।

इन सबके बावजूद एक खास बात थी उसमें—जो सभी में नहीं होती—बार-बार जीवन के प्रति श्रद्धा और प्रेम से भर जाना।

पिछली बार जब तानी यहाँ आया था तब एक पेड़ को काटकर गिराया था—झोंपड़ी बनाने के वास्ते। अब उसके निचले हिस्से में फिर से उग आए तने लम्बे वृक्ष बन चुके थे। ओह, वक्त कितना बीत गया। जीवन के कुछ हिस्से और कट गए—अपनों के बिना। बच्चे कितने बड़े हो गए होंगे। माँ को पुकारते होंगे। और पिता? पिता अनन्त यात्रा में अब भी लगे हुए हैं।

तानी विचारों में मग्न था कि कीपुंग ने उसकी तन्द्रा तोड़ दी। वह आ गया था। हाँ, वह कब से यहीं पर आकर उसका इन्तजार कर रहा था। सिमांग के घर गया—तानी नहीं मिला। हर जगह ढूँढ़ा—पर कहीं नहीं मिला। फिर वह यहीं वापस आकर उसकी गन्ध लेने लगा था—ताकि उसके बाद आगे निकल सके। तलाश सके अपने परम मित्र को।

तानी उससे लिपट गया। दो शरीर—एक ही जान थे दोनों। इतना लम्बा समय कभी भी वे एक-दूसरे से अलग नहीं रहे थे। अबकी यात्रा कई मौत मरने के बराबर थी। दर्द के नए-नए रूप मिलते गए थे। तानी ने कीपुंग की आँखों में गहरे झाँका—उनमें अथाह वेदना थी। तानी सहम गया। कुछ तो हुआ है—जो नहीं होना चाहिए। उसने देखा, कीपुंग के गले में लाल रंग का एक मोटा-सा धागा बँधा हुआ है। उसने उसको उतारा। उसमें किसी ने अपने हाथों से सुन्दर कलाकृति की हुई थी—बेनी की हुई जुल्फों-सा। तानी ने उसे पहले तो दोनों आँखों से लगाया, और फिर बार-बार चूमकर सीने से लगा लिया। किसी की महक थी उसमें। सूखे फूलों में भी दीवाने खुशबू ढूँढ़ लिया करते हैं। कैसे भूल सकता है वह इसे? "हाँ, मेरी प्यारी! मुझे माफ कर देना। मैं न तो प्रेमी बन सका, न पति, और न ही पिता! मैं तुम्हारे काबिल नहीं हूँ। तानी से प्रेम करना दुखों को आमंत्रित करना है। मैं न तो ठहर सकता हूँ, और न ही प्रेम निभा सकता हूँ। आवारा-सा अभागा हूँ," तानी रोने लगा।

हर्ब इधर से उधर दौड़-दौड़कर अपने उस स्वर्ग का मुआयना करने लगा—मानो उसके बिना कुछ अशुभ तो नहीं घट गया किसी के साथ? कई सालों बाद किसी को खो देने के भय को उसने अनुभव किया उस दिन। ऐसा

कौन था उसका, जिसे खोकर वह मरे के समान हो जाता? पता नहीं—लेकिन कुछ 'है'-सा तो हुआ। नहीं तो भय क्यों होता?

तापिक

सारा कमरा बिखरा पड़ा है। पहले की तरह कुछ भी नहीं रहा। न कोई फूल सजा है, न कोई रंग मुस्करा रहा है और न ही कोई आभूषण आकर्षित करता है। सारे-के-सारे कीमती बीड्स मकई के दानों से बिखरे पड़े हैं। उसने सारा तोड़-ताड़ दिया है। कोई उन्हें समेटकर रख देता है तो वह फिर से उन्हें तोड़ देती है। जुड़ता हुआ कुछ भी अब शायद देखना नहीं चाहती। पति बीच-बीच में आता है, मनाता है, लेकिन वह खतरनाक ढंग से अब खामोश है। उसके शरीर के हर एक अंग को चूमकर देखा। उसे उत्तेजित करने की कोशिशें की—लेकिन वह बर्फ की तरह जस-की-तस पड़ी रही। ना-नुकर नहीं करती, न ही कुछ माँगती है। उसने तो अपने शरीर को इस तरह छोड़ दिया था जैसे यह उसका नहीं, किसी और का है—वह आदमी चाहे तो कुछ भी कर सकता है। उसके पास इनकार का भी अधिकार नहीं है। लेकिन मृत शरीरों से खेला नहीं जाता। उसका बलात्कार भी तो नहीं होता ऐसे में। एक बार तो वह मनाते-मनाते थक गया और उसका हाथ उठ ही गया उस पर। उसके बाल खींचकर उसे अपने करीब लाया और फिर उसे नीचे बेदर्दी से गिरा दिया। फिर भी वह चुप थी। उसने आह तक नहीं की। वह जानती थी—यही कर सकता है आखिर में एक बेबस मर्द।

क्या चाहिए उसे? ऐसा क्या है जिसे पाकर वह पहले की तरह हो जाए? पहले की तरह? यह क्या चीज होती है? पहले वह थी ही कहाँ, जो फिर से वैसे हो जाए? बस एक बात नहीं बदली है। पहले की तरह ही है। बचपन से उसकी आदत रही है—रोते-रोते भी भोजन करना। माँ कहती थी, "कुछ भी हो जाए इस शरीर को भूखा नहीं रखना चाहिए। शरीर को पता ही नहीं हमारे

दुख-सुख के बारे में। यह सिर्फ खाना और मरना जानता है। इसकी तो अपनी ही अलग दुनिया है।"

उसे भूख लगती है अब भी। खूब दबाकर खाती है। ऐसा लगता है अब उसे किसी चीज की चिन्ता ही नहीं है। खाओ और खामोश पड़ी रहो। अब रोना भी अच्छा नहीं लगता उसे।

एक रात बड़ी पत्नी उसके कमरे में दाखिल हुई। वह बहुत ही चिन्तित लग रही थी। उसके हाथ में वही आभूषण थे, जिसे सिमांग ने बहुत पहले ही उन्हें सौंप दिया था। वह मुस्कराती उसकी बगल में बैठ गई। बहुत ही स्नेहमयी प्रतीत हो रही थी। अपना मतलब निकालना हो तो आमतौर पर आदमी स्नेहमयी ही होने लगता है।

"यह तुम्हारी चीज है। तुम्हारी माँ की दी हुई। इन्हें अपने पास रखो। मुझसे अब सँभाला नहीं जाता।"

"लेकिन आप ही ने तो कहा था कि इन पर आपका ही हक है। आपने मुझे खरीदा है अपने पति के लिए। मैं खुद भी अपनी नहीं हूँ। यह सारे आपके हैं। कहिए और क्या सेवा कर सकती हूँ?"

"चलो, नफरत ही सही। कम-से-कम कुछ तो बोला इतने दिनों बाद।"

"बेटा कहता है, आप उसका बहुत खयाल रखती हैं। शुक्रिया!"

"वह हमारे वंश का रक्षक है। हमारा गौरव। मेरे पति का रक्त दौड़ता है उसके रगों में! खयाल कैसे नहीं रखती।"

"और बेटी? उसके रगों में भी आपके पति का खून दौड़ता है। उसका क्या?"

"हाँ, उसका भी खयाल रखती हूँ। लेकिन पुत्रों की बात ही अलग होती है। है न?" उसने कुछ इस तरह से कहा, मानो सिमांग ने कोई विचित्र बात कह दी हो।

"बोलिए मेरे लायक क्या काम है आपको?" सिमांग ने बाहर की तरफ देखते हुए कहा।

"कुछ दिनों से देख रही हूँ। तापिक कुछ उदास-सा है। मुझसे भी ठीक से बात नहीं करता। कुछ ऐसा जिसे वह खोने जा रहा हो। तुमसे तो वह झगड़ा ही करता रहा है, लेकिन अब कुछ भयभीत-सा है। कुछ अलग-सा है। मैं चाहती हूँ वह हमेशा पहले की तरह ही रहे। हो सकता है, तुम्हें खोने का डर सता रहा हो उसे।"

"मैं तो यहीं हूँ। शायद पहली बार कोई मिला है उनको। उनसे भी शक्तिशाली—हर तरह से। इसलिए भयभीत है। वरना ऐसा मुझमें क्या है जिसे खो देने का डर किसी को हो?" सिमांग ने उसकी तरफ बिना देखे ही कहा।

"तुम्हें क्या लगता है? मर्द कभी प्रेम में नहीं पड़ता?"

"प्रेम में पड़ना क्या होता है?" सिमांग ने उसकी तरफ गहरी दृष्टि डालते हुए कहा।

वह कुछ जवाब नहीं दे पाई। कुछ देर तक दोनों खामोश यूँ ही बैठी रहीं। उसने आभूषण को वहीं सिमांग के बगल में रख दिया, और फिर चुपचाप वहाँ से निकल गई। कुछ हारी हुई-सी लग रही थी वह। पहली बार उसने खुद को भी थकी हुई-सी महसूस की। प्रेम में पड़ना क्या होता है? यह प्रश्न इतना अजनबी-सा क्यों है? जब से होश सँभाला है, तब से पता चला कि वह तो माँ के गर्भ से ही विवाहित थी। यह आम-सी बात थी। सब कुछ तय किया जाता था। कुछ भी तो ऐसा नहीं होने दिया जाता था जो बिना किसी योजना के हो।

रिवाजें हमारी पहचान मानी गई हैं। कोई भी खुद से मिलने न पाए—इसका खयाल रखा जाता है। कई पहाड़ उठाए जाते हैं। लेकिन यह काफी नहीं है। कुछ लोग पैदा हो ही जाते हैं इन्हीं पहाड़ों को तोड़ने के लिए।

तानी ने दो मिथुन तापिक को सौंप दिए हैं। उसने तापिक से कहा है, "इसे सिमांग के बच्चों के लिए पालना। बच्चे जब बड़े हो जाएँ तो उनसे कहना कि वे इन पशुओं को खूब प्रेम करें।"

दो दिन बाद तानी वापस अपने घर—तानी मोमेन—जानेवाले हैं। धान के अच्छे-से-अच्छे किस्म के बीज उन्हें सौंप दिए गए हैं। खूब आदर-सत्कार किया गया है। बहुत लोग इसके साक्षी रहे हैं।

एक बार फिर से महफिल सजी थी। दोस्ती का ऐलान करना था। सिमांग वहाँ शामिल नहीं हुई। तानी की आँखें सारे वक्त उसी को तलाशती रहीं। हर्ब ने तानी को पहचान लिया। उसने देखा—उस भीड़ में, कहीं कोने में कोई दिल रो रहा था अकेला। वह खामोश ही रहा—लेकिन तानी के साथ साये की तरह लगा रहा।

इधर सिमांग अपने कमरे में है। कितने दिन हो गए जंगल भी नहीं गई। उसका मन आज बहुत ही अस्थिर-सा है। बहुत बेचैन। वह सोचती है—"ऐसा तो हो ही नहीं सकता कि एक अहंकारी आदमी किसी को इतनी आसानी से जाने

दे। असम्भव। वह खुद जल सकता है, तड़प सकता है—लेकिन किसी को यूँ ही बख्श कर नहीं जाने देगा। एक बार मिलना ही चाहिए उसे तानी से। उसकी जान बचाना ही होगा किसी भी हाल में। मर जाऊँगी, लेकिन अब तानी के साथ कुछ नहीं होना चाहिए। कुछ अनर्थ हो गया तो मैं खुद को कभी क्षमा नहीं कर पाऊँगी। क्या किया जाए? एक बार हर्ब ने कहा था कि खुद को चुनौती देकर देखो। ऐसा कुछ करके देखो जिससे पता चल जाए कि कौन बचाता है? मरना तो वैसे भी एक दिन होना ही है। तो क्यों न उस तरह मरा जाए जिस तरह मैं चाहती हूँ; लड़ती हुई...युद्धक्षेत्र में। मृत्यु तो स्वतंत्र है। उसको जब आना होगा तब कोई नहीं रोक सकता। लेकिन कम-से-कम उसके आगोश में जाने के लिए मुझमें भी कोई तड़प तो पैदा हो। उसके लिए उसका सामना तो करना ही होगा। यहाँ रोज मर ही तो रही हूँ। अब जरा जीकर भी देख लिया जाए। मिट जाना है—

स्वप्न तो मिटे
देख तो ले
नृत्य अस्तित्व का
सुन तो ले
धड़कनों में बजते संगीत को
कौन है इन घनघोर रातों में?
आँधियों में?
बिजलियों में?
सिसकियों में?
धूप में?
कौन थकता है
हौसलों से पस्त इन पैरों में?

मैं क्या कर रही हूँ यहाँ? कौन हूँ मैं? ये सारे प्रश्न खतरों भरे रास्तों में चलने के लिए उसे तैयार कर रहे थे।

शाम हो गई। सिमांग जाती है पति के कमरे में। बड़ी पत्नी उनके बगल में बैठी है। उसे आती देख वह बाहर निकल जाती है। तापिक खड़ा हो गया। सिमांग ने ध्यान नहीं दिया। उसका पति पहली बार उसके आने पर खड़ा हुआ था।

"बोलो, मेरी प्यारी। कुछ भी माँगो।"

"सोच लो।"

"सोच लिया।"

"मेरे बच्चों के पिता हो आप। आपको किसी भी तरह दुख पहुँचाना नहीं चाहती—लेकिन एक बार लम्बी यात्रा पर निकलना चाहती हूँ मैं।"

"मैं साथ चलता हूँ।"

"इस शरीर की चौकीदारी करने? मैंने तो कभी नहीं की आपकी।"

"बहुत समझदार होती जा रही हो। बहुत चुभनेवाली बातें करने लगी हो आजकल!"

"अब सब कुछ बरबाद होते देखना चाहती हूँ। देखती हूँ कि क्या बचता है मेरे पास? कौन ठहरता है मेरे साथ?"

"ऐसा क्या करूँ कि तुम मुझे क्षमा कर दो?"

"तानी की जान को कोई खतरा नहीं होना चाहिए। मैं उसके साथ तानी मोमेन जाना चाहती हूँ। बच्चों से सब कह दिया है मैंने। वे भी राजी हैं। मेरे वापस आने तक उनका खयाल रखना।"

"प्रेम हो गया उससे?"

"प्रेम होना किसे कहते हैं?" कुछ देर मौन रहती है, फिर बरबस आँसू को रोकते हुए आगे कहती है, "धान के बीज कैसे बोते हैं, और उसको कैसे, कहाँ और कब रोपते हैं—वह सिखाकर वापस आ जाऊँगी।"

दोनों के बीच चुप्पी छा गई। तापिक ने इस बात की कल्पना भी कभी नहीं की थी।

"मैं अपने दास-दासियों को भेज दूँगा उसकी मदद के लिए। मत जाओ मुझे छोड़कर सिमांग," तापिक ने मौन तोड़ते हुए कहा और रोने लगा।

"जाना ही होगा किसी भी हाल में। आप पर भरोसा नहीं कर सकती मैं।"

"अबकी बार भरोसा करके देखो।"

"मुझे जाना है।" उसने उसकी बात काटते हुए तुरन्त कहा।

पति कुछ झेंप-सा गया। लग रहा था जैसे इस स्त्री को वह जानता ही नहीं है। यह कोई और ही है। यह उसकी पत्नी नहीं है। इस स्त्री की अपनी एकान्तता भी है, जिसे पति नामक जीव लाँघ नहीं सकता।

"लोग क्या कहेंगे? क्या होगा पूरे खानदान की इज्जत का?"

"मारो मुझे! इस चरित्रहीन औरत को जीने का हक नहीं है। मार डालो मुझे! कौन है यह खानदान आखिर? इस देह को ही खतम कर दो मेरे मालिक!"

सिर झुका दिया उसने, ताकि मालिक अपने तेज धारवाले दाव से उसका सिर धड़ से अलग कर सके।

"ओह, कैसे समझाऊँ तुझे!" बहुत ही बेबसी थी तापिक की आवाज में अब। सारी ताकत खतम होती हुई लग रही थी।

"मारो मुझे!"

"तुम चरित्रहीन नहीं हो सिमांग," तापिक तड़प गया। उसने सिमांग को गले से लगाने की कोशिश की।

"पर आपने उसी के लिए सजा दे दी है मुझे। अब मैं अपना सारा चरित्र ही खतम कर लूँगी। मेरा कोई चरित्र नहीं होगा। मैं चरित्रहीन ही रहूँगी। बोलो, बोलो—तब किस चरित्र की आड़ में तुम मुझको सताओगे? मुझ पर चिपकाई गई सारी पहचान ही मिटा दूँगी मैं! गिरकर, हाँ गिरकर देखती हूँ मैं। मुझ पर कृपा करो। मुझे रोको मत।" उसने पति से अपने को अलग करते हुए कहा।

"कितनी बार कहूँ कि मुझसे गलती हो गई है?"

"आपकी गलती अब आप ही जानो। मैं तो अपने-आपको क्षमा करना चाहती हूँ कि इतने सालों मैंने खुद को अन्धकार में क्यों रखा। खुद को बहुत ही सताया मैंने! अगर मैं इस बार नहीं गई, तो आपको भी कभी क्षमा नहीं कर पाऊँगी!"

"क्या मैं इतना घृणित हो गया हूँ?"

"आप मेरे साथ क्यों जीना चाहते हो? पति हो इसलिए? पति कौन होता है? क्या है वह आखिर? कौन सी मजबूरी है मुझे न छोड़ने का? कौन से नफे-नुकसान से डरते हो? मैं बहुत तड़पी हूँ आपके लिए। अब...जाना है...जाना है मुझे...," वह चिल्ला रही थी। पति हैरान था।

"मुझे डर लग रहा है सिमांग!"

"मैं वापस आ जाऊँगी।"

"अगर तुम्हें तानी से प्रेम हो गया तो?"

"तो आप अपने-आपको जाँच लेना। शुक्र करो कि हमने अब तक तानी को बताया नहीं है कि आपने उसके भाई को मरवा दिया है। उसे पता चल जाता

तो आपकी इज्जत धूल बनकर उड़ रही होती। लोगों की आँखों को नुकसान पहुँचा रही होती। लोग अपनी खिड़की-दरवाजे बन्द कर लेते ताकि आप अन्दर आ न सको। सूर्यपुत्र तानी अकेले ही हजारों को पछाड़ सकता है। आप क्या चीज हो? वह तो मेरी जान बचाने के लिए ही सब कुछ सह गया।"

"ठीक है, तुम्हें जो करना है करो, लेकिन याद रखना मैं तुम्हारा इन्तजार करूँगा...मरते दम तक! लेकिन तुम लौटकर आना जरूर। देखो तुम किसी गैर-मर्द की तारीफ कर रही हो, मैं फिर भी नाराज नहीं हूँ।"

"जाना तो होगा ही। आपका तो पता नहीं। खानदान की भी अब कोई खबर नहीं है। सब भूल गई हूँ मैं। आप मुझे जाने दोगे। नहीं तो भाग जाऊँगी। कैद करोगे फिर से, तो इस शरीर को खतम कर लूँगी—लेकिन जाऊँगी... मरकर भी। रोकने की कोशिश की तो मेरा मरा मुँह देखना! खून का एक-एक कतरा भी इस घर से बाहर ही जाएगा।"

सिमांग दौड़ती हुई कमरे से बाहर निकल गई। वह देखता रह गया। फूट-फूटकर रोया। खुद को भी यकीन नहीं हुआ कि उस जैसा आदमी भी किसी औरत के लिए रो सकता है। इतना बेबस हो सकता है। कौन सा रूप था यह औरत का। यह भागी नहीं, बताकर जा रही है। छुपकर नहीं, दिखाकर जा रही है।

भय के पार जा चुकी है। अब कोई नहीं रोक सकता उसे। औरत जब अपने पर आ जाती है, उसी वक्त कयामत आ जाती है। लोक-लाज, मान-अपमान, सुख-सुविधा सब पीछे रह जाए—तब कौन कैद कर सकता है उसे?

तापिक को अपना होश खोता हुआ-सा महसूस हुआ। सारा शरीर टूटता हुआ-सा लगा। यह दरो-दीवार, यह धन-दौलत कुछ एक पल के लिए कितना निरर्थक लग रहा था। सुख-सुविधाएँ इतनी ओछी-सी लग रही हैं अब।

तीसरे दिन जाने की तैयारी होने लगी। कई लोग आए। सिमांग के दोनों बच्चों ने तानी को एक-एक उपहार दिया। पुत्र ने अपने ही बनाए तीर और धनुष दिए। पुत्री ने एक श्वेत रंग का वस्त्र दिया। तानी ने उन्हें सीने से लगाकर स्नेह दिया। पुत्र ने कहा, "मेरी माँ आपकी बहुत तारीफ करती है। आप वह नहीं हो जैसा कहा गया था। मैं भी बड़ा होकर आपकी तरह ही अपना शरीर बलशाली और सुन्दर बनाऊँगा।" तानी का हृदय भीग गया। उसने कहा, "दिल को शरीर से

भी अधिक बलशाली बनाना। अपने से कमजोरों की रक्षा जरूर करना।" हाँ में दोनों बच्चों ने अपना सिर हिला दिया।

तापिक की दूसरी वाली बीवी भी तानी के पास आई और कहने लगी, "वह जिद्दी है, लेकिन बहुत ही अच्छी। तुम उसका खयाल रखना। उसने अपने सारे कपड़े भी मुझे दे दिए। बहुत ही खुश है वह। पता नहीं क्या पा लिया है उसने? मुझसे कहती है—'सिर उठाकर बात किया करो!' हाँ, यही कहा था उसने।" तानी ने कहा, "लेकिन आप तो अभी भी सिर झुकाए ही बात कर रही हैं। भला यह भी कोई बात हुई? मुझसे आँख मिलाकर बात करो!" "धत्, मुझे बहुत शर्म आती है।" फिर वह शरमाकर ऐसे भाग गई मानो नई-नवेली दुल्हन हो।

तानी ने सिमांग को बहुत समझाया—वह नहीं मानी। कुछ समझ नहीं आया कि इस बावली को कैसे समझाए। उसके बार-बार एक ही बात दोहराते रहने पर सिमांग ने कहा, "डरो मत तानी, मैं तुम्हारी मदद के लिए ही आ रही हूँ। कोशिश करूँगी कि मेरी वजह से किसी भी प्रकार का कोई भी आँच तुम पर न आए। अपनी पत्नी से कहना, यह मेरी सखी है। वापस चली जाएगी।"

तानी क्या कहता। वह आश्चर्यचकित था उन सभी पर—जो कुछ भी हो रहा था। सिमांग जैसी स्त्री उसके साथ जाना चाहती है। उसके साथ, जिसे वह अच्छी तरह जानती भी नहीं। कैसे भरोसा कर लिया? यह बहुत ही बड़ी बात थी। खतरे को मोल ले रही है उसके साथ जाने के लिए? तानी तो कुछ भी नहीं है। वह तो एक गरीब आदमी है, जो जंगलों की खाक छानता फिरता है—पेट के लिए। वह चल रही है उसके साथ। ऐसा तो कभी सोचा नहीं था।

तानी के नजदीक आया तापिक। उसकी हालत बहुत ही अलग थी उस वक्त। एक हारा हुआ योद्धा था। पहली बार किसी औरत ने उसे बिना हथियार उठाए ही पछाड़ दिया था। बिना आँखें मिलाए ही उसने तानी से कहा, "आज मेरे सारे हथियार भी बेकार हो गए हैं। तीरों की नोक पर लगा जहर भी किसी काम का नहीं है। सब कुछ बेबस-सा है। जी तो चाहता है कि तेरा सिर धड़ से अलग कर दूँ। शरीर को टुकड़ों में काटकर चील-कौवों को खिला दूँ—लेकिन इस पगली के कारण मैं वह भी नहीं कर सकता। तुमने सही कहा था—मैं वह साँप हूँ, जिसका जहर तुम्हारे हाथ में है। मेरे ही जहर से मार रहे हो तुम मुझे।"

"मैं? मैं कैसे मार सकता हूँ किसी को? यह आपकी अपनी ही मर्जी थी।"

"उसका खयाल रखना।"

"वह बहुत ही बुद्धिमान और शक्तिशाली है। अपनी रक्षा स्वयं कर लेगी। लेकिन मैं आश्चर्यचकित हूँ कि आप उसे जाने दे रहे हैं। कहीं फिर कोई षड्यंत्र तो नहीं है यह?"

"मैं जाने दे रहा हूँ? नहीं, वह जा रही है। मैं नहीं जानता कि उसने इतना बड़ा फैसला मुझसे पूछे बगैर कैसे ले लिया है। और मैं फिर भी उसकी जान नहीं ले पा रहा हूँ। यह हैरानगी की बात तो है, कि ऐसा भी हो सकता है। लेकिन अब यह हो रहा है। मैं देख रहा हूँ इसे, लेकिन रोक नहीं पा रहा हूँ। यकीन करके देख लो तानी—यह षड्यंत्र नहीं है।"

"सूर्यपुत्र तानी की जिम्मेदारी है कि वह उसकी मदद करे। मैं उस पर किसी भी प्रकार का आँच आने नहीं दूँगा। निया तानी का पुत्र दोन्यी तानी—आपसे वादा करता है," तानी ने सिर को झुकाते हुए कहा।

ऐसे पुरुष के समक्ष कौन न झुक जाए! तानी झुकना जानता है। उठे हुए सिरों को झुकाना भी उसे खूब आता है। झुके हुए सिरों के सौन्दर्य को क्या तानी नहीं पहचानता? सूर्य के स्वर्णिम किरणों से उतरती हुई माता के स्पर्श को कैसे कोई भूल सकता है! भोजन लेना भूल सकता है, लेकिन कोई क्या साँस लेना भूल सकता है? तानी में जल की शीतलता है, तो अग्नि की दहक भी। अंगारों से खेलता है तो तितलियों के रंगों से मुग्ध होकर दौड़ता भी है।

तानी मोमेन की यात्रा

हर औरत एक-सी तो नहीं हो सकती न। हो भी कैसे सकती है? कुछ उपाय है एक जैसी होने का? कुछ औरतें होती हैं, जो हर तानों-बानों को तोड़कर ही दम लेती हैं। अपनी मुक्ति को स्वयं पैदा करती हैं। पैदा भी तो वही हो सकता है जो

उसके भीतर ही मौजूद है। जो उसकी अपनी, बेहद अपनी—बल्कि वही उसकी अपनी होती है। उसी को किसी और से कैसे माँगा जा सकता है? लेकिन उसके लिए प्रसव-पीड़ा से तो गुजरना ही होगा न। इस दर्द से बढ़कर और कौन सा दर्द होता है? सारा शरीर बदल जाता है। औरत वह नहीं रह जाती जो पहले थी। लेकिन प्रसव-पीड़ा फिर भी महानतम सुख है।

तानी, सिमांग, हर्ब और कीपुंग ने अपनी यात्रा शुरू की। उन्हें दूर तक कुछ लोग पहुँचाने आए। बच्चों ने माँ को जाने दिया। वह भी मुस्कराकर—रोते हुए। उनमें वेदना थी, लेकिन जननी के प्रति अटूट श्रद्धा भी। वे साथ थे अपनी माँ के। क्या यह प्रेम नहीं था। क्या यही काफी नहीं किसी को शक्तिशाली बनाने के लिए?

समाज हैरान था। ऐसी औरत को कभी देखा नहीं था उन्होंने। तापिक कमजोर आदमी है। एक औरत को काबू में नहीं रख सकता। कई तरह की बातें चलने लगीं। बदनामी अपने चरम पर थी—लेकिन सिमांग फिर भी बेपरवाह थी।

दर्द का पहाड़ था। बहुत ही ऊँचा। वहाँ से गिर रहे थे आँसुओं का झरना। अनगिनत पेड़-पौधे, छोटे-बड़े, मोटे-पतले। भाँति-भाँति के जीव-जन्तु थे उनमें। कुछ प्यारे, कुछ ईर्ष्या से भरे हुए, कुछ बहुत ही मासूम थे। चलना ही था। जाना ही था। न जाती तो कैसे जी पाती? तानी के साथ नहीं जाती तो कहीं और चली जाती—मगर जाती जरूर। अपने ही जिद को तोड़ पाना आसान नहीं होता।

तानी की यात्रा शुरू थी। लोग जुड़ते गए। अबकी बार एक ऐसी स्त्री जुड़ गई—जिसकी मिसाल कहीं भी नहीं थी। उसने तानी से भाषा सीखना शुरू कर दी। तीक्ष्ण बुद्धिवाली थी। सब कुछ बहुत ही आसानी से सीख लेती थी। बन्दरों की तरह पेड़ों पर चढ़ जाती। हवा के वेग से दौड़कर किसी पहाड़ की चोटी पर पैर पसारकर बैठ जाती। कभी मुँह खोलकर सो जाती। कभी खर्राटे भी बजा लेती, सुन्दर दिखने की कोशिश कभी नहीं की। हिरन को तीर से नहीं हाथों से पकड़ लेती थी। कभी तानी का हाथ थामे चलती, कभी हर्ब को अपने कन्धे पर उठाकर चलती, कभी कीपुंग उसके आगे होता, और वह उसके पीछे होती। किसी गहरी झील में मछली-सी तैर जाती—मानो वह इन्हीं के लिए जन्मी थी। हर्ब उसके पागलपन को और अधिक बढ़ा देता। कोई भी सुन्दर जंगली चीज देखती—बच्चों की यादें तेज हो जातीं। उसकी आँखें नम हो जातीं और तब

तानी उसे अपने सीने से लगा लेता। लेकिन इसका यह मतलब नहीं था कि वह दुखी और मायूस थी।

आसमान में तैरते उन बादलों-सी थी वह—शुभ्र दमक लिये। वही शुभ्रता काले बादल बनकर बूँदें भी बरसाती थी। जीवन्त, चलती-फिरती एक कहानी-सी। आवारगी नदी की मदमस्त चाल में चलती। लेकिन दोपहर की कड़ी धूप-सा कड़कपन भी उसमें क्या खूब था। बेहद उम्दा तरीके से बनी स्त्री थी—जिसे कोई भी जब चाहे कुछ भी पहचान नहीं दे सकता था। जो न समझे उसके लिए वह एक सन्देह थी, जिसने समझा उनके लिए एक खुली किताब। किसी के लिए वह आँधी थी। किसी के लिए एक गिरी हुई औरत। किसी के लिए रहस्यमयी। जिसने उसको जाना, उसके लिए उसकी आँखों में चाँदनियाँ तैरती थीं। जिसकी छुवन महसूस कर मन मयूर खिल जाता है। उसे छूकर कोई भी दमित कुंठा सिर नहीं मारती।

तानी भी भूल गया कि वह एक मर्द है, और सिमांग एक स्त्री। सारे अन्धकार को दूर कर आनन्द का एक स्रोत बहा देती थी वह। तानी और वह हाथ थामे चलते हैं। भीतर बच्चों-सा भाव रहता है। रूठना, मनाना भी होता है—एक रिश्ता बेनाम-सा। न मन, न देह—आसमानी हलकापन दोनों के भीतर। आदमी अपने शरीर के भार को भूल भी सकता है—यह तानी ने जाना। हाँ, इसी स्त्री से मिलकर। साथ चलने मात्र में ही आनन्द था। हर्ब की आँखों में प्रसन्नता हिलोरें ले रही थी उन्हें देख-देखकर। एक वक्त था, जब तानी को इस प्रकार की मित्रता पर आश्चर्य होता था। अब देखो, कैसे भूल गया है वह अपने उस पूर्व रूप को।

चलते जाते थे वे। हर पड़ाव पर एक निशान बनाते जाते थे, ताकि वापसी में मदद मिल जाए। हर्ब ने अपने सीने में उस दर्दनाक राज को अब तक छिपाया हुआ था कि न्यीकुंग भाई ने भी तानी का साथ छोड़ दिया है। बहुत बार सोचा बता ही दे। पता तो चल ही जाना है, तो क्यों न अभी इसी वक्त बता दे। लेकिन उसे बहुत ही आनन्दित देखकर बार-बार रुक जाता। सिमांग ने भी उसे ऐसा करने से मना किया। फिर उसने सोचा एक बार तानी घर पहुँच जाए—थोड़ा विश्राम कर ले। तब वह सब कुछ बताएगा। और इधर कीपुंग ने भी तानी के जीवन में आ चुके उस तूफान को दिल में दबाए रखा था। कोशिश तो बहुत की बताने की, लेकिन कह नहीं पाया। तानी ने उसकी आँखों में किसी भयानक

बाढ़ की खबर पढ़ ली थी, लेकिन वह भी कह नहीं पाया। कुछ तो आशंका सीने में तानी ने भी दबा ली थी। जिस बात को वह जानता नहीं, उसकी चिन्ता में क्यों घुला जाए। बस घर चलो, पहुँचकर देखते हैं। वैसे भी अपनों से मिलने का उत्साह इतना है कि अब कोई भी बाधा बर्दाश्त नहीं होता।

स्फूर्ति दुगुनी-तिगुनी हो गई है तानी का। चलता नहीं, उड़कर जाता है। कन्धों पर काश कोई पंख होते—सीधे उड़कर घर पर ही तुरन्त पहुँच जाता। सारा वक्त जब भी मौका मिलता वह सिमांग और हर्ब को अपने परिवार, बीवी, बच्चे आदि के बारे में बताता जाता। कभी-कभी हर्ब को उबासी-सी आने लगती। क्या करते, तानी एक ही बात को हजार बार दोहराता था—मेरे बच्चे यह, मेरे बच्चे वह, मेरी दीदी यह, मेरी दीदी वह; इत्यादि-इत्यादि।

वे तानी मोमेन के करीब आते जा रहे थे। दिल की धड़कनें बढ़ती जाती थीं। सिमांग की घबराहट भी बढ़ती जाती थी। औरत है, किसी पुरुष के साथ अनजान देश में जा रही है—कई तरह की बातें तो रहती ही हैं। लेकिन एक बात तो थी उसमें—आत्मविश्वास बढ़ता जाता था।

आखिरकार पहुँच ही गए। कब तक चलते रहते। वह रहा पहाड़। वहीं पर तानी के अपने लोग रहते हैं। प्राणों से भी प्यारे लोग। कदम पहले से भी ज्यादा हलके होने लगे। जल्दी-जल्दी चलने लगे वे। कीपुंग काग, काग, काग करता हुआ तेजी से दौड़कर चला गया। भूखों मरने के दिन अब नहीं रहेंगे। करुणा की देवी सिमांग साथ आई है। वह सबको सब कुछ सिखा देगी। नदी किनारे फैले मैदानों में धान के पौधे लहलहाएँगे। बच्चे दिन-भर शोर करते हुए उसकी देखभाल में लग जाएँगे। बड़ों के हँसी-ठिठोली इस वादी में हर दिन गूँजेंगे। आह, माता सूर्य तुम साक्षी रहोगी सबकी खुशियों का। तानी का रोम-रोम आनन्दित है। उसने सिमांग के हाथ को जोर से दबाकर पकड़ लिया। सिमांग ने भी मुस्कराकर उसका साथ दिया। हर्ब उछल-उछलकर देखने लगा।

वे गाँव में पहुँच गए। लेकिन ये क्या है? इतना सन्नाटा क्यों है? कीपुंग को आते देख, उसकी भौंकने की आवाज सुन, सब लोग दौड़कर बाहर क्यों नहीं आए? और ये इतनी सारी कब्र? ये किसके हैं? सिर्फ तीन-चार ही घर दिख रहे हैं। बाकी कहाँ चले गए?

सन्न रह गया तानी। सिमांग और हर्ब डर से सिकुड़ गए। तानी ने अपने कमर में लटकाए धान के बीज को उतारा, वहीं पर नीचे रख दिया। बहुत देर तक यूँ ही देखता रहा, फिर पागलों की तरह चिल्लाने लगा, "ताप, ता...प, दीदी...दीदी...आसीन...आसीन...भैया रोबो! देखो, मैं क्या लाया हूँ! स्वर्ण किरणों को चुन-चुनकर लाया हूँ। देखो, जब वह नाचने लगेगी न, तुम भी झूम-झूम जाओगे। ये कब्र तुमने हमारे शत्रुओं की यहीं पर बना डाला? अच्छा किया मेरे वीरो। हमलावरों को कतई नहीं छोड़ना चाहिए। लेकिन सारे घर कहाँ चले गए?" वह जोर-जोर से हँसने लगा। किसी ने कोई जवाब नहीं दिया। वह फिर से सबका नाम ले-लेकर चिल्लाने लगा। दोलियांग और रुंगिया बाहर तब भी नहीं निकलीं। कुछ दिन पहले ही रुंगिया भागी-भागी वापस आ गई थी। कैसे नहीं आती। उसी ने दोलियांग को जिन्दा रखा हुआ था।

पाँच लोग धीरे-धीरे उसके करीब आए। वे सब खामोश थे। तानी ने हर किसी को झकझोरकर पूछा। किसी ने कोई जवाब नहीं दिया। झर-झर बह रहे थे आँसू उनके। एक ने कुछ कहने की कोशिश की, लेकिन हिचकियों में सारे शब्द टूट रहे थे। उन लोगों ने तानी को सीने से लगा लिया, और उसे दोलियांग के पास ले गए। सिमांग ने धान के बीज को सँभाल लिया। हर्ब और वह भी उन लोगों के पीछे-पीछे चल दिए।

बारिशों के मौसम में पहाड़ों में पानी ठहरता नहीं है। सब नीचे बहकर चला जाता है। जमीन भी खिसकने लगती है—साथ में कई घरों और घरौंदों को भी बहा ले जाता है। बड़े-बड़े पेड़ों की जड़ें भी अपने उस विशाल काया को बचा नहीं पाते। छोटी-छोटी नदियों में जो शोर होता है न, उनमें भी कीचड़ साथ बहते रहते हैं। पानी पीया नहीं जाता। जगह-जगह छोटे-छोटे पोखर दिखने लगते हैं; वहीं से लोग पानी पी लेते हैं। कुछ पानी जमीन के भीतर से निकलता है। कुछ कहीं से बहकर वहाँ आ जाता है, और मिलकर छोटा-बड़ा पोखर बना लेता है। जिन्दगी कहीं से भी बहकर आती है, और किसी को भी अपनी मर्जी से मरने की इजाजत नहीं देती।

टर्र, टर्र, टर्र करते हुए मोटे-मोटे मेढक इन दिनों खूब निकलते हैं। घरों तक में वे घुस जाते हैं। उनका पीछा करते हुए साँप भी कभी-कभी भीतर आ

जाते हैं। बड़े-बुजुर्ग कहते हैं कि वे बारिश में बूँदों के साथ आसमान से टपकते हैं। फिर धीरे-धीरे धरतीवासी बन जाते हैं। क्या ऐसा नहीं हो सकता कि आदमी भी उन्हीं की तरह धरती से आसमान में टपक जाए। मतलब चले जाएँ यहाँ से जिन्दा-ही-जिन्दा। धरती पर जो कुछ भी होता है—सबको यहीं पर छोड़कर एक नई दुनिया बसा ले। सब कुछ भूल जाए जो कुछ भी घटा है। फिर से खाली हो जाए। काश सम्भव होता यह!

सब बहुत ही थके हुए थे—शरीर, मन और हृदय—सब कुछ। बरसती बूँदों की टपाटप। नदियों का शोर। कुछ बचे हुए पालतू पशुओं की चीखें। दूर से आते हुए तड़पते हिरणों का रुदन। और यहाँ साठ-साठ लोगों की आँखों में वीरानियाँ थीं। शोर था...चीखें थीं—लेकिन खामोशी अपना पाँव पसारे लेटी हुई थी।

जब पीड़ा बहुत ही सघन होती है न—तब किसी चीज की सुधि नहीं रहती है। कहने-सुनने को कुछ भी नहीं रह जाता है। कुछ भी नहीं रह जाता है। वक्त ठहर जाता है। उस वक्त किसी से बोलना, बतियाना भी अच्छा नहीं लगता। पीड़ा छू रही है हर तरफ से। रूह में कहीं उतरती जा रही है। सारी दौड़ थम जाती है। अन्धकार अपने चरम पर होता है। किसी पुजारी का असरदार मंत्र भी शून्य में घुलकर खो जाता है। कुछ भी काम नहीं आता। दुख का भी तब पता नहीं रह जाता...रह जाती है—वेदना।

रुंगिया, सिमांग, कीपुंग और हर्ब खामोशी से इधर-उधर हिलते-डुलते रहते हैं। बर्तनों की, लकड़ियों की और उनके कदमों के चलने की ही आवाज होती है। चूल्हे में अग्नि नाचती रहती है। किसी भी बच्चे की कोई भी, कहीं भी, किसी भी तरह की आवाजें नहीं होतीं अब।

यह वादी भी कब खूनी बन बैठी...आह! सूखे पत्तों की सरसराहट अब नहीं होती। वे भी भीगकर सड़ रहे होंगे। पेड़-पौधे भी अब कुछ कहते हुए से नहीं लगते। भोजन जबरन तानी और दोलियांग के मुँह में डाला जाता है। उन्हें जिन्दा जो रखना था। एक दिन जीवन फिर हलचल करेगा।

सिमांग ने तानी को भाई न्यीकुंग के बारे में भी सब कुछ बता दिया। दर्द को जब आना ही है, तो क्यों न एक साथ ही लाया जाए। टुकड़ों में क्यों सहें? तानी के पास कोई उत्तर नहीं था। वह चुप हो गया था। आसीन के यहाँ जाकर बदला लिया जाए या फिर सिमांग के पति का कत्ल कर दिया जाए? क्या किया जा सकता है? वहाँ आसीन का हृदय अब भी तानी के लिए

धड़कता होगा। है न! उसने भी तो अपनों को खोया है। अपने प्रेम को खोया है। अपने-आपको खोया है। अपनी जिन्दगी को बाजी पर लगाकर तानी के साथ आई है। सारा समाज थू, थू कर रहा था, फिर भी वह उसी भीड़ को चीरती हुई बिना डरे उसके साथ चलकर आई है यहाँ। अपने बच्चों को छोड़कर आई है। सारे नियमों को तोड़कर आई है। जब वह वापस जाएगी, तब क्या मौत उसका इन्तजार नहीं कर रही होगी? फिर भी वह जाएगी। हाँ...वह माँ है। यह प्रेम है एक माँ का। इससे बड़ी चुनौती किसी स्त्री के लिए और कोई है?

औचित्य-अनौचित्य—किसी भी प्रकार का अब कोई भाव न रहा। सारी अपेक्षाएँ, उम्मीदें खतम हो गई थीं। तानी घंटों लेटा रहता है। हर्ब बाकी पाँचों लोगों का खयाल रखता है। वे सभी जवान और कम उम्रवाले थे। सभी लोगों को हर्ब ने तानी के ही घर पर रहने को मजबूर कर दिया था। अब वे एक साथ रहने लगे थे।

दिन बीतने लगे। जो लोग साँस लेते हैं—उन्हें कभी-न-कभी फिर से खड़ा होना ही पड़ता है। इसके सिवाय और कोई चारा भी नहीं है...। और ये साँसें हैं कि शरीर को छोड़ती नहीं...।

जीवन फिर खिल उठा

एक सुबह सबने भोजन कर लिया। हर्ब भोजन के बाद सिर के बल उलटा करके बहुत देर तक खड़ा रहा। सबने देखा। किसी ने कुछ भी नहीं कहा। सिमांग बाहर निकल गई।

दोलियांग से रहा नहीं गया। उसने पूछ ही लिया, “यह क्या पागलपन है?” हर्ब ने कोई जवाब नहीं दिया। उलटा उसने बुरा-सा मुँह बनाया। किसी की समझ में नहीं आया।

किसी ने खीजकर कहा, “अब बता भी दो! हुआ क्या है?”

कुछ देर इधर-उधर हर्ब ने अपनी आँखें घुमाईं और फिर कहा, "सोच रहा था कि जितना मैंने खाया है, वह सारा मेरे सिर में चला जाए।"

"इससे क्या होगा?"

"अरे इससे मेरी बुद्धि तेज हो जाएगी। दौड़ने लगेगी। लगता है कई दिनों से अब वह भी भूखा है। इसलिए तो अब कुछ भी सूझता ही नहीं है।"

अचानक हर्ब की शक्ल-सूरत, उसका अजीब रूप-रंग सबको नजर आने लगा। वह बहुत ही अजीब दिखता था। अपनी तरफ उसने आखिरकार सबका ध्यान खींच ही लिया था। दोलियांग हँसने लगी। सब हँसने लगे। इधर तानी भी मुस्कराया।

कुछ दिन पहले सिमांग ने घर के सामने के बागान में धान के बीजों को जमीन में बो दिया था। क्या जाने इसके आने से यहाँ की हवा गाने लग जाए। फूलों की महक का अहसास फिर से हो जाए। ये वादी फिर से जिन्दा हो जाए।

उस सुबह उसने देखा—नन्हे-नन्हे, हलका पीलापन लिये हरे-हरे धान के बच्चे मुस्कराते हुए जमीन से अन्धकार को चीरते हुए बाहर निकल आए थे। सूरज की किरणों ने उन्हें छुआ। हवा ने हौले से छूकर उसका स्वागत किया। नई कोंपलें फूट आई थीं। पत्ते-पत्ते मुस्करा रहे थे। "तानी, तानी, दोलियांग! बाहर आओ जल्दी। देखो कौन आया है इस पहाड़ पर!" वह बहुत ही खुश होकर चिल्ला रही थी। सब लोग दौड़कर बाहर आए। तानी ने देखा उन नन्हे पौधों को। उसके लिए सारी सृष्टि सदा ही आश्चर्यमयी, रहस्यमयी, प्रेरणादायक रही है। वह जिज्ञासु मानव है...कहता है, "कोई अतिथि आया है तानी मोमेन में। तानी के क्रीड़ा-स्थली में। इसने यहाँ खुद को जन्म दे दिया है! इस स्थान को इसने सहर्ष स्वीकार कर लिया है। आह, आन्ने दोन्यी! तेरी स्वर्ण किरणें पत्ते-पत्ते पर कैसे नृत्य करती रही हैं। और हम अपनी आँखें बन्द किए बैठे रहे। ओ प्राणमयी! ओ जीवनदायिनी! तुम्हारा स्वागत है यहाँ इस वादी में! अहोभाग्य हमारा, हमें भी चुन ही लिया तुमने!" उसने दौड़-दौड़कर उन्हें हौले से छुआ। उसने आँखें बन्द कीं, अपनी दोनों बाँहें फैला दीं—मानो वह उन्हें गले लगा रहा हो। दोलियांग ने खुशी से सिमांग को सीने से लगा लिया। उसके माथे को चूमते हुए कहने लगीं, "यही है न जिसे धान कहते हैं? तानी की यात्रा सफल रही। मेरे प्राणों से प्यारे भाई की यात्रा सफल रही। तुम तो सूर्य

देवी हो! क्षमा कर देना हमें! हम ढंग से तुम्हारा स्वागत भी न कर सके। क्या करते, होश में जो नहीं थे हम।"

आनन्द बहने लगा। ज्ञान और सृजन की देवी दोरिंग चीजिंग (दोलियांग) गाने लगीं—

जिनकी साँसों में जीवन महकता है
कैसे बारिश के प्रेम में फिर से न पड़ जाते!
शिकायतों से साँसों का चलना कब बन्द हुआ?
कब सूरज ने इनकार किया अँधेरों का पीछा करना?
फूलों पर भी पानी ठहरता नहीं देर तक,
पत्तों पर ठहरे रहते कैसे?
ओह, सूर्य-चन्द्र
कहाँ-कहाँ बूँद बन टपक गए तुम!
कुम्हलाए, मुरझाए
मरकर फिर-फिर जी उठे
कँकरीले पत्थरों के दरारों से उग आए
न जाने कितने ही बार तोड़े गए
तुमने ही प्रकृति को अपने रंगों से सजाया
चलते रहे, मरते रहे, लहूलुहान होते रहे
असुरक्षा में खिलते रहे तुम
ओ, जंगली फूल
तुम्हारी रगों में प्रेम दौड़ता ही रहा अनवरत!

वह दूर देश से आई थी रजनीगन्धा-सी महक लेकर। सूर्यपुत्र तानी से क्या मिली कि जंगल, नदी, पहाड़, पेड़-पौधे सब...फिर से जिन्दा हो गए। उस साल खूब फसल अच्छी हुई। बहुत ही ज्यादा धान मिला। अन्य कबीले के लोग यह देखकर हैरान थे कि तानी मैकार-मैरांग जाकर उन सारे लोगों को खतम करने के बारे में सोच भी नहीं रहा। बदला लेने जा ही नहीं रहा? क्या इसको अपनों की मौत का गम नहीं सताता? क्या उसको आसीन कि याद नहीं आती? इसके विपरीत वह लोगों को धान की फसलों की जानकारियाँ देते फिरने लगा है! यह आदमी कायर कहलाएगा या योद्धा? प्रेमी कहलाएगा या

धोखेबाज? विचित्र प्राणी है यह। खैर, अपने को क्या है! अपना फायदा देखना चाहिए और निकल लेना चाहिए बस।

इस बार यह लोग इतने धनधान्य से परिपूर्ण हो गए हैं कि कुछ लोगों में जलन अधिक बढ़ने लगी है। कुछ लोग तानी से नजदीकियाँ बढ़ाना चाहते थे—क्योंकि उन्हें भी वही फसल चाहिए थी। दूर-दूर तक के इलाकों में यह बात फैलने लगी। लोग उस अनोखे फसल का स्वाद चखना चाहते थे। कभी किसी वक्त जिन लोगों को तानी फूटी आँख नहीं सुहाता था, अब वे बारी-बारी से मिमियाते हुए मगरमच्छी आँसू लिये तानी के पास आने लगे। कुछ लोग तो अपनी बेटियों का ब्याह उसके साथ करवाना चाहते थे। तानी ने भी दिल खोलकर उन्हें धान के बीज दिए।

रोबो

यह पेट की आग है। जिसने उन्हें भोजन दिया, जिसने इस आग को बुझाया—वे उनके हो गए। वे तानी के दीवाने हो गए। उन्होंने कभी भी किसी पर हमला न करने का वादा किया। आसपास के सारे कबीलों में प्रसन्नता की लहर दौड़ गई थी। सब लोग खेतीबाड़ी में व्यस्त होने लगे। रास्तों में लुटेरों ने भी घात लगाना छोड़ दिया। सब लोग किसी-न-किसी तरह उस अनोखी फसल को बोना और काटना चाहते थे। लग रहा था, मानो शान्ति ने अपना राज यहाँ पृथ्वी पर कायम करना तय कर लिया हो। लेकिन फिर भी ऐसा कभी हुआ ही नहीं कि कोई आदमी ऐसा न बचे जो अपनी ईर्ष्या से विनाश का स्वप्न न देखता हो! तानी के घर में आकर चावल का भोजन खाया—खाते-खाते ही न सोचा हो कि कैसे वह मौका मिल जाए उसे, जब वह तानी को खतम कर दे! आखिर हर कोई इसके प्रेम में कैसे पड़ सकता है? उसे खुश देखना अच्छा नहीं लगता।

तानी वंश के बचे-खुचे सारे लोग एक साथ ही रहते थे, एक ही परिवार की तरह। उन सभी ने देखा था पहली बार ऐसे प्रेम को भी—जिसमें हृदय के

सिवाय कोई कामना नहीं है। तानी और सिमांग। तानी और रुंगिया। रुंगिया को सारे लोग खूब प्रेम और सम्मान देते थे। रुंगिया ने भी अपना सारा स्नेह उन लोगों पर लुटा दिया। वह सबसे बड़ी थी—हुक्म भी सब पर चलाती थी। उसने तानी पर अपनी सारी ममता लुटा दी।

तानी और रुंगिया शरीर के पार जा चुके थे—ऐसा जरूरी तो नहीं कि एक बार किसी के साथ शारीरिक सम्बन्ध बना हो, और आगे भी उनमें वैसा ही भाव रहेगा। वक्त के साथ वह धुलकर एक ऐसे शिखर पर भी पहुँच जाता है, जहाँ से सारी कामनाएँ शुभ्र, श्वेत झरना-सा बहता रहता है। वह जीवनदायिनी है। अनन्त है। सारी सृष्टि की ताकत उसी के होने में है। वह सिर्फ एक औरत नहीं; साक्षात प्रेम है। कोई रहस्य उसमें नहीं छिपा हुआ है। वह एक खुली किताब की तरह है, जो औरों के कलुषित रुग्ण मन को भी धो देती है। सिर्फ एक दृष्टि चाहिए उसे देखने के लिए।

और हाँ, सिमांग की खूबसूरती सुबह की किरण बनकर सबकी आँखों और हृदयों को ताजा कर देती थी। तानी और दोलियांग फिर से कोई-न-कोई गीत गुनगुनाने लगे थे। जिन्दगी को फिर से उन लोगों ने समेटना शुरू कर दिया था। अब उसे फिर से सँवारना है। अपना वंश बढ़ाना है। माँ की बातें कैसे भूलते। एक दिन रेत-कणों की तरह तानी वंश फैलेगा। सबसे ताकतवर कबीला होगा। लोग डरकर युद्ध त्याग देंगे। वे सारे लोग अपनी सारी शक्ति अन्य कामों में लगा देंगे।

पहले तो सबको लगा था कि तानी और सिमांग एक-दूसरे को चाहते हैं—लेकिन धीरे-धीरे समझ में आया कि चाहत के सिवाय भी बहुत कुछ है। बिना कहे ही एक-दूसरे की बातों को दोनों समझ जाते थे। एक-दूसरे के लिए कुछ भी कर गुजरते थे—लेकिन कहीं से कोई भी शरीर की चाहत की गन्ध तक नहीं मिली थी। ऐसे में किसी की भी हिम्मत नहीं हुई कुछ उस तरह की बातों को कहने की, जिससे दोनों के बीच दूरियाँ आ जाएँ।

बलात्कारी तापिंग भूख और प्यास से तड़प-तड़पकर मर गया था। लोगों ने उसकी लाश को दूर जंगल में चील-कौवों के लिए फेंक दिया था। उसके बाद उसके घर को आग लगा दी। अब उसका कोई नामोनिशान नहीं बचा था।

एक दिन उड़ती हुई खबर आई कि बड़े भाई रोबो जोग बस्ती में है। उसके परिवारवाले साथ में नहीं हैं। वह अकेला कुछ समय से मंगजंग के साथ जोग बस्ती में रह रहा है। उसकी गतिविधि सन्देहपूर्ण है। तानी का क्रोध उफनने लगा। उसे सबक सिखाना ही होगा। वह ऐसे कभी नहीं बदलेगा।

कुछ लोग होते हैं, जिनका जन्म सिर्फ और सिर्फ जहर पैदा करते रहने के लिए ही होता है। वह सबके लिए खतरा है। उसमें जहर सामान्य से अधिक है। वह सिर्फ विनाश जानता है। उसका खात्मा जरूरी है।

दो लोगों को लेकर तानी जोग बस्ती आए। बहाना किया—मैत्रीपूर्ण माहौल बनाना आवश्यक है, ताकि सब शान्ति से रह सकें। यह सच भी था एक तरह से। लेकिन किसी ऐसे शत्रु को आजाद यूँ छोड़ना बहुत बड़ी भूल होती। शान्ति भी कभी-कभी खून माँगती है। दो तो मुसीबत, न दो तो उससे भी बड़ी मुसीबत। मजबूरी इसी को कहते हैं।

मंगजंग के ही घर में तानी अपने बाकी साथियों के साथ ठहरा। उसने देखा—कोई है, जो आधी रात को अँधेरे में आता-जाता है। मंगजंग के साथ खुसुर-फुसुर करता है। सावधान रहना जरूरी था। इधर जोग कबीलेवालों को भी पता चल गया था—रुंगिया और न्यीकुंग के बारे में। अब वे खुद को तानी द्वारा छले गए मान रहे थे। चालाक तानी कभी किसी का मित्र नहीं बन सकता। असम्भव। एक ही समाधान है—उसकी मौत। सारे उपजाऊ जंगलों और पहाड़ों पर उसका कब्जा होता जा रहा है। उसका मरना बहुत ही जरूरी है—नहीं तो सारा संसार उसका हो जाएगा।

सुबह जब तानी के सामने भोजन परोसा गया। आसपास बैठे हुए लोग बहुत अजीब तरह से तानी और उसके साथियों को घूर रहे थे। तानी ने अपनी आँखों के इशारे से दोनों साथियों को भोजन न खाने को कहा। उसने सामने लेटे मंगजंग के कुत्ते को एक मुट्ठी भोजन अपने थाली से उठाकर दे दिया। उस कुत्ते ने खाया। कुछ ही क्षण में वह वहीं पर तड़प-तड़पकर ढेर हो गया। जहर अब साफ दिखने लगा था। तानी तुरन्त हवा के वेग से खड़ा हो गया। उसने अपना दाव निकाल लिया, "हम यहाँ किसी भी तरह का कोई नुकसान पहुँचाने नहीं आए हैं। हमें सिर्फ रोबो चाहिए। उसने मेरा परिवार खतम कर दिया है। अपनी माता तक को उसने आग में जलाकर खतम कर दिया है। उसे हमें दे दीजिए। हम चले जाएँगे। आप लोगों से हमारी कोई दुश्मनी नहीं है।"

लेकिन, शत्रु के बीच घिर गए तानी और उसके दो साथी। सारी औरतें बच्चों सहित भाग गईं। पलक झपकते ही हर तरफ हथियारबन्द लोग खड़े थे। इस बार तानी के शरीर में दाव, तीर, धनुष—सब कुछ थे। हथियार के बगैर भी वह युद्ध के हजारों पैंतरे जानता था। अबकी बार अपने पूर्वजों के उस तेज धारवाले लम्बे दाव से रोबो की उन सारी उँगलियों को काटकर उसके शरीर से अलग करना था—जिसकी मदद से उसने तानी के नन्हे-नन्हे बालकों की हत्या की थी। अपने तीरों से उसके दोनों कानों और नाक को अलग करना था—ताकि वह आदमी का शरीर लिये सचमुच ही कोई डरावना जानवर लगे। उसे मौत के घाट नहीं उतारना, बल्कि जीवन उसके लिए एक सजा बन जाए। मौत माँगें भी तो न आए। लेकिन वह है कहाँ?

"जो अपने परिवार की रक्षा नहीं कर पाए। कोई उसकी पत्नी का बलात्कार कर गया और वह किसी दूसरे स्थान पर जाकर अन्य स्त्रियों के साथ रंगरलियाँ मनाता फिरे। हमने तुम पर भरोसा किया और तुमने रुंगिया को सुलाया? नहीं तो वह तुम्हारे ही घर जाकर क्यों रह गई? एक पिता ने भरोसा करके तुम्हें अपना पुत्र सौंपा था। न्यीकुंग को भी मार डाला तुमने। और फिर भी कहता है—तुम्हारा कोई शत्रु नहीं? हम कैसे मान लें भाई?" मंगजंग के ज्येष्ठ पुत्र चिन्न ने बेहद नफरत से भरकर कहा। वह इस कबीले का सबसे शक्तिशाली और होनेवाला सरदार था। जहर उसके नस-नस में दौड़ता था।

तानी सन्न रह गया। आसीन का बलात्कार हुआ था? वह क्रोध और ग्लानि से भर गया। तानी खुद को भूल गया। वह स्वयं साक्षात क्रोध ही बन गया। उसने कहा, "रोबो को अभी इसी वक्त मेरे सामने प्रस्तुत करो, वरना सबको खाक में मिला दूँगा!" उधर से तेजी से एक तीर आया। तानी ने अपना सिर एक तरफ जल्दी से झुका लिया। पीछे खड़े उसके एक साथी के सिर को आर-पार कर वह तीर निकल गया। तानी का एक और प्यारा भाई वहीं ढेर हो गया। उधर से रोबो चिल्ला रहा था, "हाँ, मैंने, मैंने तुम्हारा सब कुछ छीन लिया। तापिंग ने तेरी पत्नी का बलात्कार किया। मैंने तेरे बच्चों को मार डाला। जब तक जिन्दा रहूँगा, तब तक तेरी कोई पीढ़ी जिन्दा बचने नहीं दूँगा! मारता रहूँगा मैं! तानी वंश को खतम कर दूँगा! अभी भी एक को तेरे ही सामने मैंने ढेर कर दिया है। देखा तुमने?"

तानी का शरीर क्रोध से काँपने लगा। वह मानो पूरे संसार को खतम कर देना चाहता था। उसका जन्म भी युद्ध के दौरान ही हुआ था। पिताजी युद्ध पर थे—उसकी माँ ने जंगल में नदी किनारे तड़पकर अँधेरे में उसको जन्म दिया था। उसके जन्म के कुछ क्षण बाद ही जंगली मुर्गों ने बाँग लगाई थी। कबीले की औरतों ने मिलकर उनकी रक्षा की थी। उसी वक्त उसके कई रिश्तेदारों को दुश्मनों ने मौत के घाट उतार दिया था। किसी तरह उन औरतों ने उन सबको एक सुरक्षित ठिकाने पर कई दिनों तक रखा था। युद्ध और विरह ने ही इस संसार में उसका स्वागत किया था।

उस सुबह उस लम्बे से घर में खून की नदियाँ बह गईं। तानी वायुपुत्र था। उसको अपने काबू में कर पाना नामुमकिन था। उसने पल-भर में ही जोगवालों को निहत्था कर दिया। किसी के पैर कटे हुए। किसी के हाथ कटे हुए। किसी की आँखें निकली हुईं। किसी की आँतें निकली हुईं। बाकी लोग दुम दबाकर भाग गए। "इतना फुर्तीला, इतना तेज-तर्रार योद्धा," यह कहते हुए चिन्न भी भाग गया था।

वृद्ध मंगजंग घायल पड़ा बुदबुदा रहा था, "मूर्ख चिन्न से कहा था, रोबो की बातों में न आए। तानी को मारने का और कोई दूसरा उपाय ढूँढ़ते हैं—लेकिन माना नहीं। कायर कहीं का! मुझे छोड़कर भाग गया। अपने ही बाप को छोड़कर भाग गया। तानी तुमने सबको मौत के घाट नहीं उतारा। लेकिन यह तेरी सबसे बड़ी भूल है। याद रखना। शत्रु को जिन्दा छोड़ देना सबसे बड़ी गलती होती है। आह, आईया...कोई तो मदद करो मेरी!"

रोबो को तानी और उसके साथी ने सामने पड़े मिथुन बाँधने के रस्सी से कसकर बाँधा। अन्त में मंगजंग की तरफ देखते हुए तानी ने कहा, "भाई न्यीकुंग का खयाल नहीं होता तो तुम सब आज बचते नहीं। वह तुम्हारी तरह जानवर नहीं था। वह मेरा भाई था भाई! रही शत्रु को जिन्दा छोड़ने की; तो सुन—तानी कुछ भी बिना सोचे करता नहीं है। इन्तजार करूँगा तुम्हारे कबीलेवालों के जोरदार आक्रमण का। तब सबको खतम कर दूँगा!" उसने दाव की नोक मंगजंग की तरफ करके कहा। उसके बाद दोनों रोबो को घसीटते हुए ले जाने लगे। वह चिल्लाता रहा, "छोड़ दो...छोड़ दो! माफ कर दो! भाई हूँ तुम्हारा! क्या तुम भूल गए? मेरे छोटे-छोटे बच्चे हैं! क्या होगा उनका?"

तानी को बहुत ही अफसोस था अपने एक और साथी को खो देने का। लेकिन वह हो चुका था, जिसे चाहा नहीं था। उसने पूर्वजों के दाव से बड़े भाई रोबो के नाक, कान और सारी उँगलियों को काट-काटकर उसके शरीर से अलग कर दिया, "आज से तुम अपने वंश के साथ नहीं रहोगे! जाओ, जाओ कहीं भी जाना हो जाओ! अपना नया कबीला तैयार करो। अपनी जड़ों से कट गए लोग किस पीड़ा और अपमान से गुजरते हैं; यह अब तुम जानोगे। मेरी नजरों से दूर रहो; नहीं तो तेरे साथ-साथ तेरे सारे परिवार का खात्मा कर दूँगा। यह सूर्यपुत्र की प्रतिज्ञा है। बहुत दूर चले जाओ!"

रोबो को छोड़ दिया गया। दोलियांग ने उसके जख्मों पर मरहम लगा दिया। रक्त का बहना बन्द हो गया। उस दिन से वह हमेशा के लिए अपने ही लोगों के नजरों से दूर हो गया।

याई

दोलियांग ने अधिक देर करना उचित नहीं समझा। तानी को लेकर किसी दुल्हन की तलाश करना जरूरी हो गया था। सबने हामी भरी। सिमांग ने खुशी-खुशी साथ देने की इच्छा प्रकट कर दी। इधर सिमांग को बहुत ही खुश देखकर तानी के अन्दर एक अजीब-सा दर्द उतर गया। एक खीज। पता नहीं क्यों। लेकिन क्या जरूरत है तानी की शादी को लेकर उसको इतना खुश होने की?

एक दिन उड़ती-उड़ती एक खबर आई। पूर्व दिशा में एक बेहद खूबसूरत लड़की है, जो सिर्फ और सिर्फ किसी बुद्धिमान और शक्तिशाली पुरुष से ही विवाह करना चाहती है। वह स्वयं बेहद शक्तिशाली है। तेज शिकारी है। बड़े-बड़े पेड़ों को भी वह अपनी भुजाओं से तोड़ सकती है। उसका नाम है याई। वह दीकुम और दीते की पुत्री है। जिसने भी उसे हासिल किया, उसे कई दास, दासियों के साथ-साथ अथाह सम्पत्ति भी दी जाएगी। शक्तिशाली कबीला है।

उसके साथ जुड़ गए तो किसी भी कबीले की शक्ति में वृद्धि होगी। वे माने हुए लोग थे। तानी और दोलियांग भी उस कबीले को पहले से ही जानते थे। लेकिन लड़की को कभी देखा नहीं था। तानी को भी वे जानते थे। उसकी बुद्धि के चर्चे भी सुने थे।

तैयारियाँ चलने लगीं। सबने अपना-अपना काम बखूबी निभाया। सिमांग ने चावल के पाउडर से कई तरह के पकवान बनाए—गोल, चौकोर, चपटा, मोटा, पतला, रस्सीनुमा, कठोर, नर्म इत्यादि। जंगली जड़ी-बूटियों के मिश्रण से वे रंगीन और बहुत ही सुन्दर स्वादिष्ट भी हो गए। उन्हें कई-कई दिनों तक रखकर खाया जा सकता था। ऐसी-ऐसी आकृतियों वाले पकवान बनाए, जिन्हें यहाँ के लोगों ने कभी नहीं देखा होगा। सब दंग रह गए। हर्ब ने भी उनमें अपनी महारत हासिल की हुई थी—बस यह बात और है कि उसे जंगली चीजों को जैसी हैं वैसे ही खाने में अधिक आनन्द आता था। अलग-अलग रंगों के धागों से कई तरह के वस्त्र तैयार किए। उनमें सुन्दर कारीगरी की गई। रात-दिन तैयारी में वे लग गए। यह जरूरी था। किसी को प्रभावित जो करना था। अपना प्रभाव दिखाना जरूरी हो जाता है।

एक दिन दोलियांग, हर्ब, सिमांग, कीपुंग और तानी उस ओर की यात्रा पर निकल ही गए। अब आसपास के सारे कबीलेवाले तानी के मित्र बन गए थे। किसी भी तरह के हमले की आशंका नहीं थी। बाकी लोग बेफिक्र होकर खेतीबाड़ी में अपना समय लगा सकते थे। यह यात्रा सिर्फ चार-पाँच दिनों की थी। जल्द ही लौट आएँगे।

पाँचों साथ में एक लय के साथ चलते थे। हर बात में एक तालमेल था उनमें। हर्ब की अजीबोगरीब हरकतें उन सबको कभी-कभी परेशान कर देतीं तो कभी मस्ती से भर देती थीं। कुछ भी कहो—हर्ब के बिना किसी का कोई काम चलता नहीं था। सिमांग की हर पसन्द को वह जानता था। उसके हर भाव को वह पहचानता था। उसकी हर एक धड़कनों का हिसाब उसके पास था।

वे चलते रहे। एक दिन पहुँच ही गए उस गाँव में, जहाँ वह अनुपम सुन्दरी रहती थी। यह गाँव बहुत ही सम्पन्न था। मार्ग में कई सुन्दर-सुन्दर लड़कियाँ खिलखिलाती, हँसती, बतियाती जा रही थीं। सभी के कन्धों पर टोकरियाँ थीं, जिनमें लकड़ियाँ भरी हुई थीं। कुछ की टोकरियों में जंगली फल और तरह-तरह की सब्जियाँ थीं। हर्ब उन्हें सीटियाँ बजा-बजाकर छेड़ने लगा। छोटे-छोटे

कंकड़ों को फेंक-फेंककर उन्हें तंग करने लगा। लड़कियाँ पहले तो खूब हँसीं। थोड़ी देर बाद वे अचानक रुक गईं। उनकी हँसी देखकर हर्ब ने सोचा कि वे भी खुश हैं। लेकिन जब वे रुककर उनका इन्तजार करने लगीं तो वह कुछ डर गया।

"लगते तो अजनबी हो। साथ में दो स्त्रियाँ भी हैं। आश्चर्य, फिर भी लड़कियों से छेड़छाड़ करता है तू? देखने में भी बड़ा ही अजीब," उनमें से एक लड़की ने मुस्कराते हुए कहा।

"अरे क्षमा कीजिए! ये नादान शरारती है। वह बस ऐसे ही मजाक कर रहा था। आप लोग बहुत सुन्दर हो न इसलिए," दोलियांग ने घबराकर कहा।

"बदतमीजी को शरारत कहती हो? सुन्दरता छेड़ने के लिए होती है? इसे देखो, यह खुद कितना बदसूरत दिखता है! यह तो बेहयाई है जी।"

"शरारतें तो हम भी करते हैं, लेकिन इसके व्यवहार में कहीं कोई शरारत नहीं थी। वह तो किसी को परेशान करना था। इसने पत्थर फेंके! मेरा कपड़ा खींचा था। आप लोग उसे रोकने के बजाय हमें समझा रहे हो अब? हमें मूर्ख समझा है क्या?" दूसरी ने कहा।

"हम आपके गाँव में अपने लिए दुल्हन लेने आए हैं। हम आपके दामाद हुए न? हमें आप क्षमा कर दो और स्वीकार कर लो," तानी ने गिड़गिड़ाते हुए कहा।

वे लड़कियाँ पहले से भी अधिक आश्चर्यचकित रह गईं। यह लोग तो बिलकुल ही जंगली हैं। इन्हें पता ही नहीं किससे, कब, कहाँ और क्या बातें करनी चाहिए। बीच मार्ग में लड़की माँग रहे हैं। और कह भी रहा है कि यह दामाद है। इन्हें तो हम भी न अपनाएँ। और वे जल्दी-जल्दी चली गईं। पाँचों अपनी ही मूर्खता पर हक्के-बक्के रह गए। हर्ब की तरफ सबने गुस्से से देखा। वह शर्मिन्दा था। जिन्दगी में पहली बार किसी लड़की को छेड़ा था। छेड़ने का ढंग शायद गलत था। सब बेड़ा गर्क हो गया। चलो कोई नहीं। जो हो गया सो हो गया।

याई के माता-पिता को खबर करने के लिए हर्ब और कीपुंग को आगे जाना पड़ा। शाम हो चुकी थी। दोनों उनके घर में प्रवेश कर ही रहे थे कि द्वार पर—घर के ऊपरी हिस्से में सामान रखने के लिए बनाए गए स्थान में—उसके लम्बे

बालों को पकड़कर किसी ने उसे ऊपर खींच लिया है। कीपुंग पागलों की तरह भौंकता हुआ इधर-उधर दौड़ने लगा। वह उसे बचाना चाहता था। यह इतना अचानक हुआ था कि सोचने का भी वक्त नहीं मिला था।

हर्ब ने देखा। चार-पाँच लड़कियाँ थीं वहाँ। वही लड़कियाँ जो रास्ते में मिली थीं। बहुत ही सुन्दर-सुन्दर। हर्ब घबरा गया। सोचा, "अब तो गया। ये मुझे कहीं का नहीं छोड़ेंगी।" सामने सूर्य की तेज लिये एक बेहद सुन्दर लड़की मन्द-मन्द मुस्करा रही थी। उसकी मुस्कान में चाँदनी की शीतलता थी। बिना बोले ही बहुत कुछ कह जानेवाली आँखें थीं उसकी। हर्ब देखता ही रह गया। वह भूल गया सब कुछ एक पल के लिए।

"क्या रे? क्या टुकुर-टुकुर देखता है? अब हम बताते हैं, छेड़ना क्या होता है," एक लड़की ने हर्ब के शरीर में गुदगुदी करते हुए कहा। हर्ब हँसना नहीं चाहता था—लेकिन हँसी को रोके कैसे?

"छोड़ न! इसे कुछ कहने तो दे," दूसरी ने कहा।

"देखता ही रहेगा या फिर बताएगा अपने उस दुल्हे के बारे में?" तीसरी ने हर्ब के सिर पर हलके से चपत लगाते हुए कहा।

"अरे नहीं, उसकी छोड़। ये बता, तेरे यहाँ हमारे लिए भी दूल्हा मिलेगा क्या? सुन्दर-सुन्दर?" चौथी ने कुहनी मारते हुए कहा।

"बता, बता, किसे दुल्हन बनाने आ रहा है वह? बड़ा ही सुन्दर और बलशाली लग रहा था। हाय, मुझसे एक बार वह कह दे कि चल—मैं तो दौड़ी-दौड़ी चली जाऊँगी," पाँचवीं ने सपनीली होकर कहा।

"तू शादी कर ले मुझसे! चल भाग जाते हैं हम," छठी ने हर्ब को गले लगाते हुए कहा।

"मैं शादी नहीं करूँगा! माफ कर दो मेरी माँ," हर्ब बहुत ही शरमा गया।

"माँ? कौन? मैं? भक्क!" उस लड़की ने उसके बालों को खींचते हुए कहा।

लड़कियाँ खी-खी कर एक-दूसरे के ऊपर गिरती-पड़ती हँसने लगीं। वे कुछ बेपरवाह हुईं कि हर्ब को मौका मिल गया और वह नीचे उतर आया। कौन देर तक रोक सका है उस हवा को।

हर्ब के अजीबोगरीब रूप-रंग को देखकर पहले तो उस विशाल घर के लोग कुछ डर से गए, फिर खूब हँसने लगे। वह तानी के बारे में बताने लगा। उसकी तारीफों में ऐसा मगन हो गया कि उसे खयाल ही न रहा कि कब

तानी, दोलियांग और सिमांग भी पहुँच गए थे। घर के लोगों ने उनका बहुत ही गर्मजोशी से स्वागत किया।

यह लोग बहुत ही कुलीन लोग थे। इन्हें पता था—कैसे, कब, कहाँ, किससे और क्या व्यवहार करना चाहिए। होनेवाले ससुर का नाम दीकुम था। सास का नाम दीत। एक बार रिश्ता जुड़ जाए तो ये लोग मर-जीकर अपनी रिश्तेदारी निभाते थे। दीकुम और दीत दोनों भी अपनी बेटियों के लिए तानी जैसे ही वर की कामना किया करते थे। वे प्रसन्न थे। तानी स्वयं चलकर उनके यहाँ आया था। साथ में दोलियांग जैसी विदुषी थी। अपनी उम्र से बहुत पहले ही जिन्होंने सब कुछ जान लिया हो—उनका सम्मान सब लोग करते हैं। अपने साथ लाए सारी सामग्री मेजबान को सौंप दी गई। वे चमत्कृत थे उन्हें देखकर। लोगों में चावल के प्रति अत्यधिक उत्साह जग गया। वे बहुत ही ज्यादा प्रभावित हो गए। वे बहुत कुछ जानना चाहते थे उन पौधों के बारे में।

रात वे थके हुए थे। उनके सोने का इन्तजाम अच्छी तरह कर दिया गया। लड़कियों ने तानी को छुप-छुपकर देखा। कौन न मर जाए इस पर। सुना था इसके बारे में बहुत कुछ। बुद्धिमान, सुन्दर और करुणावान है। वे लड़कियाँ ही सारा इन्तजाम कर रही थीं। तानी का ध्यान उन लड़कियों पर नहीं था। वह बीच-बीच में कुछ बुझा हुआ-सा रहता था।

सिमांग ने उड़ती-उड़ती आँखों से उन सारी लड़कियों पर नजर डाली। उस एक पर उसकी भी नजर ठहर गई। आह, माता सूर्य स्वयं इनसानी रूप धरकर धरती पर उतर आई है। क्या सौन्दर्य है! तानी के लिए ही बनी है यह तो। वह भी बार-बार तानी को देख रही थी। उसके गालों पर शर्म की छाया-सी उतर-उतर जाती थी। सिमांग ने उसकी नजरों को पढ़ लिया था। वह बहुत ही खुश हो गई। फूलों की ताजगी लिये, खुशबुओं से सनी कोई देवी आएगी तानी के जीवन में। महका देगी सब कुछ। सारा दुख हर लेगी। सिमांग ने दोलियांग को उसकी तरफ इशारा किया। दोलियांग ने भी उसे देखा। वह भी बिना सोचे ही जान गई कि यही है याई।

अन्धकार ने अपनी चादर बिछा दी थी। लोगों के खर्राटे सुनाई दे रहे थे। गहरी नींद में थे सब। दोलियांग तानी के नजदीक ही सो रही थी। उसने कुछ सुना।

तानी नींद में कुछ बुदबुदा रहा है। शायद वह कुछ बेचैन है भीतर से। उसने ध्यान से सुनने का प्रयास किया—"सिमांग...सि...सिमांग...मेरी सिमांग...मुझे छोड़कर मत जाओ!" दोलियांग बुरी तरह हिल गई, "यह नहीं हो सकता। अब कुछ भी नहीं हो सकता। बहुत देर हो गई है अब। इन लोगों को पता चल गया तो अपमानित महसूस करेंगे। उसका अंजाम बहुत ही बुरा होगा। बचे-खुचे तानी वंश का खात्मा अवश्य ही हो जाएगा। यह बहुत ही सम्पन्न और शक्तिशाली लोग हैं। ऊपर से सिमांग दो बच्चों की माँ है। तानी से विवाह कर भी लिया तो और कितने बच्चे पैदा कर पाएगी? तानी को तो कई बच्चे पैदा करने होंगे। सिमांग को एक दिन अपने देश भी तो लौटकर जाना ही होगा। नहीं जाएगी तो उसके बच्चे बड़े होकर यहाँ आ जाएँगे। उनकी जिम्मेदारी कौन लेगा? नहीं, नहीं, मैं कुछ भी ऐसा नहीं होने दूँगी। हमें अपना वंश बढ़ाना ही है। किसी भी हाल में। तानी की बेवकूफी सब गड़बड़ न कर दे। कोई न सुन ले इस मूर्ख की आवाज को। इसी खानदान से ही रिश्ता जोड़ना होगा हमें। यहाँ कई लड़कियाँ हैं। हमारे भाइयों को भी पत्नियाँ मिल जाएँगी। बहुत सारे बच्चे पैदा करेंगे।"

दोलियांग ने तानी को हलके से हिला दिया। वह करवट लेकर उस तरफ सो गया। उसका बड़बड़ाना बन्द हो गया। सिमांग दोलियांग के बगल में सो रही थी।

जिनकी आँखें प्रेम से रोशन हैं। जिनमें प्रेम हर किसी के लिए हिलोरें लेता रहता है। कभी-कभी वे भी अपनी उन आँखों को जान-बूझकर कहीं दफन कर देते हैं। वह देखकर भी नहीं देखते। दोलियांग को एक मरते हुए वंश को बचाना था। उसका काम कठिन था। पर उसे करना ही था। माँ से वादा जो किया था।

व्यक्तिगत प्रेम को कभी-कभी समाज के लिए बलिवेदी पर चढ़ जाना होता है...उसी से उसकी अमरता बढ़ती है।

सुबह बातचीत शुरू हुई। तानी की ओर से दोलियांग ने सब कुछ सँभाला। सब उसकी समझदारी और बुद्धि के आगे झुक-झुक जाते थे। याई की माता ने कहा, "अभी याई अपने मामा के यहाँ गई है। आज शाम तक आ जाएगी। आप लोग प्रतीक्षा करें। तब तक हम विवाह की तैयारियाँ भी कर लेंगे। हमारे यहाँ बेटियों को बेचा नहीं जाता बल्कि हम ही अपने दामाद को कई चीजें देते हैं, ताकि वह हमारी बेटी का खयाल अच्छी तरह रखे।"

तो यह लड़की याई नहीं है, बल्कि उसकी छोटी बहन जीत है। आह, अगर यह मिल जाती तो क्या बात होती। कितनी गरिमामय सौन्दर्य लिये जन्मी है यह। कितनी कुशल है हरेक कामों में। उसकी बुद्धि हर बात में दिखती है। कितनी प्रेममयी है। मेहमानों का खयाल रखना उसे कितनी अच्छी तरह से आता है। बीच-बीच में सिमांग और जीत की नजरें बार-बार मिल जाती थीं। कितना अपनापन था उन नजरों में—मानो वे एक हों! लगता था कोई बिछड़ी हुई बहनें हों। सदियों से एक-दूसरे को जानती हों वे। कभी-कभी कहीं कोई ऐसा टकरा ही जाता है।

तानी ने भी देखा सबको, लेकिन ध्यान किसी पर भी नहीं दिया। वह अपने मन के आकाश में शायद तैर रहा था—नितान्त अकेला। उसे बस एक ही बात याद रखनी थी—तानी वंश की जनसंख्या को बढ़ाना है। एक समय था—लोगों की भूख मिटाना ही सबसे बड़ा मकसद था—और अब सिर्फ वंश बढ़ाना। ऐसा नहीं करते तो तानी वंश का अस्तित्व खतरे में आ जाता।

शाम होने लगी। सूरज क्षितिज में छिपने लगा। दस-पन्द्रह लोगों की एक टोली आई। उसमें एक लड़की थी—सुन्दर, बहुत ही सुन्दर। उसने अपने गले में बेशकीमती बीड्स के रंग-बिरंगे आभूषणों को धारण किया था। घुटनों से भी लम्बे, काले नाग से लहराते बाल। उसका हाव-भाव बहुत रोबीला था। तनी हुई गर्दन, मुस्कान में हलका-सा गुरूर। समस्त संसार में मानो वही एक सुन्दर स्त्री हो। उसने देखा चारों ओर। लोग अब भी कामों में व्यस्त थे। उसने अवलोकन किया हर चीज का, फिर अचानक कहा, “मैं हूँ याई! कौन है मेरा होनेवाला दूल्हा? मैं तो खूब आनन्दित थी मामा के यहाँ, कि बस यूँ ही बुलवा लिया आप लोगों ने। खैर, ताचो, उस मोटे तने को सामने लाओ! मेरा होनेवाला दूल्हा इसे एक ही झटके में तोड़कर दिखाए तो जानूँ।” ताचो उस मजबूत तने को पूरी ताकत लगाकर खींच-खींचकर लाया और सामने रख दिया।

यहाँ के लोग याई को जानते थे। किसी ने चूँ तक नहीं की। माता-पिता भी वहीं पर मौजूद थे। सब देखने लगे तानी की ओर। इधर पाँचों हैरान थे। भला यह भी कोई बात है? चलो कोई नहीं। हम दुल्हन लेने आए हैं। दूल्हे को परखने

का हक दुल्हन को होना ही चाहिए। दोलियांग ने तानी की तरफ देखकर इशारे से उसको आगे बढ़ने को कहा। तानी ने एक लम्बी साँस ली और जाकर एक ही झटके में उस मोटे तने को अपनी मजबूत भुजाओं में उठा लिया। बाएँ पैर की जाँघ पर रखा और दोनों हाथों से इस तरह दबाया कि तना दो टुकड़ों में बँट गया। सारे मौजूद लोगों की साँस में साँस आई। याई मुस्कराई, "यह कोई कठिन काम नहीं था। चलो देखते हैं, घर सँभालने में दम रखता है या नहीं?" यह कहकर वह तेजी से घर के अन्दर चली गई।

कई दास, दासियों को तैयार किया गया। कई मिथुन, सूअर, मुर्गी, बकरी इत्यादि पालतू पशुओं को उनके साथ भेजने के लिए तैयार किया गया। हजारों तरह की बीड्स की मालाएँ पिरोई गईं—लाल, सफेद, पीले, नीले इत्यादि। चार दिनों की तैयारी के बाद पाँचवें दिन दामाद स्वीकार कर लिया गया तानी। उसके गले में सफेद और पीले रंग की मालाएँ डाली गईं। माज, ताल—सभी प्रकार के शुभ के प्रतीकों को भी दिया गया। श्वेत वस्त्र में तानी का रूप कितना खिल रहा था।

जमीन, आसमान और चारों दिशाओं को साक्षी मानकर दो कबीलेवाले रिश्तेदार बन गए। दोलियांग को सब कुछ स्वप्न-सा लग रहा था। इतनी आसानी से गरीब तानी को अपना लिया था उन लोगों ने। इतनी सारी सम्पत्ति सौंपी गई कि अब और कमाने की जरूरत ही न रहे। साथ में इतने सारे दास-दासियाँ। सबके सब तानी वंश में गिने जाएँगे भविष्य में। यह सिर्फ तानी की बुद्धि और समझदारी की चर्चे का ही तो प्रभाव था।

यह बहुत ही बड़ा विवाह था। सारी धरती गवाह बन गई थी। हजारों लोग आए। अच्छे-से-अच्छे पुजारी को बुलाया गया। कीमती उपहार दिए गए। शुभ के लिए मंत्रोच्चारण हुआ। वातावरण शुद्ध हो गया। औरतें याई के आभूषणों को बार-बार छू-छूकर निहार रही थीं। शत्रु, मित्र—सभी कबीलों को आमंत्रित किया गया था। कई तरह के नियमों का निर्वाह किया गया। हर कोई इनसे रिश्ता जोड़ना चाहता था। आज एक गरीब आदमी—जो संख्या में भी कम है—वह इतनी आसानी से सब कुछ पा गया। अन्य कबीलों के लोगों के मन में साँप लोटने लगा। लेकिन अब कर भी क्या सकते हैं? छठे दिन विदाई की बेला भी आ गई। रोने-धोने के उस व्यस्त माहौल से बचती हुई वही लड़की सिमांग के पास आई और उसे एक तरफ खींचते हुए ले गई।

"अपना खयाल रखिएगा। आप बहुत ही सुन्दर हो। किसी को भी जलाने के लिए आपकी एक मुस्कान ही काफी है," उसने सिमांग के कान में धीरे से कहा।

"ऐसा क्यों कहा? वह भी मुझसे ही?"

"विवाह के बाद पुरुष किसी स्त्री के साथ दोस्ती निभा नहीं पाता। अपने-आपको तैयार रखना ही बेहतर है।"

"हाँ, लेकिन मैं भी तो विवाहित हूँ। मैंने तो अपनी दोस्ती अच्छी तरह निभाई है। मैं तो उन दोनों की ही भलाई चाहती हूँ। फिर दोस्ती दाँव पर क्यों लगेगी?"

"वह तो मुझे पता नहीं। मैंने सुना है अक्सर ऐसा होते हुए पुरुष में हिम्मत की कमी होती है। वह भले ही शक्ति की बातें खूब कहा करे। लेकिन छुपकर सब कुछ करना चाहेगा। प्रकट में करना मुश्किल होता है उनसे—खासकर जब किसी स्त्री को लेकर हो। दोस्ती हो चाहे कुछ और—औरत धीरे-धीरे तैयार होती है। एक बार तैयार हो गई तो फिर वह निर्भय हो जाती है। तब तक पुरुष भयभीत हो चुके होते हैं। मेरी माँ भी यही कहती है। बाकी आप जानो।"

"वह तानी है। वह निर्भय है।"

"लगते तो सभी पुरुष ऐसे ही हैं।"

"तुम्हारा नाम जीत है न? कभी नहीं भूलूँगी तुम्हें और तुम्हारी बातों को," सिमांग ने कुछ चिन्तित स्वर में कहा।

जीत ने कोई जवाब नहीं दिया। मुस्कराकर चली गई। सिमांग कुछ देर सोच में पड़ गई। कुछ अजीब-सी बेचैनी होने लगी। क्या फिर से किसी को खो देने का डर है? पता नहीं...पर न जाने क्यों, अब तानी की याद आने लगी है। बहुत याद आने लगी है। वह सामने ही तो है, लेकिन जैसे सीने से दिल निकला जा रहा हो। साँसों का चलना फिर भारी-सा होने लगा है। सिमांग फिर अपने धुन्ध भरे सोचों की दुनिया में खो गई—

चलें आकाश में
बादलों का रुई बनाएँ
धागों में पिरोएँ
इन्द्रधनुष बुनें
बारिश के घर बनाएँ
चाँद आए तो कहेंगे

अभी न आना
काली चादर बुन लेने दें
रात के बाँहों में रो लेने दें
तारों से कहना छुप जाएँ
आँखों से पानी बरस जाने दें...

यहाँ यालंगपू में नई दुल्हन का स्वागत बहुत ही शानदार तरीके से किया गया। कई कबीलेवाले इस भोज में शामिल हुए। कई दास-दासियों को लेकर हर्ब और सिमांग पहले ही यहाँ पहुँच चुके थे। हर तरह की तैयारी की गई। कोई कमी न रहे, इसका खयाल रखा गया। लोग देखते ही रह गए थे उस दिन।

पुजारी ने मंत्रोच्चारण करते हुए घर के हर कोने में, रास्ते में और लोगों के ऊपर पवित्र जल का छिड़काव किया ताकि नकारात्मक प्रभाव दूर हो जाए। सिमांग ने चारों दिशाओं में चावल के पाउडर को बिखेर दिया। हर तरफ से आशीष माँगे गए। रास्ते में सुन्दर जंगली कोखाम पत्तों को बिछाया गया। उस पर दुल्हन चलकर आएगी। श्वेत, कुँवारे, बालक-सा मन लिये तानी की दुल्हन यहाँ राज करे। उसे किसी की नजर न लगे।

घुटनों तक उसकी सुन्दर चोटी लहरा रही थी। गुलाबी गाल। कुछ शरमाई हुई-सी—लेकिन गर्वित भाव। सिर पर सुन्दर मुकुट। कानों में झूलते कुंडल। हाथों में शानदार कंगन। गले में झूलते इन्द्रधनुष की तरह कई रंगों की मालाएँ। श्वेत वस्त्र में लिपटी वह अनुपम सुन्दरी धीरे-धीरे चलकर इस ओर आ रही थी। घर के मुख्य सीढ़ी को छोड़कर उसके लिए एक विशेष सीढ़ी को तैयार किया गया था। वहीं से दुल्हन चढ़कर आ रही थी। रुंगिया ने सास का फर्ज निभाया। अपने हाथों का सहारा देकर उसको घर के ऊपर स्नेह सहित खींच लिया। अपने गले में बचपन से लटक रही सफेद रंग की माला को उतारकर दुल्हन के गले में डाल दिया।

अपने से किसी गरीब आदमी को उसके गुणों के कारण ही अपने पति के रूप में जिसने स्वीकार किया हो—वह ऐसी-वैसी तो नहीं होगी। है न? सबके मन में उसके प्रति अगाध सम्मान का भाव था। लेकिन प्रलय का रूप भी सुन्दर होता है। जमीन से धधककर उफनते ज्वालामुखी का सौन्दर्य देखते ही बनता है।

घर के भीतर प्रवेश करते ही दुल्हन ने रुंगिया की पहनाई हुई माला को उतारकर अपने पीछे खड़ी अपनी किसी दासी के हाथों सौंप दिया...।

लाल रंग ऐश्वर्य का प्रतीक माना गया है। इसी रंग की मालाओं को सम्पन्न औरतें पहना करती हैं। बाकी रंगों की मालाओं को गरीब औरतें और दासियाँ धारण करती हैं। चुपके से रुंगिया की रुलाई छूट गई। दोलियांग ने उसे सँभाल लिया। तानी ने भी देखा था। उसने अपने सामने खड़ी सिमांग के हाथ को जोर से पकड़ लिया। मानो वह सब कुछ सँभाल लेगी। सिमांग ने भी तानी के हाथ को जोर से दबा दिया। कुछ नहीं होगा तानी...सब अच्छा ही होगा।

विवाह के कुछ दिनों बाद एक सुबह तानी ने देखा—घर से कुछ दूरी पर रुंगिया कुछ मोटी-मोटी भारी-भरकम लकड़ियों को उठाने की कोशिश कर रही है। वह बार-बार गिर-गिर जाती है। तानी तेजी से उसके पास आया और उन लकड़ियों को स्वयं अपने कन्धों पर उठा लिया। फिर उसने उसके सामने सिर झुकाकर कहा, "आपके कारण हम सबको बहुत हिम्मत मिली। हमारा परिवार आपके बिना अधूरा है। मैं अपनी पत्नी की ओर से क्षमा माँगता हूँ। उस दिन आपने इतने प्रेम से अपने ही गले की प्रिय माला उतारकर उसको पहनाई। उसका स्वागत किया—लेकिन वह...!" तानी आगे कुछ कह नहीं पाया। उसकी आवाज टूटी हुई-सी लगी। रुंगिया ने स्नेहसिक्त होकर तानी की तरफ देखते हुए कहा, "तुमको देखकर मेरी सारी थकान मिट जाती है। इससे ज्यादा कीमती नहीं थी वह माला।" तानी ने उसको गले से लगा लिया।

याई ने पीछे से सब देख लिया। नई-नवेली दुल्हन थी। उसने उस समय कुछ नहीं कहा। उस दिन से उसके मन में रुंगिया के प्रति नफरत भर गई। यह तो होना ही था। उसने सोचा, "अच्छा ही हुआ, पहले ही दिन उसकी पहनाई माला को मैंने अपनी दासी को दे दी थी। यह उसी के लायक है। जान गई इसके बारे में मैं सब कुछ। डायन थी यह। हुँह!"

याई अपनी सीमाओं में जकड़े हुए थी। एक स्थान ऐसा भी आता है—जहाँ वह शुरुआत वाला स्थान छूट जाता है। यहाँ तक पहुँचने में तानी और रुंगिया ने कोई मेहनत नहीं की थी। यह अपने-आप हो गया था। रुंगिया ने आसमान की ऊँचाई को नाप लिया था—क्योंकि वह अपनी सीमा को जानती थी। वह तो बस आनन्दित थी कि वह तानी के परिवार का एक हिस्सा बन पाई। इससे ज्यादा की उम्मीद उसने भूलकर भी नहीं की थी। शरीर ने उसे

दिल की यात्रा पर जाने में मदद की...इसलिए वह शुरुआत भी सुन्दर थी, भले ही वह छूट गया था।

दासों के अलावा भी याई अपने साथ बहुत कुछ लाई थी—बहुत सारे मिथुन, सूअर, बकरी, इत्यादि-इत्यादि। तानी बहुत ही सम्पन्न माना जाने लगा। तानी वंश के युवकों ने याई के साथ आई लड़कियों से एक-एक कर विवाह कर लिया। सबने अपने-अपने घर बना लिये। सब खुश और खेतीबाड़ी में व्यस्त रहने लगे। दिन बीतने लगे। महीने भी बीतने लगे। तानी और सिमांग की दोस्ती वैसी-की-वैसी रही। तानी सिमांग को हर तरह से घेरे रहता था। कोई उसे न छेड़े, कोई सताए न।

धीरे-धीरे याई इस बात से कुढ़ने लगी। सिमांग उसे फूटी आँख नहीं सुहाती। लेकिन सिमांग तो उसका बहुत ही खयाल रखती थी। यहाँ तक कि सारे लोग ही उसका खयाल रखते थे। याई फिर भी कुढ़ती रहती। तानी को समझते देर नहीं लगी। वह प्रकट में सिमांग को अनदेखा करने लगा। कुछ दिन बाद उसके हाथ से सिमांग का बाँधा धागा हट गया। सिमांग ने उसे बहुत ही प्रेम से उसके लिए बनाया था। उसने उसके हाथ में यह कहकर बाँधा था, "तानी यह मेरा प्रेम है। हमारी दोस्ती अनन्तकाल तक रहे।" वह धागा अब उसके हाथ में नहीं था। सिमांग खामोश रही। उसने सोचा, "कोई बात नहीं। शायद वह यह नहीं चाहता होगा कि कोई हमारे रिश्ते को गन्दी नजर से देखे। तानी है वह। मेरा मित्र। उसने मेरा ही खयाल रखा होगा। लोगों की नजरों से मेरी ही रक्षा की होगी उसने।"

याई कभी सिमांग को, कभी रुंगिया को—कोई-न-कोई काम लगाती रहती। दोनों आराम करें, यह उसको बर्दाश्त नहीं था। तानी की गैर-मौजूदगी में उन्हें बात-बात पर अपमानित करने लगी।

"हमारे यहाँ दासियों को दासियों की तरह ही रखा जाता है समझी? आप जैसी बदसूरत औरत को कोई भी अपने यहाँ न रखे। और यह सिमांग... यह यहाँ हमारे घर में किसी पराये मर्द के साथ क्या कर रही है? अपने पति और बच्चों को छोड़कर यहाँ क्या करने चली आई है? चली क्यों नहीं जाती? पता भी है? लोग कितनी तरह की बातें इसके बारे में कहते हैं? गिरी

हुई, चरित्रहीन, भगोड़ी, ममताविहीन, धोखेबाज, चालाक," एक दिन याई ने रुंगिया से कहा।

"तुम्हें होश भी है, तुम क्या कह रही हो? यह दासी नहीं बड़ी बहन है हमारी। आज इसकी तबीयत ठीक नहीं है। सिमांग सम्पन्न परिवार की है। वह यहाँ हमारे लिए आई है। कुछ तो अपनी आँखों को खोलो। इसकी विशालता तुम्हारी समझ के बाहर है," दोलियांग ने क्रोध में चिल्लाकर कहा।

"वह जिस काम के लिए आई थी, वह तो पूरा हो गया न? अब उसे जाना चाहिए कि नहीं?"

याई ने गुस्से में जवाब दिया और उठकर वहाँ से चली गई। वह सिर्फ यह जानती थी—यह उसका घर है। यहाँ वह लोग नहीं रह सकते जो उसे पसन्द नहीं हैं।

बादल-गीत

बच्चे जन्मने का वक्त करीब आ गया था। तानी चाहता था कोई हो जो उसके होनेवाले बच्चे की देखभाल करने में याई का साथ दे। उसने इसके लिए अपने मामा-मामी के यहाँ से लड़कियाँ लाने की बात की। याई ने इस पर कहा, "तानी, आन्ने चिद्लिन आबे चिद्लिन चिस्माबे" अर्थात "सुनो तानी, एक ही बच्चा है, हम दोनों माता-पिता मिलकर बच्चे को पाल सकते हैं।" तानी नहीं माने...उसकी जिद ने सबके लिए एक और यात्रा की तैयारी करवा दी।

एक दिन याई ने तानी को अपने मामी-मामा के यहाँ, हातसको नामक गाँव जाने को राजी किया। वहाँ से उसे कुछ लड़कियों को खरीदकर लाना था। तानी खरीद-फरोख्त के खिलाफ था, और याई इस पर अड़ गई।

दस-बारह दिनों की यात्रा थी। तानी वहाँ कभी गया नहीं था। उसकी मदद के लिए याई ने कई दासों को साथ में भेजने का इन्तजाम किया, जो वहाँ के बारे में बहुत कुछ जानते थे। तानी के तीन-चार भाई भी उसके साथ चलने को तैयार थे।

यात्रा की तैयारियाँ होने लगीं। तानी ज्यादातर शरीर पर कपड़े धारण करना

पसन्द नहीं करता था। जब आवश्यक हो तभी वह पहन लेता था। वह भी हलका-फुलका ही। वह हमेशा सिर्फ अपने लिंग को ही एक काले वस्त्र से ढककर रखता था। उसे तो हथियार भी धारण करना पसन्द नहीं था। जहरीले-से-जहरीले साँपों से भी वह खेलता था। कुंडली मारकर सो रहे अजगर के शरीर पर भी सो जाता था। जिनकी चींटियाँ भी मित्र हों—उसको हथियार की क्या जरूरत होगी? आत्मरक्षा करने के सारे उपाय वह जानता था।

उस सुबह तानी को याई ने सजाया। उसने तानी की एक न सुनी। श्वेत वस्त्र कन्धे से लेकर घुटनों तक झूलने लगा। गले में महँगे आभूषणों को लटकाया गया। कानों में कुंडल लहराने लगे। हाथों में भारी-भरकम कंगन हथकड़ियों की तरह चिपकने लगे। खुले बालों को अच्छी तरह चोटी बनाकर मस्तक के ऊपरी भाग में गोल-गोल बाँध दिया गया। मधुमक्खियों के छत्ते के समान लग रहे थे उसके बाल। वह दूल्हे की तरह सजा हुआ था। तानी सिर्फ देख रहा था, अपने शरीर को अनावश्यक सामानों से लदते हुए। याई ने कहा, "यह धागे हटाओ! नीले रंग के धागे इसमें बँधने चाहिए।"

फिर उसने उन काले धागों को खोल दिया। उसकी जगह नीले रंग के धागे तानी के घुटनों से लिपट गए। तानी ने तब भी कुछ नहीं कहा।

याई के अनुसार, उसका पति उसके मामा-मामी के यहाँ जा रहा था। धनवान और प्रभावशाली लगना जरूरी था। सबको लगना चाहिए कि उसका पति बड़ा ही सम्पन्न व्यक्ति है। काला धागा भी कोई धागा है? सम्पन्न पुरुषों के शरीरों पर यह शोभा नहीं देता। अन्त में याई ने कहा, "तानी, मेरे मामा का गाँव हातसको है। एक स्थान पर एक ऐसा पड़ाव आएगा, जिसका नाम है 'कोरायर्दा'। वहाँ दो रास्ते मिलेंगे। एक पहाड़ की ओर जाता हुआ; दूसरा नीचे ढलान की ओर जाता हुआ। तुम भूलकर भी पहाड़ की ओर वाले रास्ते पर मत जाना। उस तरफ एक गाँव है—हाची-सको। मेरी बात का खयाल रखना। उस गाँव में तुम बिलकुल ही मत जाना। यदि गए तो मेरा मरा मुँह देखना।" तानी ने एक बार पूछने की कोशिश की ही थी कि याई ने उसे बीच में ही रोकते हुए कहा, "कहा न, वहाँ नहीं जाना! वहाँ के लोग आदमखोर हैं। खतरनाक हैं।"

तानी चुप रह गया। वह बहस करने में याई से कभी नहीं जीत पाया था। ऊपर से गर्भवती थी। उसका खयाल रखना ज्यादा जरूरी था। कुछ समय से वह चुप-चुप-सा रहने लगा था। वह भूलता ही जा रहा था खुद को—मानो

वह है ही नहीं। सब लोग खामोशी से सब कुछ देख रहे थे। एक बार फिर से नि:शब्द पीड़ा ने परिवार में अपनी मौजूदगी दर्ज करा ली थी। इस बार यह कुछ पहले वाले से अलग थी।

कई तरह की चीजें लेकर तानी का काफिला चलने लगा। बहुत सारे धान के बीज, बहुत सारे चावल, कई स्वादिष्ट भोजन, कई वस्त्र, कई मिथुन लेकर चले वे। दासियों को मिथुन देकर खरीदना था। कई लोग तो जरा से चावल में ही अपनी बेटी बेच देंगे। कई लोग एक माला के बदले दो-दो बेटियाँ दे देंगे। यह सब कुछ याई जानती थी। तानी ने अब तक की अपनी जिन्दगी में कभी किसी आदमी को खरीदा नहीं था। उसका इरादा भी कभी नहीं था। और अब... अब वह सब करने जा रहा था जिसके लिए उसका हृदय कभी भी तैयार नहीं था। उसने बचपन में युद्धों से लाए गए दासों के करुण चीत्कार सुने थे। माँ ने कहा था, "यह सब जाने कब खतम होगा। बेटे, तू कभी इन्हें मारना मत! ये आदमी हैं। इनके साथ जानवरों-सा सलूक करने का किसी को भी कोई हक नहीं है। ये मजबूर लोग हैं। इनको बेचने-खरीदने का काम बन्द होना चाहिए मेरे बच्चे। इनके लिए तुम बड़े होकर कुछ जरूर करना।"

माँ का एक-एक शब्द तानी पर कोड़े की तरह पड़ने लगा। वह भारी कदमों से चलने लगा। माँ, पत्नी, बच्चे, लोग, स्वयं तानी—इन सबमें वह बँट गया। कौन है वह खुद आखिर? आदमी कब, किस तरह गुलाम हो जाता है समझ पाना कितना मुश्किल है।

वह सुबह का वक्त था। जाते हुए तानी ने एक बार भी सिमांग को मुड़कर नहीं देखा। कहा कुछ भी नहीं। सिमांग को लगा—जैसे शाम हो रही है। सूरज डूब रहा है। वह लगातार तानी को देख रही थी। उसकी नजरों से क्षणिक ही सही—टकरा जाने की चाह लिये। यह वही आदमी था, जो कुछ समय पहले तक कहता था कि वह उसके बिना नहीं रह सकता। अब उसे एक नजर भी उसकी तरफ देखना गवारा नहीं है? उसे जाते हुए देखना मर जाने के समान था। वह लाश-सी हो गई। भीतर से बुरी तरह टूट रही थी। क्या तानी को इसकी खबर नहीं होगी? उसने एक बार भी नहीं कहा, "कैसी हो सिमांग?" जब से उसने उसको अनदेखा करना शुरू किया—तब से वह कितनी दुबली हो गई है।

क्या उसका दिल नहीं टूटता होगा? सिमांग किसके लिए आई थी यहाँ तक? उसके अन्दर यह साहस किसने भरा था? इतना जल्दी दिल भर गया उसकी दोस्ती से? अब सब कुछ क्यों अर्थहीन-सा लगने लगा है? क्यों सिमांग अब भी यहीं है? उसी मोड़ पर वह खड़ी है। चली क्यों नहीं गई वह? क्या तानी अब कुछ भी नहीं जानना चाहता होगा?

अन्धकार में प्रवेश का साहस सिमांग ने किया था। लगा था तानी भी वैसा ही है। शायद वह साथ था ही नहीं कभी। साथ होता तो उसकी दोस्ती अब सिसक नहीं रही होती। तोड़ने के लिए ही जुड़ते क्यों हैं लोग? चेहरे को उस तरफ बार-बार क्यों मोड़ लेता है वह? मुड़ जाने के बहाने ही ढूँढ़ते क्यों रहता है? कम-से-कम जाते वक्त एक बार गले तो लगता। इतना भयभीत क्यों हो गया है वह? अपनी सिमांग को इतनी गिरी हुई महसूस क्यों करने दिया उसने? क्या गलती थी उसकी?

सिमांग को जीत की बातें याद आ गईं...पुरुष दुनिया जीत लेगा, लेकिन स्त्री के बाबत वह डरपोक और कमजोर हो जाता है। एक बार भी यह नहीं सोचा उसने कि सिमांग ने उससे भी ज्यादा बड़ी चुनौती को स्वीकार किया था। यहाँ उसके साथ चली आई थी। उसके सामने पति के अलावा सारा समाज था। वह डरी नहीं, सामना किया था। और तानी, वह अब उससे बात करने से भी डरता है। याई के हजार अपमान तानी की बेरुखी के सामने कुछ भी नहीं थे। क्या तानी का दिल इतना कमजोर है? अब सिमांग तानी को अच्छी क्यों नहीं लगती? इतना बदल क्यों गया?

सिमांग के भीतर एक भयानक शोर शुरू हो गया। बर्दाश्त करना मुश्किल लग रहा था। इस तरह से तो वह सचमुच ही पागल हो जाएगी। चलते-चलते अचानक रास्ता खतम हो गया था। आगे गहरी खाई थी—पीछे काले बादलों का अँधेरा था। कुछ भी नजर नहीं आता था। कोई भी सिरा तानी के दिल तक पहुँच नहीं रहा था। कहाँ से किस तरह राह ढूँढ़ती वह। तानी ने तो सारे द्वार-दरवाजे बन्द कर लिये थे। उसने तो बीच रास्ते पर ही उसका साथ छोड़ दिया था।

घर से कुछ दूरी पर एक बड़ा-सा वृद्ध वृक्ष खड़ा था। वहाँ सिमांग और हर्ब जब-तब जाते थे। वहाँ बैठकर गपशप करना अच्छा लगता था। आज भी दोनों बिना कुछ कहे ही एक-दूसरे का हाथ थामे वहाँ पहुँच गए थे।

"चलो, हमारे वापस जाने का वक्त आ गया है।"

"वापस?"

"हाँ वापस।"

"कहाँ है वह जगह जो मेरी है?"

"अपने बच्चों के पास।"

"वह तो है, लेकिन मेरा घर कौन सा है?"

"...!"

"इस तरह नहीं।"

"तो किस तरह?"

"एक बार तानी वापस आ जाए। एक बार पूछ लूँ उससे—कैसे हो तानी? तब चलेंगे। उसने कभी मुझसे यह नहीं पूछा, तो क्या हुआ। मैं पूछूँगी। कोई भी बात अधूरा न रह जाए मुझसे। हर वादा निभाना है।"

"कौन सा वादा?"

"दोस्ती एक वादा ही तो है। तुम मेरे साथ क्यों बने हुए हो?"

"बहुत नाराज हो न तानी से?"

"नाराज तो हूँ, लेकिन किसी से भी नहीं। कुछ रूठी हुई-सी तो हूँ—लेकिन पता नहीं किससे?"

"बेवजह ही?"

"जो वजह थी, वही तो बेवजह हो गई है अब। जो कभी मेरा था ही नहीं... उसी का गीत गाती रही मैं।"

"ओह मेरी प्यारी! अब तुम अपने घर के करीब आ रही हो। मंजिल करीब है।"

हर्ब ने जोर से साँस छोड़ते हुए खाली आसमान की तरफ इस तरह ताका, मानो वहाँ से कुछ गिरकर उसके हाथ आ जाएगा। उससे वह अपनी सजनी की हर पीड़ा मिटा देगा। सिमांग ने हर्ब के कन्धे पर अपना सिर रख दिया। वह उसके बालों को सहलाने लगा। खामोश थे दोनों। दिल की धड़कनें साथ धड़क रही थीं।

शाम की कालिमा फिर धीरे-धीरे छाने लगी। दूर तक फैले छोटे-छोटे पहाड़ों के टीलों को दोनों साथ में देख रहे थे। आँखों की रोशनी भी इन ढलती शाम के साथ धुँधलाने लग जाती है। कितना अच्छा होता न...रात के अँधेरे में भी जब चाहे हर वह चीज हम देख पाते, जिसे देखने का जब भी मन चाहे। यह कौन है जो अन्धकार में भी अपने होने का अहसास कराता रहता है? कुछ भी

तो नहीं दिखता, फिर भी दर्द का अहसास होता रहता है। यह भी अन्धकार में मिट क्यों नहीं जाता? इसकी मर्जी इतना मजबूत क्यों है? जिसे दिल से मिटाना चाहे वह मिट क्यों नहीं जाता? हवा का रुख जिस ओर मुड़ता है, उस ओर दिल भी मुड़ क्यों नहीं जाता? हर पकड़ से दूर—मगर हर बात पर उसी की पकड़ है। भँवर में फँसा यह दिल...कोई आर न कोई पार है।

उस रात सिमांग देर तक सोई नहीं। रुंगिया साथ में थी। उसने सिमांग के कन्धे पर हाथ रखकर कहा, "मुझे भी अपने साथ ले चलना। आवारा बादलों-सी फिरना चाहती हूँ। देखना चाहती हूँ कि क्या यही बादल हर जगह फिरता है? मेरे पैरों में भी बारिश की बूँदों की धुन हो। मैं अनजान देशों की हवा को अपने भीतर उतरते देखना चाहती हूँ—तुम्हारी तरह। दोलियांग कह रही थी कि वह तुम्हें पहुँचाने जाएगी। उसका दिल तुम्हारे लिए पल-पल रोता है," और वह गाने लगी—

कौन सी यात्रा है ये
कैसी दुनिया है ये
उद्देश्य क्या है
टूटे दिलों से बनेगा समाज
वंश बढ़ाये जाएँगे
प्रेम बिना होगा विवाह
हिंसा से घर बनाए जाएँगे
इन औरतों को क्या हो गया है?
जंगल के गीत याद नहीं
रोते-रोते खिलाना है पति को भोजन
रोते-रोते करना है हर काम
पतियों की इन दासियों को कोई समझाए
देखो न तानी भी चुप हो गया है

सिमांग खामोश थी। उसने चुपचाप दोलियांग के हाथों को पकड़ लिया और उसे अपने माथे से लगा लिया। उसकी इच्छा सिर आँखों पर रख ली। वह उसे भी ले जाएगी अपने साथ।

दिल खाली था या भरा, कुछ पता नहीं चल रहा था। उद्देश्य धुँधला गया था। रास्ता फिर से अनजाना था। दिमाग सो गया था। जगाएँ कैसे? अनचाही-सी मेहमान बन गई थी वह। एक थकान-सी उतर रही थी। वह सो गई चुपचाप। शिकायत किससे करे? खुद की मर्जी से वह यहाँ आई थी। खुद ही जिम्मेदार थी। तानी वापस आ जाए तब चली जाएगी। वापस जाने के लिए ही आई थी। इसका यह मतलब तो नहीं था कि उसकी अवहेलना इस तरह से की जाए।

लेकिन पता है? सिमांग योद्धा थी—पक्की योद्धा। हर बुराई, हर निन्दा उसके आगे धूल थी। उन पर प्रतिक्रिया कर अपनी ऊर्जा क्यों बरबाद करे? जिसने प्रेम किया वह हर हाल में करेंगे...और जिसने नहीं किया—वे अपना रास्ता नापेंगे।

नींद नि:शब्द मौन है। उसके आगोश में विश्राम है। जीवन, मृत्यु, सब उसी में विलीन है। आँखों में कब वह आ जाती है, किसने देखा? इतनी मीठी कि हर मिठास उसके आगे फीकी है। मन थक जाए तो वहाँ जाना तो पड़ेगा ही। उसके आँचल में दुबक ही जाना पड़ेगा। लेकिन क्या नींद में भी स्वप्न नहीं सताएँगे? अब इस जहर का क्या करें जो दिलो-दिमाग पर काले बादलों-सा छा गया है? यह मरने नहीं देगा—जीने भी तो नहीं देगा।

रुंगिया और सिमांग उस रात खुले आसमान के तले बरामदे में ही तारों को ताकती-ताकती सो गईं। दोलियांग ने दोनों के शरीर पर कपड़े ओढ़ा दिए। हर्ब ने सोती हुई सिमांग के मस्तक पर एक चुम्बन अंकित कर दिया। सिमांग ने रात को एक सपना देखा। कोई कह रहा था, "मी, देखो आकाश में उड़ते इन पंछियों को। सोचो, कौन उड़ाता होगा इन्हें। तुम भी उड़ सकती हो। अपने को खाली करो। सारी सोचों को छोड़कर देखो।" सिमांग ने आकाश की ओर सिर उठाया। उसने देखा—पंछियों का एक झुंड उड़ता चला जा रहा था। आसमान नीला और साफ था। कुछ सफेद बादल इधर-उधर टहल रहे थे। किसी ने भी किसी को पकड़कर रखने की कोशिश नहीं की थी। कुछ अच्छा-सा लग रहा था। बचपन में पिताजी उसे प्यार से 'मी' कहकर पुकारा करते थे। छुटपन में ही उनकी मृत्यु हो गई थी। उनका चेहरा स्पष्ट याद नहीं सिमांग को—लेकिन उनकी आवाज और स्पर्श कैसे भूल सकती थी वह।

सब कुछ एक सपना-सा था। सब बीत गया...सब बीत जाएगा। सब कुछ राख में बदल जाता है। यादें किसी जहरीले कीड़ों की तरह नस-नस में घूमती

रहती हैं...यादें सच हैं...या फिर जो बीत गए वे सच हैं। सच नहीं थे तो बीते कैसे? यादें झूठी हैं, तो यह गुजर क्यों नहीं जातीं?

हर याद इस कदर आवारा
बिन बताए आती-जाती रहती है
हर बात एक जंगल-सी
खो गए रास्ते सारे के सारे
देखो न कोई भटकता फिरता रहता है

अपना होना भी कितना अर्थहीन-सा हो गया है। है न! यह समय गुजरने का नाम ही नहीं लेता। इतना लम्बा...इतना लम्बा...। शायद इन पहाड़ों में फिर बादल छा गए होंगे। तभी तो दिन के वक्त भी इतना अन्धकार है। इनमें रहनेवाले पशु-पक्षियों की आँखों में भी धुँधलापन छा गया होगा। अपने-अपने घोंसलों में दुबक गए होंगे। जो उड़कर गए होंगे यात्रा पर...वे तो कहीं फँस गए होंगे। यहाँ घर के अन्दर भी—अँधेरों ने अपनी चादर बिछा दी है। यह कब तक रहती है देखो। उधर उस कोने में; दोनों हाथों का तकिया बनाकर आँखों को बन्द किए, धीरे-धीरे हर्ब गुनगुना रहा है—

न मैं तलाश किसी की, न कोई तलाश है मेरी
प्रेम में गल गया उसके, एक नजर की चाहत में
सजनी मेरी बहकी-बहकी, उसकी आँखों की एक बूँद हूँ मैं
ठहर जाने की आस लिये, कहाँ-कहाँ मुझको लिये घूमती है
सेज फूलों पर सुला लूँ उसको, तारों से बाँहें भर दूँ मैं उसकी
सो जाए वह तो चलूँ मैं, जाग जाए वह तो चलूँ मैं...

जमीन को चीरकर जब आग की नदी उफनती हुई निकलती है—वह अपने सामने आनेवाले हर चर-अचर को लील जाती है। प्रलय के बाद ही लोगों को याद आता है कि जमीन के भीतर दफन अग्नि अधिक विनाशकारी होती है।

जब याई ने अपना पहला कदम इस घर में रखा था, उसी वक्त दोलियांग को उस विनाश की लहक मिल गई थी। करती भी क्या अब? स्वागत उसका तो करना ही पड़ा। वह आँधी घर में दाखिल हो चुकी थी।

कुछ दिन बाद एक सुबह याई को प्रसव-पीड़ा आ गई। मुर्गे की पहली बाँग के साथ तानी के पुत्र ने इस संसार में आगमन किया। सब लोग माता-पुत्र की देखभाल में लग गए। कोई कमी नहीं रही। पूरे गाँव में उत्सव-सा माहौल हो गया। तानी पिता बन गया था। याई ने अपने पुत्र का नाम रखा 'ताकार तानी'। सिमांग सारा दर्द भूल गई। बच्चे से वह इस कदर चिपक गई, मानो उसके द्वारा अपने ही बच्चों से प्रेम कर रही है वह। माँ होकर वह उनसे अब तक दूर थी। अपना पश्चात्ताप भी कर रही थी वह।

एक दिन रुंगिया और सिमांग बच्चे को नहला रही थीं। सिमांग गा रही थी। रुंगिया हँसती हुई बच्चे के शरीर पर धीरे-धीरे पानी डाल रही थी। बच्चा बीच-बीच में रो देता था। याई से रहा नहीं गया। उसने गुस्से में चिल्लाते हुए कहा, "मेरे बच्चे को छूना भी मत! तुम दोनों की बदकिस्मती इसे भी लग जाएगी। चली जाओ यहाँ से! दासी हैं, फिर भी दासियों की तरह नहीं रहतीं। बेशर्म! समझ में नहीं आता? मैं इस घर की मालकिन हूँ! तुम दोनों को बर्दाश्त नहीं कर सकती मैं। चली जाओ...चली जाओ अभी इसी वक्त!"

दोनों पूरी तरह से स्तब्ध रह गईं। कुछ भी नहीं सूझ रहा था। उसके चिल्लाने से बच्चा भी डर गया और जोर-जोर से रोने लगा। दोलियांग से रहा नहीं गया। वह दनदनाती हुई याई के पास आई और एक जोरदार थप्पड़ उसके गाल पर जड़ दिया। याई उठी और जाकर सिमांग के बालों को पकड़कर बेदर्दी से उसे खींचने लगी। रुंगिया ने तड़पकर उसे बचाने की कोशिश की, लेकिन उसके गोद में तानी का नन्हा बालक था। याई सिमांग को खींचकर ले जाने लगी। दोलियांग ने दीवार पर लटक रहे धनुष को उतारा और उस पर प्रत्यंचा चढ़ा दी। याई के मस्तक पर तीर का निशाना साधे वह विकराल रूप धारण कर खड़ी थी। इतना भयंकर था उसका रूप कि याई भी सहम गई। उसने सिमांग के बालों की अपने हाथ की पकड़ को ढीला कर दिया।

याई पर पहली बार किसी ने निशाना साधने की जुर्रत की थी। वह भी इन बदचलन औरतों की खातिर? यह असहनीय था। सिमांग चिल्ला-चिल्लाकर रो रही थी। उसने याई पर हाथ नहीं उठाया। वह योद्धा थी। कुछ भी कर सकती थी—लेकिन उसने नहीं किया। "तानी...तानी...देख ले! कहाँ तक आ गई मैं तेरे साथ! मैं ठहरी हुई नदी थी। तालाब थी मैं। तुमने मेरी रूह को छुआ। मैं पत्थरों के पहाड़ को तोड़कर बह निकली। तेरे साथ। हाँ, हाँ तानी...तेरे

साथ। मैं तो भूल भी गई थी कि मैं क्यों बह निकली? वह तुम ही थे, जिसके साथ मैं खुलकर बाहर आई। लेकिन तू...तू भी सिमांग को गिरी हुई समझते हो? क्यों?"

सिमांग बदहवास-सी दौड़-दौड़कर अपने सामान एकत्रित करने लगी। जोर-जोर से चिल्लाती भी जा रही थी। सारे आसपास के लोग कान खड़े कर सुन रहे थे। किसी ने भी उसे रोकने की कोशिश नहीं की। कुछ लोग दौड़-दौड़कर आए और देखने लगे थे। हर्ब ने भी देर नहीं की। वह तो कब से यहाँ से जाना चाहता था। उसने सिमांग की मदद की। रुंगिया ने बच्चे को एक दासी के गोद में रख दिया। वह भी जल्दी-जल्दी अपने सारे सामान समेटने लगी। दोलियांग ने कहा, "सिमांग मैं जाऊँगी तुम्हारे देश तक। अपनी जान दे दूँगी—तुम पर कोई आँच नहीं आने दूँगी!" उसकी बात सुनकर हर्ब खूब जोर-जोर से हँसने लगा। हँसते-हँसते ही उसने कहा, "दीदी, उस पर आँच आ चुकी कब से! आज इस पगली ने मार भी खा ली। यह हद है पागलपन की। बिना विचारे चल दी थी तानी के साथ।" दोलियांग ने कोई जवाब नहीं दिया। वह भी चुपचाप तैयारी करने लगी।

दो-तीन लोगों और कीपुंग को दोलियांग ने अपने साथ चलने को राजी कर लिया। तानी को कभी भी नहीं छोड़नेवाला कीपुंग इस बार उसके साथ नहीं गया। घर पर ही रह गया था। शायद वह फिर से धान के लहलहाते खेतों के बीच बसे उस शहर में जाना चाहता था। क्या वह भी जान गया था सब कुछ कि यही होनेवाला है?

वे निकल पड़े घर से।

योमा तादा

पहाड़ों और नदियों को पार करते हुए तानी के साथ सारे लोग चलने लगे। दस दिन बाद वे उस स्थान पर पहुँच गए। कोरा यर्दा अर्थात कोरा नामक पहाड़।

यहाँ एक पड़ाव था। एक बहुत ही बड़ा वृक्ष था वहाँ जिसके तले बैठकर लोग विश्राम किया करते थे। यह बहुत ही सुन्दर और सुरक्षित स्थान था। यहाँ मन्द-मन्द हवाएँ बहती थीं। यहीं से मार्ग दो भागों में बँट जाता था—हातसको और हाचिसको। हातसको नीचे ढलान की ओर उतर जाता था, हाचिसको ऊपर पहाड़ की तरफ चढ़ जाता था।

लम्बे-लम्बे वृक्षों से आच्छादित जंगल। तानी ऊपर की ओर जाने लगा। वह देखना चाहता था—क्या है वहाँ। वहाँ जाने से उसको क्यों मना किया गया है? एक दास ने कहा, "मालिक, आप न जाएँ वहाँ। वह हाचिसको है। वहाँ आपका जाना मना है।" उसने हाथ के इशारे से उसे चुप रहने को कहा और आगे बढ़ गया। कोई उसके पीछे न आए, यह भी कह गया। वह आगे बढ़ता गया।

तानी ने देखा—अनगिनत बन्दर इधर-उधर फुदक रहे थे। कुछ खेत भी दिखाई दिए। वे मरे हुए से लग रहे थे। शायद वहाँ कुछ फसल बोई गई होगी और इन बन्दरों ने सफाचट कर दिया होगा। उन खाली खेतों में उसको भूख से बिलबिलाते बच्चे और वृद्ध के साये दिखाई देने लगे। आखिर शिकार से कब तक आदमी जीवित रह सकता है।

कुछ और आगे बढ़ गया। सहसा उसे एक सीटी सुनाई दी। इतनी मीठी! इतना मनमोहक धुन! संगीत...हाँ संगीत बज रहा है। कौन बजा रहा है? उसने तानी को अपनी ओर खींचना शुरू कर दिया। अचानक कुछ छोटे-छोटे बच्चे रास्ते में दिखाई दिए। वे कुछ ढूँढ़ रहे थे। शायद भोजन तलाश रहे होंगे। उनके शरीर की हड्डियाँ जगह-जगह से झाँक रही थीं। त्वचा के नाम पर सिर्फ कोई सूखा पत्ता मानो शरीर पर चढ़ाया हुआ था। गाल पिचके हुए। आँखें धँसी हुईं—मानो किसी कुएँ से थोड़ा-सा पानी आसमान में झाँकने की कोशिश कर रहा हो। पेट-पीठ एक हो गए थे।

अब भी उस ओर से उसी सीटी की आवाज सुनाई दे रही थी। पर अब वह करुण पुकार सी थी। इतनी पीड़ा...क्यों ? तानी उन बच्चों को देखता ही रह गया। हृदय पिघलकर बर्फ-सा जम गया। उन्होंने भी तानी को देखा। वे डरकर इधर-उधर भागने लगे। कुछ बच्चों के शरीर में इतनी भी ताकत नहीं थी कि पैरों से चलकर भाग सकें। वे घुटनों के बल रेंग-रेंगकर रोते-बिलखते जा रहे थे। उनकी आवाजों को सुनकर कुछ वयस्क लोग जंगल से बाहर आए। वे जंगली

कन्दमूल तलाश रहे थे। वे भी तानी को देखकर चीखते हुए भागने लगे। बच्चों को भी सँभालने की कोशिश कर रहे थे। लेकिन अब भी वही सीटी बज रही थी। अब तो बजती ही जा रही थी...वही धुन।

तानी उन भागते-चीखते लोगों को रोकने की कोशिश करने लगा। वह बताना चाहता था कि वह कोई शत्रु नहीं है। शायद यहाँ कई-कई बार हमले हुए होंगे। अब अगर कोई हमला करता भी है तो उसे इन हड्डियों के ढाँचों से क्या मिल जाता होगा? हाँ, उन्हें दास बनाया जा सकता था। इसके लिए ही लोग यहाँ आते होंगे। खूब सताते होंगे। यातनाएँ दी जाती होंगी। इसीलिए तो ये इतने डरे हुए हैं।

ये सारे लोग ही बन्दर लग रहे थे। इतने में एक आदमी पेड़ पर से नीचे कूद आया। सीटी की आवाज रुक गई। तानी हैरान था। वह आदमी उसके आगे घुटनों के बल बैठ गया और रोते हुए कहने लगा—

"हमें छोड़ दीजिए। हमारे सारे रिश्तेदारों को उन लोगों ने बन्दी बना लिया। वे अब उनके दास हैं। इन बच्चों पर दया कीजिए। हम पर रहम कीजिए। हमें जाने दीजिए। हमारे शरीर में तुमसे लड़ने की ताकत नहीं है।"

"लेकिन तुम हो कौन?"

"मेरा नाम योमा तादा है।"

"योमा अर्थात निर्धन? ऐसा नाम ही क्यों?"

"इस गाँव के सारे लोगों का नाम ही योमा है। हमें लोगों ने ऐसा ही नाम दिया—योमा तागी, योमा याना, योमा सोपिन इत्यादि। हम निर्धनों का निर्धन जो हैं," वह सिर झुकाए, घुटनों के बल अब भी जमीन पर ही बैठा हुआ था।

"बिना वाद्ययंत्र के ही अनेकों तरह से सीटियाँ बजा सकते हो...कितना मनमोहक!"

"हमारे पास सिर्फ यही है।"

हड्डियों का ढाँचा था वह। तन पर कोई वस्त्र नहीं था। वे सारे लोग ही नंग-धड़ंग थे। शरीर का हर अंग भोजन को पुकारता था। तानी की आँखों से आँसू बह निकले। उसने उस आदमी को दोनों हाथों का सहारा देकर उठाया। वह आदमी थर-थर काँप रहा था। तानी ने बिना कुछ कहे, उसका चेहरा अपने हथेलियों से ऊपर उठाया। उसने तानी की आँखों से अपनी आँखें मिलाईं। उनमें

झिलमिलाते मोतियों से आँसुओं को देखा। वह उसके गले लग गया। वह जान गया। वह किसी पराये से नहीं मिल रहा था। वह अपना था...बेहद अपना। उसने सीटी बजाना फिर शुरू कर दिया। ओह, तो यह है जिसने जंगल को पीड़ा के संगीत से भर दिया! तानी बिना शरीर का हो गया। वह उसके रूह से जा मिला। संसार उसकी आँखों से विलीन हो गया। घासों और झाड़ियों में छिपे लोग भी साँस रोके उन्हें देख रहे थे।

धीरे-धीरे सारे लोग बाहर निकल आए। वे तानी के करीब आने लगे। औरतें पास जाकर तानी के गले में लटकती मालाओं को छू-छूकर देखने लगीं। उनकी आँखें आश्चर्य से फैल रही थीं। तानी के कपड़े उनके लिए कुतूहल का विषय बन गए। सबकी आँखें तानी के तन पर लिपटी, लटकती सम्पत्ति पर टिक गईं। तानी के गठीले, शक्तिशाली, सुन्दर तन को घूर-घूरकर देखने लगीं वे। बच्चे बन्दरों की तरह हल्ला मचाते हुए फुदकने लगे। तानी ने एक माला अपने गले से उतारी और एक बच्चे के गले में डाल दी। प्रसन्नता से वह चिल्लाने लगा। उसकी माँ ताली बजा-बजाकर हँसने लगी। बाकी लोग आस भरी नजरों से तानी को ताकने लगे। वह मना नहीं कर पाया। उसने एक-एक कर सारी मालाओं को बाँट दिया। कपड़े को उतारकर मरियल-सी वृद्धा के तन पर ओढ़ा दिए।

तानी भी अब उन्हीं लोगों की तरह नंगा था। सिर्फ उसका लिंग ही ढका हुआ था। उसे होश ही नहीं था कि वह क्या कर रहा है। वह खुद के काबू में ही नहीं था। उन्हें प्रसन्न देख वह उनके साथ नाचने लगा। हलका...बहुत ही हलका महसूस किया उसने। वह आदमी लगातार सीटी बजा रहा था। आनन्द उतर गया भीतर...या भीतर से आनन्द बाहर निकलने के लिए अपनी राह तलाश रहा था कब से। सब नाचने-कूदने लगे। ऐसा नजारा तानी ने भी कभी देखा नहीं था—

यह प्रेम है यही प्रेम है
भूख ने बजाई सीटी,
उसने मिलाई आँखें
भूख ने फेंकी मुस्कान उस पर,
उसने मुस्करा दिया बिन विचारे
भूख से भूख जा मिली, प्यास से प्यास

माँ की याद से जा मिला वह
लहर-लहर रोई-चिल्लाई
फूलों ने भी राह में काँटे बिछाए
वह तो था खुशबू, बिखर ही गया
आँधियों ने इक धुन बनाई थी
उसने ताल दे-देकर करुणा गीत गा दिए
बादलों में लिख दी कहानी उसने
कोई न रोए आँसुओं से गीत लिख दिए
प्रेम की याद में यह तन झूमता है
मन झूमता है
रगों में प्रेम बहता है
प्रियतम बहता है
कैसे भुला दें इसे?
क्यों भुला दें?
भूले हुए हैं सब
फूल उससे रूठ गया,
रंगों में बहक गया
उसने एक न मानी, न मानी, न मानी
खतरों से खेल-खेल गया
खोया हुआ तानी फिर लौट आया

बिना मांस-मज्जा के कई नर-कंकाल उस जंगल में नाच रहे थे उस दिन। कुछ लोग खड़े ही नहीं हो पा रहे थे, वे रेंग-रेंगकर अपनी खुशी जाहिर कर रहे थे। कुछ बैठे-बैठे ही हँस रहे थे, मुस्करा रहे थे। सदियों बाद वे नाचे थे। तानी की जगह और कोई होता तो उन्हें देखकर डर ही जाता। पिचके हुए गालों पर हँसी खेल रही थी। तानी उन लोगों के बीच किसी और ग्रह से आया हुआ प्राणी लग रहा था—क्योंकि वही एक अकेला था, जिसकी हड्डियों में मांस-मज्जा थे।

आओ न...हम भी उनकी खुशी में शरीक हो जाएँ। देख, ये मुस्कराते, हँसते चेहरे! अच्छा लग रहा है न? हँसो नहीं—चलो नाचते हैं...।

बहुत देर बाद सारे लोगों को लेकर वह नीचे पड़ाव की ओर उतरने लगा। इतने सारे नंग-धड़ंग लोगों को देखकर तानी के साथी दंग रह गए। तानी भी उन्हीं जैसा लग रहा था। वह भी नंगा था। उसके तन की सारी चीजें गायब थीं। उसके एक इशारे पर सारे बन्दर सरीखे लोग उनके भोजन पर टूट पड़े। किसी की समझ में नहीं आया कि हो क्या रहा है? तानी ने सामने घास चर रहे दो मिथुनों को मार गिराया। आग जलाई। मीट जलाए गए।

उस दिन उन लोगों ने इतना मीट, इतना भोजन खाया था—जिन्दगी में कभी नहीं खाया होगा। खाते वक्त बिलकुल जानवरों की तरह व्यवहार कर रहे थे। याई के दासों ने तानी को समझाने की बहुत कोशिशें कीं। वह तो उस वक्त अपना नाम तक भूल गया था। सब कुछ भूल गया था कि वह क्या करने यहाँ आया था? वे भूखे लोग खाते जा रहे थे। कुछ लोग अधिक खाने से उल्टियाँ भी करने लगे थे। इसके बावजूद वे फिर-फिर खाने लग जाते थे। चटोरे थे। हाथों और पत्तों को भी चाट-चाटकर खा रहे थे।

तानी के जिद के कारण सारे लोग कुछ दिनों तक वहीं पर उन नरकंकालों के गाँव—हाचिसको में ठहर गए। उन्हें धान की खेती करना—सिखाना और बताना जो था। तानी को पाकर उन लोगों ने साक्षात माता सूर्य को इनसानी रूप में पा लिया था। जी चाहता था कि उसके आगे अपने प्राण भी हाजिर कर दें। लोगों ने अपने हाथों से उन स्थानों को पोंछ-पोंछकर साफ किया—जहाँ तानी को बैठना था। उसे कुछ ऊँचे पर बिठाकर ही अपनी आँखें उसकी तरफ—ऊपर की ओर उठाकर उसे देखना था। तानी का रोम-रोम पुलकित था।

योमा तादा ने उसे सीटी बजाना सिखाया। आगे की यात्रा रद्द हो गई थी। कैसे जाएँ? एक ही पल में यहाँ सारा धन खतम हो गया था। तानी फिर से गरीब हो गया...! उसके बदले में जो मिला, उसे किसी को दिखा पाना सम्भव नहीं था।

किसी जंगल में एक रजनीगन्धा खिली थी
खुशबू रात-दिन महकती थी
अन्धकार में खूब खिलती थी
साँसों में उतर

मीठी नींद में आसमानी सपने देती
चाँद जब आसमान में चमकता नहीं था
तब भी वह महकती थी
श्वेत, शुभ्र रंगों वाले चादर में
शिशु-सा कोई किलकारियाँ करता था
वही फूल 'आबोतानी' कहलाया
वह नीबो था
वही तानी था...

तानी को माँ की बहुत याद आई। वे धान के बीज...उनमें वह ही तो मौजूद थी। हाँ, वह इनमें बसती थी। वह प्राण थी। जीवनदायिनी प्राण। और सिमांग ने भी वही तो किया। भूख मिटाने दूर देश से पर्वतों की गोद में आई। वह एक प्रलय थी। उससे प्रेम करना आसान था, लेकिन उसके प्रेम में उसके साथ होना मुश्किल। जख्मों से भरी, लहूलुहान कदमों से चलती थी वह। टूटी हुई साँसें लेकर भी आह नहीं भरती थी। झुकना उसे नहीं आता। रुकना उसे मंजूर नहीं। सुकोमल लेकिन उसे तोड़ पाना असम्भव था। ताजगी लिये कोई खुशबू थी। मनमौजी थी। तानी जानता था उसे।

क्या तुमने कभी धान के पौधों की महक को साँसों में बसाया? बीजों की महक कभी उतरी साँसों में? नहीं...तो फिर तुम प्रेम को देख नहीं पाओगे। तानी ने माँ और सिमांग की याद में सीटी बजाई। वह धुन—उन पहाड़ों में, पेड़ों में, पौधों में...हर जगह समा गई। धुन भी एक महक है...सुनाई देनेवाली महक। यहाँ अब केवल प्रेम और शान्ति मुस्कराएँगे...लोगों की भूख मिटेगी... यहाँ धान के पौधे लहलहाएँगे...तानी उन्हें अपनी साँसों में समा लेगा। यह तारे, यह चाँद, यह जंगल, यह पहाड़...बारिश की बूँदों में, पत्तों की सरसराहट में—आत्माओं के नृत्य की आवाज गूँजा करेगी।

ओ प्रेम!
तेरी ही याद में वह सब कुछ करता है
तेरा ही जिक्र करता है रोम-रोम उसका
हर साँस तेरा ही नाम लेता है

वह चलता-फिरता देवता
तू ही तो जन्मा था तानी बनकर

याई बुद्धिमान थी...बहुत ही बुद्धिमान। वह समझ गई थी पति की कमजोरी को। वह जान गई थी कि तानी बिना सोचे सब कुछ बाँट देता है। लेकिन क्या कभी किसी के सहज स्वभाव को देर तक कोई दबा पाया है? रिश्तों की आड़ में कितने ही दिलों की हत्याएँ होती रही हैं। आदमियत कैसे-कैसे मार दी जाती है। विवाह किया कि पुरुष स्त्री का दास हो गया। वह जो चाहे करवा सकती है? पुरुष को अपनी बातें मनवाने के हजारों हथियार स्त्री के पास पहले से ही तैयार हैं।

बुद्धि किसी को दबाने में काम आए तो विनाश है—स्वयं का तो है ही। खासकर रिश्तों में बुद्धि राजनीति लाती है। भरोसा, अपनापन, सब कुछ सन्देह के घेरे में पलने लगते हैं। हृदय को चैन आए तो आए कैसे?

बहुत सारी बातें उन गरीब लोगों को तानी ने बताई और समझाया। वह स्थान फसलों के लिए उपजाऊ नहीं था। सुरक्षित भी नहीं थे वे लोग वहाँ। कहीं से भी शत्रु आक्रमण कर सकते थे। शायद यही वजह थी कि वे इतने गरीब थे। जाने कितने ही बार वे लूटे गए होंगे। कई तो बन्दी बनाकर दास बना लिये गए थे। तानी ने उन सबको धान की फसलों के लिए उपयुक्त स्थानों की खोज करने और अपने को शत्रुओं से सुरक्षित रखने को कहा। उन्हें उस स्थान को हमेशा के लिए छोड़कर जाने की हिदायतें दी।

जितने मिथुन वे लेकर आए थे—उन सभी को उन गरीब लोगों को सौंप दिया गया—बकरी, मुर्गी, इत्यादि सारे-के-सारे। पालने की हिदायतें दी गईं। लोग सिर हिला-हिलाकर अपने फरिश्ते की बातें सुन रहे थे। तानी ने उन लोगों के बीच जो सबसे शान्त और प्रभावशाली आदमी था, उसके हाथों में धान के बीजों को सौंपते हुए कहा, "यह अमृत है। इसका खयाल रखना। यह तुम्हारा खयाल रखेगी। इसे धान कहते हैं। मिट्टी इसे जिन्दगी देगी। तुम जानवरों से इसकी रक्षा करना। स्वर्ण किरणें इसकी साँसें बनेंगी।" उस आदमी ने तानी के आगे घुटनों के बल बैठकर सिर झुकाते हुए कहा, "इन बीजों को हम अवश्य ही लहलहाते हुए देखेंगे। जब यह फसल पककर हमारी रगों में दौड़ने को तैयार हो जाएगी—तब हम आपके पास इसका

सबूत लेकर आएँगे। हमारे प्राण भी आपके हुए। यह हमारी प्रतिज्ञा है। आज से आप हमारे आबो हुए। पिता हैं हमारे—आबोतानी। धन्य हुए हम आज। हम फिर जरूर मिलेंगे!"

यह एक घटना थी। घट गई। वहाँ खड़े पेड़-पौधे, घास, झाड़ी, पशु-पक्षी—सब साक्षी हुए। तानी के साथ जो लोग चले थे—वे भी तानी-तानी हो गए। आखिरकार वे भी तो गरीब लोग ही थे—मजबूरी के चलते किसी के दास बन गए थे। उन दासों ने भी तानी को—आबो अर्थात पिता कहा—आबोतानी—यानी पिता तानी।

इकी (कुत्ता)

तानी अपने सारे साथियों के साथ वापस लौट आया। उसके तन पर कुछ भी नहीं था; सिवाय एक काले वस्त्र के अपने लिंग को ढकने के। याई ने देखा। उसका दिल धक से रह गया। सारे आभूषण कहाँ गए? दासों के तन पर के वस्त्र और आभूषण भी कहाँ चले गए? किसी ने लूट लिया इन सबको मार्ग में? उस गाँव गया था, जहाँ जाने को मना किया गया था? सारे लोग पूरी तरह से खाली लौटे थे। हथियार तक नहीं थे उनके तन पर। उसका खून खौलने लगा। यह नहीं हो सकता। कभी नहीं हो सकता। याई ने सबसे चिल्ला-चिल्लाकर पूछा। किसी ने कोई जवाब नहीं दिया। सब सिर झुकाए दबे पाँव घर के अन्दर चले गए। वह गुस्से से जलने लगी। याई की अवहेलना ऐसे कैसे कर सकता है कोई? वह भी उसी के दासों द्वारा। आसमान फट जाए! धरती जल जाए! याई शान्त नहीं होगी। क्षमा नहीं करेगी किसी को भी। हजारों कोड़े वह स्वयं लगाएगी इन दगाबाजों पर। ये बदल कैसे गए?

तानी ने याई को मुस्कराकर देखा। फिर उसने अपनी पत्नी के गर्भ को देखा। वह आनन्दित हो गया। गुस्से से पागल हो रही पत्नी के नजदीक आया और उसने उसको गले से लगाते हुए कहा, "शान्त हो जाओ! सब बता दूँगा।

पहले यह तो बताओ, बेटी हुई की बेटा?" याई के प्रश्नों का उत्तर देने के बजाय कुछ और ही पूछ रहा था मूर्ख। क्या वह यहाँ सिर्फ और सिर्फ बच्चे पैदा करने आई थी? इतने सारे कीमती आभूषण कहीं फेंक आया है। इतने सारे मिथुन बरबाद करके आया है। उसे कमाने के लिए जन्मों लग जाते हैं। ऊपर से यह मुस्करा रहा है? क्यों? उसने तानी को झटका देकर अपने से अलग किया और कहा, "मेरे सारे आभूषण कहाँ गए? बेच आए? लूट लिये किसी ने? किसको दे आए? बताओ पहले सब कुछ!"

"कुछ गरीब लोग मिले थे। बेहद गरीब थे वे। मैंने...मैंने।" तानी ने हकलाते हुए कहने की कोशिश की।

याई ने उसकी बात पूरी होने से पहले ही काट दी। वह समझ गई थी सारा मामला।

"अपनी कमाई नहीं थी न, इसीलिए इतनी आसानी से खर्च कर सकते हो? खुद कमाते तो कुछ झिझक होती। पत्नी को बिना बताए तुम ऐसा कैसे कर सकते हो? शर्म नहीं आती? वे सारे मेरे थे मेरे! मैं अपने साथ लेकर आई थी। विवाह ऐसे नहीं चलता मूर्ख! मेरी सम्पत्ति को किसी को देने से पहले, मेरी भी मंजूरी जरूरी थी।" वह चिल्लाए जा रही थी।

तानी खामोश था। अब कुछ भी कहते नहीं बन रहा था। भीतर बेचैनी बढ़ती जा रही थी। उसकी नजरें बेचैनी से किसी को ढूँढ़ने लगीं। यह देखकर याई को और ज्यादा गुस्सा आ गया। उसने तानी के चेहरे पर थूक दिया—'थू, थू!' अब वह पहले से भी ज्यादा जोर से चिल्लाने लगी, "वह चली गई। मैंने उसे निकाल दिया। यह मेरा घर है। एक पुरुष और स्त्री में मित्रता कैसे हो सकती है? और तुम, कुत्ते की तरह दुम हिलाते हुए उसी को फिर से ढूँढ़ रहे हो? तुम्हारे साथ रहने का मतलब है—हमेशा निर्धनता में जीना। मैं तुम्हारे साथ नहीं रह सकती। मैं चली जाऊँगी। सुना तुमने? मैं ऐसे मूर्ख आदमी के साथ अपनी जिन्दगी बरबाद नहीं कर सकती! बच्चे को अपने साथ ले जाऊँगी। शुक्र करो मेरा! मैंने उसे तुम्हारे ही वंश का नाम दिया—तानी ताकार। वह जहाँ कहीं भी रहेगा—तानी का पुत्र कहलाएगा। मेरे पीछे आने की कोशिश भी की न, मैं अपने साथ-साथ इस बच्चे की भी जान ले लूँगी। जिन लोगों ने मेरा विवाह इस मूर्ख के साथ करवाया—उनके साथ भी मुझे नहीं रहना। अपनी अलग दुनिया बसाऊँगी मैं।"

अभी भी वे घर के बाहर बरामदे में ही खड़े थे। याई ने तानी को अन्दर आने का मौका ही नहीं दिया था। बिना कुछ कहे बहुत देर तक तानी यूँ ही ताकता रहा अपनी पत्नी को। वह अब भी गला फाड़-फाड़कर चिल्ला रही थी। तानी को उसका रूप-यौवन, सौन्दर्य बड़ा ही भद्दा लग रहा था। सुन्दरता की देवी साक्षात नाचती हुई कोई भयानक भूतनी लग रही थी। वह इधर से उधर दौड़-दौड़कर सामानों को उठा-पटक भी कर रही थी। उसने तानी के गले पर, हाथ में, पेट में—और उसके शरीर पर न जाने कहाँ-कहाँ अपने दाँतों और नाखूनों के कई निशान बना दिए। चेहरे पर नाखूनों के इस तरह निशान बन गए—मानो किसी बिल्ली ने तानी को गुस्से में नोंच दिया हो। वह तब भी खामोश था।

तानी का सारा शरीर ढीला हो गया—मानो अब कोई ताकत ही नहीं रही। इसकी तो कल्पना ही नहीं की थी। वह हारा हुआ, लहूलुहान आदमी—धीरे-धीरे घर के अन्दर भारी कदमों से चला गया। घर में एक अजीब-सा खालीपन और अँधेरा था। उसने अपने-आपसे बुदबुदाकर कहा, "बाहर बादल छाए हुए हैं—इसीलिए अँधेरा शायद अधिक है। आग जल रही है अलाव में। लेकिन यह रोशनी फिर भी इतनी फीकी क्यों है? शायद लकड़ियाँ गीली होंगी।"

वह अपने शरीर के बोझ को सँभाल नहीं पा रहा था। आहिस्ता से लेट गया और अपने शरीर को सिकोड़ लिया—गोल-गोल—बिलकुल वैसा जैसे ठंड के कारण कोई कुत्ता सोता है। हाथों से दोनों घुटनों को मजबूती से पकड़ लिया। अपने में ही सिमटकर खुद को सँभालने की कोशिश करने लगा। सूरज अपनी किरणों को जैसे खींच लेता है अपनी तरफ—शायद वह भी यही करना चाहता था। दोलियांग दीदी पास होती तो...।

अन्धकार के गहरी खाई में फिर से वह उतरने लगा। नितान्त अकेला था। अकेलापन...विवाह भी अकेलापन लाता है...। याई अब भी उसके सिरहाने खड़ी चिल्ला रही थी...। बहुत कुछ कह रही थी। आवाजें सुनाई दे रही थीं, लेकिन शब्द अस्पष्ट हो गए। तानी तो अब वहाँ था ही नहीं।

दूसरे दिन भी तानी वहीं और वैसा ही पड़ा रहा। न कुछ खाया, न पीया। अन्न का एक भी दाना उसके पेट में नहीं गया। कुछ लोगों ने कोशिश भी की उसको

कुछ खिलाने की—लेकिन वह टस-से-मस नहीं हुआ। उसने बच्चे को अपनी गोद में एक बार भी नहीं लिया। याई जाने की तैयारी कर रही थी। उसने उसे रोकने के लिए भी कुछ नहीं किया। लोग याई को मनाने की बहुत कोशिश कर रहे थे, वह नहीं मान रही थी। उसे जाना ही था।

घर ऐसे नहीं चलता। आदमी को अगर जिम्मेदारियाँ नहीं निभानी हैं तो विवाह करता ही क्यों है?

वह सही कह रही थी...तानी विवाह के लिए बना ही नहीं था। अपनी सन्तान की देखभाल के लिए दासियाँ खरीदने गया था—और अपना ही सब कुछ लुटाकर लौट आया। बहुत सी चीजों का संग्रह करना पड़ता है। भविष्य सुरक्षित करना पड़ता है। अपने लिए सोचना पड़ता है। विवाह के बाद आदमी को अपने साथी के लिए सोचना पड़ता है...करना पड़ता है। इतना बड़ा फैसला अकेला आदमी क्यों लेगा? साझेदारी जरूरी है। तानी को अपने परिवार की चिन्ता ही नहीं है। उसकी पत्नी क्या चाहती है—उसकी परवाह ही नहीं है। ऐसे आदमी के साथ बने रहना बेकार है। अपनी जिन्दगी बरबाद कर लेना है।

याई का क्रोध उफान पर आने लगा। उसने अपनी हथेली पर थूक रखा और तानी की तरफ बढ़ाते हुए कहा, "तू कुत्ते का स्वभाव लिये हुए है। यदि तुम इनसान हो और मेरे साथ ही परिवार आगे बढ़ाना चाहते हो तो इसे मत चाटो। और यदि तुम सचमुच में कुत्ता हो तो मेरे इस थूक को चाटो!"

माना पत्नी की बात नहीं मानी उसने। माना वह अच्छा पति नहीं था। लेकिन...लेकिन यह असम्भव है...असम्भव...यह नहीं हो सकता! यह घर तानी का भी है। उसकी जानकारी के बिना याई ने पीछे से उन लोगों को अपमानित करके घर से निकाल दिया। क्यों? जिन्होंने याई को उसकी पत्नी बनाने में कोई कसर नहीं छोड़ी थी। उन्हीं को निकाल दिया? यह कहकर कि वे गिरे हुए लोग थे? क्यों?...यकीन नहीं हुआ...।

तानी ने याई के थूक को चाट लिया...।

विवाह,
हुआ धूमधाम से
चर्चे रहे कई-कई दिन

देखो,
यह भी अटूट न हुआ

"याई कुत्ते को अपना पति मानकर नहीं चल सकती," कहते हुए याई अपने दास-दासियों और सारी सम्पत्ति को लेकर चली गई। याई अपने माता-पिता के यहाँ वापस जाने के बजाय कहीं और किसी अनजान दिशा की तरफ चली गई। तानी का वह नन्हा बालक पिता के संरक्षण के बिना, अपने सारे रिश्तेदारों के प्रेम के बिना—संसार का सबसे बड़ा अनाथ बच्चा बन गया। वे सारी औरतें जो दासियों के रूप में याई के साथ आई थीं—लेकिन तानी वंश के लोगों की पत्नियाँ बन गई थीं—वे ही रह गईं।

पाँचवें दिन—सुबह की धुंधली पूर्ववेला में—वह रोया...बहुत रोया। हिचकियाँ भी लेता जा रहा था। कोई राक्षसी भारीपन सीने में दफन था। वह बहकर बाहर आना चाहता था। कोई तो था, जो पीड़ा पैदा कर रहा था—बार-बार। सीने से नदी की तरह पत्थर को चीरकर बाहर आना चाहता था। मानो सारे संसार को अपने जल से वह डुबो देना चाहता हो। धीरे-धीरे उसका रोना बढ़ता गया। उसकी आवाज ज़ोर पकड़ती जा रही थी। रोने से ही कई बार आदमी अपने में लौटकर आ पाता है...न रोता तो वह मर ही जाता। जंगल की नीरवता को भंग कर गया। ऐसा कौन था वहाँ—जो उसके साथ रोया न होगा?

कुछ दासों ने याई से विद्रोह कर तानी के साथ रहने को चुन लिया था। इसके लिए उन्हें कई-कई कोड़े भी खाने पड़े थे। वे अपनी ही जिद पर अड़े रहे। पहली बार तानी के साथ रहने के खातिर उन लोगों ने विद्रोह किया था। इसमें वे बहुत ही खुश थे। उस वक्त वे तानी की साँसें बन जाना चाहते थे...। सब बिना कुछ कहे तानी के साथ रो रहे थे। रोने में वे एक हो गए। आँसू सबको एक कर देता है...पीड़ा में सब खो जाता है।

बाहर उजाला फैल गया। दीवार पर पिताजी का वह लम्बा और मजबूत दाव लटक रहा था। आज तक किसी ने भी उस दाव का प्रयोग कभी नहीं किया था। यह खानदानी दाव था, जिसे दादा जी ने उसके पिता को मरते वक्त सौंप

दिया था। तानी तेजी से उठा। दाव को उसके म्यान से बाहर निकाला। उस वक्त दाव की चमक पहले से ज्यादा लग रहा था। अग्नि की लौ से वह और अधिक चमकने लगा। शायद अब वह भी प्यासा था। खून चाहिए उसे। तीर-धनुष भी ले लिये और हवा की वेग से वह बाहर की ओर भागा।

सब उसके पीछे दौड़ पड़े। वह अपने सामने जो भी दिख रहा था—सबको काट-काटकर गिराने लगा—सूअर, मुर्गी, गाय, मिथुन, बकरी, पेड़-पौधे सब कुछ! एक-एक कर कराहते हुए गिरने लगे। किसी-किसी पशु पर वह धड़ाधड़ वार कर रहा था, जबकि वह कब का मर चुका था। उसके चेहरे पर, हाथों में, पाँवों में, गले में, बालों में खून-ही-खून था। उसकी आँखें भयानक रूप से लाल थीं। होंठ फड़क रहे थे। शरीर काँप रहा था। उसने शून्य आकाश की तरफ देखा और उस पर भी दाव से वार करने लगा।

लोग डर के मारे इधर-उधर छुप गए। वे नहीं छिपते तो शायद वे भी तानी के वार से नहीं बचते। सबको वह खतम कर देना चाहता था। उसने अपना धनुष लिया। प्रत्यंचा चढ़ाई। आकाश की तरफ हजारों तीर छोड़ दिए। कौन है वहाँ आकाश में तानी? क्या वे, जिन्होंने तुम्हें जन्म दिया? या फिर माँ से की गई उस प्रतिज्ञा को तोड़ना चाहता है? वह प्रतिज्ञा चट्टान बन गई थी। बीते हुए काल को मार देना चाहता है शायद—जो भीतर घाव बनकर रह गया है। रह-रहकर दर्द उठता है। या फिर हो सकता है उन सारे जानेवालों को रोकना चाहता हो, जो उसे छोड़कर चले गए थे। कौन है वहाँ आकाश में? सब कुछ खतम कर देना चाहता था...जो नहीं है उसका खात्मा कैसे किया जा सकता है?

उस वक्त वह तानी नहीं, कोई और ही था। वह तानी बिलकुल भी नहीं लग रहा था। आदमी ही तो था—क्रोध में वह भी पड़ ही गया...। और अन्त में वह वहीं जमीन पर गिर गया। सिमांग...सिमांग...दीदी...दीदी कहता हुआ बेहोश हो गया।

प्रेम उसका स्वभाव था—करुणा उसकी मुस्कान। आनन्द उसका रूप था। और अब? अब हत्यारा बन गया है। वृक्षों को भी नहीं छोड़ा उसने। उन लोगों ने सारी बरबादी को देखा था—लेकिन किया कुछ भी नहीं। खामोश वहीं खड़े रहे थे—इसलिए उन्हें भी मार दिया। लेकिन तानी अपने शरीर को भूल गया मारना...। खुद को पल-पल मरता हुआ देख रहा था। यह शरीर है कि कोई दीवार है—जहाँ से देख पाना कुछ भी सम्भव नहीं होता।

लोगों ने बेहोश तानी को उठाया। घर के अन्दर ले गए। वह तेज बुखार से तप रहा था। वह बहुत-बहुत बीमार था। उसका सारा शरीर आग की तरह जल रहा था। पसीने से लथपथ तानी कुछ बुदबुदाता जा रहा था। हकीम बुलवा लिया गया। अफरा-तफरी मच गई। रोना-धोना चल रहा था। लोग घबराए हुए थे।

इधर दोलियांग, सिमांग, हर्ब, कीपुंग, रुंगिया और साथ में जो लोग चले थे—वे चलते जा रहे थे। इस बार की यात्रा बहुत ही खामोश थी। जरूरत पड़ने पर कभी इशारे से, कभी हाँ-हूँ से वे काम चला रहे थे। अचानक सिमांग खूब जोर-जोर से रोने लगी। वह वहीं जमीन पर बैठ गई। सब घबरा गए। उनके चलते कदम ठहर गए। दौड़-दौड़कर उसके नजदीक सब आ गए। वह रोए जा रही थी।

"आप वापस जाओ। तानी के पास जाओ! उसे आपकी जरूरत है। वह अकेला है। वह आपको पुकार रहा है। वह आपको पुकार रहा है दीदी! वह आपको ढूँढ़ रहा है। आपको सुनाई नहीं देती उसकी आवाज? वह मर रहा है! सुना आपने? तानी मर रहा है। आपको जाना ही होगा वापस," सिमांग ने उसके नजदीक खड़ी दोलियांग के पाँव से लिपटते हुए कहा।

"हाँ, चली जाऊँगी। लेकिन तुम्हें तुम्हारे घर तक पहुँचाकर। मेरा भाई बहुत ही बहादुर है। वह सब सँभाल लेगा सब कुछ। तू फिक्र मत कर," दोलियांग ने सिमांग को सँभालते हुए कहा।

"नहीं, इस बार वह सँभाल नहीं पाएगा खुद को। वह मर जाएगा। आप जाओ वापस!"

"पागल हो गई हो क्या? तानी ने अगर पूछा कि मैंने तुम्हें आधे रास्ते में ही क्यों छोड़ा? क्या जवाब दूँगी मैं?"

"कहना, क्योंकि मैं चाहती थी कि आप उसी के साथ रहें। सिमांग अपने बच्चों से भी इतने लम्बे समय तक दूर रह सकी। तो यात्रा अकेली क्यों नहीं कर सकती? शेर की सवारी करती हूँ मैं। कोई ऐसी-वैसी नहीं हूँ।"

"तुम जैसी न कोई हुई, और न कोई होगी। तुम नीलापन हो—आकाश का। सारा रहस्य तुममें सिमट गया है। तुम सब कुछ कर सकती हो! भाग्य मेरा कि तुमसे मिलना हुआ। जानती हूँ, तुमने मुझे क्षमा कर दिया है। मैंने अपनी

आँखों को कुछ देर के लिए अन्धा कर लिया था। उसी का नतीजा है ये जो कुछ भी हुआ। अपना खयाल रखना।" सिमांग से लिपट गई वह।

"तानी से कहना—सिमांग उससे प्रेम करती है। हमेशा करेगी। उसे छोड़कर जाना भी जरूरी था।"

"तानी की पुकार को तुमने सुन लिया। यह आकाशी सन्देश है। पता नहीं मैंने कैसे अब उसे सुनना ही छोड़ दिया है। जिसके लिए...जिसके प्रेम में मैंने अपनी सारी इच्छाओं का त्याग किया—कि उसके और मेरे बीच में किसी प्रकार की कोई अड़चन न आए, ताकि हम मिलकर एक ऐसी दुनिया बनाएँ—जहाँ सब हँसते-मुस्कराते होंगे। लेकिन यह मेरा ही स्वार्थ बन गया। मेरा ही अहं अड़चन बन गया। उसी की जिन्दगी मैंने आज खतरे में डाल दी है। उसी को रुलाने में कोई कसर नहीं छोड़ी। वंश बढ़ाना था, भूख मिटानी थी, जिन्दगी सुरक्षित करनी थी, मैं भी क्या करती। बचपन से अपने लोगों को इन्हीं वजहों से मरते देखती आई हूँ। माँ को दिया वचन किसी मजबूत विशाल पत्थर-सा सामने खड़ा रहता है। जो अब मौजूद नहीं है—वह अब भी हमारा पीछा करती है। मैं नहीं जानती, हम दोनों भाई-बहन अब क्या करनेवाले हैं," और वह फूट-फूटकर रोई। सब भीग गए उसके साथ।

समन्दर किनारे उन पत्थरों के मानिन्द हैं हम—लहरें समन्दर की चिट्ठी हमारे नाम की लाती हैं। वह पुकारता है। बुलाता है। हम क्षण-भर भीगते हैं फिर सूख जाते हैं। और उसी तरह फिर से लहरों का इन्तजार करते रहते हैं। हम आगे बढ़कर समन्दर में समाने का साहस नहीं कर सकते। भय ने हमें मृत कर दिया। कभी कोई पत्थर उन लहरों के साथ बह जाए...समन्दर में समा जाए... वह फिर हमारी समझ में नहीं आता।

वह कीपुंग के साथ वापस लौट आई। जिन्दगी फिर बदल चुकी थी। उसने देखा—तानी मरणासन्न था। वह बहुत ही बीमार था। उसे कुछ भी होश नहीं था। सूखकर काँटा हो गया था। उसने खाना-पीना ही छोड़ दिया था। मरने की जिद पर अड़ गया था। जब आदमी स्वयं ठीक होना न चाहे तो पुजारी और हकीम क्या कर सकते हैं। लग रहा था—मरकर ही दम लेगा वह। तानी को उसने गले से लगा लिया—जैसे माँ करती है।

“आप आ गईं?” तानी ने काँपते हुए कहा।

“मेरा बच्चा, मेरा भाई! मैं आ गई हूँ...मैं आ गई हूँ! सब ठीक हो जाएगा। सिमांग ने कहा है कि वह मरकर भी तुमसे प्रेम करेगी।”

उसने अपने भाई के हाथों को, पैरों को, माथे को, उँगलियों को चूमा। अपने से दो-तीन साल छोटे भाई की वह माँ बन गई थी। तानी का मन नाचने लगा। शरीर साथ नहीं दे तो क्या हुआ? दोलियांग रो रही थी। तानी अन्दर-ही-अन्दर मन्द-मन्द मुस्कराता हुआ नाच रहा था। उसकी माँ का स्नेहसिक्त स्पर्श उसे अब मिल रहा था। और किसी ने सन्देशा भेजा था उसके लिए—“वह मरकर भी प्रेम करेगी उससे।” दूर कहीं रोशनी जल रही थी। वह उसे अपनी तरफ बुला रही थी। अपनी बाँहें फैलाए उसकी प्रतीक्षा में मुस्करा रही थी। वह भी नाचती होगी।

रूहें साथ नाचती हैं
आकाश छू लेता है शरीर
परिन्दे झूमकर फड़फड़ाते हैं
बादल रंगों में, रंग बादल में
मैं तुम में, तुम मैं में मिल गए
रूहों का नाचना एकान्त होता है
एक होता है...

दोलियांग अपनी सीमाओं को तोड़ना जानती थी। वह अब अपने भाई के लिए जमीन-आसमान एक कर देना चाहती थी। उसने तानी का इलाज करना शुरू कर दिया। सारी शक्ति, सारा ज्ञान उड़ेल दिया भाई के इलाज में। खुद को जलाकर खाक कर दिया। अबकी बार कोई भी गन्दगी न बचे। उसका हृदय पश्चात्ताप में गलकर समन्दर हो गया। इस ब्रह्मांड में ऐसा कौन सा कोना बचा था, जहाँ से वह उन जड़ी-बूटियों को खोजकर नहीं लाई थी। तानी को पहले से भी ज्यादा मजबूत बनाना था। पहले से ज्यादा सुन्दर। पहले से ज्यादा धैर्यवान। पहले से ज्यादा सन्तुलित। आखिर एक नए वंश को जन्म देनेवाला था वह। उसने चारों दिशाओं, सूर्य, चन्द्र, तारे, वायु, सारे चर-अचर को श्रद्धापूर्वक प्रणाम किया। उन्हीं को साक्षी मानकर मंत्रोच्चारण किया। तानी का शुद्धिकरण किया।

याई के पिताजी भी तानी से मिलने आए। कई तरह के पकवान जीत ने अपने हाथों से बनाकर भेजे थे। ससुर शर्मिन्दा थे अपनी बेटी के कारण। वह कह गए, "तानी जल्दी ही ठीक हो जाओ! फिर से आना हमारे यहाँ। हम प्रतीक्षा करेंगे।"

उधर सिमांग का पति तापिक बहुत ही बदल गया था। वह पूरी तरह गलकर निखर गया था। उसने सरेआम स्वीकार कर लिया था कि उसने तानी और सिमांग के साथ क्या किया था। उसी ने न्यीकुंग की हत्या करवाई थी। इसके लिए वह हर सजा के लिए तैयार था। उसने अपने उस महल को कई बेघरों का बसेरा बना दिया। अब कोई भी यहाँ आना-जाना कर सकता था। कई बन्धक दासों को आजाद कर दिया। जो अपनी मर्जी से साथ रहना चाहते थे वे ही रह गए। कई जमीनों को उन गरीब लोगों को लौटा दिया, जिन्हें उसने हजार तरह के इलजाम लगाकर छीन लिया था।

उसका रुतबा कम हो गया। कई लोग उससे दूर हो गए। बड़ी पत्नी बहुत ही नाराज हुई। उसने कई सम्पत्ति अपने हिस्से में कर ली और अपने बच्चों के साथ पति से अलग हो गई। तापिक ने उसे अपनी बात समझाने की बहुत कोशिश की—लेकिन वह नहीं मानी। मूर्ख पुरुष के साथ कौन औरत रहे? मझली पत्नी और बच्चे तापिक के साथ थे। उसने उस वक्त पति का खूब खयाल रखा। रोते-बिलखते पति और बच्चों का बहुत-बहुत ही खयाल रखा। उसने पति से कहा था एक दिन, "सिमांग जब वापस आ जाएगी, तब हम सब बहुत बड़ा भोज का आयोजन करेंगे। लेकिन हाँ, इतनी सम्पत्ति अब तो नहीं है। कोई बात नहीं। हम ऐसा करते हैं—कोई भोज ही नहीं रखेंगे। वह तो दिखावा है। है न? हमारी सिमांग बहुत ही अच्छी है। वह हमें इनकार नहीं करेगी।" पति ने उसकी गोद में अपना सिर रख दिया। वह निहाल हो गई।

जो आदमी सीधे मुँह बात तक नहीं किया उससे कभी—अब उसकी गोद में सिर रखकर रो रहा था। वह प्रेमिका थी। वह भी तो दीवानी थी। उसे और क्या चाहिए था? पति होकर भी जब नहीं था—तब उसने अपना मन आभूषणों में, चुगली करने में, दूसरों की बुराई करने में लगाया था। लेकिन अब सब बदल गया। वह फूल हो गई थी।

जब बेईमान था—सब साथ थे। अब सब कुछ बदल गया। उसके इशारे पर नाचने को तैयार लोग अब मुँह बिचकाने लगे थे। लेकिन तापिक...वह

शान्त था। आनन्दित था। अब जो कुछ भी था—काफी था। प्रेम की पहली किरण उस पर उतर गई थी।

रुंगिया और हर्ब के कन्धों पर पंख उग आए थे। अब वे अपने हृदय के आकाश में बिना किसी पदचिह्न के उड़ना चाहते थे। अगल-बगल, आड़े-तिरछे, छेड़-छाड़ करते हुए उड़ने लगे। नदी के दो किनारे थे...साथ-साथ रहते...लेकिन एक निश्चित दूरी पर। भीतर जुड़े हुए। बहता हुआ पानी साक्षी बन गया। मित्रता के परम आकाश में दो पंछी साथ उड़ने का आनन्द लेने लगे। वे हर्ब सिन्यी को हमेशा के लिए छोड़कर अनजानी दिशा की ओर उड़ गए। जाते-जाते हर्ब ने सिमांग को गले लगाकर कहा था, "मेरी प्रिया, तुम मेरा हृदय। सुगन्ध हो...बिखर जाना। मेरी स्मृतियों में सदा रहना।"

सिमांग ने बहुत चाहा कि वे दोनों उसी के साथ रहें—लेकिन वे थे आजाद पंछी। घोंसलों के बिना बरसात में भी भीगते हुए उन्हें उड़ना था। रुंगिया को आकाश का विस्तार देखना था। वे चले गए। सिमांग अपने घर वापस आ गई। आ तो गई लेकिन भीतर कहीं कुछ अधूरापन अब भी था। जैसे कोई बात बाकी रह गई थी। जैसे उसे किसी का इन्तजार हो।

प्रेम कहानी

सिमांग को उस रात नींद नहीं आ रही थी। बाहर चाँद खिला था। एक बार मिले वह तो बस पूछ ले, कि उसकी नजरों से वह गिरी कैसे? क्या कोई सस्ता खेल खेला था कि जब चाहे मुँह मोड़ ले? वह बार-बार मुँह क्यों मोड़ लेता था? कौन सी जोंक की तरह चिपक रही थी वह उससे? इस तरह तिरस्कार करना कौन सी अदा है तानी की? तारों को गिनते हुए रातें बिताना अब मंजूर नहीं है। आर या पार हो। तानी को आना ही होगा। पूछेगी वह सब कुछ।

वह उठकर बेचैनी से इधर-उधर टहलने लगी। बार-बार झील उसकी आँखों में दिखने लगी। वह बुला रही थी उसे। उसे छूकर महसूस कर ले।

कुछ देर वहाँ जाकर बैठे...क्या जाने दिल को सुकून मिल जाए। वह हमेशा के लिए ठहर जाए। सिमांग ने अपने सोते हुए बच्चों को देखा। वे शान्त सो रहे थे। वह दबे पाँव कमरे से निकली। पति के कमरे में गई। वह भी यहाँ शान्त सोया हुआ था। एक वही अकेली थी—जो अब भी अशान्त थी। उसने उसे धीरे से जगाया। पति हड़बड़ाकर उठकर बैठ गया। उसने सिमांग को ध्यान से देखा। वह कुछ परेशान-सी थी।

"मैं कुछ बेचैन-सी हूँ। जंगल हो आना चाहती हूँ।" सिमांग ने कहा।

"मैं साथ चलूँ?"

"नहीं, अकेले जाना है।"

"कब मेरे पास आओगी?"

"...।" सिर झुका लेती है वह।

"मैं इन्तजार करूँगा।"

"मैं दो-तीन दिन रहकर आऊँगी।"

"तीन दिनों में ही उसकी यादों की हत्यारिन बन पाओगी?"

"किसकी यादों को? आपको डर नहीं लग रहा?"

"किस बात का?"

"मुझे खो देने का।"

"मैंने पाया ही कब था जो खो दूँ? पाना तो अब चाहता हूँ।"

"और अगर वह मुझसे मिलने आ गए तो?"

"तो? तो क्या हुआ? आना मिलकर।"

"इतना यकीन मुझ पर?"

"तुझ पर नहीं, मेरे अपने प्रेम पर मुझको यकीन है। कैसे बताऊँ कि किस कदर प्रेम करने लगा हूँ तुमसे।"

"आपका मन ठहर गया, समय ठहर गया, अब दौड़ खतम हुई, लेकिन मैं अब भी बेचैन हूँ।"

"मैं हमेशा तुम्हारे साथ हूँ, हमेशा। मरकर भी साथ रहूँगा मैं। जहाँ चाहे जाओ, लेकिन लौट आना।"

"आप बहुत ही बदल गए हो।"

"तुमसे प्रेम जो करता हूँ। तेरे सिवाय कोई नहीं दिखता अब मुझे," उसने सिमांग को सीने से लगाते हुए कहा।

"इसलिए शायद बेखौफ हो गई हूँ आपके सामने!"

"शायद प्रेम का मतलब मुक्ति है—भय से मुक्ति...मेरी...तुम्हारी...सबकी...सबसे मुक्ति। इसी से पहली बार जुड़ने का अहसास हो रहा है। यह पहली बार देख रहा हूँ। सब तुम्हारी वजह से। एक वक्त था—तुम्हारी ईमानदारी से घबराकर मैं हिंसक हो जाता था। क्या मालूम था, एक दिन इसी से इतना प्रेम करने लगूँगा।" और वह उसे विदा करने बाहर तक आया।

एक-एक शब्द दिल से निकला था। सब कुछ पारदर्शी। सब कुछ किसी सपने-सा। राह तलाशनी थी उसे भी अब—क्योंकि वह खुद खो गई थी। रोशनी के रास्ते ही उसे चलकर आना होगा। वापस आना भी यूँ आसान नहीं होता—क्योंकि यह राह प्रेम की है। अग्नि पर पाँव रखकर चलना पड़ता है। प्रेमी तो हमेशा ही द्वार खोले रखता है—क्योंकि वह प्रेम का प्रेमी है। कैसे नफरत कर सकता है? कैसे ईर्ष्या कर सकता है? वह तो प्रतीक्षा है—निष्ठुरता से कोसों दूर...।

अब उसका पति ही उसका घर बनने को तैयार हो चुका था। जमीन तैयार थी। बादल का बरसना बाकी था। प्रेम में गलकर वह खाली हो गया था। यहीं पर, हाँ यहीं पर—अमृत की बूँदें न बरसें तो कहाँ बरसें? यहाँ प्रियतम के लिए तड़प थी। यह भी तो तानी हो गया था। आदमी बुरा या अच्छा, झूठा या सच्चा, कमजोर या ताकतवर, धोखेबाज या कुछ और—कुछ भी हो सकता है—लेकिन प्रेम...वह कभी झूठा नहीं हो सकता।

कहाँ-कहाँ लिख दूँ मैं इस कहानी को
बिन बादल बरसते इन बूँदों को?
चाँद पर लिख दूँ
दागों के बदले 'प्रेम' लिख दूँ?
पानी में लिख दूँ?
कोई न मिटा सके
साँसों की वह रवानगी लिख दूँ?

सूरज की रोशनी में हर्ब सिन्यी का पानी चमक रहा था। बेफिक्र पंछी गा रहे थे। किनारे पर खिलते इन फूलों में किरणें मुस्करा रही थीं । वह किनारे-किनारे

चलने लगी। उस झाड़ी की तरफ उसके कदम स्वत: बढ़ गए। पहली बार यहीं पर तो मिली थीं वे चार आँखें। सब कुछ एक-एक कर याद आने लगा। वह रोती भी जा रही थी और हँसती भी जा रही थी। वह दौड़ने लगी। दौड़ती जा रही थी। काश आसमान कहीं से फट जाए और वह वहीं कहीं से उसे पुकारता हुआ तानी निकल आए। वह झाड़ी के नजदीक आई। उसने देखा—तानी अपनी आँखें बन्द किए लेटा हुआ है। वह रुक गई। क्या वह स्वप्न में चल रही थी? उसने नजदीक जाकर उसे छूकर देखा। नहीं, नहीं, यह तो तानी ही था। वह चीख पड़ी—ता...नी! उसकी आवाज पूरे जंगल में गूँज गई। तानी ने अपनी आँखें खोली। वह जोर-जोर से हँसने लगा। कुछ देर तक दोनों एक-दूसरे को ताकते रहे। होश खो गया। तानी जानता था—वह आएगी।

और तानी...वह कैसे नहीं आता? वह साधारण प्रेमी थोड़ी ही था—जो कई शर्तों का बोझ अपने सिर पर लिये घूमता है। वह तो आजाद परिन्दा था। प्रेम उसकी साँसें थीं। सिमांग की एक मुस्कान देखने के लिए वह हर दीवार तोड़ देता है। तानी के हाथों में और घुटनों में वही धागे बँधे हुए थे जिसे सिमांग ने बाँधा था। वह कतरा-कतरा पिघलने लगी। हर शिकायत भूल गई। क्या प्रेम ही घर पहुँचाता है? अपने अन्तस्तम के घर में...विश्राम है यहाँ।

सिमांग कूद गई झील में। वह मछली की तरह तैरने लगी। पानी उस वक्त बहुत ही नर्म था। मछलियाँ मचलती हुई उसके साथ तैरने लगीं। तानी देखता रहा उसको। वह भूल गया भूत और भविष्य दोनों को। पेड़ों में, वृक्षों में, पत्ते-पत्ते में संगीत बजने लगा था। सारा जंगल नाचने लगा। हवा हौले-हौले बहने लगी। झील के ऊपर श्वेत शुभ्र बादलों ने ठहरकर छाया कर दी थी। कुछ रंग-बिरंगे परदेसी पंछी, जोड़ों में झील के किनारे-किनारे टहल रहे थे। सुन्दर आवाजें निकाल रहे थे; एक-दूसरे को प्रेम कर रहे थे। वे हर साल इसी समय यहाँ आया करते थे। अंडे देकर उन्हें कुछ समय तक सेते रहते थे। जब वे बच्चे अंडों से निकलकर कुछ बड़े हो जाते थे—उड़ने लगते थे—तब सारे चूजे इस स्थान को छोड़कर कई महीनों के लिए फिर उड़ जाते थे। यही हर साल दोहराते। उस दिन सारी सृष्टि प्रेम में डूब गई।

बिना कुछ कहे ही उसने तानी को अपने पास आने का निमंत्रण दे दिया था। खुद को कैसे रोक लेता? क्या रोकना सम्भव हो पाता? वह भी झील में उतर गया। दोनों साथ-साथ तैरने लगे। पूरी तरह जंगली। पूरी तरह नग्न। दो

धूमकेतु टकराए थे आसमान में। इसी से अनगिनत कायनातों की रचना होती है। एक नृत्य था। एक लय थी। दोनों ने एक-दूसरे को आर-पार देखा। शरीर थे, लेकिन वे मौजूद नहीं थे। तानी ने धीरे से सिमांग के कान में कहा, "मैं तुमसे प्रेम करता हूँ!" उसकी आवाज में मृत्यु थी। प्रेमी इसी को सुनकर मर जाते हैं। इसी को सुनने के लिए ही प्रेमी बार-बार जन्म लिया करते हैं। इसी को सुनने के लिए ही कोई सजनी युगों प्रतीक्षा में रहती है। जल के एक-एक कण में मस्ती थी।

प्रेमी ही दूसरा जन्म ले सकता है—जीते-जी। यह शरीर सुन्दर है—क्योंकि यहीं पर प्रेम पलता है। ये आँखें इसी को देखने के लिए हैं। कान इसी के गीत को सुनने के लिए हैं। होंठ इसी के गुण गाने के लिए हैं। यहीं पर प्रेम बसता है। इसी शरीर को देखकर प्रेम ने जन्म लिया था.. या फिर इस शरीर ने प्रेम के लिए ही जन्म लिया था। कुछ भी कहो—शरीर प्रेम का घर है। प्रेम की अभिव्यक्ति है शरीर। प्रेम जंगली है। पेड़ों में, पत्तों में, पंछियों के गान में, तितलियों के रंगों में, बादल में, बारिश में, गर्जन में, तर्जन में—और न जाने कहाँ-कहाँ खुलता है। खिलता है। महकता है। बहकता है। तानी और सिमांग जंगली फूल थे। उन्हें कोई अपने घरों में, बगीचों में सजाकर नहीं रख सकता था। निडर, निर्भय, बेबाक। जो प्रेम भय के पार न ले जा सके वह कैसा प्रेम?

किसी युद्ध को जीत लेना कोई बड़ी बात नहीं है—अलग होना वास्तविक मृत्यु है। उन लोगों ने भी क्या खूब दिल पाए होंगे...। प्रेम में दोनों ने एक-दूसरे को मुक्ति दे दी थी...। तानी को जाते हुए उसने एक बार फिर से देखा। इस बार का जाना पहले वाले के जाने से अलग था। वह जा रहा था हमेशा के लिए। मुड़-मुड़कर देख रहा था। यह लगातार देख रही थी उसे। पहाड़ के ओट में वह छुप गया...। कोई शिकायत नहीं थी...कोई बात अधूरी नहीं रह गई थी... कभी न खतम होनेवाली प्यास और कभी न मरनेवाली झील।

एक मोड़ था—नदी ने लिया था। न मुड़ती तो बहती कैसे? मन बन गया ठहरी हुई झील...गहरी झील। सूखे पत्तों से बूँदें टपक गईं...मोतियों-सी बिखर गईं यहाँ-वहाँ। संगीत था फिर भी उनमें...राग में विराग था...। पपीहा फिर पुकारेगा कभी...बादल बरसेगा...झीलों में पंछी जोड़े फिर टहला करेंगे...बार-बार प्रेम में पड़ा करेंगे...। उसकी यादों में झूमा करेगी वह।

आँखों से होकर आती प्रिय की
पगध्वनि सुनी थी उसने
यह झील उसकी आँखें
इन्हीं में झाँककर
उसकी यादों को पीया करेगी वह
सुनो, पागल प्रेम के इस जंगल में
तेरी याद लिये आती है रजनीगन्धा की महक
रंग गुलमोहर के मगर ओढ़ लिये हैं मैंने
प्रियतम तेरी याद में मैं सदियों रहूँ...।

जीत आन्ने

तानी के लौट आने से पहले ही दोलियांग ने फिर एक नई यात्रा की तैयारियाँ कर ली थी। वह हार माननेवालों में से नहीं थी। तानी का परिवार बनना जरूरी था। एक शानदार वंश का खात्मा इतनी आसानी से ऐसे कैसे होने देती वह। उसी के लिए ही तो उसने विवाह भी नहीं किया था—ताकि हरदम तानी के साथ रहकर वह उसकी शक्ति बन सके। अपनों को खोया था उसने। उन्हीं की याद में उसे यह करना ही था। वह भाग्यशाली थी—उसके पास एक महान उद्‌देश्य था। उसे पूरा करके ही दम लेगी वह। लेकिन अबकी बार—नियम से पहले प्रेम को ही आना होगा। प्रेम के लिए नियमों को भी तोड़ना होगा तो तोड़ेंगे। नियमों के लिए प्रेम को तोड़ा नहीं जाएगा। अपना सपना पूरा न कर पाई, तो जीकर क्या करेगी? माँ अब मौजूद नहीं थी। उससे की गई प्रतिज्ञा कभी भी तोड़ा जा सकता था—लेकिन क्या वह स्वयं को कभी इसके लिए क्षमा कर पाएगी? क्या उसका दम निकलेगा इतनी आसानी से? ग्लानि से ही जीते-जी मर नहीं जाएगी?

सिमांग को भी जीत ही पसन्द थी। यह आग में घी का काम करने लगी। वह जाकर जीत से मिल आई थी। उसके माता-पिता भी राजी थे। जीत शरमा गई थी। उसकी तरफ से यह स्वीकृति का संकेत था। बस अब तानी के भीतर जीत के प्रति प्रेम जग जाए। उसे फिर से प्रेम में पड़ जाना ही होगा। तानी के पहले पुत्र इसी वंश की स्त्री के गर्भ से जन्म लिया था। याई इसी वंश की स्त्री थी। भले ही वह पुत्र को अपने साथ ले गई; लेकिन वह तानी का पुत्र था,

और हमेशा रहेगा। लोगों से रिश्ता यूँ आसानी से तोड़ा नहीं जा सकता। जीत के माता-पिता भी बहुत ही भले लोग थे। हर तरह से तानी का साथ दे रहे थे। किसी हीरे को पहचानना उन्हें खूब आता था। अपनी पुत्री की नासमझी पर उन्हें दुख था। दोलियांग की समझदारी और ज्ञान से वे बहुत ही प्रभावित थे। कोई वंश यूँ ही महान नहीं हो जाता। लोग उसे महान बनाते हैं अपनी समझ और इनसानियत से।

एक दिन उसका भाई लौट ही आया और उसने कहा, "अब कोई आस बाकी न रह गई होगी। कोई शिकायत नहीं रह गई होगी। झील ने तुझे फिर से कुँवारा और पावन कर दिया होगा। ऐसा मेरा यकीन है।" तब तानी ने कहा था, "वह झील है, मैं वह प्यास हूँ—बुझकर भी कभी न बुझनेवाला प्यास। उससे प्रेम करते-करते मैं खुद ही प्रेम हो गया दीदी। स्त्री ही ज्ञान है। वही प्रेम है। ताकत उसी की है। मैं देख आया हूँ एक ऐसी दुनिया, जहाँ सिर्फ दो आँखें थीं। वहीं पर झील तैरती थी। आकाश का हर कोना उसी की आँखों से चमकता था। तानी अब उसी की यादों में संसार को सजाएगा। हर साँस में वह ही है। मैं उससे प्रेम करता हूँ, इसलिए अपने आसपास जो भी आएगा, उसके प्रति प्रेममय रह सकूँगा।"

तानी की आँखों में, मुस्कान में, उसके सम्पूर्ण होने में बहन की कही हुई बातें साकार दिख रही थीं। वह स्वयं झील बन गया था। उसकी मुस्कान में आकाश था। वह फिर से नया हो गया था। तैयार था उसका भाई, एक नई यात्रा के लिए।

स्त्री और पुरुष जब गहरे प्रेम के साथ मिलते हैं तब एक संगीत का जन्म होता है—जैसे प्रात:काल में पंछी गाकर सूरज की स्वर्णिम किरणों का आह्वान करती है। किरणें धरती को छूकर जिन्दा करती हैं। एक नए जीवन का प्रारम्भ होता है। इसी के रास्ते सन्तान का आगमन किया जाना होता है।

बहन ने तानी को पाँच-छह महीने किसी घने सुनसान जंगल में मौन रहना सिखाया। उसकी मदद के लिए ऐसी स्त्रियों को लाया गया जो महान ध्यानी थीं। वे ननिहाल की तरफ से आई थीं। उन्होंने तानी को चर-अचर, और सारे ब्रह्मांड का ज्ञान दिया। शरीर और मन को अनुशासन में रखना सिखाया। किस तरह शरीर और मन के परे होकर प्रेम किया जाए...यह बताया। उस शून्य से जन्मते हर आश्चर्य को बताया। अपने ही मूल स्वभाव

को पहचानकर बिना किसी मोह के, कर्म करने के उपाय बताए। तानी पहले से भी अधिक ज्ञान और ध्यान से भर गया। उसने स्वयं को भी पूरी तरह क्षमा कर दिया। उसकी तीसरी आँख खुल गई। अब वह प्रेम के लिए तैयार था।

एक दिन बहन के कहने पर तानी जीत के यहाँ आया। सास-ससुर ने उसका स्वागत बहुत ही प्रेम से किया। कबीलेवालों ने खूब गर्मजोशी से उसका स्वागत किया। वे सभी तानी को चाहते थे। उसके खाने-पीने का इन्तजाम जीत ने अपने ही हाथों किया। जीत से बचना किसी के लिए भी सम्भव नहीं था। तारों भरी रात में सबसे अलग चमकता सितारा किसकी आँखों से बचता है। चाँद को किसने न देखने का बहाना किया। फूलों की खुशबू अन्धकार में भी अपनी मौजूदगी का अहसास कराती है। तानी ने कनखियों से उसकी कलाई के कंगन को देखा। वह तो सिमांग के थे। उसने एक बार उससे कहा था, "तानी, यह कंगन मेरी माँ के हैं। मुझे बेहद पसन्द हैं। इसे न, मैं तेरी दुल्हन को दूँगी। हाँ, सच्ची।" उसकी कोई भी बात कैसे भूल सकता था वह।

उस सुबह पहली बार उसने जीत को ध्यान से देखा। वह सुबह की ओस की ताजगी लिये कोई हीरा थी। स्वच्छ, पारदर्शी। इन्द्रधनुष ने इसी से शायद सौन्दर्य चुराया था। उसकी मुस्कान में सिमांग की-सी नादान शरारतें थीं। उसकी आँखें उसी झील में तैरनेवाली मछलियाँ थीं। वही शानदार चाल थी जैसे सिमांग चलती थी। वही जंगलीपन। बगावती आँखें—लेकिन चाँदनियाँ यहीं से निकलती थीं। इसी में शीतलता नदी बनकर बहती थी। उसकी हर अदा में बुद्धि, श्रद्धा और प्रेम झलक रहे थे। यही थी जो किसी पुरुष को हलका होकर उसे उड़ने में मदद कर सकती थी। तानी जैसे जंगली पुरुष का मन ऐसी ही स्त्री पर मुग्ध होता है। उस जैसी कोई स्त्री अगर अपनी तरफ खींचती है, तो तानी क्या कर सकता है?

भोजन के बाद जीत ने हाथ धोने में तानी की मदद की। वह उसकी हथेलियों पर पानी डाल रही थी। तानी ने एक बार फिर उस कंगन की तरफ नजर डाली। उसने शरमाते हुए कहा, "सिमांग ने अपना यह कंगन मुझे अपने ही हाथों से पहनाया था।" तानी ने हलके से मुस्कराते हुए बोला, "तुम उसी का दूसरा रूप लगती हो।"

तानी और जीत मिलने लगे—कभी शिकार पर, कभी खेतों में, कभी किसी के यहाँ, तो कभी किसी अवसरों पर। यह खबर आग की तरह फैल गई। एक

छोटे-से कबीले का गरीब सरदार...वह भी, जिसे पत्नी ने छोड़ दिया। जिसकी इज्जत अब बिलकुल ही नहीं होनी चाहिए—उसी के साथ अपनी छोटी बेटी को हँसने-खेलने दे रहे हैं। यह बर्दाश्त के बाहर है। क्या है उस तानी में आखिर जो हममें नहीं है? वाकई ईर्ष्या की बात तो थी। दीकुम और दीते अपनी ही बड़ी बेटी के साथ धोखेबाजी करनेवाले इनसान को बहुत ही प्यार और सम्मान दे रहे थे। कैसे माँ-बाप थे? क्या उन्हें अपनी बेटी की फिक्र ही नहीं। होना तो यह चाहिए था—उस चालाक और बेईमान आदमी को टुकड़ों में काटकर चील-कौवों के आगे डाल देते। इसने अपने बड़े भाई रोबो तानी की नाक, कान और उँगलियों को काटकर फेंक दिया था। अपनी पहली पत्नी आसीन की रक्षा नहीं कर पाया था और न ही अपने बच्चों का। इसके कबीले के कई लोगों की जानें इसी के कारण गईं। एक आदमी किसी दूसरे आदमी की पत्नी को भगाकर लाया और बहुत समय तक उसको अपने साथ रखा। यहाँ तक तो ठीक था—उसने बाद में उसी औरत को भी भगा दिया। यह नीच आदमी है।

सब लोग जीत को पाना चाहते थे। एक-एक कर अनेक कबीलेवाले अपने जवान, खूबसूरत, शक्तिशाली पुत्रों को लेकर आने लगे यहाँ। कई सरदारों ने भी अपने ही लिए अपनी अर्जियाँ दे दीं। कई लोग बहुत सारे धन-सम्पत्ति देना चाहते थे। कई लोग घरजँवाई तक बनने को तैयार थे। एक से बढ़कर एक थे वे। उन सभी में धन-सम्पत्ति के दृष्टि से तानी सबसे ज्यादा गरीब था। लेकिन सबकी पसन्द था वह।

एक बार दीकुम और दीते के साथ सम्बन्ध जुड़ जाए—फिर तो शक्ति दुगुनी नहीं, तिगुनी हो जाती। यही वह कबीला था, जिसे किसी ने भी आज तक पराजित नहीं किया था। कई लोगों को अपना संरक्षण दे रखा था। कई छोटे-छोटे कबीलों को जीतकर इन्होंने अपने में मिला लिया था। कई कबीले इन्हीं के मदद से जीवित थे। वे सारे ही इनकी शक्ति थे। जान देकर भी इनका साथ देते थे। इसलिए यह कबीला बहुत ही शक्तिशाली था।

दो महीनों बाद तानी फिर से वापस आने की प्रतिज्ञा कर चला गया। नई दुल्हन को लाने से पहले तानी कई तरह की तैयारियाँ करना चाहता था। जीत के लिए कई-कई वर अब भी आते जा रहे थे। वह परेशान होने लगी। माता-पिता को

अपनी बेटी की बुद्धि और पसन्द पर भरोसा था। वह जो ठान लेती है फिर उसे करके ही दम लेती है।

एक बुद्धिमान स्त्री की जब सुनी नहीं जाती—वह बगावती हो जाती है। एक और सिमांग इसी तरह ही पैदा होती है। बन्धन ऐसी स्त्रियों का गर्भ है। वहीं से वे जन्मती हैं। लेकिन एक बात तो है—ऐसी ही स्त्रियों की कोमलता का कोई मुकाबला नहीं है। वह भीतर प्रेम और करुणा से भरी हुई होती हैं। उसी से प्रेरित होकर वह हर काम करती हैं। लगती पत्थर-सी मगर फूलों से भी कोमल। लगती आँधी-सी हैं मगर लहरों का गान उन्हीं में है। लगती आक्रामक और कमजोर मगर पानी का स्वभाव लिये हुए। ऐसी ही स्त्रियों से बुद्धिमान पुरुषों के भीतर आदमियत जिन्दा रहती है।

वे माता-पिता, जिन्होंने इत्मीनान से उसे सुना होगा—वे बहुत-बहुत विशाल हृदयवाले लोग रहे होंगे। बुद्धि और समझ के संगम से जन्मी वह कोई साधारण औरत नहीं थी। वह क्रान्ति के बीज लिये जन्मी कोई आँधी थी। जिसकी मौजूदगी से सारा घर, गाँव, समाज—सब महक जाते थे। जीत के चाहनेवालों ने पागलपन की हद पार कर दी। वे अब खुलेआम उसके गर्भ में पल रहे बच्चे को अपना नाम देने लगे।

कोई कहता, "वह हमारे प्यार की निशानी है।"

कोई कहता, "बिन ब्याही लड़की अपनी कोख में किसी का बच्चा पाल रही है। फिर भी मैं उसे अपनाना चाहता हूँ।"

जीत ने दृढ़ता से कहा, "यह तानी का बच्चा है। मेरे प्रेम का बीज। एक बार बच्चा जन्म जाए यह—तब कहना। वह जिसके जैसा दिखे वही उसका पिता। तानी जैसा ही खूबसूरत, बलशाली और बुद्धिमान होगा।"

यह सुनकर उन लोगों के भीतर खून खौलने लगा था। हर कोई उसे अपनाकर एहसान करना चाहता था। माता-पिता चुप थे। बदनामी उस आग की तरह फैल रही थी, जैसे सूखे जंगल में आग का फैल जाना। जीत फिर भी शान्त और प्रसन्न थी।

तानी को तैयारी करने में वक्त लग गया। उसने पुराने घर को गिराकर नया घर तैयार किया। दोलियांग ने उस घर का शुद्धिकरण किया। पशुओं के रहने के

घर बनाए। दुल्हन को पसन्द आ जाए, उसका खूब खयाल रखा गया। नई जिन्दगी शुरू होनेवाली थी। तैयारी आखिर क्यों न करते। फसल बहुत अच्छी हुई इस बार भी। लोग अब भूख से तड़प नहीं रहे थे। वे सारे मेहनत में लगे थे। आसपास के कबीलेवालों ने भी उनका बहुत साथ दिया। कुछ छोटे-छोटे कबीले तानी कबीले से आकर मिल गए थे। वे भी तानी वंश के कहलाए। भूख के आगे अहं झुक गया। जरूरत के आगे कबीले मिट गए। कुछ को तानी ने अपनी बुद्धि से अपनी ओर मिला लिया था। एक छोटा-सा कबीला बड़ा कबीला बन गया।

इस बार किसी भी तरह की चूक नहीं रहने देना चाहते थे दोनों भाई-बहन। सुरक्षा का पक्का इन्तजाम रहना आवश्यक था। उसके लिए कई लोगों को तैनात किया गया। लोग तानी के साथ बहुत ही खुश थे। होते भी कैसे नहीं। बुद्धि और समझ के साथ-साथ प्रेम जिस सरदार में हो उसे पाकर कौन खुश नहीं होता।

तानी और दोलियांग कुछ लोगों को लेकर जीत के यहाँ आ गए। विवाह सम्पन्न करना था। दोनों भाई-बहनों की खुशी का कोई ठिकाना न रहा, जब देखा जीत ने एक हृष्ट-पुष्ट शिशु को जन्म दे दिया है। वह बिलकुल तानी जैसा दिखता था। सास-ससुर भी बहुत ही आनन्दित थे। यह आनन्द सस्ता नहीं था...यह हजारों युगों के बाद देखा गया था। उनकी बेटी खुश थी, और क्या चाहिए था उन्हें।

विवाह की तैयारी होने लगी। जीत के चाहनेवाले कुढ़ने लगे। वे अपमानित महसूस कर रहे थे। विवाह के दिन सभी आमंत्रित हुए। बहुत ही शानदार विवाह था। चाँद और सूरज का संगम था। माता-पिता ने बहुत सारे, कई तरह के मवेशी दिए। बहुत सारे आभूषण दिए। जीत ने प्रेम से उन्हें ग्रहण किया। विदाई के दिन जीत ने इतिहास रच दिया। उसने सारे आभूषण, सारे मवेशी, सारी सम्पत्ति—जो भी दिए गए थे उन्हें लौटा दिया। सब देखते रह गए। ऐसा कभी हुआ नहीं था। कहने लगी, "विवाह का मतलब यही सब कुछ तो नहीं होता। इनकी वजह से विवाह क्यों करें? यह दिलों को जोड़ने के लिए दिया जाता है, लेकिन असल में यही वह वजह है जिसके चलते दिल टूट जाते हैं। रिश्ते बेईमान हो जाते हैं। देनेवाला अहंकार से भर जाता है। लेनेवाला इनसान से नीचे गिर जाता है। दो दिलों का संगम है...दो कबीलों का महामिलन है यह।

यह ऐसी-वैसी नहीं है जो इन सामानों से दिल बहला लिया जाए। दिलों का लेन-देन होगा अब से। मुझसे प्रेम करते हैं ये सारे लोग जो मुझ पर कई तरह के लांछन लगाकर मेरे दावेदार बन रहे थे। जिसकी वजह से वे मुझे अपनाना चाहते थे, उन्हीं को छोड़ा है मैंने। अब ये मुझे नहीं अपनाएँगे। पिताजी आप इन्हें इन लोगों को बाँट दीजिएगा। मुझे अपने पति और अपने पर भरोसा है।"

माता-पिता के अलावा जीत के कबीलेवालों ने उस दिन गर्व से अपना सीना चौड़ा कर लिया था। जीत पर अपनी दावेदारी दर्ज करनेवाले अपना-सा मुँह लेकर वहाँ से चले गए। ऐसी औरतों से कौन मुँह लगता। इतनी अहंकारी औरत से विवाह भी कौन करना चाहता है। अच्छा ही हुआ वह उनकी नहीं हुई, वरना वे हमेशा दबा-दबा-सा महसूस करते। चलो जो होता है, अच्छे के लिए ही होता है।

माता-पिता प्रसन्नता और गर्व से भर गए। उनकी बेटी ऐसी-वैसी नहीं थी। वह दुनिया जीतेगी। उससे एक महान वंश का जन्म होगा। वह सूर्य-माता थी। सूर्य की तेज लेकर मानो आकाश से उतरी थी। उसी ने सारी गन्दगी को जलाकर खाक कर दिया। एक नई और जीवित संस्कृति ने उसी के गर्भ से जन्म लिया। उसके बाद तानी को कभी युद्ध और यात्राओं पर जाने की आवश्यकता नहीं हुई। उसकी कहानी इसके बाद कभी कही नहीं गई।

आबोतानी के साथ जीत कहलाई 'जीत आन्ने' अर्थात माता—तानी वंश की माता। सबने उसे माता कहा। प्रेम और आत्मसम्मान के लिए उसने धन-सम्पत्ति का त्याग किया। वह मोह से मुक्त, प्रेम से बनी स्त्री थी। अपने ही दम पर उसने अपार सम्पत्ति का अर्जन किया और उसका भोग भी किया। उसी ने मुरझाए-से उस कबीले को एक-दूसरे का हाथ पकड़कर नाचना-गाना सिखाया। उसी ने स्वयं पर गर्व करना सिखाया।

पहाड़-पहाड़, जंगल-जंगल, नदी-नदी में उसी की झलक है। उत्सव को उसी ने ही लाया था। वह अद्भुत स्त्री थी। संसार को ऐसी ही स्त्रियों ने ही बदला है। उसके अस्तित्व को नकार दिया गया—लेकिन भीतर गहरे में इन्हीं लोगों ने क्रान्ति को जन्म दिया। ये ही बीज बोती हैं—कभी चुपचाप, कभी खामोशी से, कभी रोकर, कभी चिल्लाकर, कभी खुद को बरबाद कर, कभी शरारतों से, कभी बहककर, कभी बहकाकर, कभी रूठकर, कभी मनाकर। शोख, चंचल, मस्तानी—उसी के पीछे छिपा है उसका अनछुआ, कुँवारा-सा

कोई कमल। उस तक सूरज की किरणों को भी पहुँचने में वक्त लगता है। ये किसी गढ़े हुए तैयार चरित्र को ओढ़कर नहीं चलतीं। इन्हें किसी भी प्रकार के चरित्र के गिरने का भय नहीं रहता। सहज और स्वाभाविक। प्रेम की बातें ये नहीं करतीं—प्रेम को पूर्णत: जीती हैं। झीलों की गहराई इन्हीं में बसती है।

तानी समुदाय के लोग प्रेम की सन्तान हैं। वे स्वतंत्रता की सन्तान हैं। वे जंगली फूल हैं।